漢代詩歌新論

倪其心 著

北京大學出版社
PEKING UNIVERSITY PRESS

目录

引　言 … 1

第一章　诗人没有桂冠 … 1

一　公卿、词臣及诗人 … 4
二　诗歌观念的雅俗新旧 … 11
三　诗歌作者的社会群体 … 22

第二章　四言诗歌的僵化与异化 … 33

一　四言诗的僵化 … 35
二　四言诗的异化 … 46
三　四言诗歌的复苏 … 56

第三章　楚歌、骚体的兴衰和定型 … 69

一　楚歌的兴衰轨迹和悲歌特色 … 71
二　骚体的发展与楚辞的经典化 … 86

第四章 汉武帝的挑战——"乐府"机构的立废　　105

一　汉武帝的文化艺术方针　　107
二　郊祀的发展与乐府的设置　　113
三　武帝的功过与雅俗的较量　　130

第五章 都邑人民的歌——两汉乐府古辞　　141

一　乐府歌曲的分类与乐府古辞的由来　　144
二　都邑人民的歌　　157
三　朴实而夸张的叙事诗歌艺术　　181

第六章 下层文人的诗——汉代五言古诗　　197

一　五言体的由来和五言诗的成立　　200
二　下层文人的诗　　213
三　清丽而如话的抒情诗歌艺术　　227

第七章 思想政治的舆论工具——两汉杂歌谣辞　　241

一　谶纬迷信与听谣行政　　243
二　封建阶级群像的写照　　252

后　记　　265

一部常新的"新论"　　277

引 言
——悬案没有解决

引 言

　　按照通行的见解,东汉末代皇帝献帝朝,事实上是以曹操、曹丕、曹植父子三人为首的邺下文学活跃的时代,而以献帝年号标称为"建安时代"。假使把建安时代列为魏、晋文学的最初阶段,不归两汉文学,那么两汉诗歌其实没有杰出的诗人和伟大的作品。历来誉为东汉乐府古诗的两首杰出的叙事长篇——无名氏《孔雀东南飞》和蔡琰《悲愤诗》,都是抒写建安时代发生的实事,当然都应属于建安时代的创作。而在两晋南朝诗人作者的心目里,两汉最佳诗歌却是一批无名氏创作的五言古诗和李陵、苏武、班婕妤的作品。但是,对它们的真伪、归属,当时也有人认为五言古诗或是两汉著名作家所作,李陵、苏武及班婕妤作品可能是托名的伪作。因而到了南朝,发生了一些相当有趣的现象,仿佛一潭平静已久的死水,忽然丢进了一块石子,于是波澜再起。

　　南朝宋代作家颜延之晚年写了一篇教诲子孙的家训《庭诰》,其中谈到了《诗经》以来的诗歌发展情况:

　　　　荀爽云:"《诗》者,古之歌章。"然则《雅》《诵》[颂]之乐篇全矣。是以后之诗者,率以歌为名。及秦勒望岳,汉祀郊宫,辞著前史者,文变之高制也。虽雅声未至,弘丽难追矣。逮李陵众作,总杂不类,元是假托,非尽陵制。至其善篇,有足悲者。(《太平御览》卷五八六)

大意是说,《诗经》在周代是歌词,《诗经》的《雅》《颂》作品都是乐曲篇章。秦始皇望祭名山的石刻颂歌,汉武帝郊祀天帝的乐曲歌词,史书上记载的这类歌词,是《雅》《颂》演变而来的高级作品。它们的乐曲不及《诗经》,但

文词弘大雅丽,是后人比不上的。到了相传为李陵的一些诗歌作品,那就杂乱凑集,不像高雅作品了。因为它们本来是假托的,不全是李陵的创作。至于其中的好作品,也很有动人的。不难理解,颜延之本意在于告诫子孙,学诗应正源清流,辨别《诗经》雅颂的雅正传统与传为李陵的总杂不类的诗歌。值得注意的是,南朝宋代流传着据称是李陵的诗歌,颜延之既不肯定,也不完全否定,甚至承认其中确有动人的佳作。李陵是西汉武帝时人。这就是说,西汉以来,李陵一直以著名诗歌作者及其诗歌作品为世所知,虽然不属雅颂传统,却经久不衰,而且影响愈益广泛,以至于颜延之特为例举出来告诫子孙。

颜延之的担心不是偶然的。所传李陵诗,其实与所传苏武诗、班婕妤诗及无名氏《古诗》都是两汉流传下来的一批五言抒情诗。称之"古诗",意思就是古代的诗,前人的诗,因为不知或者不能确定作者,所以笼统称为"古诗"。早在西晋初,著名作家陆机就有《拟古诗》十四首,就是模拟这批"古诗"中的十四首。其后著名诗人如东晋陶渊明及与颜延之同时的鲍照等都有拟古之作。拟古诗的涌现,正表明这批汉代五言古诗的影响越来越大,评价越来越高。到南朝齐、梁间,形成一股思潮,恰恰不是从怀疑而倾向否定,却是针对怀疑而趋于肯定,俨然著之诗评,断然载于总集。请看下列事实。

刘勰《文心雕龙·明诗》说:

> 汉初四言,韦孟首唱,匡谏之义,继轨周人。孝武爱文,柏梁列韵。严、马之徒,属辞无方。至成帝品录,三百余篇,朝章国采,亦云周备,而辞人遗翰,莫见五言,所以李陵、班婕妤见疑于后代也。按《召南·行露》,始肇半章;孺子《沧浪》,亦有全曲;"暇豫"优歌,远见《春秋》,"邪径"童谣,近在成世;阅时取证,则五言久矣。又古诗佳丽,或称枚叔;其《孤竹》一篇,则傅毅之词。比采而推,两汉之作乎?观其结体散文,直而不野,婉转附物,怊怅切情,实五言之冠冕也。

这段话概括评述两汉诗歌发展,除了提到韦孟的四言诗、汉武帝柏梁台七言联句,以及严忌、司马相如创作不专一体外,主要评述五言诗。刘勰指出,第一,西汉成帝时刘向、刘歆父子整理皇宫图书文籍,著录了西汉诗歌作品三百余篇,其中没有著名辞赋作家的五言诗歌,因此当时流传的李陵、班婕妤诗歌就引起怀疑,认为可能是伪作,就像颜延之所疑那样。第二,事实上,五言成句的诗歌作品存在已久,例如《诗经·召南·行露》,《孟子·离娄上》载《孺子歌》,《国语·晋语》载优施的舞歌,《汉书·五行志》载成帝时歌谣"邪径败良田"等,然而不知何故,汉代作家却反而不存五言诗作。第三,流传的一批无名氏五言古诗中,有人认为其中有西汉初著名赋家枚乘的作品和东汉初著名作家傅毅的作品,因而他推测这批古诗约为两汉作品。第四,他认为这批古诗是艺术成就很高、很有特色的,是两汉五言诗最佳作品。显然,刘勰力求客观评述,但他肯定的倾向相当明显,并且明确推断它们大概是"两汉之作"。

如果说刘勰的态度还不够明确,那么南朝梁代钟嵘《诗品》的评论则可谓斩钉截铁地断然肯定古诗和李陵、班婕妤之作。《诗品序》说:

> 逮汉李陵,始著五言之目矣。古诗眇邈,人世难详,推其文体,固是炎汉之制,非衰周之倡也。自王、扬、枚、马之徒,词赋竞爽,而吟咏靡闻。从李都尉迄于班婕妤,将百年间,有妇人焉,一人而已。诗人之风,顿已缺丧。东京二百载中,惟有班固《咏史》,质木无文。

认为五言诗体就是从李陵创作开始确立的。魏、晋以来所传的一批古诗是汉代创作。王褒、扬雄、枚乘、司马相如等汉代辞赋作家没有五言诗作。从李陵到班婕妤将近百年之中,只有一个女诗人班婕妤。东汉两百年中只有班固《咏史》是五言诗,但却枯燥无味。因此,这部专评五言诗的《诗品》,把《古诗》、李陵、班婕妤都列入上品,居于卷首,给以很高评价。其评《古诗》说:

> 其体源出于《国风》。陆机所拟十四首,文温以丽,意悲而远,惊心动魄,可谓几乎一字千金。其外"去者日以疏"四十五首,虽多哀怨,颇为总杂,旧疑是建安中曹、王所制。"客从远方来","橘柚垂华

实",亦为惊绝矣。人代冥灭,而清音独远,悲夫!

其中除认为《古诗》艺术风格特色源自《诗经·国风》,近于民歌,以及总体风格温丽悲远之外,钟嵘还提供了三点信息:一是陆机所拟十四首影响最为深广;二是他所见到的《古诗》总数达59首;三是对《古诗》作者又多了一种猜测,认为可能有建安时代曹植、王粲的作品。

其评李陵说:

> 其源出于《楚辞》。文多凄怆,怨者之流。陵,名家子,有殊才,生命不谐,声颓身丧。使陵不遭辛苦,其文亦何能至此!

认为李陵之所以能写出凄怆动人的五言诗,不仅由于他有文才,更因为他被迫投降匈奴以致身败名裂的不幸命运。这样知人论诗的评论,更显出钟嵘确信李陵诗为真作无疑。而其评班婕妤说:

> 其源出于李陵。《团扇》短章,词旨清捷,怨深文绮,得匹妇之致。"侏儒"一节,可以知其工矣。

认为班婕妤诗的艺术风格与李陵诗一脉相承。《团扇》指乐府《怨歌行》歌辞。钟嵘同样以知人论诗的观点进行评论,强调即此一首,便可断定班诗的成就。从而可见他认为班婕妤的创作权是不容置疑的。

大约在梁代,对《古诗》、李陵诗、班婕妤诗的欣赏,最为风靡,因而对其真伪都无怀疑,并且增添了一位后来更受怀疑的作者苏武。除《诗品》外,梁代昭明太子萧统编《文选》的态度也有深广的影响。在《文选》的"杂诗"类中,首列《古诗十九首》,便是从当时流传的一批汉人古诗中选了19首,以为一组。由于这19首诗选取精当,艺术性高,特色显然,因而相沿视为汉代《古诗》的代表作,在两汉诗歌史中占有突出地位。在"杂诗"类中,赫然居于《古诗十九首》之后的是李陵《与苏武诗三首》以及苏武诗四首。这也是今存李陵、苏武五言诗的最早载录。把它们编次在"杂诗"类,唐代李善注解说,"杂者,不拘流例,遇物即言,故云杂也"(《文选·王粲〈杂诗〉注》)。又说,"并云'古诗',盖不知作者。或云枚乘,疑不能明",但《古诗十九首》中明显有东汉作品,"非尽是乘,明矣",因而萧统"以失其姓氏,故编在李陵之上"(同上《古诗十九首注》)。在李善看来,萧统编次《古诗》、李陵诗的观点和态度,其实与刘勰相仿,《古诗》是两汉无名氏之作,但李陵诗则是确凿无疑的。而对班婕妤《怨歌行》则编入"乐府"类,署名班婕妤,确定作者。由此可见,南朝梁代前期对这批《古诗》及李陵、苏武、班婕妤诗的真伪归属,大都不二无疑,而评价之高,趋于认同。

然而到了梁代后期,在梁简文帝还在东宫为太子期间,一位青年作家徐陵奉命编了一部以闺阁为主题的历代诗歌总集《玉台新咏》(事见唐代刘肃《大唐新语》卷三),其中选入《古诗八首》一组,枚乘《杂诗九首》一组,苏武诗一首以及班婕妤《怨歌行》。与《文选》所选相比较,《古诗八首》中有四首与《古诗十九首》重;枚乘《杂诗九首》中有八首与《古诗十九首》重,另一首为陆机《拟古诗十四首》中所拟的原作,亦属相传《古诗》中的一首;苏武诗一首即《文选》所选四首之三。大致看来,徐陵所见《古诗》与萧统所见略同,而最引人瞩目的便是明确把八首古诗的创作权归还枚乘,为长久以来的疑案作一论断。徐陵此举显然蹊跷,他根据什么而敢于如此明确论断?因而清代学者朱彝尊认为,"徐陵少仕于梁,为昭明诸臣(指参与编《文选》者)后进,不敢明言其非,乃别著一书,列枚乘姓名,还之作者,殆有微意焉"(《书〈玉台新咏〉后》)。这一推测不为无稽。据《隋书·经籍志》载,梁代皇宫藏书有汉弘农都尉《枚乘集》二卷,至隋亡佚;汉骑都尉《李陵集》二卷,《汉成帝班婕妤集》一卷,二集隋代犹存。梁代所存这三种别集当是辑本。徐陵既然奉命编集,则有机会阅读它们并据以论断归属,不是没有可能的。

南朝围绕汉代五言诗的这场辨伪和评论,热闹有趣,而且影响深远。从诗歌艺术发展的历史背景看,从颜延之到徐陵,从宋到梁,恰是近体兴起发展到宫体盛行的阶段。他们不同的态度和见解,也正反映着诗歌艺术观念的发展变化。颜延之基本上是诗歌艺术的传统的雅俗观念;刘勰、萧统比较折中持重,对真伪归属之争采取存疑态度,而高度评价《古诗》的艺术成就,回避了雅俗观念;而钟嵘、徐陵则就各自的诗歌艺术观念作出评论,以诗论人,以诗存人,不计其他,不顾雅俗,所以态度明确,论断肯

定。然而,对传统雅俗观念否定的东西,予以部分肯定以至全面肯定,便是对传统雅俗观念的一种否定,一种突破。因此,有趣的不是他们有分歧,而在于他们的分歧中有趋于一致的发展变化。事实上,他们都肯定了这批古诗包括李陵、班婕妤诗是汉代产物,其中有著名人物的作品,也有动人的好诗;同时又都注意到汉代著名辞赋作家没有或者甚少写作五言诗;并且指出五言诗句古已有之,五言诗歌汉代已经出现。此外,他们有意无意地把《古诗》和李陵、班婕妤诗分为两类,对无名氏《古诗》作者的推测,大都归之于汉代高手,如西汉枚乘、东汉傅毅和建安时代曹植、王粲都是各自时代的主要代表作家,是历来公认的一代大家。他们共同的心态未必要维护《古诗》原作者的主权,而在于充分肯定这批古诗的艺术成就和价值。换句话说,即使否定了李陵、班婕妤这两位作者,也必须承认这批五言抒情诗的成就足以与前代大家相比美。也就是说,能够写出这样的好诗,非高手莫属,这是毋庸置疑的。就这一点来说,齐、梁批评家取得了实质性胜利,因为《古诗》及李陵、班婕妤诗的成就,评价千古与共。但是就作者归属问题来说,他们大概与今人一样不能论断,只得听任这桩公案成为悬案,因为缺乏足以断案的确凿证据。

于是,发生一个同样有趣的问题:南朝距离汉代不算太远,为什么对汉代这样有价值、有影响的诗歌,却连它们的作者都无法考辨明白?其实这问题在西晋早已存在。如上所述,西晋初的陆机模拟了十四首《古诗》,当时已视为典范。但他却不知诗的作者,只是笼统称它们是"古诗"。而西晋距离汉代更近。倘使《古诗》中确有曹植、王粲的诗,那么陆机离他们不过半个世纪,想来不至于如此紊乱。何况汉代诗歌包括五言诗在内,有主的作品并非绝无仅有,而是大有人在,上自高祖刘邦、武帝刘彻,下至低微吏民秦嘉、郦炎。为什么恰恰是魏、晋南朝人至为欣赏的一批佳作,却反而归属莫定,传说纷纭呢?正因悬案其实没有解决,所以后世再起聚讼。

唐代通行骈体文,盛行近体诗,《文选》成为士子必读课本,影响深广,因而对这桩公案大体接受南朝流行的说法。盛唐大诗人杜甫便教儿子要"熟读文选理"(《示子宗武》),而自己亦以"李陵、苏武是吾师"(《戏为六绝句》),不但弗疑其伪,更是奉为师法。中唐"古文运动"领袖人物韩愈说得明白:"五言出汉时,苏、李更首号。"(《荐士》)认为苏武、李陵是开创五言诗的代表诗人。但是到了宋代,大作家苏轼说:

> 梁萧统集《文选》,世以为工。以轼观之,拙于文而陋于识者,莫若统也。……李陵、苏武赠别长安而诗有"江汉"之语。及陵与武书(指《文选》载李陵《别苏武书》),词句凡浅,正齐,梁间小儿所拟作,绝非西汉文,而统不悟。(《答刘沔都曹书》)

这是苏轼贬薄《文选》而举苏武、李陵的诗文为例,认为李陵、苏武诗是伪作,其理由是苏武在长安作诗,而诗中却提及江、汉,破绽明显。此后,从南宋到清代,不断有学者同意苏轼之见,予以补充理由。例如南宋洪迈认为李陵诗不避汉惠帝的名讳"盈"字,可证是后人拟作(见《容斋随笔》卷一四"李陵诗");清代翁方纲认为李陵《与苏武诗三首》"皆与苏、李当日情事不切"(见梁章钜《文选旁证》卷二五引);钱大昕认为即使不据李陵诗不避讳而言,"观《汉书·李陵传》置酒起舞作歌,初非五言,则知河梁唱和(指《文选》载苏、李诗),出于后人依托"(《十驾斋养新录》卷一六"七言在五言以前"),等等。总之,从疑伪到否定,理由看似越来越多,论断似乎不容置辩。到近代,梁启超在《中国之美文及其历史》中便近乎下了结论:"绝对不承认这几首诗为李陵、苏武作的",《古诗十九首》的年代"大概在西纪一二○至一七○约五十年间,比建安、晋初略先一期",也即是东汉桓帝、灵帝期间的产物。其理由是什么呢?关于李陵、苏武诗的真伪,他有三条理由:

第一,"汉武帝时决无此种诗体","此诸诗与十九首体格略同,而谐协尤过之","故其时代又当在十九首之后"。

第二,"赠答诗起于建安七子","苏、李之世,绝对的不容有此"。

第三,"凡一个人前后作品,相差总不会太远,何况同时所作,作'经万里兮度沙漠'(指《汉书·苏武传》所载李陵别苏武歌)的人,忽然会写出'风波一失所,各在天一隅',会写出'安知非日月,弦望自有时',我们无论如何,断不能相信"。

关于《古诗十九首》的产生年代,他提出一个"假定","即'古诗十九首'这票东西,虽不是一个人所作,却是一个时代,——先后不过数十年间所作,断不会西汉初人有几首,东汉初人有几首,东汉末人又有几首。因为这十几首诗体格韵味都大略相同,确是一时代诗风之表现"。他认为必须在这一假定的前提下,才可能讨论它的产生时代,作出结论。也就是说,先断定十九首必须是一个时代的产物,然后采取比较方法来确定它们在哪个时代产生。据此,他提出下述几方面见解:

一是作品本身在避讳、地物上都表明它们是东汉作品,"不应属西汉"。

二是"善用比兴"。认为"汉人尚质,西京尤甚,其作品大率赋体多而比兴少","到十九首才把《国风》、楚辞的技术翻新来用,专务'附物切情'"。

三是十九首的"格律音节,略有定程","此种诗格,盖自西汉末五言萌芽之后,经历多少年,才到这纯熟谐美的境界"。

四是"厌世思想之浓厚——现世享乐主义之讴歌,最为其特色",东汉安、顺、桓、灵间的"思想界,则西汉之平实严正的经术,已渐不足以维持社会,而佛教的人生观已乘虚而入","十九首正孕育于此等社会状况之下,故厌世的色彩极浓"。

一般说来,现代通行的论述,大致接受了梁启超的见解,断定苏、李诗是伪作,《古诗》出现于东汉后期,五言诗从此成立。

但是,在宋代便有人不同意苏轼的见解。例如蔡居厚认为《文选》所载苏武诗并未标明"答李陵",也并不一定是在匈奴时作,"安知武未尝至江、汉邪"?指出注者"直指为使匈奴时","其实无据";又认为"十九首盖非一人之辞",徐陵"或得其实"(宋胡仔《苕溪渔隐丛话》前集卷一引《蔡宽夫诗话》)。明代杨慎更指出,苏轼《跋黄子思诗》赞赏"苏、李之天成","尊之亦至矣",认为苏轼所说拟伪的话,是"一时鄙薄萧统之偏辞耳"(《升庵诗话》卷一"苏李五言诗")。王世贞针对避讳说,指出汉代"临文不讳",如"总齐辟邦"便未讳高祖刘邦的名讳。他更认为,"意者,中间杂有枚生或张衡、蔡邕作,未可知"(《艺苑卮言》)。清代朱彝尊别出新说,认为《文选》所选《古诗十九首》中确有伪作，例如其十五"生年不满百"一首便是修改汉乐府《西门行》古辞而来。他认为萧统招集编选《文选》的一帮学士们从汉代诗歌中选来十九首，加以整理修改，并且把枚乘等原作者姓名隐没，"概题曰古诗"（《书玉台新咏后》），便成了无名氏之作。而徐陵要恢复作者主权，所以编选《玉台新咏》时特为署明"枚乘《杂诗》"。所以他强调"诵诗论世者，宜取《玉台》并观，毋偏信《文选》可尔"（同前引）。到近代，丁福保编《全汉三国晋南北朝诗》，不但收集《文选》载李陵、苏武诗七首，并从《古文苑》中录出李陵《录别诗八首》，苏武《答李陵诗》《别李陵》各一首，分别归于苏、李名下，认为苏轼及《古文苑》注者章樵断为伪作，"皆凭空臆度之辞，非有真实确据也"，并指出"此等诗在赵宋以前，亦无有疑其伪托者"，如唐代类书《艺文类聚》、宋代类书《初学记》等都"定为苏、李所自著"，无可怀疑（《全汉三国晋南北朝诗绪言》）。对《古诗十九首》的处理，他也认为徐陵当时"必有所据也，故宜从《玉台》"（《全汉诗》卷二枚乘《杂诗九首》按语）。因此，把十九首分别录在枚乘及无名氏名下。总之，自宋至近代，反对笼统断为伪作者，不绝如缕。他们最主要的一条理由就是，断为拟伪论者没有真凭实据。以至于现代学者逯钦立经过多年研究，认为南朝梁代以前并不传苏武诗，梁以后其他书中引所谓苏武诗，都署为李陵，因而李陵、苏武诗实为"李陵众作"。相传为李陵作的一批诗，他又"就此组诗之题旨、内容、用语、修辞等，证明其为后汉末年文士之作"。但是苏武同时的李陵是西汉人，因此又据《古今同姓名录》查得"后汉亦有李陵其人，固不止西京之少卿也。以少卿最为知名，故后人以此组诗附之耳"（《先秦汉魏晋南北朝诗·汉诗》卷一二《李陵录别诗二十一首》按语）。因此，他编《先秦汉魏晋南北朝诗》，就把传为李陵、苏武诗总共21首，都以《李陵录别诗》为题，附在"汉诗"之末，列入"古诗"之中。然而，这里仍有一个问题：有什么证据可以断定这位东汉李陵就是作诗的李陵呢？

耐心而细心的读者了解了上面介绍的这桩聚讼千年的公案的基本情况后，也许会产生一种感慨，悬案没有解决；提出一个问题，为什么汉代诗人写诗不留姓名？情况确乎如此。假如枚乘、傅毅、曹植、王粲或者张衡、蔡邕等作者,能像《七发》《述志诗》《同声歌》《述行赋》等作品那样留下作者姓名,记载在汉、晋史书文献上,这桩公案也就不存在了。正因为在汉、晋文献上没有记载作者姓名,所以南朝以来种种论证都属于推测,而明确署了作者姓名的,如《文选》署李陵、苏武诗,《玉台新咏》署枚乘《杂诗九首》,却又不交代他们的根据,反而使后来学者产生怀疑,有理由不予置信,也可以提出种种假定和推测。这似乎是一种因果反复的跑圈运动。因为不知道,所以怎么说都行,由于怎么说都行,因此还是不知道。关键在于谁也没有掌握确凿不移的事实和证据。就像破案断案一样,没有事实和证据是不能结案宣判的;只凭蛛丝马迹乃至望气般的印象来臆断,不免误判滥断。也许上述种种推断中有的近于事实,但是可惜没有证据。因此,这桩公案大概还得挂起来,仍属悬案。不过,悬案之所以不能解决,就因为写诗人不留姓名,或者流传中湮没了姓名。那么,是否可以从这一点出发,再进行探索呢?事实上,有学者曾提出过这样的见解。近代学者黄侃说:

> 五言之作,在西汉则歌谣乐府为多,而辞人文士犹未肯相率模效。李都尉从戎之士,班婕妤宫女之流,当其感物兴歌,初不殊于谣谚。然风人之旨,感慨之言,竟能擅美当时,垂范来世。推其原始,故亦闾里之声也。(《诗品讲疏》)

认为五言在西汉属于民歌谣谚,是俚俗之作,所以辞人文士不为。李陵是军士,班婕妤是嫔妃,用民歌俗曲来感物写怀,其实也是民间俗歌,不过因为诗好,所以从当时流传到如今。简单地说,西汉诗人作家不为五言,其原因是五言粗俗。那么,假如有的诗人偶一为之,本不重视,并不署名,流传出去,听之任之,既不承认,也不否认,久而久之,抄讹传误,于是作者不明,或云佚名。这种情况是否可能呢?有没有这样的事实呢?也就是说,由于诗歌艺术的雅俗观念而造成上述作品真伪归属的疑案,在两汉是否可能,有无根据?

回答这个问题,最好的办法是全面调查两汉诗歌艺术发展的情况。

第一章　诗人没有桂冠

第一章　诗人没有桂冠

古希腊人用月桂树叶编成冠冕,赠给英雄,以示崇敬。这一光荣也奉献给伟大的诗人。十七世纪初,英国斯图亚特王朝詹姆斯一世设置桂冠诗人,优遇歌功颂德的宫廷诗人。但是,在中国汉代,诗人并无这样的殊荣。三代的诗歌作品汇编成《诗经》,尊为经典,乃是伦理道德的教科书,封建政治的参考书,儒家学术的大著作。在两汉,《诗经》作品的作者称"诗人",崇敬他们是因为《诗经》的神圣地位和价值,并不是因为他们创作出优秀的诗歌艺术作品。在两汉,宫廷作家的优遇属于"辞人"即辞赋作家,两汉"诗人"即诗歌作家没有桂冠。

两汉诗人没有桂冠,甚至可以说,两汉没有诗人,只有诗歌作者。按理说,创作诗歌的人就是诗人。据不完全统计,今存两汉诗歌,有名有姓的作者,约六十多人,其余都是无名氏创作及民歌。这六十多位诗歌作者中,著名历史人物大有人在,例如汉高祖刘邦,汉武帝刘彻,淮南王刘安,辞赋作家枚乘、司马相如、东方朔,著名学者刘向、班固、张衡、蔡邕等等,这怎能说没有诗人呢？然而,从西汉建国到东汉献帝之前,确实没有出现一位足以代表自己时代的诗人,没有一位诗人接受了"诗人"的桂冠,也没有一首伟大的诗歌作品堪称全面真实、深刻动人地反映了自己的时代。仿佛仲夏夜空灿烂的银河长流,许许多多星星在闪烁,然而没有光辉的星座,也没有升起光照大地的月亮。两汉是以整个时代的诗歌作者,包括有名与无名、文人与艺人的集体创作的特色和成就,来反映自己的时代面貌。这是一个新的诗歌艺术的开创阶段,是对传统诗歌艺术进行改造更新的阶段,有诗歌而没有诗人。因为写诗的人没有地位,因为传统的诗歌观念不承认新的诗歌,因为著名作家写了新诗也不愿留姓名,因为无名的作家写了好诗也仍然无名。文人的地位,诗歌的观念,诗人的群体,造成了两汉诗歌艺术发展的这一特点。

一　公卿、词臣及诗人

东汉前期作家班固《两都赋序》说:

> 或曰:赋者,古《诗》之流也。昔成、康没而颂声寝,王泽竭而《诗》不作。大汉初定,日不暇给。至于武、宣之世,乃崇礼官,考文章,内设金马、石渠之署,外兴乐府协律之事,以兴废继绝,润色鸿业。是以众庶悦豫,福应尤盛。白麟赤雁、芝房宝鼎之歌,荐于郊庙;神雀五凤、甘露黄龙之瑞,以为年纪。故言语侍从之臣若司马相如、虞丘寿王、东方朔、枚皋、王褒、刘向之属,朝夕论思,日月献纳;而公卿大臣御史大夫倪宽、太常孔臧、太中大夫董仲舒、宗正刘德、太子太傅萧望之等,时时间作。或以抒下情而通讽喻,或以宣上德而尽忠孝,雍容揄扬,著于后嗣,抑亦《雅》《颂》之亚也。

主要认为:西汉辞赋是继承《诗经》传统而派生出来的;《诗经》传统主要是《雅》《颂》传统,以讽喻观风、歌功颂德为主要功能;周成王、康王盛世以后,到西汉前期,由于天下不太平,《雅》《颂》传统中断。汉武帝、宣帝时期,盛世再现,礼乐兴隆,文章繁荣,文化发达,天降祥瑞,歌颂迭起。汉武帝时相继出现白麟、赤凤、灵芝、宝鼎等祥瑞,《郊祀歌》创作了《白麟》《赤凤》《芝房》《宝鼎》等颂歌;汉宣帝时先后降临了神雀、凤凰、甘露、黄龙等祥瑞,因而纪年一再改号为"神雀""五凤""甘露""黄龙"。在如此太平盛世,宫廷作家和公卿大臣都创作了讽喻世情、歌功颂德的辞赋,可以说大体继承了《诗经》传统。在班固看来,西汉文学创作的主要样式是赋,西汉宫廷作家是辞赋作家。而值得注意的是,首先,他列举辞赋作家时,分为两类,一是"言语侍从之臣",即通称"词臣"的宫廷文学侍从,近乎宫廷

第一章 诗人没有桂冠

专业作家,其职责便是创作辞赋,歌功颂德,所以"朝夕论思,日月献纳";二是"公卿大臣",专职是朝廷大臣,业余从事辞赋创作,所以"时时间作"。其次,列举宫廷词臣时,不冠官衔;而对公卿大臣作家,一一标明官衔。表面上似乎突出辞赋作家的专职,所以不计其官衔;实际上这种有意无意的区别,却反映着汉代文人作家的政治地位。应当说明,上列宫廷作家都有正式官衔:司马相如历任郎中将、孝文园令;虞丘寿王即吾丘寿王,历任东郡都尉、光禄大夫、侍中;东方朔曾任太中大夫、常侍郎官;王褒为谏议大夫;枚皋为郎官;刘向官居光禄大夫。与上列公卿大夫居官相比,除倪宽、萧望之两人属于政治官员外,其余如孔臧、董仲舒、刘德(刘向之父)则是儒家思想家、学者,官衔都与吾丘寿王、东方朔、刘向等相仿。将今比古,其间仅是作家与学者的职业不同。但在汉代,他们都是皇帝陛下的臣仆,但思想家学者是"大臣",而文学家作者则是"侍从",而且是"言语侍从",陪伴皇帝说话写文章的跟班,并非堂皇正经的官僚。说穿了,宫廷作家只是供皇帝消遣娱乐的高级仆从,而思想学者却是帮助国家从事思想统治的重要角色,两者作用大有不同,因而地位待遇明显有别。这是两汉帝国的社会政治制度所决定的。

汉承秦制。在政治制度上,汉代是巩固、完善封建官僚体制的中央集权统治,实质上仍是一座以各级官吏维护统治的金字塔。高踞塔顶的是君主。"天无二日,土无二王"(《史记·高祖本纪》)皇帝是拥有天下土地人民的主宰。丞相、三公九卿以下,郡守县令至于乡里吏胥,都是臣仆。"率土之滨,莫非王臣"(《诗经·小雅·北山》)都是皇帝陛下各个等级的管家奴仆。各级官吏以封爵和俸禄的形式拥有土地和人民,成为大小封建官僚地主及工商主。在这等级森严、层层统治的金字塔底层便是农民及劳动人民,包括百工、商贾、农奴及奴隶。正因两汉帝国是这样一座中央集权的金字塔,所以两汉四百年政治斗争的焦点是争夺皇权。而实际控制皇权的是统治阶级上层不同集团的代表人物,可谓"强人"。如果皇帝是强人,掌握实权,英明果断,懂得"王霸大略",便是名副其实的专制皇帝。否则,大权旁落,近臣控制皇权,皇帝成为傀儡,或者被废被害。西汉后期至

汉代诗歌新论

王莽篡汉,东汉后期至黄巾起义,内宫外戚、宦官和外廷权臣官僚等内外近臣集团的斗争,此起彼伏,错综复杂,形成两汉政治发展的特征,造成政治思想及社会风气的弊端祸患:虽然中央集权,实际拥权割据;虽有封建法治,却由强人控制。因而亲戚朋友,门生故吏,上下相依,层层勾结,聚为朋党,结成集团,争权谋势,钩心斗角,"一荣俱荣,一枯皆枯"。于是权贵势要成为追逐目标,趋炎附势贻害社会风气。在这样的社会政治结构中生活的下层人民,改善个人地位命运的最佳选择便是做官,做大官;有志者要实现自己的政治理想抱负的主要途径,也是做官,做大官。他们必须争取权力,形成势力,方能有所作为,否则一筹莫展,一无所成。在两汉,无论报国发家,为公为私,都要谋求入仕做官,并且要掌握权势。

两汉选拔人才有两种方式,士子入仕有两条途径:察举和征辟。察举是地方向中央推荐人才。一般由皇帝下诏令,规定各地选举人才的要求和范围,包括科目、人数及年龄限制等。征辟是皇帝或公卿官府直接召集指定人才。皇帝召集叫"征",公卿官府召集叫"辟"。两汉选举人才的科目不定,主要分品德和才学两方面,一般不进行考试,而是通过考察。实际上察举和征辟都是依据被举人的声誉,按其知名度来推荐选拔。汉代也有从下层官吏出身,或者经过考试来选举的,但没有形成制度,不是常例。虽然,这样的选举制度的特点是人治而非法治,靠知遇机缘而不据个人真才实学。所以《文献通考》说,西汉公卿大夫"或出于文学,或出于吏道,亦由上之人并开二途以取人","故下之人亦随其所遇以为进身之阶"(卷三五)。因此伯乐识马就成了人才知遇的典型比喻。良马遇见识马的伯乐,有幸驰骋千里,否则不免沦为凡马、劣马。马的机遇取决于伯乐,人的命运取决于选官。而人毕竟是有知有能的灵长类,何况人中之才呢?因此,汉代士人为了登上仕途,便要采取各种方式制造自己的形象,扩大自己的声誉,博得长官的赏识,以求铅刀一试,也符合孔子教导的"君子疾没世而名不称焉"。汉代用人制度也助长了士人的做官志向和长官意识,适应权贵势要的需要。

两汉官制有"文学"官员,选举人才有"文学"科目。但这"文学"的涵

第一章　诗人没有桂冠

义不同于现代所指"文学",而主要指思想文化学术,属于社会政治思想、伦理道德教育的范畴。凡朝廷著称的文学之臣,主要指政治家、思想家、学者;而地方郡县的"文学掌故"及"掌书记"之类文吏,则为秘书、文书之属。以文学艺术创作而为皇帝及公卿大臣赏识的,其官衔大都不是实授其职,只是一种恩赐优遇,代表相应的官位荣禄。这就是班固称司马相如等为"言语侍从之臣"的原因,也是不列其官衔的一个原因。

汉代重视思想家、学者,轻视作家、诗人,是从巩固封建国家的功能作用出发来确定不同人才的价值地位的结果。从传统观念来说,凡属掌握专门知识技艺的官员,如史官、乐师、百工技师及医士等,在先秦时代都是天子及诸侯的内官家臣,不列入卿大夫士的统治阶级的等级,而是为天子及诸侯服务的高等奴仆。但到春秋时代,政出多门,礼崩乐坏;战国时代,诸子纷起,百家争鸣。社会制度动荡变化,一批掌握知识技艺的史官、乐师、技师等流散到社会,奔走各国,提出各种政治、思想、文化及经济、军事理论学说,兜售各色强国富民及成王称霸的方案谋略,于是形成了一个统称为"士"的社会知识阶层,以王道仁政、王霸大略换取名位荣禄,获得实官,成为卿相。较之先前掌握专门知识技艺的内官家臣来说,他们更为有用而且重要,价值大,地位高。孟子曾说过:

> 晋之《乘》,楚之《梼杌》,鲁之《春秋》,一也。其事则齐桓、晋文,其文则史。孔子曰:其义则丘窃取之矣。(《孟子·离娄下》)

晋国的《乘》,楚国的《梼杌》,鲁国的《春秋》,都是记载史事的,实质一样。其中记载了齐桓公、晋文公的事迹,记述的文字就是历史,但是阐发历史事迹所包含的义理,却被孔子私下里完成了。孟子这一论述,生动表明了晋、楚、鲁国史官只是记载了历史,而孔子则阐发了历史的经验教训;三国统治者不总结历史经验,却由孔子私自完成。因此,作为思想家的孔子的社会价值、历史地位显然高于诸侯国的史官,而史官的内官家臣的价值地位也就相形低微了。到西汉建立后,由于自觉总结秦亡的历史教训,探索改革秦代政治制度,加强思想文化的统治,政治家、思想家、学者更适应现

汉代诗歌新论

实政治的需要,其价值较之先秦更为统治者重视,因此其社会地位、政治待遇明显比传统内官家臣的史官、乐师之类优越得多。所以世家史官的司马迁悲愤地说:

> 文史星历,近乎卜祝之间,固主上所戏弄,倡优所畜,流俗之所轻也。(《报任安书》)

史官仍属内官家臣,地位接近倡伎优伶,是被社会习俗轻视的。所以,汉代重视政治家、思想家、学者,轻视作家、诗人及音乐家,既有传统观念束缚,更有现实政治需要。政治家、思想家、学者是实有其荣的"公卿大臣",而有大臣官衔的宫廷作家其实是"言语侍从之臣"。实际情况也正是如此,并不比史官司马迁好多少。试看武帝、宣帝时的著名辞赋作家的境遇。

西汉辞赋主要代表作家司马相如,才华横溢,文名甚著,其家乡四川流传着他与卓文君私奔的风流韵事。但这故事并不反映他因文才而受社会重视,恰恰相反,当时蜀中观念同样轻视文章。《汉书·司马相如传》载,司马相如小名犬子,可见家庭社会地位不高。他从小"好读书,学击剑",因为钦慕战国名士蔺相如,改名"相如"。年轻时曾为郎官,充当宫廷侍从。但汉景帝不喜欢辞赋,而梁孝王爱文,聚集了邹阳、枚乘、严忌等一批辞赋作家。在梁孝王进京朝会之时,司马相如托病辞去郎官职务,投奔了梁孝王,跟随邹阳、枚乘等学习辞赋写作,并写了著名的《子虚赋》。梁孝王死后,他回到家乡成都,一贫如洗,家徒四壁。幸亏旧友王吉为临邛县令,借给他一间外城的客房住宿,表面上待他十分恭敬。临邛有些土财主,有钱无位,卓文君的父亲卓王孙就是其中的大财主,拥有僮客八百人。因为司马相如是县官大人的贵宾,卓王孙等想宴请他来为自己增光。正好卓文君新寡在家,才女遇见才子,于是发生了琴挑和私奔的故事。私奔有伤风化,损害卓家名声,卓王孙发誓"一钱不分",逼得这对夫妻在临邛开小酒店,卓文君当垆,司马相如穿着犊鼻裈,卖起酒来。这等于出了卓王孙的丑,因此卓王孙不得不分给他们"僮百人,钱百万"以及嫁妆衣物。

第一章 诗人没有桂冠

司马相如夫妻便靠这笔财产,回成都当了富人。可见他的文才文名一文不值。

汉武帝爱好文章,司马相如又是他最欣赏的宫廷作家。那么司马相如的实际境遇到底如何呢?他的成名作《子虚赋》传到宫廷,汉武帝读了大为欣赏,但竟认为是古人杰作,遗憾"朕独不得与此人同时哉!"幸亏武帝身边有个养狗的太监杨得意,是四川人,听说过司马相如,讨好地告诉武帝,这是他的同乡司马相如写的,这才使武帝知道司马相如。如此幸运的机缘,恰可见出辞赋作家的不幸地位,这样一位知名的天才作家竟不为官府和朝廷所知,没有得到任何推荐,可见辞赋作家在统治者看来,并非国家有用的重要人才。司马相如晚年精心构思创作了《大人赋》,献给武帝。武帝读后,"飘飘有凌云之气,似游天地之间意",感到快意和满足,获得至为惬意的艺术享受和精神娱乐,就像欣赏了倡优乐伎的美妙演奏,而并不理会《大人赋》的思想涵义,更不在意讽喻功效。实际上,宫廷辞赋作家的地位类同倡优。武帝时著名作家东方朔,曾为太中大夫,"后常为郎,与枚皋、郭舍人俱在左右,诙啁而已"(《汉书·东方朔传》)。郭舍人实为宫廷高级滑稽演员。枚皋是著名辞赋作家枚乘的儿子,"不通经术,诙笑类俳倡"。他自己也说,"为赋乃俳,见视如倡"(《汉书·枚乘传附枚皋传》)。

汉宣帝时主要宫廷作家王褒也是四川人。他是由益州刺史王襄推荐的,遭遇比司马相如似乎好些。但王襄推荐王褒,是由于自己做官的需要。汉宣帝同汉武帝一样爱好歌功颂德的辞赋歌诗。"神爵、五凤之间,天下殷富,数有嘉应,上颇作歌诗,欲兴协律之事"(《汉书·王褒传》),于是王襄"欲宣风化于众庶,闻王褒有俊材,请与相见,使褒作《中和乐职宣布诗》,选好事者,令依《鹿鸣》之声,习而歌之"。这个《中和乐职宣布诗》便是王襄为宣帝歌功颂德、同时为自己评功摆好的歌舞创作。它从益州演唱到京城,并且蒙宣帝召见观赏,演员还得到财帛的恩赐。如此成功,因而王襄把诗作者王褒推荐上去,宣帝也召见了王褒,并诏令王褒写了《圣主得贤臣颂》。这首以得贤臣而歌颂圣主的赋,还迎合宣帝好神仙的心意,在赋末歌颂圣主因得贤臣而优于神仙长生的功效,所以深受宣帝欣

9

赏。从此王褒被任为侍从，屡次随从游猎，"所幸宫馆，辄为歌颂，第其高下，以差赐帛"。大概由于王褒太受宠爱，因而引起朝廷非议，"多以为淫靡不急"。宣帝为此说：

> "不有博弈者乎？为之犹贤乎已！"辞赋大者与古《诗》同义，小者辩丽可喜。辟如女工有绮縠，音乐有《郑》《卫》，今世俗犹皆以此虞说耳目，辞赋比之，尚有仁义风谕，鸟兽草木多闻之观，贤于倡优博弈远矣！

大意是说，辞赋大作可与《诗经》相比，小赋也像锦绣绮罗、《郑风》《卫风》那样可以娱乐，而且与倡优博弈相比，有讽喻内容及知识教育，是很好的。宣帝这一辩解，恰好表明当时观念里，辞赋其实与倡优博弈之类娱乐一样，差别仅在雅俗而已。事实上，王褒代表作《洞箫赋》就是为太子消遣解闷、开心娱乐而作的。当时，太子身体不安，心情不乐，宣帝诏命王褒等宫廷作家到太子宫"虞侍太子，朝夕诵读奇文及所自造作，疾平复乃归"。据说，太子很喜欢王褒的《洞箫赋》《甘泉赋》，以至"后宫贵人左右皆诵读之"。由此可见，武、宣之世的宫廷辞赋作家虽是有大臣官衔的"言语侍从之臣"，实则如司马迁所说，是"主上所戏弄，倡优所畜，流俗之所轻也"。

辞赋及辞赋作家境遇如此，诗歌及诗歌作者是否好些呢？其实一样，甚至不如。班固说"赋者，古《诗》之流也"，便是指汉代辞赋占有两周《诗经》作品的地位。从这个意义说，汉代辞赋作家也可视为汉代诗歌作者，辞赋作品也可比作汉代四言诗歌。但是，在汉代，"诗"和"诗人"是一种专指的名称，并非一般意义上的诗歌创作和诗歌作者。单称"诗"，通常特指《诗经》；如果是汉人所作四言诗，则往往标题区别，例如王褒《中和乐职宣布诗》是继承《诗经》雅颂传统的四言诗，傅毅《迪志诗》也是模仿《小雅》的四言诗，王逸有《汉诗》百二十三篇，则当是歌咏汉事的四言诗。单称"诗人"，一般指《诗经》作品的作者，不指汉代诗歌作者。汉代诗人的通常称呼是"歌诗作者"，不称"诗人"。例如《史记·匈奴传》提道：

> 故诗人歌之曰："戎狄是膺。"

是引用《诗经·鲁颂·閟宫》的诗句。又如《汉书·司马相如传》说：

> 相如虽多虚辞滥说，然要其归，引之于节俭，此亦诗之风谏何异！

这是说，司马相如辞赋主题思想的本意与《诗经》作者的讽喻本意是一致的。又如扬雄《法言·吾子》说：

> 诗人之赋丽以则，辞人之赋丽以淫。

这是说，《诗经》作者所创作的叙事作品与辞赋作者所创作的赋的区别。再如曹丕《与钟大理书》说：

> 良玉比德君子，珪璋见美诗人。

这是用典故，上句用《礼记·玉藻》孔子语"君子于玉比德焉"，下句用《诗经·大雅·板》"颙颙卬卬，如圭如璋"。以上"诗人"，都指《诗经》作品的作者。显然，这一特称"诗人"是一个尊敬的专称，人们所尊敬的是《诗经》所代表的传统、经典和学术。对汉代写作诗歌者，即使是写作典雅传统的四言诗，都不尊为"诗人"，而以儒者文士称之。事实上，写作典雅传统四言诗的作者主要是学者、作家、士大夫，其特点是有学术、有德行，而且往往尊崇传统和经典。例如西汉四言诗代表作家，像韦孟是鲁《诗》学者，东汉大量写作汉诗的王逸是楚辞专家。至于王褒写四言颂诗，史称当为"辞人"；傅毅以《迪志诗》为东汉四言诗代表作家，《后汉书》列入《文苑传》，称他"少博学"，后来以"文雅显于朝廷"，可谓学者兼辞人。总之，汉代宫廷作家的桂冠属于"辞人"；特称"诗人"的桂冠属于《诗经》的作者；创作典雅传统四言诗的作者是作家学者士大夫，至于创作五七言诗及乐府歌辞的作者统称"歌诗作者"，都不称"诗人"，并无桂冠的荣誉。如上所说，这里有做官志向和长官意识，但也可以看到，这里还有一个传统的诗歌观念在起作用。

二　诗歌观念的雅俗新旧

从上古到东周春秋时代，诗歌发展经历了这样几个过程，从原始的音

乐、舞蹈、诗歌三位一体的综合艺术发展到诗的独立流传;从直观的艺术形象发展到语言艺术形象;从文化教育手段发展到社会的高级交际手段;从民族地域诗歌发展到中原华夏诗歌;从多样式发展到四言体。传为春秋时代编定的《诗经》,以诗歌作品总集的形式总结了这个综合发展过程,反映、完成了这个过程,也凝固了这个过程,并且形成、奠定了"诗"的传统观念和典雅形式。"诗"是综合的"乐"的一个组成部分,在内容上是"诗言志",在形式上是四言体,在艺术风格上是雅正,在社会功能上是讽喻雅颂的"诗歌",进行道德情操教育,表现政治成败和人民哀乐。《诗经》三百篇都是音乐、舞蹈、诗歌创作中的歌词。到战国时代,四言诗脱离歌曲而独立成为语言艺术,创作发展了,但由于《诗经》被经典化、政治化、伦理道德化,成为政治历史的经典和道德情操的教材;加上汉语的发展,四言诗的单音词和单字节奏,作为一种诗歌艺术形式也逐渐脱离语言实际而僵化起来。同时,南方楚国的楚歌、楚辞迅速发展,出现了屈原及宋玉等一批杰出作家和优秀作品,填补了中原华夏传统诗歌发展的一段寥落低谷,成为《诗经》以后的又一种流行诗歌艺术形式,掀起了一个新的诗歌高潮。因此,先秦诗歌发展形成了以《诗经》和楚辞为代表的两个发展阶段,从而成为汉代诗歌发展的基础和起点。一般地说,汉代诗歌是继承《诗经》、楚辞的诗歌传统而向前发展的。但是,由于《诗经》和楚辞本来属于两个文化传统,因而汉代诗歌并不径直地在它们融合一体的传统基础上发展前进,而是在《诗经》传统为主的基础上,同时吸取,融合楚辞传统的艺术精华而向前发展的。

众所周知,《诗经》是以史官文化为主的华夏文化传统的集成,楚辞则是以巫教文化为主的楚文化传统的创造,两者在内容、形式及语言上存在明显不同。前者传播、活动、作用于黄河两岸的北方中原地区,后者则在长江流域的南方广大地区。从战国纷争到秦、汉一统,在这社会动荡、历史转折的发展阶段里,不仅进行着政治变革,军事斗争,领土兼并,而且在思想文化领域里通过争鸣而互相交流,促进着中华民族大融合。在北方中原地区,周代政治文化思想和制度成为传统的正宗,也是当时中华大地

第一章　诗人没有桂冠

上的先进地区。出自西戎的秦国和源自三苗的楚国,较之中原诸侯国是程度、方面不同的落后地区。从文明和文化的角度看,被称为"虎狼之国"的秦国更落后一些,却也更少三代两周政治思想文化传统的束缚。因此虽被李斯嘲笑为敲着瓦盆土鼓,发出"呜呜"的叫喊,"真秦声也"(《谏逐客书》),但它同时却最易接受新兴地主阶级的政治思想,以耕战与法制迅速崛起,"及至始皇","吞二周而亡诸侯,履至尊而制六合,执敲朴以鞭笞天下,威振四海"(贾谊《过秦论》)。而楚国则自三代被逐于长江流域之后,经历漫长的开发经营,到春秋战国时代,形成了自己的政治文化传统,自有特色的文明,凭借江南广大地区的优越的自然地理物产条件,因循守旧,成为游学之士最后一块乐土,终于不免被勇武的强秦攻破灭亡。较之秦国,楚文化拥有源远流长的优势。与华夏中原文化比较,则在战国时代,楚国其实是思想文化崛起的地区,老子便是史官,屈原更是楚国贵族大臣。事实上,从思想文化方面看,从战国百家争鸣,秦始皇焚书坑儒,汉初崇尚黄老无为,到汉武帝独尊儒家,在这一发展过程中,宗周的华夏传统经历了无情的否定之否定的改造更新,适应地主阶级的政治需要,形成了封建社会的上层建筑,发展了华夏传统。而楚文化的文学精华楚辞创作虽然曾经受到歧视和排斥,却终于被华夏文化吸取融合,承认是《诗经》之后新创的文学传统的一个源头,与《诗经》交融结合而产生了"古《诗》之流"的汉赋,以《离骚》为典范而开创了一个新的诗歌体裁即"骚体"或称"楚辞体"。因此,两汉诗歌发展并非是在一片单一传统的艺术土壤上生长繁荣,也不是在一块未开垦的处女地上播种发芽,而是在传统艺术土壤中吸收融合各种新鲜成分和滋养,推陈出新地发展起来,盘根错节,纠缠结合,雅俗新旧,多姿多态,彼此排斥,互相渗透,其发展道路是复杂曲折的。而造成这样发展状态的一个重要原因,便是人们头脑里的诗歌观念。

　　汉代诗歌观念从先秦诗歌观念而来,但是有变化发展。春秋时代以前,"诗"和"歌"是音乐、舞蹈、诗歌三位一体的"乐"的组成部分,属于两类艺术形式。"诗"是歌词,是说明"乐"的思想内容的语言作品,"歌"是歌曲,是抒发"乐"的哀乐感情的歌唱艺术,所以说"诗言志,歌永言"(《尚书·

舜典》),而"乐"的社会功能是道德教育和情操陶冶,所以称为"乐教"。正因"乐"是整体的综合艺术,由周天子及诸侯的官府掌管,用来进行思想情操、伦理道德教育的,因而《周礼》有乐官而无诗官。乐官大司乐职掌"成均之法,以治建国之学政,而合国之子弟焉",以"乐德""乐语""乐舞"教国子。乐官太师的职责之一是教学"诗"的六义即风、赋、比、兴、雅、颂;太师属吏瞽矇的职责是"讽诵诗"(见《周礼·春官宗伯》)。他们教诗、诵诗是辅导贵族子弟接受乐教,因而太师教诗要从修辞艺术上讲解赋、比、兴,从音乐舞蹈上分别风、雅、颂。这就是说,在春秋时代以前,传统观念里的诗是从属于"乐",依附于"歌"的,并非独立的语言艺术,更不是娱乐耳目的文艺,而是乐教的一个组成部分,是"乐"的教育文本,贵族子弟的思想道德教科书。

传为孔子编定的"诗三百"的《诗经》,便是这样一种乐教文本的教材,其实都是歌词。春秋时代,礼崩乐坏,梦想推行德治仁政的孔子,身体力行"有教无类",虽然杏坛教学也许鼓瑟弹琴,长啸低吟,仍有"乐教"的余韵,但是八音齐奏,歌舞并起,恢复文、武、周公当年的隆重乐舞,大概是不行的。因此,"乐教"逐渐变为"诗教",歌词的总集成为实际意义的语言艺术的诗总集。于是在传播中,从属乐的诗逐渐成为华夏文化中传统典雅的四言诗。而在孔子及儒家传人心目中,《诗》仍然是传统的规范的思想道德教科书。所以孔子说,"《诗》三百,一言以蔽之,曰思无邪"(《论语·为政》),可以"兴""观""群""怨"(《论语·阳货》),是以其纯正高尚的思想情操而取得经典地位,发挥教育功能;又说"《诗》《书》执礼,皆雅言也"(《论语·述而》),"不学《诗》,无以言"(《论语·季氏》),《诗》以其典雅规范的语言而成为标准课本,培养交际本领。因而到战国时代,孟子说:"王者之迹熄而《诗》亡,《诗》亡然后《春秋》作。"(《孟子·离娄下》)进一步把《诗》视为盛世政治的产物,使之成为儒家理想的政治、思想、道德的经典。在战国后期,荀子更进一步,明确提出一系列宗经、明道、征圣的儒家文学理论观点,将"诗"从理论观念上与"乐"分开,《诗经》与《乐》(已佚)并为六经之一,认为六经都是归结"圣人之道""百王之道"的,"《诗》言是其志也","《乐》言是

第一章 诗人没有桂冠

其和也";而且区别了风、雅、颂,认为:

> 故《风》之所以为不逐者,取是以节之也;《小雅》之所以为小雅者,取是而文之也;《大雅》之所以为大雅者,取是而光之也;《颂》之所以为至者,取是而通之也。天下之道毕是矣,乡是者臧,倍是者亡。
>
> (《荀子·儒效》)

从思想情操、道德伦理标准出发,根据《风》《小雅》《大雅》《颂》的具体主题内容,分别它们的功能效用。《风》是对不够标准的思想行为提出节制的要求,《小雅》是让合乎标准的变得高雅,《大雅》是发扬光大,而《颂》则为最高典范。显然,儒家的诗歌观念坚持继承发展着华夏传统的诗歌观念。

总之,先秦时在华夏文化中占主导地位的诗歌观念,是随着社会政治发展,从"乐"到"歌"到"诗",是"宪章文、武"的儒家诗歌观念。其主要内涵及功能是思想道德的规范教育和语言修辞的学习运用;其诗歌的艺术形式是适应"乐""歌"的音乐要求,结合先秦单音词和单字的语言实际,形成整齐押韵的四言诗体。到了汉代,尤其是汉武帝独尊儒家之后,这一代表华夏文化传统、以《诗经》四言诗为典范的儒家诗歌观念,占有雅正的正统地位,是汉代作家、学者、士大夫心目中的高级诗歌创作思想标准。

但是,从战国到汉代,时势需要的是王霸大略、政治理论以及有说服力的犀利散文,并不急需德治仁政、礼乐教化以及感情动人的诗歌。孔子虽然培养了三千弟子和七十二贤人,但奔走列国的遭遇却是"累累如丧家之犬"(《史记·孔子世家》),无人问津;孟子游说诸侯,依然布衣终身,终于感慨明白了"《诗》亡然后《春秋》作"的现实需要;荀子被齐国稷下学士尊作"最为老师"(《史记·荀卿列传》),却只得投奔楚国,等于门客,而写起《佹诗》及《赋》来。事实上,在战国时代,代表传统的以诗教为指导的儒家诗歌观念受到极大冲击。首先是《诗经》自身具有的思想道德教科书的意义被冲淡了,而作为政治思想的经典依据以及政治交际的外交辞令的功能,却突出了。其次是古奥典雅的《诗经》诗歌语言及以单音节奏为主的四言体,不适应动荡时代的情绪脉搏,在诗歌创作实践活动中变得僵化,四言诗创作冷落消沉。第三是诸子纷起攻击儒家的礼乐诗教:墨子尚俭非儒,反对礼乐浪费;老、庄返璞归真,嘲笑儒家虚伪;法家指斥儒士为不劳而获的蠹虫,无不否定礼乐诗教。最后是在这社会动荡的变革时代,历史悠久的楚国,由于地域广大,物产富饶,宗族统治顽固,政治因循守旧,巫教更其繁盛,淫祀歌舞流行,因而激发出变革图新的政治要求;而与楚文化传统诗歌结合的楚歌、楚辞文学,孕育出屈原及宋玉等优秀作家,创作出《离骚》《天问》《九章》《九歌》以及《九辩》《风赋》等杰出作品,填补了华夏文化中的一段文学空虚,丰富了也显示了战国实际存在着多元的诗歌观念,并不只有单纯一个儒家诗教。到汉代,楚歌、楚辞创作的流行,更表明传统诗歌观念发生了变化,不但接受了楚文化的诗歌创作,而且逐渐吸取楚歌、楚辞的独特的文学形式和形象艺术,使之成为华夏文化艺术的一个组成部分。

楚歌即楚声歌曲,在战国时代已流行于中原。"楚虽三户,亡秦必楚",随着农民战争和汉代建立,楚歌从战场进入宫廷,登临庙堂。揭竿而起的陈涉,楚、汉对峙的项羽和刘邦,刘邦的主要谋臣沛下集团,几乎都是楚人。项羽被围垓下,四面楚歌;霸王别姬,悲唱楚歌。高祖还乡,一曲《大风》,仍是楚歌。刘邦好楚声,爱姬唐山夫人的《房中乐》,还是楚声歌曲编制的乐章。汉文帝时,《大风歌》编成大型歌舞,列为宗庙祭祀颂歌,称为"三侯之章",楚歌登临庙堂。汉武帝的《瓠子辞》《秋风辞》以及《天马歌》等,都是楚歌。帝王的爱好,使楚歌盛行宫廷,成为汉初诗歌一种流行形式,因而也就成为汉代诗歌一种优雅形式。这是非华夏文化的诗歌成为汉代雅诗的一个原因,也是一种发展事实。

楚歌在汉代流行和发展,还表现在七言诗体的兴起上。七言的节奏显然是从楚声歌曲的节奏来的。《九歌》上下三字对称的"兮"字句式,去掉"兮"字是三字句,把"兮"字变实字便是七言句。而"兮"字实质为声词,表示"歌咏言"的歌曲声调延长,记录其词时,去"兮"即为诗。战国末,荀子《成相歌》就是三三七的节奏和句式,实际是楚国歌谣的一种形式。魏晋乐府演唱的《陌上桑》(见《宋书·乐志》引魏文帝《陌上桑》),有一种歌词便是屈原《九歌·山鬼》,不过去掉了"兮",变成三三七的七言诗。唐山夫人

第一章 诗人没有桂冠

《房中乐》、汉武帝时《郊祀歌》中有的乐章的歌词也是经过整理的整齐的三三七的七言诗。汉武帝元封三年(前108)修成柏梁台,"诏群臣二千石有能为七言者,乃得上坐",由武帝开头,一人一句七言,就是即席的七言联句(见《艺文类聚》卷五六引《东方朔别传》)。东方朔有"八言、七言上下"篇(《汉书·东方朔传》),刘向今存七言残句,东汉杜笃、崔琦都有"七言"著录(见《后汉书·文苑传》),张衡有《四愁诗》,汉灵帝有《招商歌》,以及崔駰、李尤存有七言残句。此外,汉代流传的两种识字歌诀——传为司马相如著的《凡将篇》,录为史游撰的《急就章》(均见《汉书·艺文志》)——都是七言,类似今日七言的顺口溜。可见在西汉,七言体已属一种流行的通俗歌体,并且颇有趋雅之势。一则由楚歌来,已入宫廷;一则用于文化教育,是学士大夫的通俗之作,其事不失为雅举,其词则为浅俗新体。因此,原属载歌载舞的楚国民间流行的文艺样式楚歌,在秦末汉初,逐渐成为广泛流行的一种雅俗兼赏的华夏文化艺术的新品种。

以《离骚》为典范的楚辞创作,在汉代兴盛的情况,与楚歌及七言体有所不同。屈原、宋玉等的楚辞作品原是楚文化高层次艺术产品。《九歌》是提高神鬼祭祀歌舞旧辞之作,当可披弦入乐。但《离骚》《九章》显然是脱离歌舞的语言艺术创作,《天问》明显受有四言体的影响。不难设想,楚辞作品的传播不随歌曲,而是以"赋"即朗诵方式,靠抄写和背诵传播。抄写要识字,背诵要懂楚方言,理解和欣赏更须有较高的文化素养。所以楚辞的传播和被接受,要有较高的文化条件,渠道较少,范围较小,不能与楚歌相比。刘邦集团主要是楚人,但文化其实不高,"坑灰未冷山东乱,刘项元来不读书"(唐章碣《焚书坑》)。文帝、景帝不爱好文艺。楚辞文学的传播和发展为汉赋创作,主要由于吴、楚诸王。"汉兴,诸侯王皆自治民聘贤。吴王濞招致四方游士",邹阳、枚乘、严忌等"俱仕吴,皆以文辩著名"(《汉书·邹阳传》)。他们都是汉初著名辞赋作家。楚元王刘交本来就爱好鲁诗,重视文化。虽然其孙刘戊不道谋反,但另一孙刘辟彊"好读诗,能属文"(《汉书·楚元王传》),曾孙刘德、玄孙刘向都博学喜文,历任朝廷宗正。刘向所编《楚辞》十六卷,更是总集之始,保存了屈原、宋玉及汉人楚辞作

17

品。淮南王刘安,"为人好书,鼓琴,不喜弋猎狗马驰骋","招致宾客方术之士数千人"。汉武帝爱好文艺。刘安来朝见,武帝让他"为《离骚传》,旦受诏,日食时上"(《汉书·淮南王安传》)。可见武帝年轻时不习楚辞,而刘安则爱好而精通。显然,这是由于楚辞文学在江南吴、楚诸王国甚受重视,传习不绝。汉文帝时,青年政治家贾谊是洛阳人,其著名的楚辞体制的《鵩鸟赋》和《吊屈原赋》便是在他被排挤出朝廷,到长沙为傅时的不得志之作。如同战国末的荀子晚年在楚国写俗赋和七言一样,楚辞文学以其新鲜生动而为汉初中原作家、学者、士大夫所接受。诚如《汉书·艺文志》所说:

> 传曰:"不歌而诵谓之赋,登高能赋,可以为大夫。"言感物造端,材知深美,可与图事,故可以为列大夫也。……春秋之后,周道寖坏,聘问歌咏不行于列国,学《诗》之士逸在布衣,而贤人失志之赋作矣。大儒孙卿(即荀子)及楚臣屈原离谗忧国,皆作赋以风,咸有恻隐古诗之义。其后宋玉、唐勒,汉兴枚乘、司马相如,下及扬子云,竞为侈丽闳衍之词,没其风谕之义。是以扬子悔之,曰:"诗人之赋丽以则,辞人之赋丽以淫。如孔氏之门人用赋也,则贾谊登堂,相如入室矣,如其不用何!"

在这段概述汉赋发展中,也可看到,楚辞除发展为汉代辞赋这类新的文学体裁外,继承《离骚》而来的骚体赋,同样以"不歌而颂"的语言艺术创作而从江南传到中原,成为士大夫抒发失志不遇的一种文学手段,成为一种优雅的文艺品种。如果从现代诗歌艺术观念看,骚体赋具有抒情述志长诗的特点和音韵节奏的形式,因而有学者视之为诗,如同《离骚》属诗之类。但是在汉代人的诗歌艺术观念里,骚体赋不属歌唱的诗,并非朗诵的诗,而是押韵的文,朗诵的赋。古今对骚体赋艺术特点和形式的不同观念,恰可表明,汉代诗歌艺术发展正处在一个新阶段的起点。

诗歌的传统观念在汉代受到冲击的另一重要现象便是民间歌谣始终十分活跃。无论在数量或质量上,今存西汉诗歌作品最重要的部分都是

第一章 诗人没有桂冠

民歌谣谚。应当看到,今存两汉民歌谣谚在流传过程中已经过人民群众集体及文人的加工润色,并非原始面貌。尤其是两汉乐府古辞和无名氏《古诗》,文人加工润色的痕迹明显。但是总体来看,它们都保存着民间创作的思想和艺术特色,反映着不同于先秦以来诗歌传统的独特观念。《汉书·艺文志》说:

> 自孝武立乐府而采歌谣,于是有代、赵之讴,秦、楚之风,皆感于哀乐,缘事而发,亦可以观风俗、知薄厚云。

收集歌谣的乐府官署是汉武帝开始设置的,但是当时能收集到天下南北民歌,正反映民歌是很活跃的。而其特点是发自现实的生活境遇,感于真实的悲哀欢乐,因此统治者可以从民歌中观察风气习俗,了解人情厚薄,借以有效地施政治民。如果从诗歌观念来看,民歌创作的思想准则不是传统诗教的"思无邪"和"温柔敦厚",而是真实地抒写现实生活的切身感情意愿,要求生存发展,追求合理幸福,反抗压迫,反对束缚。这就不可能自觉地符合传统雅颂要求,不免被视为粗俗。从诗歌艺术看,两汉民歌不仅在艺术形象上迥异于四言及骚体,而且在语言上保持口语及方言特色,在体裁上保持当地流行民间歌曲的歌辞形式,因此不拘四言,不限楚歌及骚体,而与传统雅体的四言相对,凡三、五、六、七及杂言体,都属新体俗体。所以西晋挚虞《文章流别论》说,"古《诗》率以四言为体",而时有一句二句三、四、五、六、七、九言杂于其间。认为后世五、七、杂言诗都是从这些杂句衍变而来,都是俗体。三言诗是"汉郊庙歌多用之",五言诗"于俳谐倡乐多用之",七言诗也是"于俳谐倡乐世用之"。指出"雅音之韵,四言为正,其余虽备曲折之体,而非音之正也"。

综上所述,在汉代人的观念里,诗歌实际上存在两个传统的四类品种。一是以《诗经》为典范的雅正四言诗,与之相对的新俗诗歌便是从民歌来的五、七、杂言歌辞;二是以《离骚》为典范的优雅骚体诗赋,与之相对的俗体便是楚歌体的诗和歌辞。四言及五、七、杂言诗歌代表华夏文化传统的音乐及语言艺术,骚体及楚歌代表楚文化传统的歌唱及语言艺术。

这两个传统的诗歌艺术各自具有雅、俗的层次结构。而《诗经》四言在两汉始终具有正统雅诗地位,楚辞骚体则属于新兴的优美高雅的诗歌艺术,虽然被接受为一种雅诗,但并不等同于《诗经》四言。楚歌在楚文化原为俗体,但在两汉却具有雅、俗两栖之势,以《九歌》为典范的楚歌体具有雅体地位,而化为三、三、七的七言体则仍为俗体。如果从诗歌的艺术方面考察,汉代尚未具有现代文学理论以艺术形象为特征的艺术观念,而是从先秦的传统观念发展而来的。这种观念的发展轨迹,可以从《汉书·艺文志》的分类及其说明中,比较集中而明显地看到。

首先是学术与艺术的区分。《汉书·艺文志》把《诗经》列入"六艺略",尊为经学,而辞赋与歌诗另列"诗赋略",视为文化艺术。其次是继承先秦儒家"歌"与"诗"的观念,区分从属于乐的"歌"与脱离歌的"诗"。其述《诗经》云:

> 《书》曰:"诗言志,歌咏言。"故哀乐之心感,而歌咏之声发。诵其言谓之诗,咏其声谓之歌。

正如"不歌而诵谓之赋"一样,"诗"是脱离了歌唱的歌词,是朗诵的语言艺术作品;而"歌"是歌曲,是歌唱的音乐艺术创作。因此《艺文志》把西汉乐府可保存的歌词统称为"歌诗",意即可歌唱的"诗",以及记声无词的歌谱称为"歌声曲折",与屈原以来的辞赋合并为一大类,即"诗赋略"。也就是说,在刘歆及班固看来,脱离歌唱的歌词是与辞赋一样的语言艺术产品。所以第三,就"歌诗"即歌词的艺术性而言,实则与辞赋同类,属于文章,以语言修辞技巧及风格为艺术,并不要求创造艺术形象。换句话说,辞赋与歌诗的艺术方法和要求是《诗》六义的"赋""比""兴",以及"雅言"与"辞达"。因此,第四,在诗歌艺术评论上,实则与辞赋一样,从思想内容要求出发,评价文章修辞艺术。所以批评宋玉以下的辞赋作家"竞为侈丽闳衍之词,没其风谕之义",而认为西汉乐府的特点是"感于哀乐,缘事而发"。前者是文章好而缺乏教育意义,后者是叙事反映了真实感情,有利于统治者了解民情,并不涉及艺术。总体来看,撰于西汉末的刘歆《辑略》,删订

第一章　诗人没有桂冠

于东汉初的班固《汉书·艺文志》，所表现的汉代诗歌艺术观念，实质是以《诗经》为典范的儒家学术观念，并不是以艺术形象为特征的诗歌艺术观念，而是以思想内容论雅俗，以文章修辞论艺术。其原因便是先秦以来传统文化艺术观念使然，形象艺术属于音乐歌舞，语言艺术主要是表达内容，"辞达而已矣"。

通观汉代诗歌，在观念上和实际上存在明显的自相矛盾的现象。一方面是继承发展了先秦文化艺术的传统观念，逐渐确立了儒家诗教的统治地位。《诗经》高踞经典高雅地位，汉代四言诗创作视为高雅正统之作；楚辞及汉代骚体创作，成为士大夫通行的优雅文辞；而民歌及下属文士创作的五言、七言及杂言乐府与《古诗》，乃属下里巴人的低俗诗歌。另一方面，从时代发展的新旧来看，《诗经》及追摹《诗经》的四言诗明显古奥，骚体相对《诗经》为新体异体，而最具生命力的新诗歌则是两汉乐府《古诗》。雅俗观念与新旧实际，在汉代呈现为反比例发展，古与雅相连，新与俗结合，矛盾冲荡，两相较量，相反相成，而使传统获得改造更新，辩证地向前发展。这是合乎历史发展规律的必然现象。任何旧事物都是从新事物发展而来，任何新事物都会发展为旧事物。新事物发展到成熟阶段，形成某种规范，在思想认识上反映为雅正观念，同时形成传统观念。所以传统观念经常表现为一种成熟的规范的模式，具有吸引力、凝聚力，同时具有约束力。当客观推动主观向前发展，新事物萌芽生长，突破规范模式的约束，传统观念的约束不免表现为保守力量，与新事物的发展产生矛盾冲突。当新事物突破旧规范的约束，调整或改变了事物的不合理部分，形成一个适应新事物发展的机制，新事物以完整崭新面貌生存发展，一种新的成熟的规范的模式成立了，思想认识上的雅正观念发展变化了，传统及传统观念得以改造更新。文化传统的发展如此，诗歌艺术发展的辩证法亦然。古为新所取代，但新中有古；俗变成了雅，却遵循着雅俗的辩证法。两汉诗歌艺术发展，生动显示了这个变化过程。一千年后，北宋末的诗人、学者，江西诗派创始者黄庭坚响亮地提出了"以故为新，以俗为雅"，其实是一个认真的总结，虽然来得太迟缓。

三　诗歌作者的社会群体

　　从今存两汉诗歌的总体看,有一个突出的现象:有作者署名的作品,不如无名氏及民歌的作品成就高。通常认为,这种现象表明,两汉诗歌经历下述发展过程:从民间创作到文人创作,从入乐歌唱到独立徒诗,从四言体到五、七言体,从叙事诗到抒情诗。这一论断,大体成立,但可以进一步探讨。诗歌是生活在一定时代、一定社会、一定地区的作者创作的。诗歌作者既属社会成员,便是社会的人;既是创作诗歌,便是具有诗歌艺术观念、掌握诗歌创作技能的人,那么在汉代,在它的诗歌发展过程中,从内容和形式结合的诗歌创作角度看,既然有不同内容和不同形式的诗歌作品,便应当有不同的诗歌作者群体存在,并且按照现代诗歌理论观念说,应当存在具有不同的诗歌艺术观念和主张的诗歌流派。但是事实上,如上所述,汉代在政治上是封建集权的官僚统治体制的巩固完善阶段,重官轻文;在文化上是传统的改造更新阶段,崇雅卑俗;在诗歌上是诗歌发展新阶段的最初时期,传统典雅的四言诗趋于僵化,流行优雅的骚体诗实属新异之体,新鲜活泼的五七言诗视为粗俗。在这种情况下,并不存在自觉以诗歌艺术观念为指导的创作流派,诗歌作者群体实际上是从属于社会政治结构及由此产生的政治观念的社会群体。如果停留在一般的从民歌到文人创作的"新陈代谢"规律上来考察汉代诗歌艺术发展过程,容易忽视中国诗歌发展的具体情况和独有特色,也可能对诸如真伪归属等问题作出空泛的一般推断。因此有必要具体考察汉代诗歌作者群体的构成。

　　综合今存两汉诗歌作品的作者与历史文献著录以诗著称及有诗歌而今佚的作者,不论其作品为雅俗体裁,凡今存其诗歌作品及断章残句者,或著录其有诗歌创作者,大概统计如下:

　　一　帝王

　　　　汉高祖　　刘邦　　　　　　楚歌体

　　　　汉武帝　　刘彻　　　　　　楚歌体

汉昭帝	刘弗陵	楚歌体
汉章帝	刘炟	歌诗（佚）
汉灵帝	刘宏	楚歌体
汉少帝	刘辩	楚歌体
赵王	刘友	楚歌体
城阳王	刘章	四言
淮南王	刘安	楚歌体
临江王	刘荣	歌诗（佚）
燕王	刘旦	楚歌体
广川王	刘去	楚歌体，录为三言。
广陵王	刘胥	楚歌体
东平王	刘苍	四言
白狼王	唐菆	四言（汉译）

二 嫔妃

戚夫人		杂言
乌孙公主	细君	楚歌体
班婕妤		五言
华容夫人		楚歌体
唐姬		楚歌体

三 百官

楚王傅	韦孟	四言
长沙王傅	贾谊	骚体
弘农都尉	枚乘	楚歌体、五言
孝文园令	司马相如	楚歌体、七言
太中大夫	东方朔	杂言、楚歌体，六言
大鸿胪	商丘成	六言
典属国	苏武	五言
骑都尉	李陵	楚歌体、五言

谏议大夫	王褒	四言（佚）
丞相	韦玄成	四言
谏议大夫	刘向	骚体、七言
光禄勋	杨恽	杂言
光禄大夫	息夫躬	楚歌体
大中大夫	扬雄	骚体
伏波将军	马援	七言
护军司马	班固	四言、楚歌体、五言
新汲令	王隆	诗（佚）
侍中	贾逵	诗（佚）
长岑长	崔骃	诗（佚）
车骑从事	杜笃	七言、楚歌体、三言
兰台令史	傅毅	四言、楚歌体
乐安相	李尤	七言、三言
东观郎	李胜	诗（佚）
校尉	刘珍	四言
司徒掾	桓麟	四言
校书郎	刘騊駼	五言
济北相	崔瑗	七言（佚）
巴郡太守	应季先	四言
河间相	张衡	四言、五言、七言、楚歌体
南郡太守	马融	七言、琴歌（均佚）
太傅	胡广	诗（佚）
侍中	王逸	骚体、诗（佚）
外黄令	高彪	五言
临济长	崔琦	七言（佚）
冀州刺史	朱穆	四言
京兆尹	尹笃	诗（佚）

陈相	边韶	诗（佚）
五原太守	崔寔	七言（佚）
左中郎将	蔡邕	七言、五言、六言、楚歌体
少府	孔融	四言、五言、六言
太常	赵岐	四言
太尉	崔烈	诗（佚）

四　吏士

处士	薛方	诗（佚）
处士	梁竦	骚体（佚）
处士	应奉	骚体（佚）
处士	崔篆	诗（佚）
处士	梁鸿	楚歌体
处士	石勋	五言
征士	崔琦	七言（佚）
孝廉	郦炎	五言
征士	侯瑾	五言
上计掾	秦嘉	四言、五言
（秦嘉妻）	徐淑	楚歌体
郡上计	赵壹	五言
郡从吏	仇靖	骚体

五　艺人

协律都尉	李延年	五言
黄门倡	车忠等	歌诗（佚）
	辛延年	五言
	宋子侯	五言

六　佚名

包括乐府古辞、五言古诗及《汉书·艺文志》"杂各有主名歌诗"等诗歌作品作者，今均佚名或存疑。

（以上统计，依据《汉书·艺文志》《后汉书·文苑传》及清姚振宗《汉书艺文志条理》、清钱大昭《补续汉书艺文志》、侯康《补后汉书艺文志》、顾怀三《补后汉书艺文志》、姚振宗《后汉书·艺文志》等。）

从上述情况可以看到三个特点。一是作者各色人等俱有，从帝王嫔妃到吏士艺人及黎民百姓，诗歌艺术不垄断于一个阶级、阶层及集团；二是诗歌体裁雅俗俱兴，三、四、五、六、七、杂言及楚歌、骚体都有，较为明显的是，宫廷歌诗多楚歌体，百官士大夫多四言、楚歌及骚体，其中注明"诗（佚）"者大体当属四言雅体，而艺人及佚名作者则多为五、七、杂言，这也显出诗歌艺术形式不垄断于一个阶级、阶层及集团，但有雅俗之分及不同习尚；三是不论作品今存与否，其中并无思想、艺术完美结合的伟大作品，因此没有一个作者以其诗歌作品而占有汉代的代表诗人地位，却由乐府古辞与五言古诗的无名群体代表两汉诗歌成就。如果从作者的社会政治地位来看，则上列作者可分为四类：一是帝王贵族及公卿大臣；二是词臣、作家及学者；三是隐士和失意文人；四是艺人及无名氏、民歌作者。在古代封建社会的漫长岁月里，这几类群体始终存在，与文学及诗歌艺术没有必然联系，恰可表明两汉诗歌艺术处于自在发展、自然竞争状态。这正是两汉诗歌艺术新阶段开始的特征。

造成自在发展、自然竞争的原因，如前所说，在汉代人观念里，作为艺术的创作，是"乐"及"歌"；作为"乐"及"歌"的语言文字表达形式，是"诗"。所以"乐"及"歌"有艺术上的正邪雅俗之分，而"诗"则从属"乐"及"歌"，主要在思想内容上表达出正邪雅俗。这就造成一种观念，"诗"及"歌诗"，即语言创作的诗歌及唱的歌词，其实不要求创造形象的艺术，只要运用赋、比、兴的修辞方法。如果从以艺术形象为特征的语言艺术创作角度看，那么汉代还不曾形成自觉、独立、明确的诗歌艺术观念，而是不自觉地朝着这个方向前进。因此实际上，汉代社会各阶层，全国各地区，是按照各自的文化基础、风俗习惯以及个人爱好进行歌舞创作活动，一部分学士大夫则按照《诗经》的传统从事典雅规范的诗歌写作，并没有一种诗歌体裁是作为语言艺术创作来使用的，也没有一个地点形成了诗歌创作活动的中

第一章　诗人没有桂冠

心,更没有出现自觉的持有诗歌艺术观点主张的诗人集团或诗歌流派。

两汉是有文化学术、艺术及文学中心的,但是没有一个诗歌中心。两汉的京城长安和洛阳,始终是政治、思想学术中心,齐、鲁、韩、毛四家《诗》作为儒家思想文化的一个组成部分,围绕师承门户与古、今文经之争,聚集了一群又一群的学者,展开烦琐无休的争论。虽然以《诗经》为对象,但实质是以伦理道德与政治思想为主旨的学术活动,并非诗歌创作,更不涉及诗歌艺术的探索。作为一个文化活动中心,长安与洛阳始终聚集着一批文士大夫及艺人,从事着音乐歌舞的创编活动,为宫廷庙堂的祭祀礼仪、歌颂娱乐服务。从汉高祖时"叔孙通因秦乐人制宗庙乐"(《汉书·礼乐志》)起,历朝陆续有宗庙音乐歌舞的创编活动,有的留下了歌词。例如《汉书·礼乐志》载:

> 初,高祖既定天下,过沛,与故人父老相乐,醉酒欢哀,作"风起"之诗,令沛中僮儿百二十人习而歌之。至孝惠时,以沛宫为原庙,皆令歌儿习吹以相和,常以百二十人为员。文、景之间,礼官肄业而已。

"风起"之诗即刘邦《大风歌》,楚歌三句。当时编为一百二十名儿童的大合唱,便须编乐曲。惠帝以后,逐步升级,成为宫庙祭乐,歌儿虽仍为一百二十人,但其规模必定更为肃穆隆重,礼仪成套,歌舞毕全,便须进行创编,而主要是音乐歌舞的创编。又载汉武帝时:

> 以李延年为协律都尉,多举司马相如等数十人造为诗赋,略论律吕,以合八音之调,作《十九章》之歌。以正月上辛用事甘泉圜丘,使童男女七十人俱歌,昏祠至明。夜常有神光如流星止集于祠坛,天子自竹宫而望拜,百官侍祠者数百人皆肃然动心焉。

《十九章》之歌是《汉郊祀歌》十九章,其词今存,并非一人之作,间或有汉武帝的创作。是否有司马相如所写歌词,存疑勿论。但从祭祀场景看来,在甘泉宫修筑象征天空的圆形高台,不啻舞台,当有歌舞礼仪,而伴之以男女儿童一百四十人合唱,从黄昏进行到天明,由皇帝带领百官几百人参加,规模壮观,可想而见,难怪神异灵验,令人肃然动心。显然,这主要是

音乐歌舞创编,歌词从属于乐,并不独立创作。诸如此类,宫廷庙堂聚集了一批创作人员,其中包括歌词作者,但是以音乐歌舞的创作为主,并非独立的诗歌创作,因而诗歌作者不留其名或不知名,无足轻重。班固含糊不实地举出一个著名作者"司马相如"来,但却不能指出司马相如写了《十九章》中的哪一章,留下千古疑案,或许就因为写作歌词只是应付差事而已。也正因此,京城也是一个文化艺术中心,但不是诗歌中心。

汉代的文学中心主要是辞赋创作中心。但由于辞赋是从楚辞发展而来,因此辞赋中心起初不在京城,而在吴、楚及梁。前文已述,汉初辞赋代表作家枚乘、邹阳、严忌等,原来都受吴王刘濞聘任,为吴王文学侍从。吴、楚七国乱起,这群作家"知吴不可说,皆去,之梁,从孝王游"(《汉书·邹阳传》)。据《西京杂记》描述:

> 梁孝王游于忘忧之馆,集诸游士,各使为赋。枚乘为《柳赋》……路乔如为《鹤赋》……公孙诡为《文鹿赋》……邹阳为《酒赋》……公孙乘为《月赋》……羊胜为《屏风赋》……韩安国作《几赋》不成,邹阳代作……邹阳、安国罚酒三升,赐枚乘、路乔如绢人五匹。

其事未必属实,但却反映梁孝王刘武的睢园有一群创作辞赋的文学侍从,传为"梁园风雅"的佳话。后来司马相如也加入这一群,更可表明它是一个辞赋中心。又据王逸《楚辞章句·招隐士序》说:

> 昔淮南王安博雅好古,招怀天下俊伟之士。自八公之徒,咸慕其德,而归其仁,各竭才智,著作篇章,分造辞赋,以类相从。故或称"小山",或称"大山",其义犹《诗》有《小雅》《大雅》也。

在当时,淮南王刘安爱好楚辞,广招宾客,也形成一个辞赋中心。这类辞赋中心,确属西汉前期的文学创作中心,但不是诗歌创作中心。

在汉武帝时,辞赋中心转移到京城宫廷。《汉书·枚乘传》载,汉武帝"自为太子闻乘名,及即位,乘年老,乃以安车蒲轮征乘",不幸,枚乘在途中去世。为此,武帝下令探问枚乘有没有儿子"能为文者"?"后乃得其孽子皋"。可见吴、楚的辞赋创作影响在汉景帝时已相当广泛,汉武帝在青

第一章 诗人没有桂冠

年时便爱好辞赋。但由于汉景帝不好文,因而京城宫廷没有成为辞赋中心。而当武帝即位,从他急于招请年老的枚乘的心情,便可理解他为什么那样欣赏司马相如的《子虚赋》。事实上,汉武帝身边有一群作家文士,如严忌之子严助,"朱买臣、吾丘寿王、司马相如、主父偃、徐乐、严安、东方朔、枚皋、膠仓、终军、严葱奇等并在左右"(《汉书·严助传》),从此,辞赋中心便从吴、楚转移到长安。汉宣帝时,"召高材刘向、张子侨、华龙、柳褒等待诏金马门"(《汉书·王褒传》),后来又招来了王褒,于是也形成了一个宫廷辞赋作家群体,长安成为一个辞赋中心,但却不是诗歌创作中心。

此外,还有河间献王刘德,"修学好古,实事求是,从民得善书,必为好写与之,留其真","所得书皆古文,先秦旧书","修礼乐,被服儒术,造次必于儒者,山东诸儒多从而游"(《汉书·献王德传》)。他又搜集传统雅乐,向武帝"献所集雅乐"(《汉书·礼乐志》),且形成"河间乐",世有传授。这显然可视为一个整理古文献、古文化艺术的中心,但也不是诗歌创作中心。

总之,以上各类性质的文化活动中心都不是诗歌中心,没有形成诗歌作者群体,根本原因是汉代尚未确立脱离了歌曲的、以语言创造艺术形象的独立的诗歌创作,尚未形成独立的诗歌艺术观念。所以总体来看,朝廷庙堂需要祭祀礼仪,宫廷府邸需要文化娱乐,于是形成了音乐歌舞中心和辞赋创作中心。而采取什么形式,则往往随爱好而来。刘邦好楚声,宫廷庙堂引进楚歌;文帝、景帝节俭,宫廷歌舞从简,庙堂礼仪习常;武帝爱好文艺,喜欢辞赋和新声俗曲,宫廷词臣多,艺人受宠爱,词臣创作辞赋,乐府搜编民歌;哀帝不好音乐,就撤销乐府。吴、楚诸王受楚文化熏染,爱好楚辞,促进辞赋创作发展。学者作家文化高,传统修养深,多写四言和骚体。老百姓"饥者歌其食,劳者歌其事",各唱各的歌。而豪门贵族、大家富户,声色娱乐,自是喜欢新声俗曲。简单地说,富贵观"乐",百姓唱"歌",学者作"诗",作家为"赋"。"乐"与"歌"是形象艺术,"诗"与"赋"是文章写作。今天看来其中都似乎有诗歌作品,在汉代人观念里却只有歌词和文章,唯独没有诗歌作品。文章即诗、赋,属贤才之能,所以作者重视,作品留名。而歌词即乐、歌,有雅俗之分,雅乐高尚,圣贤所作,帝王之举,都不署名;俗曲低下,艺人所为,声色娱乐,不须或不愿留名。因此从上列统计中可以看到,凡百官吏士有以"诗、赋"著称者,史书予以记载,但却从不列"歌诗"即歌词作者。如果换一个角度考察,则汉代诗歌作者都不以专职或擅长的"诗人"身份活动于社会,而是以在封建官僚社会中不同等级的身份地位出现的。所以,在上层,以帝王嫔妃为群,以公卿大臣为群,以词臣为群,以学者为群;在中下层,以处士为群,以失意文人为群;在底层,便是以乐工艺人、无名氏及民歌作者为群。他们都不成为诗歌作者群体,而表现为社会群体,保持着社会群体的结构。因此,汉代在文化学术上尊《诗》为经,在文学创作上承认屈原为"辞赋宗",恰恰没有"诗歌宗""歌诗宗"或"乐府宗",没有诗歌艺术的宗师,没有歌词创作的大师,没有一位足以代表两汉诗歌艺术成就的诗人,也没有一位诗歌作者是由于从事诗歌创作而名垂青史的。直到建安时代,"五言腾踊",才出现了"三祖陈王"和"建安七子",才出现了蔡琰《悲愤诗》和无名氏《孔雀东南飞》。

　　从主观上看,汉代四言诗、骚体诗的作者都不把自己的作品视为诗歌艺术创作,也不因此自称"诗人";汉代乐府歌词的作者同样不把歌词独立视为诗歌艺术创作,更不能因此自称"诗人"。所以汉代并没有一位诗作者与歌词作者要取得"诗人"这项桂冠,也没有一位取得了这项桂冠。从客观上看,汉代社会与大汉帝国都没有给诗歌艺术以足够的尊敬,历朝帝王包括西汉武帝、宣帝和东汉明帝、章帝以及设置"鸿都门学"的汉灵帝在内,也都没有为诗歌作者设置特殊的荣遇,给以"桂冠"。今天看来属于语言艺术的诗歌创作的士大夫四言诗、骚体诗,在汉代的确视为"言志"的雅作,但却是歌颂与讽喻的韵文,是思想政治、伦理道德以及娱乐的手段,并非语言艺术创作性质的诗歌。因而受尊重的是学者和作家,并非诗人。如果说"桂冠诗人"是宫廷作家的殊荣,那么这是属于辞赋作家的,诗人无此幸运。照此说来,事实并非诗人没有桂冠,应是汉代根本没有诗人。严格地说,在汉代士人心目中,有歌词作者,有社会各色人等写作的诗与歌词,但没有自觉创作语言艺术的诗歌的诗人。前面已经说过,《汉书·艺文志》设立"诗赋"一类,但其中的"诗",实际为"歌诗",即歌词,不是独立的语言艺术的诗歌创作。另外,班固撰《汉书》,有《儒林传》,不立《文苑传》;凡诗歌作者而立传者,都以其社会政治身份设立,有学者与辞赋作家,诗人一个没有。范晔等撰《后汉书》,设立《文苑传》,其中著录了传主的"诗"及其他体裁的诗作。但范晔是南朝学者,代表南朝的诗歌观点,不反映汉代的诗歌观点。即使如此,《后汉书·文苑传》著录后汉诗歌作品也是笼统不清的。所以,认为汉代有诗歌创作,但却没有地位独立的诗人,是合乎汉代实际情况的,并非悖论。

从现象看,汉代诗歌确乎处于一种自在发展、自然竞争的状态。那么汉代诗歌发展的内在原因是否如同大自然生物进化一般,是适者生存,新陈代谢呢?具体地说,是否由于四言陈旧僵化,被新鲜活泼的五、七、杂言取代了呢?从形式的发展看,确实如此。但是,形式的发展变化,取决于内容的需要。不存在没有内容的形式,也不存在没有形式的内容。内容没有发展变化,形式的变化极其有限。正是新的内容要求新的形式。诗歌发展亦然。诗歌艺术及各类体裁,实质上是表现社会内容的一种特殊形式。造成汉代诗歌自在发展、自然竞争状态的根本原因,不在诗歌艺术自身,而在政治上、思想上、文化艺术上。汉代统治者在巩固建立封建制度的过程中,必须完善自己的上层建筑,对先秦的政治、思想、文化艺术传统进行改造更新,保存其符合自己需要的部分,改变其不适合需要的部分,建立其发展需要的部分,使旧传统成为一个适应封建统治需要的新传统。就诗歌来说,汉代正处在这个改造更新的重要阶段,新旧传统双方处在对立、相持、斗争、转换的过程。在相当长的一个时期中,旧传统虽然表现僵化,但仍具规范,仍有约束,并未死亡,更不是全部消亡;而新传统虽然萌生发展,但不具规范,无可约束,并未成熟,更不能取代主体。因此便出现了华夏文化传统的诗歌艺术与楚文化传统的诗歌艺术并存的状态;出现了社会不同等级的阶级、阶层、集团的人们,以各自的身份和遭遇,由各自的观念和爱好,各唱各的歌的状态。而在发展中,形成了华夏文化艺术与楚文化艺术的交融,四言、楚歌、骚体与

汉代诗歌新论

五、七、杂言各类诗体竞争,如前所述,雅俗新旧,多姿多态,彼此排斥,互相渗透,显得复杂曲折。十分有趣的是,尽管相当漫长的历史年代里,代表旧传统的雅正观念占有统治地位,非正统的楚歌、骚体被指斥为"虚无之语,皆非法度之政、经义所载"(班固《离骚序》),不典雅的乐府民歌被讥刺为郑、卫之音,被宋代理学斥为"无义理之歌曲"(《文献通考·乐十四》按语),但是楚歌、骚体流行,存在并且发展了,而乐府民歌则终于被承认为"古诗",而且成为新的雅正形式。更有意味的是,代表异端和新传统的非雅正观念的始作俑者,在上层不是有文化有学问的学士大夫,而恰恰是高踞尊位的帝王,以及有权有势的豪贵。刘邦好楚声,刘彻创建乐府,其实都是一种挑战,以俗向雅的挑战。

第二章　四言诗歌的僵化与异化

第二章 四言诗歌的僵化与异化

汉代四言诗比较寥落。但这是就现存四言作品而论的。其实,作为一种传统的雅正诗体,四言诗在汉代是不乏创作,数量颇多的。即使以今存四言诗约80多首计,不算甚少。如果从诗歌艺术鉴赏角度评论其优劣,从而断定汉代四言诗的成就,这并非历史的批评,不能作为对历史现象的研究。汉代四言诗的存在与发展,是客观存在的一种历史现象,应当从客观事实出发,对具体情况进行具体考察,然后才可从总体上予以实事求是的分析评论。事实上,汉代四言诗,不但作为一种传统正声雅诗存在,出现了僵化的趋势,而且始终存在非传统的四言作品,并且发生了异化现象和复苏趋势。它作为一种诗歌艺术的形式体裁,并不因为属于传统形式而僵化至于死亡,也不是简单的新陈代谢,旧的四言体消亡,新的五、七言体兴起繁荣。汉代四言诗,就现存作品看,不都是汉人心目中的正声雅诗,其中有俗曲新声的民间歌谣,以及类似的《诗经》里"变风变雅"的四言新诗。因此,有必要对汉代四言诗歌创作进行具体考察,如实评论。

一 四言诗的僵化

汉代文士大夫创作的四言诗是以《诗经》作品为典范的,代表着传统的诗歌观念。如前所述,《诗经》传统规范有四个原则要求,一是内容以礼教为指导思想,"思无邪";二是以"诗教"为功用,歌颂讽谏,见美见刺,"温柔敦厚";三是以"六义"为艺术要求,音乐歌舞有"风、雅、颂"的区别,表达修辞有"赋、比、兴"的方法;四是四言的体裁,整齐典雅,规范化的文学语言,"皆雅言也"。这是儒家诗作规范的基本原则,要求严格执行,因而实质上成为限制四言诗创作的枷锁,束缚四言诗的发展。在汉代四言诗发展中,这一传统诗歌观念的影响是明显的,负面的。其根本原因在于它把诗歌艺术视为教育人们遵守封建礼教的工具,违反文艺以艺术形象反映现实的真实的本质特征,从而使诗歌创作的思想内容说教化,表现艺术公式化,艺术形象抽象化,诗歌语言古奥化,并且使诗歌拘束于音乐歌舞,妨碍诗歌语言艺术的发展和发挥。因而四言诗总体发展状态呈现呆滞僵化。这首先是由于诗歌艺术观念和创作思想内容的作用,其次是四言体这种形式体裁的限制。僵化不是死亡。四言体只是一种诗歌体裁,一种以古代汉语为手段的语言艺术形式,在语言上有不断吸取新鲜词汇和口语语法以及提炼修辞的发展需要,本质上不存在死亡的问题。如果在艺术观念、思想内容上获得合理的解放,随之而采取新鲜活泼的语言及修辞,则四言的僵化便会缓解而趋于复苏。在汉代四言诗的发展过程中,事实上始终存在两类作品,不仅呈现僵化状态,并且发生异化,出现复苏。

汉初到文、景之治,政治上逐步改革秦代法制统治,经济上减免租赋以休养生息,思想文化上采取黄老无为之治,儒家思想尚未占有统治地位。四言作为华夏文化的一种传统的诗歌艺术形式,也还没有表现为一种具有束缚的典雅规范,而是像楚歌及其他诗歌体裁一样,是一种习用的抒情言志的语言艺术手段。这一时期的四言诗,题材不拘,颇有时代气息。作者既有王侯和学者,也有隐士和人民;思想内容既有符合诗教的见美见刺,也有不合儒家思想的抨击感慨;艺术表现既有力求典雅的,也有生动活泼的。实际上,当时存在两种情况,两类作品,两相比较,各有特点。

一类是四言诗及歌谣,明显不受儒家诗教束缚。例如《画一歌》:

> 萧何为法,较若画一。曹参代之,守而勿失。载其清静,民以宁一。(《史记·曹相国世家》)

第二章 四言诗歌的僵化与异化

相传这是汉惠帝时百姓歌颂曹参替代萧何为丞相,保持萧何的休养生息政策。歌中赞美了萧何稳定一致的法制和清静无为的政治,太平安宁,不多扰民,表现了汉初人民的和平安定的愿望。又如汉初民间谚语:

> 鸟穷则啄,兽穷则触,人穷则诈。(《淮南子·齐俗训》)
>
> 白头如新,倾盖如故。(邹阳《狱中上书》)

表现出乱世人民的深刻体验,前则尖锐地表明人民反抗情绪的合理,后则深刻反映人民追求友谊的笃诚。这类民歌谣谚的显著特点是,内容真实,语言朴实,直截了当,一针见血。虽然采取四言体,但是明白如话,提炼简洁;说理如哲,精警有力;修辞明快,形容排比。

再如朱虚侯刘章的《耕田歌》:

> 深耕穊种,立苗欲疏。非其种者,锄而去之。(《史记·齐悼惠王世家》)

据载,这是刘章气愤吕后立诸吕为王,排斥刘氏贵族。有一次,借侍奉吕后宴会之机,当了行酒令的差使,他说:"臣,将种也,请以军法行酒。"在酒酣兴高之际,他请求为吕后朗诵了这首《耕田歌》。显然,这是托言民间耕田的歌谣,比喻讽刺吕后擅权篡位,排斥异己,寓意显豁,锋芒尖锐,虎虎有生气。其特点与民歌谣谚相似,但用比兴,有针对性,句句实话,字字中的。

此外,可以提到传为秦、汉之际隐士商山四皓的一首歌:

> 莫莫高山,深谷逶迤。晔晔紫芝,可以疗饥。唐虞世远,吾将何归?驷马高盖,其忧甚大。富贵之畏人,不如贫贱之肆志。(崔琦《四皓颂》)

它出于东汉后期崔琦的《四皓颂》,说是四皓在秦时退隐后的歌。因此有人认为它是崔琦的创作,也有人以为是崔琦据旧传四皓所作的歌词,整理写入《四皓颂》。它抒发乱世的感慨,富贵不义,隐逸清高,寄托守志的情怀,正表明秦末与汉末时世相似。而其特点是文辞虽较清雅,但诗意明

白,议论直截,则与上引诸歌相类。

总起来看,这类诗歌的共同特点是,将四言体作为抒写各自思想感情、意志愿望的一种艺术手段。采取四言体裁,也许是它们流传过程中的集体加工的一种结果,因而句式整齐,语言简练。但是它们都不追求语言古雅,而是以接近口语的诗句,力求明白表达思想感情,所以又表现出明显的散文语言倾向。这就表明,四言形式本身并不要求语言典奥,也不束缚思想,因而不是造成四言僵化的原因。

另一类是自觉遵守儒家传统的四言诗,主要出于庙堂颂歌和儒家学士大夫创作。例如名为刘邦宠姬唐山夫人编乐的《房中乐》十七章,歌词当属宫廷文士创作或整理。其歌曲为楚声,所以歌词体裁不一,有四言,也有三言、七言、杂言。但开宗明义的第一章是四言雅体:

大孝备矣,休德昭清。高张四县,乐充宫廷。芬树羽林,云景杳冥。金支秀华,庶旄翠旌。七始华始,肃倡和声。神来晏娭,庶几是听。

《房中乐》是皇宫内廷的音乐歌舞,理当尊敬祖宗,崇尚孝道。第一章是序曲,六韵十二句,结构一般,层次清楚。首二句说明《房中乐》主旨是歌颂孝道美德。中八句形容乐器修饰,乐队分布;金碧辉煌,恍如仙境;旗帜招展,恭候神临;歌舞合唱,悦目动听。末二句说明希望神灵前来欣赏,点出敬神作结。显然,它的内容纯属概念化的套语,空洞陈词,一无可取。但是态度恭敬,语言典雅,内容规矩,符合乐教。实际上,这是一种用精致的语言,熟练的技巧,按照一定的应用要求,根据一定的思想观念,符合一定的乐律歌谱,写作的一首应用歌词,或者说是一篇应用韵文。从作者来说,这是一种奉命而作的应时实用的歌词。后来四言的演变异化,主要由此而来。

汉初儒家学者四言诗的代表作是韦孟的《讽谏诗》和《在邹诗》。"韦孟家本彭城,为楚元王傅。傅子夷王及孙王戊。戊荒淫,不遵道。孟作诗风谏。后遂去位,徙家于邹,又作一篇"(《汉书·韦贤传》)。这段传略,其

第二章 四言诗歌的僵化与异化

实便是概括这两首诗的内容得来的。关于这两首诗,《汉书》还说:"或曰:其子孙好事,述先人之志而作是诗也。"当时便认为可能是韦贤子孙作的。但总的看,这诗出于韦孟这个儒学世家,大抵不错。韦孟是楚元王傅。他的五世孙韦贤"兼通《礼》《尚书》,以《诗》教授,号称邹鲁大儒"。韦贤之子韦玄成明经,"为相七年,守正持重不及父贤,而文采过之",有《自劾诗》《戒子孙诗》。韦玄成之侄韦赏"亦明《诗》"。《汉书·儒林传》说,"《诗》有韦氏学",即指韦孟世家。清代周寿昌说,"自孟至贤五世皆习鲁《诗》"。所以不论是否韦孟所作,但可肯定《讽谏诗》《在邹诗》是《诗》学者所作,因而在思想、艺术上都恪守《诗经》传统。试读《讽谏诗》:

> 肃肃我祖,国自豕韦。黼衣朱绂,四牡龙旂。彤弓斯征,抚宁遐荒。总齐群邦,以翼大商。迭彼大彭,勋绩惟光。至于有周,历世会同。王赧听谮,寔绝我邦。我邦既绝,厥政斯逸。赏罚之行,非繇王室。庶尹群后,靡扶靡卫。五服崩离,宗周以坠。

> 我祖斯微,迁于彭城。在予小子,勤唉厥生。阸此嫚秦,耒耜以耕。悠悠嫚秦,上天不宁。乃眷南顾,授汉于京。于赫有汉,四方是征。靡适不怀,万国逌平。乃命厥弟,建侯于楚。俾我小臣,惟傅是辅。兢兢元王,恭俭净壹。惠此黎民,纳彼辅弼。享国渐世,垂烈于后。乃及夷王,克奉厥绪。咨命不永,唯王统祀。左右陪臣,此惟皇士。

> 如何我王,不思守保。不惟履冰,以继祖考!邦事是废,逸游是娱。犬马繇繇,是放是驱。务彼鸟兽,忽此稼苗。烝民以匱,我王以媮。所弘非德,所亲非俊。唯囿是恢,唯谀是信。睮睮谄夫,咢咢黄发,如何我王,曾不是察!既藐下臣,追欲纵逸。嫚彼显祖,轻兹削黜。

> 嗟嗟我王,汉之睦亲。曾不夙夜,以休令闻!穆穆天子,临尔下土。明明群司,执宪靡顾。正遐繇近,殆其怙兹,嗟嗟我王,曷不此思!非思非鉴,嗣其罔则。弥弥其失,岌岌其国。致冰匪霜,致坠靡嫚,瞻惟我王,昔靡不练。兴国救颠,孰违悔过。追思黄发,秦缪以

霸。岁月其徂,年其逮耇。于昔君子,庶显于后。我王如何,曾不斯览,黄发不近,胡不时监!《汉书·韦贤传》

全诗四段。首段叙述韦氏家族历史,从远祖豕韦氏说起,历述商代为伯,到周赧王时被谗绝交,遭到侵害,国家灭亡。次段自述经历,生于彭城,秦时务农。汉代统一江南,刘邦封其弟刘交为楚元王,任韦孟为傅。元王去世,又为其子夷王、其孙王戊傅。三段批评王戊荒淫无道,不继祖业,不恤人民,亲近佞臣,疏远忠臣,暴弃祖宗功德,不顾削土贬黜。末段劝告王戊为汉家皇帝积德,正视汉朝法制,改过自新,振兴王国,学习秦穆公依靠老臣,相信老臣。应当说,这诗有激情,不无气势,而且讲究语言技巧。如同一部历史剧中的一位忠心耿耿的老臣对荒淫无道的少主的一篇恳切陈词,自有生动情致,不乏类型意义。从韦孟来说,出自道德信奉,所以感情真实,有血有肉,并非空洞说教。然而正因为诗人是依据既定的思想原则,一本正经地陈诉符合礼教的事情和道理,虽然不空洞,其实是说教,而且从结构安排到诗歌语言,一味模仿《诗经·大雅》,所以使它本来一本正经的内容变得更加一本正经。它严别君臣身份,遵循美刺传统,歌颂祖宗懿德,劝诫臣子继业。所以一二段先说自家,在歌颂豕韦氏祖宗的历史中,表明韦氏及自己一贯忠于宗主国,突出了汉家王朝的正统;三四段讽谏王戊,则在批评王戊不道中,阐明贤王职责及王子王孙应尽的本分,反复表明自己一片忠诚。结构合礼得体,语言典奥有据,一板一眼,字斟句酌。整体读来,活像清末遗老,发辫马褂,全副顶戴,咬文嚼字,拿腔拿调,泣血陈诉,恭劝主子。诗人形象可悲可笑,诗歌内容循礼说教,诗歌语言典雅古奥。但从儒家传统看,诚如《文心雕龙·明诗》所评:"汉初四言,韦孟首唱,匡谏之义,继轨周人。"它的确继承了《诗经》传统雅诗规范,是有德儒者写作的好诗,所以有独具一体的代表地位,自有历史意义和艺术价值。而随着历史前进发展,它的命运日益不济,恰可成为汉代四言诗趋向僵化的一个标本。

这类四言诗表明,汉代四言僵化的趋势主要体现在继承、模仿先秦传统雅诗,思想上受儒家乐教礼数的束缚。其特点便是内容要求符合传统,

第二章　四言诗歌的僵化与异化

形式以《诗经》为准。所以僵化的原因主要不在四言形式本身,而首先在于思想上保守传统,遵循经典,使诗歌成为说教的手段,沦为概念的重复,归为固定的公式,失去了诗歌艺术的本质特点和功能。凡以传统经典为准,必定形成简单化教条化的思维,表现为概念化公式化的框架,脱离现实生活,失去血肉活力,枯燥干瘪,因而艺术卜就不免以传统的典奥为追求,结果只是在语言辞藻和技巧方面下功夫。反之,从现实生活实践出发,不受传统经典束缚,则不仅内容富有现实性,生动有味,并且在艺术表现及形式上也会有相应的突破,富有时代气息。汉代四言诗其实并未死亡,而是一开始就有两种发展倾向和趋势,自觉以《诗经》为典范的四言创作出现僵化迹象,而来自生活实践体验的四言创作则有散化的特点。

从汉武帝独尊儒家,到东汉顺帝以前,四言诗的创作,除乐府古辞、民间谣谚的四言作品外,有名无名的文人创作四言诗,凡属自觉高雅的作品,都拘束于《诗经》传统观念,处于停滞僵化状态。大体地看,可分四类:

1. 文人言志诗。如韦孟七世孙,韦贤之子韦玄成《自劾诗》《戒子孙诗》,东汉傅毅《迪志诗》;

2. 庙堂颂歌。如汉武帝时《郊祀歌》中的《青阳》《朱明》《西颢》《玄冥》以及经匡衡改定的《惟泰元》《天地》等四言诗,东汉东平王刘苍《武德舞歌诗》;

3. 外族进献歌舞,用四言译其歌词。如白狼王唐菆进献的《远夷乐德歌》《远夷慕德歌》《远夷归德歌》;

4. 辞赋结尾部分表示总结的赞歌。如司马相如《大人赋》中的《大人歌》,班固《东都赋》中的《明堂诗》《辟雍诗》《灵台诗》等。

它们的共同特点是,言志训诫,歌功颂德,典雅庄重,齐整舒缓,内容和形式都符合《诗经》传统要求。试读《汉郊祀歌·青阳》:

> 青阳开动,根荄以遂。青润并爱,跂行毕逮。霆声发荣,岩处顷听,枯槁复产,乃成厥命。众庶熙熙,施及夭胎。群生啿啿,惟春之祺。

这是歌颂春神青阳的歌词。它反复形容、极力歌颂春神的恩惠,造福大地生物。春神来临,草木根柢获得生气。滋润万物,遍及动物。春雷一声,春花繁荣;冬眠虫兽,倾耳聆听,枯萎复苏,再获生命。万众温暖,恩惠儿童及胎儿。一切生物遍获雨露,这是春神的赐福。显然,它的特点与上引《房中歌》首章相似,以熟练的技巧表达一个明确的主题,具有应时适用的性质。配合祭祀春神的音乐歌舞,歌词的主旨和任务是点明音乐旋律和舞蹈形象的涵义。不难想象,春神出现后,草木虫兽与众生获得恩惠的种种表演艺术形象,是与歌词形容的每一情景相应合的。它的艺术构思与结构从属于音乐歌舞,因而作者主要是用熟练的技巧、典雅的语言,完成配合说明的表达任务,并不需要在艺术形象的构思和表现上有独到的创作。这是传统乐歌的歌词创作要求。可见这类庙堂颂歌的创作任务的应用性质,决定它们逐渐朝着概念化公式化发展,形成僵化的状态和趋势。

再如东汉傅毅的《迪志诗》:

咨尔庶士,迨时斯勗。日月逾迈,岂云旋复。哀我经营,旅力靡及。在兹弱冠,靡所厎立。

於赫我祖,显于殷国。二迹阿衡,克光其则。武丁兴商,伊宗皇士。爰作股肱,万邦是纪。奕世载德,迄我显考。保膺淑懿,缵修其道。汉之中叶,俊乂式序。秩彼殷宗,光此勋绪。

伊余小子,秽陋靡建。惧我世烈,自兹以坠。谁能革浊,清我濯溉?谁能昭暗,启我童昧?先人有训,我讯我诰。训我嘉务,诲我博学。爰率朋友,寻此旧则。契阔夙夜,庶不懈忒。

秩秩大猷,纪纲庶式。匪勤匪昭,匪壹匪测。农夫不怠,越有黍稷。谁能云作,考之居息?二事败业,多疾我力。如彼遵衢,则罔所极。二志靡成,聿劳我心。如彼兼听,则溷于音。

於戏君子,无恒自逸。徂年如流,鲜兹暇日。行迈屡税,胡能有迄?密勿朝夕,聿同始卒。

这是傅毅在东汉明帝永平(58—75)年间求学时所作的励志诗。全诗五

第二章 四言诗歌的僵化与异化

章,首、末二章八句,中三章十六句。它的主题思想明确,勉励努力学习,爱惜年华,光宗耀祖,不可松懈。它结构整齐,构思清楚。首章说青年应及时努力,专心一致。次章说远祖商代贤相傅说至汉的祖宗功德勋绩。三章说自己立志学习,从师交友,决不松懈。四章说学习必须遵守规矩,专心勤奋,不可分散精力,以致无所成就。末章说光阴流逝,应珍惜年华,坚持前进,始终努力。如同韦孟《讽谏诗》,这是一种合礼得体的构思与结构:合乎礼义和道理。歌颂祖德同时表明学习目的,自我戒勉同时说明学习要求,诗人并不要求艺术构思与表现的独创,主要在于表明自己恪守传统和规矩。因此它实质是在论理,重于说教。由于自觉地学习《诗经》四言雅体,因此写作方法上以赋为主而注意运用比兴,修辞上很讲究,语言典奥,也不失有文采。应当说,它无疑是一位好青年、好学生写作了一首不错的诚恳自勉的励志诗,作为一种自励的铭言,是相当出色的。但作为以形象反映生活真实的诗歌艺术,略少新意和生气。从这一角度看,它比较生动地表现出汉代四言僵化的一个原因和特点:思想、艺术上自觉遵守诗歌雅言的传统。

从这两首诗同样看到,四言诗僵化的原因和特点,主要不在四言形式本身,而在于作者的诗歌观念,内容准则和艺术规范。奉命作诗或应时作诗,便自觉不要求自己的见解,不必从生活来,不须针对现实。其思想内容是既定的,艺术形式是公式的,作者只需要熟练技巧,掌握雅言,擅长修辞,套用公式,因而不免俗套和匠气。言志述意的诗人,如果自觉地在思想、艺术上"率由旧章",亦步亦趋,则其诗歌内容来自传统,不从生活来,不发自现实,因而思想教条化、原则化,形式规范化、典奥化,不可避免要发展到空洞与陈旧的地步。事实上,汉代四言形式,从语言发展情况看,并未达到不可交际的古奥程度,也并非不能容纳双音词的两字节奏。造成僵化的原因主要在作者主观上,由于作者思想的僵化。这种情形,还可以从下述两方面得到反证。

一是来自生活、针对现实的四言诗,作者不恪守传统,突破束缚,同时突破了四言形式。例如东汉前期高士梁鸿的《五噫歌》:

汉代诗歌新论

> 陟彼北邙兮,噫!顾览帝京兮,噫!宫室崔嵬兮,噫!民之劬劳兮,噫!辽辽未央兮,噫!

《后汉书·梁鸿传》载,这是梁鸿出函谷关,路过京城洛阳,登北邙山,遥望宫殿壮丽,有感而作。它的主题思想简捷明快,讽刺汉章帝大兴土木,营建奢侈,劳民伤财。因而此歌传入宫廷,得罪章帝,帝下令追捕作者。从"温柔敦厚"的诗教观念看,它显然失之尖锐激烈,不留余地,不尽符合要求。而正因此,它的艺术形式鲜明独特,不拘规范,一句一个判断,一个叹词,一声长叹,顿挫有力而意味深长,发自肺腑而不加掩饰。显然,这是四言体加了语词"兮"和一个独立叹词"噫"。作者采取这种四言变体,即是表现激动惊叹的感情,是抒情的要求,造成了形式的突破。

又如西汉宣帝时的杨恽,在著名的《与孙会宗书》中引了自己罢官务农后写的一首歌:

> 田彼南山,芜秽不治。种一顷豆,落而为萁。人生行乐耳,须富贵何时!

这是仕宦失意的牢骚,也是看透富贵的醒悟,感情真实,直截了当,几分感慨,有点豪气。所以形式基本四言,但却是散文语言,稍加整饰,自然而成。后两句五言,去掉虚词"耳""须",便是四言。作者但求痛快,不须做作,也不讲究,因而突破四言,倾向散化。《与孙会宗书》形容唱这首歌情景说:"田家作苦,岁时伏腊。烹羊炰羔,斗酒自劳。家本秦也,能为秦声。妇赵女也,雅善鼓瑟。奴婢歌者数人,酒后耳热,仰天拊缶,而呼乌乌。"四季辛苦耕作,一家主仆共欢,奏琴瑟,敲瓦盆,高唱关中民歌,抒发心中郁闷,痛快尽兴,无所顾忌。这就更可理解,它出自真情,朴实有味,正由于思想突破了礼教的束缚,因而艺术也突破了规范的形式。

与此相反的另一种情况是,拘于儒家诗教传统的作者,即使创作新俗的五言诗,仍然没有新意和生气。例如东汉班固《咏史》:

> 三王德弥薄,惟后用肉刑。太仓令有罪,就递长安城。自恨身无子,困急独茕茕。小女痛父言,死者不可生。上书诣阙下,思古歌鸡

第二章 四言诗歌的僵化与异化

鸣。忧心摧折裂,晨风扬激声。圣汉孝文帝,恻然感至情。百男何愦愦,不如一缇萦!

它歌咏西汉文帝时的一位孝女淳于缇萦救父的故事。《史记·仓公列传》载,名医淳于意为齐国太仓长,人称太仓公,遭诬陷而押送长安受刑。他没有儿子,但有五个女儿,为此生气说:"生子不生男,缓急无可使者!"埋怨女儿都不顶用。小女儿淳于缇萦跟随被押父亲到了长安,告了御状,并说"死者不可复生,而刑者不可复续",愿意舍身入为官婢,替父赎罪。汉文帝被她的孝行所感动,下令废除肉刑。班固此诗即是歌咏其事。它夹叙夹议,朴实无华,被钟嵘讥为"质木无文"(《诗品序》)。但它并非毫不足取,连钟嵘也承认它有"感叹之词"(《诗品中》)。然而整体读来,它缺乏动人的激情,把本来生动感人的故事写成呆板平叙的韵文。其原因在于作者本意并非为缇萦的孝行所激动,而是感慨汉文帝废除肉刑这样重大的仁政,竟然是由于这个少女的孝行,居然没有一个好男儿能有如此作为。所以诗歌开宗明义说:"三王德弥薄,惟后用肉刑。"结尾感慨道:"百男何愦愦,不如一缇萦!"正是出于这样的主题思想,因此它的构思着重在叙事简洁,而突出"死者不可生"。所以它虽有"忧心摧折裂,晨风扬激声"这样的形容激情的诗句,但是整体却并未写出缇萦的动人的思想行为,只具事情梗概,没有艺术形象。说穿了,在班固看来,少女缇萦的孝行虽然感动汉文帝废除肉刑,但却不符合男尊女卑的纲常,可叹可悲。实质上这首《咏史》的寄讽感慨,坚持着儒家礼教的三纲五常思想,完全出于正统,符合传统。因此,它虽然采取了当时视为浅俗新体的五言形式,但读来陈旧迂腐,毫无新意,缺乏生气。可见形式的新旧并非根本,作者的思想观念最是关键。新体在传统观念根深蒂固的作者手里,同样会成为毫无生气的陈言。

综上所述,汉代四言诗僵化的原因,主要是作者主观上保守旧的传统,陷入思想僵化;墨守旧的规范,流于泥古为雅;因而脱离现实生活,反而要求生活现实服从传统的规范模式,这就必然导致创作思想内容空洞、艺术形式呆板的四言诗,导致四言诗公式化概念化,僵化停滞,不死不活。

同时,在考察分析汉代四言诗歌发展时,应当实事求是,力求全面。既要看到四言僵化衰落现象,又应正视当时居于正统雅诗的地位和优势,既要承认其正统雅诗的地位,又须正视四言诗歌创作存在着非正统雅诗的存在与发展;既要具体分析四言诗歌僵化的原因和特点,又应承认僵化的四言创作之所以存在的原因和条件;从而可以理解四言诗歌在汉代必然发生异化的演变和在汉末以及魏晋出现复苏的原因及条件。汉代诗歌发展的历史经验之一,严重的问题不是四言诗歌的僵化,而是僵化的四言诗歌体现传统,代表正统,对汉代思想文化艺术的发展起着束缚作用。

二 四言诗的异化

四言诗的僵化,只是好诗不多,并非绝迹。四言诗在汉代始终居有正统雅诗地位,因而四言这一体裁和修辞形式也在社会交际上,尤其在文学上有着雅辞体类的地位。如果把四言诗在汉代的应用范围,进行一番实际考察,不拘泥于标题为"诗"或"歌"的作品,而扩大到运用四言文体的各类作品,以及运用四言句式作为主要修辞的各类作品,那么不难发现,四言诗歌在汉代发生了异化的演变。所谓"异化",是指四言诗歌变为四言的其他文体,实质是四言的韵文韵语,大多属于应用文体。具体地说,汉代四言诗歌的异化,主要是在实际应用中促成了三类不同的现象:一是形成了颂、赞、铭、箴等专类应用的四言韵文;二是导致了大量民间谚语采取四言韵语形式;三是影响到辞赋创作中大量运用四言骈语韵句。

颂、赞、铭、箴之类文体,据载是古已有之的,不始于汉。"颂"原是《诗经》六义中"风、雅、颂"的颂歌,如《诗经》的《周颂》《鲁颂》《商颂》。东汉郑玄说:"颂之言容。天子之德,光被四表,格于上下,无不覆焘,无不持载,此之谓容。于是和乐兴焉,颂声乃作。"(《毛诗注疏·周颂谱》)其始专用于歌颂天子及其祖宗的功德。到汉代,发展为一种歌颂功德的专类文体,"美盛德而述形容"(《文心雕龙·颂赞》)不限于帝王祖宗,也用于将相士大夫。例如汉宣帝时,将军赵充国因功"列画未央宫",汉成帝因"西羌尝有警,上

第二章 四言诗歌的僵化与异化

思将帅之臣,追美充国,乃召黄门郎扬雄即充国图画而颂之"(《汉书·赵充国传》),其词曰:

> 明灵惟宣,戎有先零。先零猖狂,侵汉西疆。汉命虎臣,惟后将军。整我六师,是讨是震。既临其域,谕以威德。有守矜功,谓之弗克。请奋其旅,于罕之羌。天子命我,从之鲜阳。营平守节,屡奏封章。料敌制胜,威谋靡亢。遂克西戎,还师于京。鬼方宾服,罔有不庭。昔周之宣,有方有虎。诗人歌功,乃列于《雅》。在汉中兴,充国作武。赳赳桓桓,亦绍厥后。

赵充国为汉武帝时征匈奴的名将之一。宣帝时为后将军,已老。西戎羌族先零部受匈奴煽动叛汉,赵充国率军远征,恩威并施,主张屯田。酒泉太守辛武贤坚持出击羌族罕开部。宣帝命辛武贤为赵充国副,在鲜水南岸讨伐罕开部。赵充国奉命讨伐期间,一再上奏陈诉屯田之利,终于取得多数大臣支持,宣帝准予实施,而使西羌归顺。扬雄奉命为赵充国画像作颂,实际是应用之作。所以他依照成帝的意旨,突出歌颂宣帝时赵充国老年平西羌、建屯田的功绩,比美周宣王平定方叔、召虎。它显然以《大雅》为典范,典奥古雅,四章,每章八句。作为一首赞颂武将功臣的四言韵文,它主题明确,结构完整,得体合礼,不枝不蔓,确为佳品。所以挚虞认为它"颂而似雅"(《文章流别论》),刘勰称"其褒德显容,典章一也",都肯定它继承《诗经》雅颂传统,为汉代颂文代表作。但它出于应旨,无多激情;过于概括,显得苍白;叙事简要而无形象,读来典奥而不动人。其原因就在颂文虽然源于颂诗,并具有四言雅诗形式,而实质已属应用文章,变成另一类语言作品。

正因颂文为专类应用文章,所以颂文有自身发展轨迹。到东汉便出现散文序与四言颂结合的形式,歌颂范围也更为广泛,但却始终保持颂诗典雅的风格与影响。例如东汉末蔡邕《京兆樊惠渠颂》,歌颂京兆尹樊陵兴修樊惠渠,灌溉良田,改造卤田,发展农业,造福农民。其体裁便是整体为一篇论序的散文,篇末以颂歌结束。其歌曰:

> 我有长流,莫或冈之。我有沟浍,莫或达之。田畴斥卤,莫修莫治。饥馑困瘁,莫恤莫思。乃有樊君,作人父母。□□□□(缺一句),亿我畎亩。黄潦膏凝,多稼茂止。惠乃无疆,如何勿喜。我壤既营,我疆斯成。泯泯我人,既富既盈。为酒为酿,烝畀祖灵。贻福惠君,寿考且宁。

显然,作者由衷赞美樊陵为民造福的水利建设,所以这首歌有激情,读来明快流畅,无典不奥。同时它又明显汲取《诗经》雅颂的句法修辞,力求保持典雅风格,具有颂歌的传统色彩。因此,实质上这是蔡邕撰写的一篇真心赞美的应用颂文。刘勰说它"致美于序,而简约乎篇",便是把它作为颂文的一种变体的代表作来评论的,所以认为歌的特点是"简约"。这一特点恰与扬雄《赵充国颂》是一致的。如果从四言诗歌艺术发展来看,那么这首歌如同赋末的歌及墓志的铭一样,割截出来可以视为四言诗,但在作者主观上,这是一种体裁格式的必需构成部分,写作要求是从属于辞赋、颂文及墓志等文章整体的,因而属于应用文章,并非独立言志的诗歌创作。

"赞"原是先秦祭祀、会盟及其他礼仪中司仪官吏的唱赞,是一种介绍性、说明性的赞美之词。礼仪求雅,因而需作典雅简短的韵语。汉代发展为史传的论赞,保持了这一传统文体要求,但由于《诗经》四言雅体的影响,往往采取四言形式。所以刘勰说:"然本其为义,事生奖叹。所以古来篇体,促而不广,必结言于四字之句,盘桓乎数韵之辞,约举以尽情,昭灼以送文,此其体也。"概括了传赞的特点,一是态度明确,二是篇幅短小,三是四言韵语,四是简明扼要。司马迁《史记·太史公自序》中简括叙述各篇作意,虽不标明为"赞",但其中述作本纪、世家、列传各篇,主要概括传主历史事迹,评其功过,其实类似论赞。例如述作《项羽本纪》:

> 秦失其道,豪杰并扰。项梁业之,子羽接之。杀庆救赵,诸侯立之。诛婴背怀,天下非之。作《项羽本纪》第七。

述作正文八句,基本上明确概括项羽主要事迹的功过是非,虽然押韵不

第二章 四言诗歌的僵化与异化

严,但大体与刘勰所说特点一致,亦可视为论赞。班固《汉书·叙传》中的史述赞,实际是沿袭《史记》述作而来。例如《文选》所选《述成纪第十》:

> 孝成皇皇,临朝有光。威仪之盛,如珪如璋。闺阃恣赵。朝政在王。炎炎燎火,光允不阳。

简单明了,但却有味。前四句说汉成帝坐在朝廷上像个皇帝,威仪而光辉。后四句说他后宫有赵飞燕、赵昭仪姊妹两个缠着,朝政落在舅家王凤、王音的手里,因而他的光辉其实不亮不热。它的体制,保持史家春秋笔法,有褒有贬,但较婉转,与《诗经》用比兴手法来见美见刺,如出一辙,并且八句四韵,比较讲究。如果从今天观点看,则视为含蓄的讽刺诗,未尝不可。但在班固则是一种史家专类文章,并不以为诗。又如《述韩彭英卢吴传第四》:

> 信惟饿隶,布实黥徒。越亦狗盗,芮尹江湖。云起龙骧,化为侯王。割有齐楚,跨制淮梁。绾自同闬,镇我北疆,德薄位尊,非胙惟殃。吴克忠信,胤嗣乃长。

这是评述韩信、英布、彭越、吴芮、卢绾等五位秦末起义将领的事迹。前三人被刘邦诛灭,视为叛臣,因而词语贬薄,近乎斥骂,认为韩信是挨饿的奴隶,英布是处刑的囚徒,彭越也是偷鸡摸狗的小偷。吴芮虽然也起于草莽,但忠于汉朝,因而用语含蓄,称他是江湖上的长官。彭越同样出身低微,但是刘邦同乡同里,因而含糊地点出"同闬"即"同里",便以"德薄位尊"表明贬义。总之,在班固看来,这五位都是乱世英雄,叱咤一时;也都是德薄位尊,不得久长;只有保持忠诚,才可荣禄后裔。其主题思想和倾向都很鲜明,但修辞则尽力求雅,而且用韵语。这一写作特点与上例一样,表明这类史述赞文的写作已成一种专类体裁,有一定格式,为应用文章,不再是四言雅颂的诗歌,变成另一文学样式。

"铭""箴"都属于鉴戒性的应用文体。"铭者,名也。观器必也正名,审用贵乎盛德"(《文心雕龙·铭箴》),是刻在器物上的借物喻戒的文字。例如传为商汤的《盘铭》:"苟日新,日日新,又日新。"(《礼记·大学》)便是刻在盥洗盆上激励日新又新的铭文。"箴者,所以攻疾防患,喻针石也",是有针对性的警诫文字。例如相传为《夏箴》之言:"国无三年之食者,国非其国也;家无三年之食者,子非其子也。"(见《墨子·七患》引《周书》)便是治国理家的警言。在汉代,铭、箴相当繁荣。铭文发展趋势有二。一是刻石记事的铭文,前有序,末为铭文,往往用诗歌形式,如班固《燕然山铭》为记述窦宪登燕然山,"刻石勒功,纪汉威德"(《后汉书·窦宪传》),是奉命而作的,其序文为骈俪文章,铭文为楚歌体;又如张昶《西岳华山堂阙碑铭》,其序文为散文,铭文为四言诗;东汉蔡邕写了许多墓志铭文,便是从这类铭文发展而来。二是器物铭文,范围广泛,写作繁多,东汉出现了以铭文著称的作家,如冯衍、崔骃、李尤等。《华阳国志》卷一〇中载,汉和帝曾诏命李尤撰《东观》《辟雍》等铭120首,今存84首,包括残文。如《东观铭》:

> 周氏旧区,皇汉寔循。房闼内布,疏绮外陈。升降三除,贯启七门。是谓东观,书籍林渊。列侯弘雅,治掌艺文。

东观是汉代宫中藏书的地方,学者们在这里校定典籍。这首铭文只是用四言韵语作了简单描述和用处说明。又如《屏风铭》:

> 舍则潜辟,用则设张。立必端直,处必廉方。雍阏风邪,雾露是抗。奉上蔽下,不失其常。

也是用四言韵语对屏风的用途,作了寓意双关的描述,类似谜语。所以刘勰批评说:"李尤积篇,义俭辞碎"。寓意狭窄,修辞不完。不难理解,这类铭文由于应时适用的性质,因而呈现公式化概念化的趋势,以至于类乎文字游戏。汉代箴言的发展,突出表现为对百官公卿的规诫。西汉末,扬雄曾作十二州二十五官箴,东汉崔骃、崔瑗父子及刘騊駼增补十六箴,胡广又补四箴,总称《百官箴》,共四十八篇(见《后汉书·胡广传》)。如扬雄《上林苑令箴》:

> 茫茫大田,芃芃作谷。山有径陆,野有林麓。夷原污薮,禽兽攸伏。鱼鳖以时,乌茛咸植。国以殷富,民以家给。昔在帝羿,共田径游。弧矢是尚,而射夫封猪。不顾于愆,卒遇后忧。是以四获三驱,

第二章 四言诗歌的僵化与异化

不可过差。麀鹿攸伏,不如德至。衡臣司虞,敢告执指。

这是告诫上林苑令的箴言。它前十句描述上林苑田地山林的富庶和草木鱼兽的富饶,是国富民给的资源;后十句叙述后羿游猎荒淫,终于招致祸害,是历史镜鉴,应引以为戒;末二句指出上林苑令的职责是要敢于劝诫。这箴言写得很巧妙,与其说是告诫上林苑令,不如说在讽谏来游猎上林苑的帝王。因为上林苑是皇家山林猎场,占地广大,平时经营农林牧渔。所以上林苑令最怕皇帝游猎无度,肆意毁坏。但是小小苑林官怎么敢管至尊的皇帝呢?因此扬雄其实是以箴的形式,奏的章法,比兴讽谏,见美见刺,说皇帝应当明白的道理,要上林苑令具有敢谏的胆量,写了一篇颇有兴味的四言韵文。它行文语气是文,不是诗,因而用"而""是以"等散文虚词;但是通篇是整饬的四言韵语,又明显承袭《诗经》讽谏传统和风雅艺术。

上述情况表明,《诗经》四言雅体在汉代的应用,其实相当广泛。如果单纯从诗歌艺术看,则四言诗显得僵化寥落。而实际情况是,作为一种脱离音乐歌曲的文学形式,四言雅体从风雅颂的不同应用功能,朝着专类应用韵文发展,变成专类文体,异化为非诗的文学创作,则是明显而广泛的。从这个角度看,四言雅体其实如同六朝骈文、唐宋律诗及明清八股一样,是一种文人士大夫必备的语言交际手段,是入仕做官的敲门砖。较之辞赋,各类四言韵语的应用文章具有更为严肃正经的用途。这是由于上述各类应用韵文,一般都具有明确的应时适用的目的和要求,因而在思想内容上必须符合统治者的具体意图,符合封建统治思想的原则规范。也就是说,如同前文所述庙堂颂歌的歌词创作一样,其特点是应时实用和概念公式,因此久而相沿成为一种套式,形成一种专类体裁。又由于它们都是脱离了"乐"的语言作品,实质是文章,不是诗。因而通常在考察汉代诗歌艺术发展时,往往容易忽视这些四言雅体的应用韵文,认为它们属于某种概念公式的应用工艺品,并非文学创作。但是对这种历史现象,有两点是不应忽视的。一是在汉代人观念里,颂赞铭箴之类四言韵文虽然不是诗和歌,但却是文,属于语言艺术创作,而且是继承了传统的严肃雅正的创

作;二是从文学历史发展看,它们确属四言诗脱离歌曲而扩大应用的结果,是四言雅诗的演变异化,是四言雅体的活跃现象。如果忽视或无视这种异化观象,就难以全面如实地了解汉代四言诗歌艺术发展情况,也容易对四言诗歌僵化现象作出片面的分析判断。因为四言的异化现象正可说明四言的僵化原因,主要不是四言形式本身,不是四言修辞形式的自然僵化死亡,而是思想文化的统治需要,是僵化了的传统的束缚。

如果进一步考察汉代四言雅体的广泛应用情况,还可以突出看到下述两种现象:一是汉代辞赋中汲取四言雅体作为艺术成分,一是汉代民歌谣谚中有不少四言歌词和谚语。汉代辞赋创作中汲取《诗经》四言形式和艺术,是众所共识的。具体考察其中轨迹,颇有意思。例如董仲舒《士不遇赋》的小序:

> 呜呼嗟乎,遐哉邈矣。时来曷迟,去之速矣。屈意从人,非吾徒矣。正身俟时,将就木矣。悠悠偕时,岂能觉矣。心之忧兮,不期禄矣。皇皇匪宁,只增辱矣。努力触藩,徒摧角矣。不出户庭,庶无过矣。

大意是说,士的机遇从古以来就是毫无保障而且处境难堪。机遇出现不定而短促;但是不能违反意志去求人,又不能坐等机遇到老死;因而时光消逝,荣禄无期;如果流露出不安,只会被人取笑;倘使努力求官,可能像《易经》所说,成了两角触进篱笆的羊,进不去,出不来,可笑可怜;想来想去,还是躲在家里最不错。这是说明赋的主旨的小序,赋文是用骚体写的。应当说,这段四言韵文相当生动地刻画了士人求仕的心态。如果把它割截出来,拟个题目,称之为诗,大概可算是相当不错的四言诗。但是它却是一篇整齐押韵的序文。无独有偶,司马迁也有《悲士不遇赋》,赋文前半是骚体,后半是四言:

> 天道微哉,吁嗟阔兮;人理显然,相倾夺兮。好生恶死,才之鄙也;好贵夷贱,哲之乱也。炤炤洞达,胸中豁也;昏昏罔觉,内生毒也。我之心矣,哲已能忖;我之言矣,哲已能选。没世无闻,古人惟耻;朝

第二章　四言诗歌的僵化与异化

闻夕死,孰云其否。逆顺还周,乍没乍起;理不可据,智不可恃。无造福先,无触祸始,委之自然,终归一矣。

大意是说,天道深微,人的认识相差太远;人情世理则很明显,互相倾轧争夺。贤才不怕死,圣哲无贵贱。认清这个道理,心胸坦然;如果没有觉悟,心生怨毒。我的思想,圣哲料得到;我的言论,圣哲会同意。古人以没世无闻为耻辱,也无人反对"朝闻道,夕死可矣"。但是人的逆境和顺境往往循环周转,忽来忽去,没有道理可以根据,不用智慧作为依仗。不要带头造福,不必抢先惹祸,一切听任自然,结果混同一气。显然,这是发牢骚,情绪激愤,分析透彻,而全用四言,宛然若诗。这两个例子,一是序文,一是赋文,都不是四言诗。作者之所以采取四言形式,显然由于熟悉这一形式,而且得心应手,熟能生巧,使之成为自己足以运用自如的一种文章写作的修辞方式,一种辞赋创作的艺术成分。也就是说,四言雅体的熟练运用,实际上已成汉代学士大夫的一种文学素养,一种修辞方式,足以灵活变化地用于各类文体。

在民歌谣谚中,同样可以看到这种现象。民歌的歌词在口头歌唱流行到歌词文本传播的过程中,必定经过文人修饰加工。今存汉代乐府古辞的写定,采取三、四、五、六、七及杂言形式,既与民歌的节奏旋律有关,也与整理者的素养爱好有关。今存四言乐府古辞甚少,可以确证为汉代创作者更少。除《瑟调曲·善哉行》古辞"来日大难"一首(载《宋书·乐志》)似近汉代歌词外,其余四言古辞都属《琴曲歌辞》。而《琴曲歌辞》原传为从东汉蔡邕所编《琴操》中来,其中有《鹿鸣》等五首为《诗经》作品,有署为周、秦时作,也有汉代作品,疑伪甚多,学者一般认为其署周、秦作品,实则"皆两汉琴家拟作"(《先秦汉魏晋南北朝诗·汉诗卷十一》逯钦立按语)。这就是说,今存汉代四言歌词大多并非民歌歌词,而是汉代琴家创作,并且是以先秦题材为内容的。因此,今存《琴曲歌辞》的作品主要采取四言和楚歌两类体裁,其本意在于适应琴曲所需的古雅。但是其中有圣贤帝王故事,也有民间悲欢故事,因此在流传中又产生了分歧。前者如《猗兰操》,《琴操》所载本事说:"孔子所作也。孔子历聘诸侯。诸侯莫能任。自卫反鲁,

53

过隐谷之中,见芗兰独茂,喟然叹曰:'夫兰当为王者香,今乃独茂,与众草为伍,譬犹贤者不逢时,与鄙夫为伦也。'乃止车援琴鼓之。"便唱了这首歌,"自伤不逢时,托辞于芗兰云"。歌辞如下:

> 习习谷风,以阴以雨。之子于归,远送于野。何彼苍天,不得其所。逍遥九州,无所定处。世人暗蔽,不知贤者,年纪逝迈,一身将老。

《琴操》本事可作为小说,歌词显然是汉人创作。前四句分别用《诗经·邶风》的《谷风》与《燕燕》的原句,可见作者熟悉《诗经》。通首情调和风格,近似《诗经·小雅》,显然是作者有意模仿。结合本事与歌词来看,似乎是汉代文人的高雅的弹唱艺术,弹唱者是在演唱失意的孔子,因而其语言必须追摹先秦雅言与雅体。由此也可见出,汉代四言雅体不仅作为应用文体、修辞方式而为学士大夫熟练运用,而且被用作艺术创作手段,表演古代人物。

乐府《相和曲》有《箜篌引》。《宋书·乐志》载其中舞歌诗有《公莫舞》曲,沈约说《琴操》"有《公莫渡河曲》,然则其声所从来已久"。《古今乐录》认为"其声哀切,故入瑟调",则以为是《瑟调曲》。《白帖》十八说它出于《琴操》,则唐代《琴操》传本亦载此曲。众说纷纭。据崔豹《古今注》载其本事说:"《箜篌引》,朝鲜津卒霍里子高妻丽玉所作也。高晨起刺船而濯。有一白首狂夫,披发提壶,乱河流而渡。其妻随而止之。不及,遂堕河水死。于是援箜篌而鼓之,作《公无渡河》之曲,声甚凄怆。曲终,自投河而死。霍里子高还,以其声语其妻丽玉。丽玉伤之,乃引箜篌而写其声,闻者莫不堕泪饮泣焉……名之曰《箜篌引》"。歌辞如下:

> 公无渡河,公竟渡河。公堕河死,当奈公何!

这是那位白首狂夫的老妻悲唱的歌辞。演奏歌曲的乐器究竟是箜篌、琴或瑟,且置勿论。从本事与歌辞来看,显然与《猗兰操》是类似的演唱艺术。叙述其事及歌的霍里子高是汉代朝鲜县管理渡口的士兵,传播歌曲的是他妻子丽玉,悲剧主角是一双老夫妇。看来这是一首来自边远郡县

第二章 四言诗歌的僵化与异化

的古老民歌,并可能是朝鲜民歌,歌词写定较早,或为汉译,因而采用四言形式。显然,它的诗歌语言是提炼了的口语,简洁浅显,通俗易懂,而抒情强烈,悲哀动人。如果视为叙事诗,则它大概是汉乐府中最短的一首。可见它如同《画一歌》,其用四言形式的原因是其歌创作流传年代较早。

汉代民间谚语有许多是四言韵语形式。上节所引汉初谚语即其例。谚语其实不是诗歌,但由于它们或富哲理,或属格言,具有教育意义,并且往往来自寓言故事或生活实事,事情生动,流传出来,编为韵语,容易传播。有的谚语,其实类似演唱艺术,只是无乐不唱,近于今日评书。例如《汉书·王吉传》载,王吉早年,"居长安,东家有大枣树,垂吉庭中。吉妇取枣以啖吉,吉后知之,乃去妇。东家闻而欲伐其树,邻里共止之,因固请吉令还妇。"乡里为此事编谚语说:

东家有树,王阳妇去。东家枣完,去妇复还。

这四句韵语,也可视为短小的叙事诗。编为谚语,是为了宣传其道德教育意义。王吉律己清廉,不食邻居枣树的果实,为此竟要休去摘枣给他吃的妻子;邻居严于责己,把王吉休妻的过失归于自己,为此要砍伐过墙的枣树;于是邻里相劝,王吉不休妻,东家不伐树,夫妻完聚,邻里和好。其事生动有意义,其谚有趣可寻味,它与《公无渡河》在艺术上的不同,表现为第三人称客观叙事,并非第一人称抒情叙事,其原因是只用语言叙述,不用歌曲演唱。比较起来,谚语采取四言韵语形式,主要由于习惯运用这一修辞方式,以求表达得精练生动。所以汉代民间谚语较多采取四言韵语形式,更可表明四言形式作为一种传统的语言规范模式,有着浑厚的习惯承传力,可以适应新的内容,自身并不死亡,也不是僵化的根本原因。

综上可见,四言诗歌作为一种传统雅正的诗歌创作,除了自身作为一种伦理说教的语言艺术趋于僵化之外,实际上还作为一种雅正文体广泛运用于社会政治交际活动,或者变为其他专类的应用文体,或者汲取为辞赋创作的一种艺术成分,或者成为可用的修辞方式手段。实质上,这些四言的应用范围,显示着四言诗歌的一种发展演变,是它的种种异化现象。

四言诗歌的异化现象,充分表明,一是脱离了歌曲的歌词即"诗",在汉人观念里视同"文",艺术上主要是修辞技巧和整齐韵语,因而朝着韵文方向发展,终于变为非诗的韵文体裁,都属于"不歌而诵"的辞赋文章艺术;二是由于庙堂歌颂与伦理说教的传统要求,既要求作者必须采用四言雅体,又要遵循礼仪规范及帝王意旨,因而适应不同场合用途,逐渐形成了一些用四言韵语写作的应用韵文体裁,产生了许多类诗而非诗的公式化概念化的四言应用韵文;三是由于四言雅体是一种传统的规范的语言艺术,在修辞和用韵的技术技巧上凝聚着前人的经验和有效的方法,成为汉人韵语修辞的习用方式手段,因而四言雅诗趋于僵化,但四言韵文及四言修辞方式却不断扩大应用范围,从雅至俗,使俗趋雅,相当活跃,不乏生气。这就可以理解,四言诗歌为什么在东汉后期逐渐出现复苏的生机,魏晋时期出现了不少优秀的四言诗歌。正因如此,如果不注意、不考察汉代四言诗歌的异化现象,简单地就四言雅诗考察四言诗歌的发展,就难免片面断言汉代四言诗歌发展过程是僵化到消亡,或者觉得模糊不清,仿佛中断似的。但是,了解了汉代人的诗歌艺术观念,区分四言诗歌和四言韵语,并且注意考察它们之间的联系,那么对于汉代四言诗歌发展演变过程的认识就比较全面,脉络较为清楚。凡坚守《诗经》传统规范的四言雅诗创作,呈现僵化趋势;而脱离歌曲的四言韵语写作则在广泛应用中异化为专类韵文,或者用作艺术成分或修辞方式。也就是说,僵化来自僵化了的传统诗歌艺术观念,并不由于四言形式本身;异化是四言规范的语言艺术的广泛应用,使浅俗口语得到提炼而促进新的语言规范形成。在这样的雅俗辩证的发展中,旧的四言诗歌更新为新的四言诗歌,形式仍为四言体裁,但创作获得生机,复苏了。

三 四言诗歌的复苏

大自然草木枯萎,虫兽蛰伏,由于气候变化,生存条件相应改变,待到冬去春来,大地温暖,草木虫兽获得必需的气候和条件,便都复苏,蓬勃生

第二章　四言诗歌的僵化与异化

长。汉代四言诗歌从僵化到复苏,其实相仿,需要适宜的思想政治气候,需要诗歌艺术观念的相应转变,也需要语言手段的适当改变。具体地说,必须具备三个条件:一是儒家思想文化的统治有所松动;二是传统雅正的诗歌艺术观念有所改变;三是传统的四言规范能够协调地容纳提炼了的生动口语,把单音节词为主变为双音节词为主的韵语句法。

四言雅诗僵化的主要原因是儒家思想文化的统治,按理说,使之复苏的根本条件是解除这一束缚,使思想解放,观念转变。众所周知,汉代是古代封建社会制度上升阶段,社会生产力与生产关系处在相适应的阶段,根本改变它的上层建筑是不可能的。但是,从西汉经过王莽新朝到东汉,由于大地主阶级争夺帝国政权的需要,王权神授的天命谬论,借儒家经典的解释,使儒家维持封建等级的一整套礼、乐、刑、政的思想文化体系,陷入阴阳五行、谶纬术数的神验迷信的泥坑,使人为的统治制度变成一切出于天意神授的先验存在,意图愚弄人民,盲从天神,达到争夺、保持皇权的目的,并以此巩固家天下的封建统治。其结果是导致外戚专政,宦官擅权,官僚结党争斗,军阀割据分裂,民族矛盾激化,出现了上层建筑与经济基础的不相适应的破绽,促使异端思想源源而出,冲击着神异妖化了的儒家思想文化的统治,同时改变着人们秉持的传统诗歌艺术观念。大约在东汉顺帝以后,儒家思想文化统治松动了;五、七、杂言的新声俗曲的普遍流行,改变了人们诗歌艺术的观念,俗体趋雅,雅体通俗;同时,四言韵语在辞赋创作和民歌谣谚中大量熟练的应用,为四言形成容纳双音节词做好了技术技巧上的必要准备,于是逐渐出现了四言诗歌复苏的现象。简要地说,四言诗歌复苏现象的标志,是四言诗歌创作出现了优秀作品,内容真实,形式活泼,形象生动,语言优美,逐渐显出蓬勃的新气象。

东汉四言雅诗的复苏,首先由一位博学多才的大科学家、大作家张衡的创作体现出来,并不偶然。张衡生活于东汉安帝、顺帝之世,虽是以发明创造浑天仪、地动仪而为世界闻名的伟大科学家,但本质上却是一位清正博雅的儒家学者。他"少善属文,游于三辅,因入京师,观太学,遂通《五经》,贯六艺。虽才高于世,而无骄尚之情;常从容淡静,不好交接俗人"

(《后汉书·张衡传》)。安帝时,"举孝廉不行,连辟公府不就",大将军邓骘"累召不应",用十年工夫写作《二京赋》。后来安帝"雅闻衡善术学,公车特征,拜郎中",他才入仕。此后,两任太史令,一度侍中,最后当了三年河间相,敢于"治威严,整法度",不畏豪右,收擒奸党,"上下肃然,称为政理"。他清高自持,淡泊荣禄,因为看到当时"缙绅如云,儒士成林,及津者风摅,失途者幽僻。遭遇难要,趋偶为幸。世易俗异,事执舛殊,不能通其变,而一度以揆之,斯契船而求剑,守株而伺兔也"(《应间》)。正是由于时政混乱,世风污浊,为了保持仁义,便只能抛弃富贵,因此,"庶前训之可钻,聊朝隐乎柱史;且韫椟以待价,踵颜氏以行止",他要学老子为史官而隐于朝廷,步颜回"用之则行,舍之则藏",当个待价而沽的儒者。正因他骨子里是真儒,所以最痛恨儒家内学的谶纬图书,斥之为"欺世罔俗,以昧执位"的伪学,喻之为"好作鬼魅"的画工,要求"一禁绝之"(《请禁图谶疏》)。总之,作为一位学者作家,他儒雅清正,坚持优良传统,敢于正视现实,思想清醒敏锐,行为清高节制。因而他的创作是认真用心的。无论辞赋诗歌及文章奏议,或者传统雅体及新声俗体,他都是发自对现实的真知灼见,抒写出内心的真情实感,根据主题内容的性质,选取适合主题的文体,而且力求把握这一体裁的特点,写出内容与形式一致的作品。他的各类作品显出一种倾向,便是雅俗众体,各有其用,各取其长,各臻其优。所以他的诗歌有四言雅体,也有五、七言俗体,并且都有代表作流传至今。

今存张衡四言诗歌三首,都是内容真实、形式典雅的作品。具体地说,有两类:一是继承《诗经》风雅传统的四言抒情诗,二是从属于辞赋的四言歌词。前者便是《秋兰》,《文心雕龙·明诗》称之《怨篇》,评为"清典可味"。其辞如下:

《秋兰》,嘉美人也。嘉而不获用,故作是诗也。

猗猗秋兰,植彼中阿。有馥其芳,有黄其葩。虽曰幽深,厥美弥嘉。之子之远,我劳如何!

这是仿《诗经》的,前有小序,说明诗旨。今存其一章完篇,另有六个残句。

第二章 四言诗歌的僵化与异化

它以秋天兰花比喻隐居的才德之士,抒发赞美思念之情。其特点是感情真实,个性鲜明,恰当地汲取《诗经·小雅》的语言和节奏,贴切地运用比兴的表现方法,生动地表现"美人"及作者自我形象,读来清雅悠扬,含蓄有味。较之庙堂雅颂及伦理说教的四言雅诗,它的特点显然是抒情而不说教,赞美而不空泛,真实而不敷衍,活泼而不呆板。其原因即是来自生活体验,针对现实政治。所以说它是认真地采取《诗经》艺术来抒发自己的真实思想感情,力求达到清丽典雅,怨而不怒,符合风雅特色,因而感情动人,讽喻含蓄。换句话说,张衡要用《小雅》体裁来写这一主题,而且要写得就像《小雅》。从这一角度看,张衡其实是承认、接受并精通《诗经》传统艺术规范的,但他并不亦步亦趋地机械模仿,而是汲取其精神实质,把握其艺术特色,用来创作自己的抒情诗。或许可以说,这是一种认真的旧瓶换新酒,一种继承创新的创作经验,其主要之点是用传统艺术为现实服务,反映自己时代的真实。

张衡《思玄赋》是一首继承发展《离骚》传统的长篇骚体赋,其中写到作者想象与玉女、宓妃两位神女的邂逅,由于作者婉拒神女的钟情,神女遗憾地唱了一首歌:

天地烟煴,百卉含花。鸣鹤交颈,雎鸠相和。处子怀春,精魂回移。如何淑明,忘我实多。

这是一首大胆热烈而无限惆怅的情歌,大意是说,百花盛开的美好春天里,仙鹤与斑鸠都相亲相爱,处女同样神魂倾倒地怀春,为什么你这位贤明君子就这样薄情,忘了神女?作者构思的本意是用《离骚》传统的香草美人比喻政治遭遇,以神女钟情比喻美好理想的召唤,以爱情的自然合理显示理想的纯洁高尚,以爱情不被接受寄托理想难以实现。因而爱情与理想同体,磊落坦荡,无可羞涩,神女与君子隔离,怨望无奈,不尽惆怅。作者以骚体作赋,而以四言作歌,显然出于艺术考虑。非凡的神女唱出典雅的歌,是合乎身份性格的。因此歌词中多用经典词语,如首句用《易经·系辞》成句,末句用《诗经·秦风·晨风》成句,以及"处子怀春"用《庄

子·逍遥游》"绰约若处子"与《诗经·召南·野有死麕》"有女怀春",都是作者的精心修辞,显出神女高尚典雅。较之《秋兰》,这首歌更具有艺术创作的特色,是赋中的歌,骚体中的四言,神女的形象,理想的寄托,出自胸怀,针对现实。因而更显出作者自如地运用传统的艺术表现,来抒写心中的真情,反映时代的真实。

张衡上述两类四言诗歌作品,确乎都是"清典可味"的,认真追求风雅的艺术风格,成就出色,足以成为汉代四言雅诗复苏迹象的标界。由此可见,四言诗歌复苏的原因,与其僵化同样不由于诗歌形式本身,而在于作者主观的思想认识与艺术观念,在于作者是否正视现实而突破了僵化甚至扭曲的传统观念的束缚。应当看到,客观的社会政治现实是起着根本决定作用的。但是,诗歌创作是作者头脑里艺术加工出来的现实投影,能否艺术地反映现实的真实,取决于作者主观的思想认识与艺术观念。正是由于张衡清醒正视现实,认真反映真实,因而无论采取雅俗何体,都能创作真实而形象的诗歌,不同程度地突破了传统艺术观念的束缚。也因为同样原因,东汉后来的四言诗歌作者取得了各自的成就,显现出四言诗歌复苏的趋势。

汉顺帝、桓帝年间的朱穆,是位笃诚的儒者君子,为官刚直,自奉清廉。他曾为外戚权贵梁冀幕吏,曾上奏记劝谏梁冀"宜急诛奸臣为天下所怨毒者",指出"九卿之中亦有乖其任者"(《后汉书·朱穆传》)。举为侍御史,极谏梁冀,揭露当时"公赋既重,私敛又深。牧守长吏,多非德选,贪聚无厌,遇民如虏,或绝命于箠楚之下,或自贼于迫切之求。又掠夺百姓,皆托之尊府"。出任冀州刺史,敢"举劾权贵",不怕得罪宦官,因此被拘捕罚做劳役,引起数千太学生诣阙上书请愿。晚年拜为尚书,也因坚持要求清除宦官而触怒皇帝。他痛感当时道德沦丧,"风化不敦",人们"尚相诽谤,谓之臧否","虚华盛而忠信微,刻薄稠而纯笃稀"(《崇厚论》)。他著《绝交论》,对于追求私利的交游,深恶痛绝。对此,他有亲身体会。他曾担任丰县县令,有个刘伯宗投奔他为县吏;他迁升为侍御史,刘伯宗又投奔他为属吏。后来刘为二千石大臣,官位比朱穆高,反过来派下吏叫朱穆去谒见

第二章 四言诗歌的僵化与异化

自己。朱穆大怒,斥责刘伯宗"岂丞、尉之徒,我岂足下部民,欲以此谒为荣宠乎!咄,刘伯宗于仁义,道何其薄哉!"(《与刘伯宗绝交书》)并作诗一首:

> 北山有鸱,不洁其翼。飞不正向,寝不定息。饥则木揽,饱则泥伏。饕餮贪污,臭腐是食。填肠满嗉,嗜欲无极。长鸣呼凤,谓凤无德。凤之所趣,与子异域。永从此诀,各自努力。

诗以鸱鸟即猫头鹰比刘伯宗,以凤凰自况,形象地揭露刘伯宗这类心术不正、钻营私利、贪污肮脏而自命不凡的官僚,抒发痛恶义愤,严正划清界限。朱穆是坚持儒家仁义道德的,但是胸襟坦白,情操正直,不谋私利,不畏权贵,因而不虚伪,不苟且,不含糊,也不含蓄,反而显得迂直,近乎狂狷,实际上突破了儒家温柔敦厚的诗教,也不拘典雅古奥的修辞。显然,诗歌的思想特色是爱憎分明,是非清楚,尖锐激烈,痛快淋漓,而在艺术上则是典型生动,个性突出,结构简明,语言流畅。作者主观上并不追求创造典型形象,只是由于正视、认清并体验了这样的封建官僚丑类,极为愤慨,痛加鞭挞,因而运用了熟悉的四言形式和熟练的比兴方法,以及辞赋骈偶排比的修辞技巧,揭露勾画,尽出其丑。也就是说,由于现实生活的体验,真情实感的使然,因而突破了传统思想观念的束缚,在客观上接近了以创造形象为特征的诗歌艺术观念。如同张衡的四言创作一样,用传统的艺术经验积累来为自己的诗歌创作服务,是这首诗成功的主要原因,也是东汉四言诗趋于复苏的主要原因。

总起来看,东汉桓帝、灵帝时期,四言诗歌创作相当活跃,虽然没有出现杰出的作品,但是逐渐明显地摆脱了四言雅体古奥说教的窠臼,而成为文人士大夫广泛应用的一种交际手段,基本上形成了融合精练口语的四言新体,或雅或俗,亦雅亦俗,显得活泼有生气。例如《艺文类聚》卷三一引《文士传》载,东汉桓帝时,桓骥十二岁,在伯父桓焉府第遇见一位客人,桓焉介绍说:"吾此弟子,知有异才,殊能作诗赋。"客人立即赋诗:

> 甘罗十二,杨乌九龄。昔有二子,今则桓生。参差等踪,异世齐

名。(末二句据《太平御览》卷五一二补)

桓骘也立即赋诗回答：

> 遹矣甘罗，超等绝伦。伊彼杨乌，命世称贤。嗟予蠢弱，殊才伟年。仰惭二子，俯愧过言。

客人夸奖桓骘可以媲美前代神童甘罗、杨乌，是因为桓焉官居太尉，显然属于谀词奉承。桓骘答以谦辞，执礼得当，才思不迟。从这两首四言赠答诗看，桓骘与客人都是熟练掌握四言诗体的，并且以此显示才情，可见当时四言诗体是文人士大夫必备的交际手段；诗歌语言都是朗朗上口的，实际是以双音节奏为主的双音词语结构，属于从口语提炼的比较精练的书面语言，明晓如话，措词文雅，与《诗经》四言诗及汉代四言雅诗之作风格迥异。换句话说，从诗歌体裁看，它们是传统的四言雅体，但是它们的语言已经不再亦步亦趋地模仿古奥的《诗经》词语句法，具有趋俗倾向；从诗歌语言看，它们实际是提炼了当时的口语，使粗变精，化俗为雅，实为求雅表现。因此，这是东汉四言诗复苏的一个特点，或者可视为旧瓶装新酒的一种体现。这一特点也表现于东汉后期学者赵岐的一首诗歌。《后汉书·赵岐传》载，赵岐三十余岁时，重病卧床七年，以为将死，对侄子立下遗嘱说："大丈夫生世，遁无箕山之操，仕无伊、吕之勋，天不我与，复何言哉！"叫侄子在墓前立一圆石，刻词曰：

> 汉有逸人，姓赵名嘉。有志无时，命也奈何！(赵岐初名嘉)

《北堂书钞》卷一〇六引《典略》说，此歌是赵岐死后，"江陵作歌"。两说不一，姑置勿论。它以四言成章，历来传为诗歌。其明显特点是，脱口而出，简洁明了。与桓骘及客人诗一样以四言为体，而以双音节奏的词语句法为主，表现出诗体趋俗、语言求雅的发展特点。

上述发展趋势和复苏迹象，比较明显而突出地体现于东汉桓帝时秦嘉的四言创作。秦嘉是位下层文士，为郡上计掾，刚任黄门郎，便不幸病逝。在汉代文学史上，通常以五言《赠妇诗三首》著称。但他另有四言诗两首，一首是《述婚诗》，共二章，录其首章：

第二章 四言诗歌的僵化与异化

群祥既集,二族交欢。敬兹新姻,六礼不愆。羔雁总备,玉帛戋戋。君子将事,威仪孔闲。猗兮容兮,穆矣其言。

这显然是新婚仪礼上的一首赞歌,言须合礼,辞求古雅,实质为应用文章。可见当时文人必须掌握这类雅体颂赞的写作本事。另一首是《赠妇诗》:

暧暧白日,引曜西倾。啾啾鸡雀,群飞赴楹。皎皎明月,煌煌列星。严霜凄怆,飞雪覆庭。寂寂独居,寥寥空室。飘飘帷帐,荧荧华烛。尔不是居,帷帐何施?尔不是照,华烛何为?

这首四言诗,抒写思念妻子之情。它与五言《赠妇诗》之三所写情境相类:"清晨当引迈,束带待鸡鸣。顾看空室中,仿佛想姿形。一别怀万恨,起坐为不宁。"可知当是秦嘉赴洛途中的同时之作。而这首四言的特点在于以时令景象来渲染空房独居的孤寂冷清,衬托而且倾诉思妻之深。它显然是作者着意之作,用一连串叠词骈句形容一系列伤感景象,按照时空环境的自然顺序引人感受作者内心活动,最后用流水反问排句点出思妻。从黄昏到夜晚,从远空到眼前,从屋外到房里,从日月星光到帐前烛光,精心构思,反复比托,修辞炼句,用心熔铸,情思真实动人,风格清丽优雅。堪称艺术创作。较之桓骥、赵岐之作,此诗求雅倾向明显,但是仍以双音节节奏的双音词语为主,实质是把四言新体在构思、表现及语言的艺术上提高了,表现出一种自觉的艺术追求的趋势。较之他的《述婚诗》,显然属于两种类型的创作,具有礼仪应用与抒情述怀的区别,显出公式概念化与艺术的真实之不同。因此,秦嘉这两首四言诗的特点,恰可表明,传统僵化而来的应用韵文在汉代始终存在,生活现实激发的四言诗歌在汉代呈现复苏,看来都是四言诗歌,实质却有旧、新之分,古雅渐成俗套,新俗化为文雅。

总起来看,东汉后期四言诗歌创作出现可观的作品,呈现复苏的趋势,是客观存在的历史事实,也是诗歌艺术发展的必然现象。对于诗歌传统来说,这是更新;对于诗歌观念来说,这是转变;对于诗歌艺术来说,便是推陈出新,旧瓶装了新酒,进而制造了旧式新瓶,实质是新瓶装新酒。

于是四言诗歌在魏、晋诗坛花丛中又成为一丛鲜花,古色古香,清丽优雅,出现了曹操《步出夏门行》的"观沧海""龟虽寿",嵇康《赠秀才从军》及陶潜《时运》等杰出的名篇。考察了东汉后期四言诗歌复苏的现象,便可进一步了解汉代四言诗歌发展的全过程,从而可以比较全面切实地认识其中的规律性现象的实质和原因,认识其中富有的值得借鉴的历史经验。

  汉代四言诗的僵化、异化及复苏的发展过程,提供了传统文化艺术改造更新的一个例证,也是古代诗歌艺术辩证发展的一个经验。如前所述,四言诗体作为一种诗歌艺术规范模式的雅正体裁,是华夏传统文化艺术的创造和结果,曾经为自己时代的文化艺术作出光辉灿烂的贡献,并且为后代积累了营养丰富的艺术经验。汇集总结这方面成果和经验的《诗经》因而成为极其珍贵的文化艺术及诗歌艺术的遗产与宝藏,具有华夏早年文化艺术的美妙的魅力。但是《诗经》毕竟是中华民族早期社会制度的产物,不可避免受到历史的限制。随着社会历史的前进发展,作为一种文化艺术的传统规范模式,《诗经》的思想,艺术都会显出不相适应的现象,突破和改造是必然的。但是文化艺术传统的突破和改造,是渐进的和缓的自发到自觉的过程。文化艺术虽然根本上决定于、产生于社会物质存在,但却是社会意识形态,是精神产物,是智慧创造,并且在整个社会生活的所有层面中生存传播,发生作用。文化艺术的传统创造和积累,渗透融化在社会及其所有成员的灵魂和躯体里。不论其精华及糟粕,是营养或腐蚀,为神奇抑荒谬,促生长催死亡,都通过这个民族、这个社会的所有成员的全部生活体现出来。一个民族的文化艺术传统与这个民族生死与共。人类历史上确实有过若干文化艺术形态消失之谜,其原因就在于这一民族在世界上神秘失踪消亡。所以,除非为了毁灭一个民族,用野蛮手段铲除一个民族的文化艺术传统,否则任何民族是不可能采取绝对手段摧毁自己的传统文化艺术的。历史上确实有过采取强制手段推进文化艺术传统改造的行为,但是有两个特点:一是针对传统的保守、不合理或为糟粕部分,并非全部摧毁,根本抹杀;二是凡超越历史所能接受、容许的改造限度,结果必然是损害自己,甚至摧毁自己。商鞅、李斯及秦始皇等历史人

第二章　四言诗歌的僵化与异化

物功过是非的纷议,由此而来。如果不抱偏见,而从客观历史进程来考察评论,则应当承认,这类人物首先是促进历史向前发展的,其次是使人民为超前意识和超速行动付出了沉重代价,以至于必须临时后退。人民决不容许自己的民族自行走向毁灭,最终将从亲身实践中觉悟起来,反对并制止这类行为。暴风雨摧枯拉朽,但坚挺秀木,新生幼苗,却在雨过天晴后,更见茁壮奋发,一派新鲜景象。历史的暴风雨其实相仿。重要的是要自觉认识这一客观规律,以减少牺牲的代价。然而对于文化艺术传统的改造更新,认识这一点似乎有着特殊的困难,其原因之一是,解铃还须系铃人,从事社会精神产品开发、进行文学艺术创作的知识阶层,恰恰是接受传统培养、坚持保守立场者,同时又是由他们来完成改造更新传统的历史任务。因此,改造更新文化艺术传统的认识上的转变,行动的自发到自觉,往往经历几个世代,甚至几个世纪。汉代四言诗歌艺术的发展情况便是如此。

由于《诗经》被经典化,学术化,伦理化,政治化,形成束缚思想、约束行为的教本和守则,因而导致汉代四言诗歌创作趋于僵化,成为公式概念的说教韵文。从艺术形式方面看,则主要原因是形而上学的艺术观念。按照先秦及汉儒的观念,"乐"即音乐歌舞艺术不仅是庄严典雅的,而且是神圣不可亵渎的。"大乐与天地同和,大礼与天地同节"(《礼记·乐记》),至高的礼乐是与天地化成的音响节奏同步协调的,依据造物的神秘意志而创作的。因此,"知礼乐之情者能作,识礼乐之文者能述,作者之谓圣,述者之谓明;明圣者,述作之谓也"。制礼作乐是神圣的任务,非凡人之事。凡人中的贤明可以承担叙述说明的任务,不能创作。作为乐的组成部分,"诗言志",其始原是要求贤明叙述说明神圣作者的意志,并不要发挥自己的思想见解。也就是说,"诗"的任务是叙述说明音乐歌舞的艺术形象所蕴含的神圣意志,自身不进行艺术形象的创作,它的实质并非文学创作,而是文章写作。周、汉总结诗的"六义",其实是对"乐"的功用和"诗"的修辞的分类概括。"风、雅、颂"是"诗"所属的"乐"的整体功用分类,"赋、比、兴"是"诗"的文章修辞方法的归类。东汉郑玄解释说:"赋之言铺,直铺陈今之政教善恶;比,见今之失,不敢斥言,取比类以言之;兴,见今之美,嫌于媚谀,取善事以喻劝之。"(《周礼·乐师》郑玄注)便认为"赋"是叙述,"比"是比喻,"兴"是联想,都属文章修辞方法,并非文学创作方法。在汉人观念里,《诗经》作品实质是叙述说明神圣意志的四言韵文,作者都是贤明君子。因此,汉代继承《诗经》诗歌传统的作者,是自觉认真地遵循这一观念从事创作的。但有一点变通。《诗经》作品是叙述说明音乐歌舞艺术形象,从而叙述说明神圣意志。这在汉代庙堂音乐歌舞中传承下来。而一般脱离歌舞的四言诗歌则用四言韵文来叙述说明社会生活应当遵守的思想行为规范,发挥礼教思想。所以汉代四言诗歌的发展或者日趋伦理说教,呈现僵化,或者日趋专门应用,发生异化。

既然"乐"是神圣创作,"诗"是贤明叙述神圣意志,则"诗"的形式和语言必须是典雅执礼的,同样不可亵渎神圣。因此,西汉及东汉前期的四言雅诗作者不仅内容力求遵循礼教,而且形式语言都"不愆不忘,率由旧章",古雅典奥,亦步亦趋。这就越发南辕北辙,完全违反了《诗经》艺术的优良传统,根本不符合诗歌艺术的客观规律,从内容到形式都脱离了现实生活,成为古色斑斓的假古董,而且力求乱真。韦孟、傅毅以及庙堂歌词的作者,应当说,都是精通《诗经》语言修辞方法和风格的,都有较高的文学修养和熟练的写作技巧,但是由于恪守传统,为形而上学的艺术观念所约束,因而他们的作品在艺术上的价值,历史地转向仿古艺术,变成一种精致的工艺范本。同样,班固、扬雄及崔骃、李尤的赞颂铭箴之类的四言韵文作品,更是名副其实的精雅的高级工艺品,当时既具应用功用,今日也不失鉴赏品玩价值。由此可见,拘囿传统,不仅在思想内容上脱离现实,缺乏真实,而且在艺术形式上失去创造,没有新意。但是他们通晓并熟练掌握传统的规范艺术,因而实质上把艺术变为工艺,随着历史的前进,这类作品的艺术价值必然向古雅传统工艺标本转化。

东汉后期,从张衡到秦嘉的四言诗歌表现出另一种倾向和趋势。他们有意无意、自觉不自觉地把传统诗歌观念中的思想要求和艺术规范分离开来。"言志"不再是叙述神圣的意志或要求,而是抒发来自现实生活

第二章 四言诗歌的僵化与异化

的真实体验,或多或少突破了传统的束缚。因此在艺术上便将传统艺术规范作为表现自己生活体验的艺术形式方法及技巧。同样,桓驎、赵岐等人把四言作为表现才情或表达思想的一种艺术手段,使先秦用于礼仪、外交等隆重场合的典雅交际手段变为日常生活中的文雅谈吐表现,实质也是用传统规范艺术来为自己应用,可谓是应用上的突破。他们与恪守传统的作者一样通晓并熟练掌握传统艺术规范,但由于要表现新的时代的新的生活,新的思想,新的主题,必须使传统规范适当变化,采取新的语言节奏,汲取新的手法技巧,因而形成并体现新的风格,使四言诗歌创作获得新鲜生机,出现复苏。所以,四言诗歌僵化与复苏的主要原因在于思想上是否保守传统的神圣,其次也由于艺术观念的突破和转变。在艺术上进行创新,实质是对传统规范改造更新。较之恪守传统的诗歌,这类诗歌实际是推陈出新的诗歌艺术创作,不仅内容有新意,而且在表现方法技巧和诗歌语言上也有新的变化。诗歌形式仍为四言体,艺术仍然求雅,但是实质上是用旧体创作新诗,而不是仿古艺术或传统工艺品。

总之,四言诗歌在汉代的发展,反映着一种传统雅正艺术的规律观象。首先是"雅正"观念主要从思想内容上确定,艺术形式方法的"雅正"规范是从属的。其次是艺术的雅正规范一经确立,便形成相对独立的观念和模式,具有自身的功用和发展条件;只要社会需要和发展条件存在,它的规范模式便不会死亡,而是随着社会需要和发展条件的变化发生相应变化。因此,它的新旧更替需要一个相当长的历史时期,经历一个渐进的和缓的发展过程,从不自觉到自觉地进行艺术观念的转变。在这个时期和过程中,传统的雅正艺术虽然日渐呈现老态旧化,但是往往依然以社会的雅正规范模式存在,起着作用。它的主要作用是消极的,束缚思想,制约创新。但是它所积累和提供的艺术方法和语言修辞方面的成果和经验,在社会生活的交际和在新俗艺术的提高过程中,都起着不可或缺的有益作用。一是成为新诗作者的艺术素养,使传统规范艺术为新的创作服务;二是成为社会礼俗的应用手段,使之成为仿古艺术或传统工艺,变成应用文体,发展新的文艺品种。这里,最主要的是,作者必须正视现实,熟

悉生活,要用艺术反映现实的真实。对于汉代四言诗歌作者来说,这种诗歌艺术观念的转变并不是自觉的,大都是不同程度的突破,还没有达到自觉的转变。因为总体上,汉代处在诗歌艺术发展新阶段的初期,主要表现出这种不自觉的转变现象。但重要的是应当实际考察这个转变过程,不能简单地用新陈代谢规律来硬套。事实上,汉代四言诗歌并未死亡,四言诗歌创作还在发展,就像五七言旧体诗和词曲至今仍然相当活跃一样。

第三章 楚歌、骚体的兴衰和定型

第三章　楚歌、骚体的兴衰和定型

一般地说,楚声歌曲即楚歌流行于汉初宫廷,楚辞发展为汉代辞赋,楚歌促进七言成立,楚辞演变为骚体诗,这些现象和认识已为文学史论述所共识。作为文学历史现象,这些都是存在的,多少都有文献记载的依据。然而,全面地具体地考察楚歌、楚辞在汉代诗歌发展的轨迹,那么有些现象似乎被忽视了,有些认识与历史事实还有一定距离。例如楚歌在汉初以后的发展情况怎样?骚体在汉代究竟是赋还是诗歌,有何区别,实质是什么,等等,其实都尚可考察,仍须探索。又如楚辞文学从总体说,确乎与华夏文学融合了,但是融合的结果、产生的主要成就为什么在辞赋,而不是保持楚辞文学特色的骚体呢?这也是值得探讨的。因此,这里不多叙述楚辞与汉赋的关系,主要考察探讨楚歌、骚体在汉代诗歌发展过程中的道路轨迹。

一　楚歌的兴衰轨迹和悲歌特色

楚歌的兴起,由于战国时代楚文化艺术的崛起,其流行于汉初宫廷,则主要由于汉王朝建立者的爱好;但从历史文化背景看,更由于三代两周的传统文化衰微,必须改造更新。这些在前章已经叙述。这里首先要考察楚歌在整个汉代的发展道路轨迹,所以有必要先看看汉代的楚歌作品留存的具体情况。下面是逯钦立主编《先秦汉魏晋南北朝诗·汉诗》所提供的情况:

一　署名的楚歌作品

汉高帝刘邦　　　《大风歌》《鸿鹄歌》

汉代诗歌新论

楚霸王项羽	楚歌"力拔山兮气盖世"
赵王刘友	《幽歌》
汉武帝刘彻	《瓠子歌》《秋风辞》《天马歌》《西极天马歌》《思奉车子侯歌》
淮南王刘安	《八公操》
汉昭帝刘弗陵	《黄鹄歌》
燕王刘旦	楚歌"归空城兮狗不吠"
华容夫人	楚歌"发纷纷兮寘渠"
广川王刘去	楚歌二首,录为三言"背尊章""愁莫愁"
广陵王刘胥	瑟歌"欲久生兮无终"
乌孙公主细君	《悲愁歌》"吾家嫁我兮天一方"
枚乘	《七发》中歌"麦秀蕲兮雉朝飞"
司马相如	《美人赋》中歌"独处室兮廓无依"
东方朔	《嗟伯夷》"穷隐处兮窟穴自藏"、七言残句"折羽翼兮摩苍天"
李陵	《别歌》"径万里兮度沙漠"
息夫躬	《绝命辞》
东汉灵帝刘宏	《招商歌》
东汉少帝刘辩	《悲歌》"天道易兮我何艰"
唐姬	《起舞歌》"皇天崩兮后土颓"
梁鸿	《适吴诗》《思友诗》
班固	《东都赋》中《宝鼎诗》《白雉诗》,《汉颂》中《论功歌诗》
崔骃	《安封侯诗》
傅毅	《七激》中歌"陟景山兮采芳苓"
张衡	《舞赋》中歌"惊雄逝兮孤雌翔",《定情赋》中歌"大火流兮草虫鸣"

徐淑　　　　《答秦嘉诗》
仇靖　　　　《李翕析里桥郙阁颂新诗》
蔡邕　　　　《琴歌》"练余心兮浸太清"

以上合计：西汉作者16人，诗23首；东汉作者11人，诗15首；其中西汉多为帝王嫔妃和宫廷作家的作品，东汉则多为学者作家及文人的作品。这些楚歌作品大多载于《史记》《汉书》《后汉书》的传记，少量采自其他著述。

二　无名的楚歌作品：

1. 庙堂歌词：

《安世房中歌》录为三言者三章"安其所""丰草葽""雷震震"。

《郊祀歌》除汉武帝所作《天马歌》二首外，录为三言者为《练时日》《五神》《朝陇首》《象载瑜》《赤蛟》等五首。

2. 杂歌谣辞：

录为三言者有《通博南歌》《蜀郡民为廉范歌》（末句七言）、《乡人为秦护歌》《皇甫嵩歌》《王世容歌》等五首，楚歌《崔君歌》一首。

3. 琴曲歌辞：

《将归操》《龟山操》《拘幽操》《岐山操》《履霜操》《雉朝飞操》《别鹤操》《列女引》《贞女引》《箕山操》《文王受命》《思亲操》《仪凤歌》《芑梁妻歌》《信立退怨歌》《归耕操》《霍将军歌》《获麟歌》等十八首。

4. 无名氏诗：

《张公神碑歌》九章（其中第六章为楚歌），《李翊夫人碑叹》《风雨诗》等三首。

以上情况表明，庙堂歌词较少用楚歌形式，乐府歌谣中甚少楚歌，《乐府古辞》不存楚歌，而以琴曲歌辞为多。

总起来看，今存两汉的楚歌作品不多，相当零散，流行不广，杰作甚少。比较起来，西汉作者作品多于东汉；西汉宫廷之作多，东汉宫外作者多。可见楚歌主要流行于西汉初、盛时期的宫廷上层范围，东汉以后则主要为赋作中的歌词以及琴曲歌词。辞赋为两汉文学创作，出于作家之手；

琴曲属于音乐艺术，琴曲歌词当属高雅弹唱艺术。《汉书·艺文志·六艺略》的《乐略》载有《雅琴赵氏七篇》《雅琴师氏八篇》《雅琴龙氏九十九篇》。赵氏指赵定，渤海人；龙氏指龚德，梁人。《汉书·王褒传》载，汉宣帝神爵、五凤年间，"丞相魏相奏言知音善鼓雅琴者，渤海赵定，梁国龚德，皆召见待诏"。师氏指师忠。东海下邳人，据说是春秋时代晋国著名乐师师旷的后裔（见《北堂书钞》卷一〇九引刘向《别录》）。又据《别录》说，"雅琴之意，事皆出自龙德《诸琴杂事》中"（《后汉书·儒林传·刘昆传》注引）。可见雅正琴曲属于高级专门艺术，世代相传，非一般人所知。此外，上列署名作品的材料较多出于史书载录，则其事其词的传播来自宫廷上层，也不是一般人得知其详的。因此，楚歌在汉代的发展情况显得特殊，突出的现象是流行于宫廷上层，而流行时期似乎不长。如果按照新陈代谢公式来一般地推想，则大致以为由于刘邦好楚声而进入宫廷，在形成宫廷文艺后，登上庙堂，楚歌势必僵化。其实不尽然，应当具体考察楚歌的实际情况和具体特点。例如今存楚歌歌词究竟写些什么主题，抒发怎样感情，其歌曲又有怎样的特点等等。了解这些情况和特点，也许可以比较切实地理解汉代楚歌发展的过程。

　　楚歌是楚声歌曲。楚歌体作品是楚声歌曲的歌词。楚声曲调难以确考，但从今存歌词及徒诗作品内容来看，不仅形式上表现为三三对称的"兮"字短句，而且在主题思想和感情色彩上也有共同的特点，大体属于悲歌类型。首先应当看到，在汉人观念和实际中，楚歌是唱的歌词。今存楚歌作品大多属于歌词，称"歌"，个别称"辞"，东汉个别称"诗"。具体地看，有四种情况：一是凡出于《史记》《汉书》载录的，都称"歌"或"作歌"，是歌唱或创作歌词的意思。有一个例外，便是息夫躬《绝命辞》。这是息夫躬生前自料不测之词，实际综用楚歌、骚体写的仿楚辞韵文，并不歌唱，所以称"辞"。出于《后汉书》者，或称诗，如梁鸿《适吴诗》，或是晋人观念。二是凡出于宫廷作家之手的楚歌作品，多数属于辞赋作品中的"歌"。如枚乘《七发》中的歌，司马相如《美人赋》中的歌，以及张衡《定情赋》的歌，等等，其实是辞赋创作中的一种艺术表现手法和构成部分，本意是指唱的歌

第三章 楚歌、骚体的兴衰和定型

词。三是凡出于魏、晋以后小说、总集等其他类型文献中所收的楚歌作品,有称"辞"的,如汉武帝《秋风辞》出于六朝小说《汉武帝故事》,但从"箫鼓鸣兮发棹歌"句看,此辞可唱,亦属歌词;也有称"诗"的,如东汉秦嘉妻徐淑《答秦嘉诗》,出于南朝陈代徐陵所编总集《玉台新咏》,反映南朝的诗体观念。四是凡出于琴曲歌辞的楚歌作品,其曲称"操""引"等,其词则都为歌词,原是叙述琴曲内容的,可弹琴歌唱。总体看来,汉人楚歌观念,首先是歌,其次是词,原来是歌唱的,后来逐渐出现不歌唱的"辞"。称之为"诗"则是后人的观念。

其次,今存汉人楚歌作品内容的突出特点是大多属于悲歌,有的悲怆,有的悲慨,有的悲伤,有的悲哀。下面是今存两汉署名楚歌主题情思的简单统计:

1. 绝命歌词 10 首 约 1/3;
2. 离别歌词 11 首 约 1/3;
3. 感伤歌词 3 首 约 1/10;
4. 其他悲思 4 首 约 1/10;
5. 庙堂颂歌 4 首 约 1/10。

这种情况并不偶然,显示出楚歌曲调多用来抒发各种悲凉慷慨、悲哀感伤的情调。也许这是楚声歌曲的特色。从屈原《九歌》情调来看,大体相类。这里,主要考察汉人楚歌的这一特点。

先看汉代楚歌中著名的帝王之作。刘邦的《大风歌》:

> 大风起兮云飞扬,威加海内兮归故乡,安得猛士兮守四方。

这是刘邦统一天下、建立汉朝后衣锦荣归时的创作,所以一派帝王气概,不无豪情。然而它的基调却是悲凉慷慨的,蕴含着一生征战的辛酸甘苦。天下是打下来了,但是守得住吗?荣华是获得了,但是能长久吗?瞩目现状,遥望未来,前途艰难,前景不容乐观,有无尽感慨,寄难言希望,寓于言外,诉之父老。这是一首成功了的英雄的悲歌。而楚霸王项羽的《垓下歌》:

汉代诗歌新论

> 力拔山兮气盖世,时不利兮骓不逝。骓不逝兮可奈何,虞兮虞兮奈若何!

这是四面楚歌中霸王别姬的悲歌,也饱含项羽一生的慷慨。这位叱咤一世的英雄,如今落得这般下场。他不心服,又不得不承认失败。全部痛苦归结到一点:"时不利兮骓不逝",是时势使然,连战马也不听驱使,毫无自疚自责,几乎绝望绝命。这是一首失败了的英雄的悲歌,所以《史记》《汉书》都说他"悲歌慷慨"。

刘邦、项羽是逐鹿中原的英雄,成功与失败都饱尝艰难困苦,自有慷慨悲凉。也许不用楚歌也一样是悲歌。那么,盛世皇帝汉武帝刘彻的楚歌作品是否就情调欢畅呢?其实和先辈略同。例如他在元封二年(前109)作的《瓠子歌》二首之一:

> 瓠子决兮将奈何,皓皓旰旰兮闾殚为河。殚为河兮地不得宁,功无已时兮吾山平。吾山平兮钜野溢,鱼沸郁兮柏冬日。延道弛兮离常流,蛟龙骋兮方远游。归旧川兮神哉沛,不封禅兮安知外。为我谓河公兮何不仁?泛滥不止兮愁吾人。啮桑浮兮淮泗满,久不返兮水维缓。

瓠子是古代河流名。古瓠子河在今河南濮阳南,分黄河水,流经山东,注入济水。汉武帝元光三年(前132),黄河在瓠子河决口,东南经巨野泽流向淮河、泗水、梁、楚一带,连年泛滥成灾。元封二年,汉武帝封禅归来,下决心堵塞瓠子河决口,发动数万士卒,并亲临其地,把白马玉璧沉入黄河,献礼河伯,还下令"群臣从官自将军以下皆负薪置决河"(《汉书·沟洫志》),终于堵塞瓠子决口,并在其上修筑宣防宫。这一首是他亲临瓠子时,"悼功之不成"而作的。它表现出汉武帝对社稷人民的关怀,显示出英明皇帝的胆略和气魄,真实地抒发了尊为天子的苦恼和感慨。他拥有天下土地人民,他的权威可以驱使人间的一切。然而在大自然面前,对于天的意志,他无可奈何。因而这首歌实际是这位人间皇帝向天帝倾诉苦恼,祈求帮助。他担心黄河决口泛滥,淹没天下田地山岳,鱼儿无生,蛟龙遨游,控

第三章　楚歌、骚体的兴衰和定型

制不了。他从祭祀天地神灵的封禅大典中得到启示，有了觉悟，所以祈求河水归道，要堵塞决口；控告水神河伯不道，为害人民，将要祸患啮桑城及淮泗流域。总之，他一定要堵塞瓠子决口，不管困难多大，必须完成。所以它相当有力地表现了这位不可一世的皇帝的悲壮情怀和悲慨情绪，几乎是冲口而出，一气呵成，接近口语，不多修饰。

再如《秋风辞》：

> 秋风起兮白云飞，草木黄落兮雁南归。兰有秀兮菊有芳，怀佳人兮不能忘。泛楼船兮济汾河，横中流兮扬素波。箫鼓鸣兮发棹歌，欢乐极兮哀情多，少壮几时兮奈老何！

这首诗可能是元鼎四年(前113)秋天，汉武帝在河东祭祀后土时所作(说见逯钦立《汉诗》卷一)。据《汉武帝故事》说，当时武帝"顾视帝京，欣然中流，与群臣饮燕。上欢甚，乃自作《秋风辞》"，则当是一首欢乐的歌。然而实际上它是帝王怀贤叹逝的秋兴诗。作者身在汾河楼上，箫歌欢宴之间，目对秋风白云、草黄雁归之时，心怀菊兰傲霜的美人贤才，情忧时光消逝而老之将至，有壮志未竟的伤感。他对已有成就是满意的，确乎"欣然中流"，但瞻望前景却是清醒的，想到乐极哀多。因而他显得气度从容，胸怀雄图，有一代英主的风姿。然而因此他也有伤感：一是得士者昌，而贤才难得，尤其是傲世的高士；二是成功须时，而人寿难永，何况是老年快要来临。这正是至尊的天子在人间，对天命，都觉得无奈，不免感伤，所以喟叹。它的风格是清壮从容的，而基调却是情怀伤感的，并不欢快。

比较有兴味的是他的《天马歌》：

> 太一贡兮天马下，沾赤汗兮沫流赭！骋容与兮跇万里，今安匹兮龙为友。

《汉书·武帝纪》载，元鼎四年六月，得宝鼎于后土祠旁；秋天，"马生渥洼水中"，武帝作《宝鼎天马之歌》。据此，则此歌是歌颂祥瑞的，情调应当欢欣鼓舞。然而细加品味，这首祥瑞颂歌的感情比较复杂微妙。"太一"是天神的尊者，一说即指天帝。这匹天马是太一赏赐人间至尊的祥瑞神物，借以表彰武帝的功德业绩,因而首句洋溢着感激天神太一的真情,不无惶恐之态,极其珍贵之意:这是贡献给太一天神的,这是天上的神马降临人间。然后以恭敬抚慰的语气赞美天马身上冒着赤红的汗水,嘴里还在流着赭红的唾沫,言外显出天马从天上到地上,任重道远,真是太辛劳了。接着,又以深有体会的口吻,深情地赞美天马驰骋万里而来,极尽辛苦,却只是出身汗,喘喘气,真显出天马的从容风度。最后亲切地告慰天马,如今到达目的地了,从此与真龙天子结伴了,赞美天马成功,欣然与帝为友。皇帝是天帝之子,天马是天帝之马。皇帝即位,天马降世,都是奉天承命,拯时救世的,对天帝则同居臣子,对人间却君临黎元。所以天降祥瑞,受到表彰,显得兴奋鼓舞,然而任重道远,艰难辛劳,却有不尽感慨。汉武帝赞叹天马之时,寄托了自己的欣慰和感慨,抒发了一代英主的慷慨情怀,就像这匹天马,看来从容驰骋,神姿非凡,其实血汗淋漓,赭沫直流,万里征程,多少艰辛,足以自豪,深可长鸣,相濡以沫,相怜同病。

总之,这些帝王楚歌作品都是抒发帝王事业的体验感情,不论创业君主或盛世皇帝,都有鲜明突出的帝王气,也有慷慨不已的帝王悲。这些楚歌显得气概不凡,因为作者是帝王,抒发忧思远大,因为作者是有为帝王。他们采取楚歌,也许由于爱好。但是,思想情调如果与楚歌曲调不相接近,或者大相径庭,显然是不行的。所以从这些楚歌作品的情调,可以看到楚歌曲调的特点更适宜于抒发各种悲思。

其次看离别悲歌。例如乌孙公主细君被武帝远嫁乌孙王昆莫,"昆莫年老,言语不通,公主悲,乃自作歌",其词曰:

吾家嫁我兮天一方,远托异国兮乌孙王。穹庐为室兮旃为墙,以肉为食兮酪为浆。居常土思兮心内伤,愿为黄鹄兮还故乡。

直诉异国思乡的悲愁,朴实如话,哀怨凄切。而司马相如《美人赋》中的歌:

独处室兮廓无依,思佳人兮情伤悲。彼君子兮来何迟,日既暮兮华色衰,敢托身兮长自私。

第三章 楚歌、骚体的兴衰和定型

这是思妇的悲愁,空闺独宿,痴情等待,年华蹉跎,红颜色衰,怨望不尽,缠绵不绝。显然,这里有香草美人的比兴,作者不遇的感伤。又如张衡《定情赋》中的歌:

> 大火流兮草虫鸣,繁霜降兮草木零。秋为期兮时已征,思美人兮愁屏营。

这也是思妇的忧愁,但更多怨望,更为不安。作者着力于秋天气象的渲染衬托,表现思妇久盼秋天归来的约期,生动微妙地显出她的痴情敏感,愁思彷徨。与《美人赋》的歌一样,这首楚歌有寄托,有明显的艺术加工痕迹,优雅清丽,悲思动人。司马相如,张衡在赋中采取楚歌形式抒发思妇悲愁,自有艺术上的考虑,与楚歌宜于抒写愁思悲伤,不无一定联系。

最为明显的是汉代王侯们在宫廷悲剧中唱的绝命歌辞,几乎都用楚歌。例如赵王刘友的《幽歌》:

> 诸吕用事兮刘氏微,迫胁王侯兮强授我妃。我妃既妒兮诬我以恶,谗女乱国兮上曾不寤。我无忠臣兮何故弃国,自快中野兮苍天与直!于嗟不可悔兮宁早自贼,为王饿死兮谁者怜之!吕氏绝理兮托天报仇!

赵王刘友是刘邦的姬妾所生的儿子。惠帝时,吕后擅权,强迫刘友娶吕家女子为王后。但刘友不爱王后,而爱别的姬妾。吕女便诬告刘友,使刘友被吕后软禁挨饿,"其群臣或窃馈之,辄捕论之,赵王饿,乃歌"(《汉书·高五王传》)。这首歌怨愤哀绝,控诉声斥,痛不可抑,恨不由己,咬牙切齿,彻骨透心,朴实而真实地反映了汉代宫廷斗争的残忍,是宫廷悲剧的悲歌。又如燕王刘旦的绝命悲歌:

> 归空城兮狗不吠、鸡不鸣,
> 横术何广广兮固知国中之无人!

其姬华容夫人歌曰:

> 发纷纷兮寘渠,骨籍籍兮亡居。母求死子兮妻求死夫,裴回两

79

> 渠间兮君子独安居!

刘旦是武帝的第四子。昭帝时,他阴谋废帝自立,被告发后,在王宫里"会宾客群臣妃妾坐饮"(《汉书·燕刺王旦传》),他唱了这支歌,华容夫人起舞唱歌,然后自杀。不难想象,刘旦的歌是悲哀凄厉的,华容夫人的歌则是悲惨凄楚的。

还有李陵那首著名的《别歌》:

> 径万里兮度沙漠,为君将兮奋匈奴。路穷绝兮矢刃摧,士众灭兮名已隤,老母已死,虽欲报恩将安归!

《汉书·苏武传》载,昭帝时,"匈奴与汉和亲,汉使求苏武等。单于许武还,李陵置酒贺武曰:'异域之人,一别长绝。'因起舞而歌,泣下数行,遂与武决"。这是一首诀别的悲歌,也是一首怨愤的悲歌。

综上可见,西汉宫廷上层的楚歌歌词大多抒发悲哀感伤,从帝王事业的危机感到人生无常,从男女离愁到临死诀别,显然不属明快节奏,亦非欢快曲调。如果此见不谬,那么会产生一个疑问,为什么在兴盛发展的封建社会上升阶段,从初到盛的西汉前期,竟会流行这样的悲歌曲调呢?实际上,这是一种特定条件下的特殊的文艺发展现象。众所周知,刘邦好楚声,宫中多楚歌。但是,统治者个人的爱好成为社会流行风气,必须适应社会需要和时代脉搏,与历史潮流一致,为人民群众接受。否则,可以流行于一时一定范围,不会长久,也不易扩大。如前所述,楚歌随着农民起义上战场,入宫廷,登庙堂,《大风歌》编为"三侯文章",《房中乐》编成宫廷歌舞,实际上经历了楚歌从民歌提高为大型歌舞艺术的过程,高雅化,宫廷化,形成汉代宫廷艺术的一种传统和风气,成为帝王嫔妃及宫廷作家熟悉和习用的一种文艺手段,也是一种宫廷审美趣味和观点。与此同时,西汉前期,皇室贵族,功臣将相,围绕帝国的巩固和皇权的争夺,展开了尖锐复杂、严酷残忍的政治、军事斗争,因而在宫廷上层生活,虽然享受荣华富贵,但命运遭遇却笼罩在安危祸福的阴影胁迫之中,内心深处时时忧虑,危机时刻往往迸发,感伤慷慨所在,悲歌凄声自然,这也是楚歌这类悲歌

第三章 楚歌、骚体的兴衰和定型

曲调得以流行于宫廷上层的背景和条件。正因如此,楚歌的流行时空范围是有限的,并不普遍天下,亦未长久流传。事实上,当汉武帝设置乐府,搜集各地民歌之时,楚歌作为一种高雅的宫廷诗歌艺术已经定型了,也开始显得寥落。此后楚歌朝着诗化方向发展,虽然从宫廷上层走向社会,但却始终保持着悲歌特色,成为一种抒发悲伤哀思的诗歌艺术形式,并且更多与抒情小赋相融合,成为东汉抒情小赋的一类样式。如果单从楚歌体的诗歌创作看,东汉楚歌明显趋于衰落。

西汉后期到东汉时期,楚歌发展的轨迹明显可见三种现象:一是应用于琴曲歌词创作,二是辞赋化,三是诗化。琴曲大多属于叙事主题音乐,每首琴曲相传都有本事。但原先是否有歌词,有待考证。今存琴曲歌词大多出自传为东汉末年蔡邕编集的《琴操》,可见琴曲歌词创作演唱的兴盛,当在东汉。琴曲本事大多为周代故事,少数为西汉时事,亦可见其歌词创作大约后于琴曲音乐创作。琴曲歌词体裁基本属于四言与楚歌两类及其变体,而以楚歌体为多。其原因显然与曲题本事的悲剧性质有关,其中楚歌体歌词多属悲歌。例如《履霜操》:

> 履朝霜兮采晨寒,考不明其心兮听谗言。孤恩别离兮摧肺肝,何辜皇天兮遭斯殃。痛殁不同兮恩有偏,谁说顾兮知我冤!

《琴操》载此曲本事:周代上卿尹吉甫娶后妻生子。后妻逸害前妻之子伯奇,诬陷伯奇调戏自己。尹吉甫不信。后妻便利用伯奇的仁孝,"乃取毒蜂缀衣领,令伯奇掇之。伯奇前持之"。尹吉甫见此情景,大怒,"放伯奇于野。伯奇编水荷而衣之,采楟花而食之,清晨履霜,自伤无罪见逐,乃援琴而鼓之",便唱了这支歌。其事类乎小说,其词则为悲歌,怨天尤人,叫屈鸣冤,悲痛直白,质而不野,艺术特色与前引宫廷楚歌类似。又如《雉朝飞操》:

> 雉朝飞,鸣相和,雌雄群游于山阿。我独何命兮未有家,时将暮兮可奈何,嗟嗟暮兮可奈何!

《琴操》载其本事说,齐国有个独沐子,一说牧犊子,是个牧牛单身汉,"年

七十无妻,出薪于野,见飞雉雄雌相随,感之,抚琴而歌"。这首老光棍触物伤情的悲歌,简单朴质得有趣,可悲可怜亦可笑。崔豹《古今注》载其本事中有一节描写:"见雉雄雌相随而飞,意动心悲,乃仰天叹:'大圣在上,恩及草木鸟兽,而我独不获!'因援琴而歌,以明自伤,其声中绝。"显示出它具有说唱表演的特点。可见作者采取楚歌体作为独沐子自我悲伤的歌词,如同辞赋作品中的楚歌一样,是一种表现艺术手段。也就是说,琴曲歌词中采取楚歌体,就因为楚歌在汉代已形成一种表现悲伤情怀的艺术手段,用于琴曲说唱的表演艺术创作。

楚歌歌词创作脱离歌曲而成为独立的语言艺术创作,仍然保持着悲歌色彩和"兮"字句式,但是其发展轨迹表现为辞赋化和诗化。具体地说,大致有三类:一是以楚歌形式为基本,有所变化;二是全用楚歌体,但篇幅扩大;三是四言的节奏,楚歌的句式。第一类如西汉末息夫躬的《绝命辞》:

> 玄云泱郁,将安归兮,鹰隼横厉,鸾徘徊兮。矰若浮焱,动则机兮,丛棘栈栈,曷可栖兮。发忠忘身,自绝罔兮,冤颈折翼,庸得往兮。涕泣流兮萑兰,心结愲兮伤肝。虹蜺曜兮日微,孽杳冥兮未开。痛入天兮鸣呼,冤际绝兮谁语!仰天光兮自列,招上帝兮我察。秋风为我唫,浮云为我阴。嗟若是兮欲何留,抚神龙兮揽其须。游旷迥兮反亡期,雄失据兮世我思!

息夫躬是汉哀帝在位六年中暴起暴落的政治人物,一颗流星。他善言能辩,不无才华,敏感于汉家王朝的危机,却借以"危言高论"谋求功名利禄。他利用皇室斗争与灾异谬论,坑人以自荣,最后也被皇室斗争与灾异谬论自坑入狱暴死。因此,《汉书》把他列入"自小覆大,由疏陷亲"的政治投机以谋荣禄的小人。他是自觉地从事这样的政治活动的,因而在他受到哀帝信赖期间,在他危言高论之时,便预感到冒险的恐惧,事先写下这首绝命辞,以自明其忠诚,预言其冤屈,显示出对时势的敏察,对危害的从容。出于这样的主题思想,作者有意选择楚歌形式,自觉学习楚辞艺术,设想

第三章 楚歌、骚体的兴衰和定型

自己由于忠心爱国而自投罗网,招致杀身之祸,然后冤魂上天,求上帝明察,获风云同情,从神龙为友,看天下乱起,显然作者本意是汲取楚辞艺术而为抒情辞赋,是语言艺术创作。也不难理解,由于魂游上天的构思和结构,因而起着采取《招魂》体制,然后主要采取抒发悲思的楚歌体裁,间用乐府民歌的五言诗句。整体地看,恰如辞赋创作中往往用楚歌作为悲歌形式一样,这首《绝命辞》表现出一种观念和一种趋势:楚歌是一种悲歌体裁,其发展趋向抒发悲思的抒情小赋。

第二类可以东汉梁鸿《适吴诗》为例:

> 逝旧邦兮遐征,将遥集兮东南。心惙怛兮伤悴,忘菲菲兮升降。欲乘策兮纵迈,疾吾俗兮作愬。竞举枉兮措直,咸先佞兮唌唌。固靡慙兮独建,冀异州兮尚贤。聊逍遥兮遨嬉,缵仲尼兮周流。倘云睹兮我悦,遂舍车兮即浮。过季札兮延陵,求鲁连兮海隅。虽不察兮光貌,幸神灵兮与休。惟季春兮华阜,麦含金兮方秀。哀茂时兮逾迈,慭芳香兮日臭。悼吾心兮不获,长委结兮焉究。口嚻嚻兮余讪,嗟恇恇兮谁留!

梁鸿是东汉前期著名隐士。他出身低微,曾在太学就读,上林苑牧猪,博学通识,颇有文才,为人正直,情操高尚,淡泊名利,夫妻共隐。因为《五噫歌》得罪章帝,遭到追捕,他便改名逃亡齐、鲁间,又南逃吴郡。这首诗便是往吴之前的言志之作。《后汉书》本传称之"诗",大概认为它是"言志"的,同时魏、晋以后视楚歌、骚体为诗体的观念已经形成。因此,它通篇为整齐的楚歌句式,按汉人观念当称为"歌",后人则视之为"诗",实际上它是融会辞赋楚歌及五言新体的一种创新的变体。像《五噫诗》一样,它如实表明辞乡适吴的原因,真实披露愤世嫉俗的情怀,执着坚持正直高尚的志节。因而情真意实,个性鲜明;见美见刺,是非分明;代表着东汉隐逸高士的一种思想情绪,是一首好诗。在艺术形式上,整体是整齐修饰的楚歌体,但又有所变化,是三字节奏加二字节奏,"兮"字上下并不对称,却又不同于五言体的二三节奏,因而实际是一种楚歌变体的新体,以便流畅容纳双音词的语言节奏。这与四言的发展变化有着相近似的诗体趋俗、语言求雅的特点。在结构上,它明显具有铺陈叙事的辞赋特点,而实质上,它又有夹叙夹议的言志抒情的诗的特点。因此,在客观上,它体现了东汉楚歌的一种发展现象,在辞赋及诗歌的语言艺术的总体发展中,使楚歌从辞赋化朝着诗化方向发展,成为一种以"兮"字为特点的抒发悲思的诗体。

第三类的典型事例是徐淑的《答秦嘉诗》:

> 妾身兮不令,婴疾兮来归。沉滞兮家门,历时兮不差。旷废兮侍觐,情敬兮有违。君今兮奉命,远适兮京师。悠悠兮离别,无因兮叙怀。瞻望兮踊跃,伫立兮徘徊。思君兮感结,梦想兮容晖。君发兮引迈,去我兮日乖。恨无兮羽翼,高飞兮相追。长吟兮永叹,泪下兮沾衣。

徐淑是秦嘉的妻子。当秦嘉被征为上计吏出差洛阳时,她恰卧病在娘家。秦嘉来不及前去与她告别,写了三首《赠妇诗》。徐淑便写了这首诗回答。诗中对自己久病不愈,不能侍奉,表示歉意;对秦嘉远出,不得叙情,深感悲伤;对夫妻恩爱,离别思念,抱憾流泪。它主题明确,结构简明,前十句写卧病与出差造成离别不得面晤;后十句写别后思念想望,伤心流泪。语言清丽整饰,表达流畅明白,虽然是"兮"字结构的楚歌体式,实际是四言加上"兮"字,去掉"兮"字便是整齐的四言诗,与秦嘉四言《赠妇诗》相仿。从内容看,秦嘉四言《赠妇诗》当是在旅途上回答徐淑这首诗的。而徐淑写四言加"兮"成为类楚歌体,表现出一种艺术观念,楚歌体宜于悲歌,"兮"字使节奏徐缓,显得感情低回沉重。所以单纯从形式看,这首诗既可视为四言变体,也可视为楚歌变体,而其实是作者为了更好地表达思想感情,采取她以为适当的形式,在东汉末,四言是诗体,楚歌也是诗体,结合起来便似乎是变体。这首诗所表现的诗歌艺术形式的变化,实质是楚歌的诗化。在观念和实践上,作者都在作诗,而"兮"字结构的整齐诗行,也就成了楚歌体定型的最主要的形式特点,并且成为一种抒写悲思的特征的表现形式。

第三章　楚歌、骚体的兴衰和定型

从上述三类情况看，西汉后期到东汉时期楚歌体艺术的发展轨迹比较明显。首先是脱离歌曲，成为语言艺术创作。而由于楚歌歌词与楚辞《九歌》的形式体裁相类，更由于西汉辞赋兴盛，因此文人楚歌体创作的发展便趋于辞赋化，不再限于短歌，并且句式有所变化。其次是用于抒发悲思伤感，成为言志述怀的一种特征的体裁，因而又趋于抒情诗化，并且在楚歌三三对称的"兮"字句式上，突出了"兮"字作用，使楚歌体的悲歌特性集中表现在"兮"字的整齐短句上，突破了定型的束缚。第三是表现出楚文化与华夏文化的融合，《诗经》文学与楚辞文学的结合，使楚歌体成为古代文学创作中的一种有特征而灵活的文体，或诗或赋，视需而定，并未发展为一种定型的声诗格律。与乐府古诗艺术的发展相比较，楚歌艺术事实上在移植三三对称的"兮"字句的短歌形式后，并未如五、七言诗般发展为一种自觉追求语言文字美的格律形式，在声韵节奏变化、字句整饰限制、骈丽对仗要求上，在语言文字的视听感觉上形成固定的格律，相反，除了以"兮"字作为句法特征和表情符号外，字句篇幅都无严格要求。实质上，楚歌艺术与骚体艺术都属于楚文化艺术传统，在汉代文学与诗歌艺术的总体发展中，主要是在保存楚辞文学的特征形式，而吸取其表现悲思感伤的句式修辞和浪漫手法。因此，汉代有楚歌、楚辞与骚体之称，而在两晋南朝以后，楚歌并未成为诗体专称，但有骚体，并且往往将楚歌和骚体混为一体，近代更称"楚辞"体。其原因就是楚歌来自楚国民间歌舞，原是楚文化低层次的艺术。在秦末汉初流行较广，西汉前期经历宫廷艺术的提高发展，成为宫廷上层一种流行歌曲和抒情手段，并且突出它的悲歌情调色彩，因而流行范围不广，时间不长。楚歌从宫廷作者向士大夫文人流行，成为一种优雅的抒写悲思的体裁，又较多应用于雅琴歌词创作，更突出其悲歌特色。因而楚歌在从歌诗向徒诗发展过程中，实际上与楚辞类同，走向短小抒情辞赋化及诗化的道路，汲取了诗赋的艺术素养，也逐渐失去楚歌原型，只保持"兮"字特征与悲歌特色，看起来楚歌创作便十分萧条，以至于好像史无其体。

二 骚体的发展与楚辞的经典化

按照近代学者的观念,《离骚》是诗;按照汉代学者的观念,《离骚》是赋;按照南朝学者的观念,《离骚》非诗非赋、亦诗亦赋,是介乎诗赋之间的一种特殊文体。所以现代学者的共识是,屈原乃是伟大的爱国诗人,《离骚》是中国古代浪漫主义诗歌艺术的巨作。班固认为屈原是辞赋宗,《汉书·艺文志》把屈原赋列为《诗赋略》的赋首。而萧统《文选》则将"骚"与诗、赋并列为一种文体,收入屈原、宋玉作品;并收入《招隐士》,署为淮南王刘安所作,以为汉代骚体。刘勰《文心雕龙》专设《辨骚》一章,认为汉代各家评论楚辞,有的比之经典,有的以为不合经传,"褒贬任声,抑扬过实",都不精确。他说:"固知楚辞者,体宪于三代,而风雅于战国,乃《雅》《颂》之博徒,而词赋之英杰也。"这是从思想、艺术结合的整体来看,以三代传统为准则,那么楚辞确有差距,但却是战国时代的优秀创作;以《诗经》的《雅》《颂》为典范,那么楚辞不合规范,但却比汉代辞赋杰出。这就是说,楚辞既不属于诗,也不沦为赋,而是比上不足、比下有余的中间产品。不难看出,上述三种见解都是从各自时代的诗歌艺术观念做出的评论,是诗歌艺术观念从不自觉到自觉的发展过程中产生的必然现象。汉代诗歌艺术观念和理论都尚未达到自觉程度,而创作实践又是自在发展、自然竞争的多元状态。从观念与实际、理论与实践结合的总体来看,以《离骚》为典范的骚体在汉代及魏晋南北朝,实际上都是一种文学样式体裁,视为辞赋韵文,不以为诗歌创作。因此,在汉代人观念里,有骚体赋及骚体文,并无骚体诗。这就是说,尽管按照现代诗歌艺术观念来衡量,《离骚》及屈原其他作品是诗歌创作,甚至可以认为自始便属脱离音乐歌舞的独立的语言艺术创作,是严格意义上的诗歌,但是实际上在汉代是作为辞赋文章来创作的,朝着韵文方向发展,走上独特的道路。同时,楚辞由于非华夏传统,曾受到歧视排斥,因而又为了争得正统地位,又曾被推向学术化经典化的歧路。它的发展是曲折的独特的。

第三章　楚歌、骚体的兴衰和定型

汉代人的"楚辞"概念,是指以屈原为代表的楚国文章,不包括楚声歌曲。"楚"是地域名称,"辞"是辞令辞章,指文章修辞而言。这一名称的含义原是广义的文学观念,但强调它的地方特色,突出它与《诗经》的区别。同时,由于它属于文章,是语言艺术,可朗诵叙述,不歌不唱,不与音乐舞蹈相伴,因而"楚辞"又是总类名称,其中具体作品又往往称为"赋"。所以司马迁说:

> 屈原既死之后,楚有宋玉、唐勒、景差之徒者,皆好辞而以赋见称。然皆祖屈原之从容辞令,终莫敢直谏。(《史记·屈原传》)

在他看来,宋玉等人都爱好辞令文章,尤其以善于作铺叙形容朗读可诵的文章著名,都继承了屈原精美的语言艺术,而没有发扬他直言讽谏的勇敢精神。这里的"辞"即"楚辞"的"辞",指文章而言;"赋"便指铺叙形容的一类,是朗诵的,叙述形容的文章。所以从文章修辞方面说,"辞"中的"赋"以"从容辞令"见长,特别讲究铺叙形容辞藻文采。也就是说,在楚国文章中,在屈原之后,被宋玉等人导向发展起来的是其中一类,或者说引导发展的一个倾向趋势是其中一类以铺叙形容、可以朗诵而辞藻富赡、文采飞扬的文章。这个发展倾向在汉代成为主流,变为汉赋。所以班固说:

> 自宋玉、唐勒、景差之徒,汉兴,枚乘、司马相如、刘向、扬雄骋极文辞,好而悲之,自谓不能及也。(《离骚序》)

认为宋玉及汉代赋家都是继承了屈原楚辞的文辞一面。因而在汉代人观念里,从屈原楚辞而来的文章就是"赋",往往统称"辞赋"。

不论肯定或否定屈原楚辞的汉代评论,都一致高度评价屈原作品的文辞。例如批评屈原作品不合法度的班固,却承认屈原"其文弘博丽雅,为辞赋宗"(《离骚序》)。而极力推崇屈原的东汉王逸在肯定"《离骚》之文依托五经以立义"的同时,更极其肯定"屈原之词,诚博远矣",在屈原之后,"名儒博达之士,著造词赋,莫不拟则其仪表,祖式其模范,取其要妙,窃其华藻"(《楚辞章句序》)。在西汉后期到东汉时期,学者不但以为汉赋从楚辞来,以屈原为宗师,以《离骚》为典范,而且认为"辞"就是"赋",分题

87

或"辞"或"赋",统称则为"辞赋",其特点便是铺叙形容,朗读可诵,文辞优美,排比叶韵,实质为一种修辞要求甚高的韵文,并非诗,亦非歌,但也不是论议叙事的应用文章,而属于"歌诗"同类的庙堂礼仪、宫廷娱乐的一种语言艺术创作。按照汉儒的理论观念,应当具有见美见刺的歌颂讽喻功能。虽然"不歌而诵",却为"古《诗》之流"。但是实际上它不属传统经典学术,不属"六艺"之类,而是汉代文化艺术创作的产物。所以《汉书·艺文志》把"赋"与"歌诗"合编为一略,其共同点就在艺术创作,"歌诗"是音乐歌唱艺术,"辞赋"是语言修辞艺术。然而《汉书·艺文志·诗赋略》虽然首列屈原赋,却并未专设"楚辞",亦未见称"骚体"。这就有个问题:众所周知,今存第一部楚辞总集《楚辞》便是汉成帝时主持整理汉宫皇家藏书的刘向编撰的,《汉书·艺文志》是据刘向之子刘歆所编《七略》而成的;为何却不设"楚辞"一类?

刘向编《楚辞》以前:"楚辞"只是一个地域文章或乡土文章的专类名称,并无特殊意义。例如《汉书·朱买臣传》载,汉武帝召见朱买臣,"说《春秋》,言楚词,帝甚说之";《汉书·王褒传》载,汉宣帝"征能为楚辞,九江被公召见诵读"等等。其"楚辞"即谓楚国文章,由于用楚方言写楚地事,因此不懂楚方言,不谙楚地事,就不理解也读不了楚辞,而能讲解楚辞,用楚方言朗诵楚辞,在武帝、宣帝时代便成了一种专门技能,近乎文艺表演的一种欣赏娱乐。事实上,如第一章所述,楚辞作为楚文化艺术的一种语言艺术创作,汉代前期,武帝以前,是从吴、楚逐渐流传到中原,在王府宫廷中原来具有娱乐性质,因而在武帝宫中的"言语侍从之臣"如东方朔、枚皋等,地位与高级滑稽艺人郭舍人类同。楚辞在汉代的发展,始终存在两类明显迹象。一是以贾谊《鹏鸟赋》《吊屈原赋》为代表的抒情赋,以骚体为主;一是以枚乘《七发》为代表的咏物赋,以骈丽整饰的四言句法为特点。而后者在汉赋发展中占有主流地位,但日益乖离屈原楚辞创作的本旨与传统。于是,在西汉后期到东汉时期,围绕屈原楚辞作品与传统的评价,出现了一场并不偶然的争论,出现了目录学史称为总集之始的刘向所编《楚辞》,以及东汉王逸注释的《楚辞章句》。然后,"楚辞"作为一种

第三章　楚歌、骚体的兴衰和定型

特定的文章体类也就逐渐确立起来。

刘向编《楚辞》十六卷，事见王逸《楚辞章句序》：

> 而屈原履忠被谮，忧悲愁思，独依诗人之义而作《离骚》，上以讽谏，下以自慰。遭时暗乱，不见省纳，不胜愤懑，遂复作《九歌》以下凡二十五篇。楚人高其行义，玮其文采，以相教传。至于孝武帝，恢廓道训，使淮南王安作《离骚经章句》，则大义粲然。后世雄俊，莫不瞻慕，舒肆妙虑，缵述其词。逮至刘向，典校经书，分为十六卷。孝章即位，深弘道艺，而班固、贾逵复以所见改易前疑，各作《离骚经章句》，其余十五卷阙而不说，又以"壮"为"状"，义多乖异，事不要括。今臣复以所识所知，稽之旧章，合之经传，作十六卷章句。虽未能究其微妙，然大指之趣，略可见矣。

这段话大体概括了楚辞在西汉到东汉顺帝时期的流传情况。值得注意的是，这段论述首先提出《离骚》是屈原"独依诗人之义而作"，认为屈原自觉继承《诗经》"上以讽谏，下以自慰"的传统精神，创作《离骚》为"经"，而以《九歌》以下二十五篇为"传"。这是用正统汉儒观点解释屈原楚辞作品总体。其次，把楚辞的流传作为一种经典学术的传授来概括介绍。因此，楚地的流传称为"以相教传"，汉武帝命刘安作《离骚》传，成《离骚经章句》，而刘安以后的其他作者的楚辞作品视为敬慕屈原而撰的传解之词，所以说是"缵述其词"。这些"后世雄俊"的作品实指《楚辞》所收宋玉以下的楚辞作品。这也就是刘向编《楚辞》十六卷的最早文献记载。第三，指出东汉章帝时期班固、贾逵撰《离骚经章句》曲解《离骚》，并且摒弃其他作者的传解作品。因此，第四，王逸挺身而出，纠正班、贾错误，重新整理解释。总的看来，王逸撰《楚辞章句》是针对东汉前期以班固、贾逵为代表的一股否定屈原及楚辞作品的思潮，要为屈原及楚辞作品在儒家正统文化学术中取得正统地位而进行的文化学术斗争。他的《楚辞章句》不仅作序说明屈原依经主义的创作本意，而且仿《诗经》体制，尊《离骚》为经，并且把《史记》所载刘安作《离骚传》说成"作《离骚经章句》"；而以《九歌》以下及宋玉、贾谊至于刘向，甚至他自己的楚辞作品《九思》，全都作为解经的传述之作，概称为"传"；并且仿《毛诗小序》每篇首作小序说明作者及该篇主题。此外，似乎为了突出这样做的必要性，附录了班固的两篇《离骚》序文，树立了对立面。

王逸是东汉安帝、顺帝时的学者。假如他的上述说法属实，则刘向当年所编《楚辞》似乎也是一种有为的著述。刘向虽然是西汉宣帝的词臣，但主要是元帝、成帝时代的文化大臣、学术领袖，不但以大规模整理皇宫典籍藏书而垂名目录学史，而且以利用阴阳灾异学说于政而著称于政治历史。应当注意，他是楚元王的后裔，并且是继承楚文化学术的一支。因此，由这样一位学者编出一部特色鲜明、倾向明确的《楚辞》总集，并非历史的偶然现象；而且其后出现了批评屈原及楚辞作品的思潮以及王逸的反批评的章句著述，似乎也不是无谓的学术纠纷。考察这一现象的历史文化背景及其实质，对于了解汉代的文学诗歌艺术及楚辞、骚体的实际发展情况是有必要的。

据严可均《全汉文》《全后汉文》所载辞赋作品，包括断章残句，自汉初至建安以前，约140多篇。其中全用骚体的辞赋50多篇，以骚体为主的变体10多篇，总计约占全部的小半。可见在汉代辞赋发展过程中，自始至终存在骚体辞赋的创作。从作者看，全部50多人中有35人有骚体之作，可见骚体是辞赋作者所习用的一种赋体。试看两汉著名赋家的骚体辞赋：

贾谊：《旱云赋》《鵩鸟赋》《惜誓》《吊屈原文》

淮南小山：《招隐士》▲

严忌：《哀时命》▲

司马相如：《哀秦二世赋》《大人赋》《长门赋》

东方朔：《七谏》▲

司马迁：《悲士不遇赋》

董仲舒：《士不遇赋》

王褒：《洞箫赋》《九怀》▲

第三章 楚歌、骚体的兴衰和定型

刘向:《九叹》▲
刘歆:《遂初赋》《甘泉宫赋》
扬雄:《太玄赋》《反离骚》
冯衍:《显志赋》
班彪:《北征赋》《览海赋》
班固:《幽通赋》
梁竦:《悼骚赋》
杜笃:《首阳山赋》
傅毅:《洛都赋》《雅琴赋》《舞赋》
张衡:《思玄赋》《温泉赋》《舞赋》
王逸:《九思》▲
王延寿:《王孙赋》
蔡邕:《霖雨赋》《汉津赋》《述行赋》《瞽师赋》《短人赋》《检逸赋》《伤故栗赋》《琴赋》
边让:《章华台赋》

(▲为刘向《楚辞》所收)

其中表现手法不一,有自我抒情言志,有一般议论感慨,有悼念屈原以抒己怀,有怀人咏物以寄不遇,等等,但有一个突出的共同主题是,抒写志士命运遭遇的忧思悲慨。这一主题显然承袭屈原《离骚》而来,所以其形式或仿《离骚》,或仿《九章》《九歌》,而有所变化。在西汉诸家骚体赋创作中,这一发展轨迹尤为明显。从儒家思想看,楚辞这一发展倾向和特点,无疑是符合《诗经》风雅的诗教传统的,也是适合汉代爱好楚辞的学者作家的。但是,西汉辞赋的总体发展并非如此,而是一开始就走上了两条道路,一条是以枚乘为代表,从王府走向宫廷,从吴楚走到长安,从讽喻变为歌颂,以致铺张扬厉,讽一劝百,呈现为西汉盛世的主流,形成骈散整饰的咏物大赋;另一条便是以贾谊为代表,抒写个人政治境遇和志操情怀,发展到寄慨士群的运遇,哀思屈原的不遇,歌颂忠贞,追求理想,讽喻昏庸,抨击奸佞,其形式仍以《离骚》《九章》《九歌》的楚辞形式。但是,在武帝、宣帝的盛世,这类言志抒情赋显得冷落,不占主流,却也不绝如缕。西汉赋家几乎在创作中都表现出这样的选择倾向和特点,凡抒情言志,忧思悲慨,则大多用骚体。实际上,这大体形成了汉代辞赋作家的一种艺术观念。其原因既由于汉代学者作家对屈原楚辞的认识和理解,更是封建帝国盛世的时代使然。正因如此,到元帝以后,大汉帝国出现衰乱的征兆和转折,一批忠心帝国的朝廷大臣及贤士大夫忧虑深重,反思武帝、宣帝的盛世奢侈,正视元帝、成帝时的经济凋敝和人民饥馑,怀念文帝、景帝时的节俭务本和休养生息,于是在文化领域中相应地出现了一股反思怀古的思潮,在辞赋创作中也发生了重新认识评价辞赋及楚辞的活动。刘向编《楚辞》就是在这样的历史文化背景中出现的。

元帝时,丞相贡禹、匡衡相继批评宫廷奢侈,主张节俭。贡禹尖锐批评武帝"自见功大威行,遂从耆欲。用度不足,乃行一切之变,使犯法者赎罪,入谷者补吏,是以天下奢侈"(《汉书·贡禹传》);大声疾呼"方今天下饥馑,可亡大自损减以救之?称天意乎?天生圣人,盖为万民,非独使自娱乐而已"(《汉书·贡禹传》)。匡衡上疏"言政治得失",也主张"宜遂减宫室之度,省靡丽之饰;考制度,修外内;近忠正,远巧佞;放郑卫,进雅颂;举异材,开直言;任温良之人,退刻薄之吏;显洁白之士,昭无欲之路;览六艺之意,察上世之务;明自然之道,博和睦之化;以崇至仁,匡失俗,易民视。令海内昭然咸见本朝之所贵,道德弘于京师,淑问扬乎疆外。然后大化可成,礼让可兴也"(《汉书·匡衡传》)。以帝王节俭为修政兴治的首要之举,要求道德教化从宫廷做起,从京城扩及天下疆外。他们执政期间确实也停止了不少天地山川鬼神的郊祀礼仪活动。这些谋求改革的措施都以失败告终,但是这股以伦理文化求治的思潮却延续不衰。

在这样的政治文化气氛熏陶下成长的刘向,青年时便投入这样的事业和斗争,并因而被废居在家十几年。成帝时,他又获任用。他本名更生,此时改名向。从河平三年(前26)起,他便奉命整理皇宫藏书。但他始终关心帝国政治,除谏议成帝停止营建昌陵外,更敏锐觉察到外戚擅权篡政。他以灾异为依据,利用《春秋》公羊学说为武器,勇敢指出外戚王凤

第三章　楚歌、骚体的兴衰和定型

一家"乘朱轮华毂者二十三人,青紫貂蝉,充盈幄内,鱼鳞左右。大将军秉事用权,五侯骄奢僭盛,并作威福,击断自恣,行污而寄治,身私而托公。依东宫(指太后)之尊,假甥舅之亲,以为威重。尚书九卿,州牧郡守,皆出其门。筦执枢机,朋党比周"(《汉书·刘向传》)。他痛心疾首于官场混乱,认为成帝虽然"开三代之业,招文学之士,优游宽容,使得并进"。然而"今贤不肖浑殽,白黑不分,邪正杂糅,忠谗并进。章交公车,人满北军,朝臣舛午,胶戾乖剌,更相逸怼,转相是非,传授增加,文书纠纷,前后错缪,毁誉浑乱,所以营惑耳目,感移心意,不可胜载"(《汉书·刘向传》)。谏议诤诤,忠心耿耿。但是虽然他"自见得信于上,故常显讼宗室,讥刺王氏及在位大臣,其言多痛切,发于至诚。上数欲用向为九卿,辄不为王氏居位者及丞相御史所持,故终不迁。居列大夫官,前后三十余年"(《汉书·刘向传》)。总起来看,刘向在武帝时痛感帝国政治混乱,外戚篡权,刘家天下不稳,朝廷上下污浊,而他秉忠执诚,忧愁孤愤,无论用废,著论进谏,颇有九死不悔之志,因而深深体会到屈原《离骚》的用心。在这种时代气氛和个人情绪下,刘向在整理皇宫藏书时,编出一部尊崇屈原精神、发扬《离骚》传统的《楚辞》总集,是不难理解的。

刘向编《楚辞》,是否以《离骚》为经,以《九歌》以下及他自己的《九叹》为解经的传,因未见其序录文字及有关文献记载,不可确知。但从《楚辞》选录作品及《九叹》内容,或可略作推测。《楚辞》所载作品共9人16种作品,计屈原全部作品,宋玉《九辩》《招魂》、景差《大招》(归属疑案不论),与前录汉代作家贾谊《惜誓》、淮南小山《招隐士》、东方朔《七谏》、严忌《哀时命》、王褒《九怀》,以及刘向自己所作《九叹》。这样编选的特点是明显的。一是刘向确定的屈原的作品全部选入,居于首位,而以《离骚》为第一位,表现出以屈原作品为典范或本源的意图。二是宋玉以下的作家都是各自时代的著名作家,同时也都曾是宫廷主要作家。他们都有一些其他更为广泛流传的名篇,但刘向只选入他们悼念、怀念屈原的作品,这些作品的共同思想特点是在抒发悼念哀思之中,阐发屈原思想情操,寄托各自不遇怨思,寓有讽喻时政激愤。三是入选作品都是严格意义上的"楚辞",从形式、语言甚至手法都具有楚辞特色,虽然各篇具体艺术形式有所变化,或用骚体,或仿《九歌》,或仿《九章》,或综合运用,等等。

总之,刘向编《楚辞》,未必如王逸《楚辞章句》那样明确尊《离骚》为"经",《九歌》以下都是"传",但是他以屈原为宗,为本,为源,尊《离骚》为典范,而以宋玉《九辨》以下作家作品为继承、发扬屈原精神与《离骚》传统,可以帮助理解屈原及其作品,则大体明显确切。其次,刘向作《九叹》附于其末。王逸《九叹小序》说,刘向"追念屈原忠信之节,故作《九叹》","言屈原放在山泽,犹伤念君,叹息无已,所谓赞贤以辅志,骋词以曜德者也"。其说主题,大致中肯。具体地看,《九叹》仿《九章》,共九题:《逢纷》《离世》《怨思》《远逝》《惜贤》《忧苦》《愍命》《思古》《远游》,是以屈原一生遭际的不同阶段的思想情怀为主题,分别突出一个重点,而在每章末以"叹曰"总结出重点主题。例如《逢纷》"叹曰"中说,"遭纷逢凶,蹇离尤兮;垂文扬采,遗将来兮",是说屈原时运不济,政治不遇,只能以文章求将来知遇。《离世》说"去郢东迁,余谁慕兮;逸夫党旅,其以兹故兮",是说屈原由于逸佞成党而被迫离开郢城。《远逝》说"遭倾遇祸,不可救兮;长吟永欷,涕究究兮;舒情陈诗,冀以自免兮;颓流下陨,身日远兮",是说屈原悲伤楚国危亡而不可救,写诗希望怀王觉悟而更遭疏远。《惜贤》说"忧心展转,愁怫郁兮;冤结未舒,长隐忿兮;丁时逢殃,可奈何兮;劳心悁悁,涕滂沱兮",是说屈原忧愁冤结,由于生不逢时,只得悲痛流泪。这类为屈原悲叹同情之词,既可理解为阐述屈原的楚辞作品,也显然流露着刘向自己的遭际情怀,因而亦可理解为刘向编选《楚辞》的一种形象表白。恰如《惜贤》开头所说:

> 览屈氏之《离骚》兮,心哀哀而怫郁。声嗷嗷以寂寥兮,顾仆夫之憔悴。拨谄谀而匡邪兮,切泿忍之流俗。荡滉瀁之奸咎兮,夷蠢蠢之溷浊。

刘向深深理解《离骚》的思想激情,那是在沉闷孤寂时的大声疾呼,对随从前进而憔悴的人们的号召,屈原要拨乱反正,澄清流俗,荡涤奸恶,扫除污浊。而这正是刘向自期自许的时代责任。可见他编《楚辞》本意未必是要

第三章 楚歌、骚体的兴衰和定型

尊"经"立"传",但他标榜、振兴、发扬屈原精神和楚辞传统,不仅要为楚辞文学正本清源,更要为汉王朝振兴服务,则是显然的。因此,东汉王逸以儒家学术经传来解释其意图,虽不尽合,但也并非无因。

如果说刘向编《楚辞》总集是在上层以整理文献的方式,为振兴发扬屈原精神和楚辞传统作出努力,对汉赋咏物主流寓有批评意向,那么同时稍后的另一位宫廷辞赋作家、学者扬雄对屈原及楚辞、汉赋的态度与评论,则可以反映元帝、成帝以后中下层作者文士对于汉赋发展的批评,对于屈原楚辞的肯定,从而可以理解楚辞传统和骚体创作在西汉后期重新被重视,再度显得活跃,是时代的使然。《汉书·扬雄传》载:

> 先是时(指武帝时),蜀有司马相如,作赋甚弘丽温雅,雄心壮之,每作赋,常拟之以为式。又怪屈原文过相如,至不容,作《离骚》,自投江而死,悲其文,读之未尝不流涕也。以为君子得时则大行,不得时则龙蛇,遇不遇命也,何必湛身哉!乃作书,往往摭《离骚》文而反之,自岷山投诸江流以吊屈原,名曰《反离骚》。又旁《离骚》作重一篇,名曰《广骚》;又旁《惜诵》以下至《怀沙》一卷,名曰《畔牢愁》。

扬雄出身农家,生活清贫,口吃不善言谈,博学而好深思,早年好辞赋。大概由于受到盛世余绪的影响,他也曾爱好歌功颂德的大赋,崇拜司马相如。但是又从实际生活体验,发现屈原作品体现出一个矛盾,才华出众而不为世容;认识到一个人生哲理,时势决定于机遇,机遇决定于命运,总之是命里注定,认命即可,不必自尽。他内心更推崇屈原,更爱好屈原作品,出于同情共鸣,至于每读必哭,却又不同意屈原的归宿抉择。因而他学习写作屈原的作品,又痛心规劝地写了哀悼屈原的《反离骚》:"夫圣哲之不遭兮,固时命之所有,虽增欷以于邑兮,吾恐灵修之不累改。昔仲尼之去鲁兮,斐斐迟迟而周迈;终回复于旧都兮,何必湘渊与涛濑。"连孔子都躲不了命,屈原更不必自沉。这种看透世运,听天由命的心态,实际是对时政不抱信心的冷漠,反映西汉后期下层文士的情绪。因而后来他在成帝时应召为宫廷作家,写了一些著名的应诏歌颂的咏物赋,甚至在王莽篡汉时写过《剧秦美新》的符命文章。但是晚年著《太玄经》,便用骚体作《太玄赋》。而在仿《论语》的《法言》中明确批评了宋玉以下的辞赋创作。《法言·吾子》写道:

> 或问吾子少而好赋,曰:"然。童子雕虫篆刻。"俄而,曰:"壮夫不为也。"或曰:"赋可以讽乎?"曰:"讽乎!讽则已,不已,吾恐不免于劝也。"……
>
> 或问:"景差、唐勒、宋玉、枚乘之赋也,益乎?"曰:"必也淫。""淫则奈何?"曰:"诗人之赋丽以则,辞人之赋丽以淫。如孔氏之门用赋也,则贾谊升堂,相如入室矣。如其不用何!"

认为景差以下的辞赋过分追求辞藻,丧失讽喻的精神,不合儒家诗义传统,沦为儿童学习的工艺玩意,几乎否定了辞赋在汉代发展的主流,实质上是与刘向编《楚辞》的思潮一致的,相呼应的。

在西汉末,经王莽篡汉,至东汉初,在动荡战乱、王朝交替的时代,学者作家从各自生活中体验了扬雄的命定观,理解同情屈原的遭际情怀。东汉初班彪《悼离骚》说:"夫华植之有零茂,故阴阳之度也;圣哲之有穷达,亦命之故也。惟达人进止得时,行以遂伸,否则诎而圻蠖,体龙蛇以幽潜。"(见《艺文类聚》卷五六)与扬雄《反离骚》持相同的态度与观点。在辞赋创作上,这一时期的突出现象便是骚体赋的活跃。继刘向《九叹》、扬雄《太玄赋》之后,西汉末有刘歆《遂初赋》,东汉初有冯衍《显志赋》、班彪《北征赋》、梁竦《悼骚赋》等名篇。这些作者有各自的生活经历体验,但这些作品有个共同特点是用骚体抒发人生仕途的忧思感慨,思想上突出个人失时不遇的忧愤不平,艺术上力求保持《离骚》独特的色彩风格。表面看来,骚体抒情赋的活跃,似与刘向编《楚辞》、扬雄作《反离骚》及批评汉赋都无联系,实质上却都是西汉盛世转向衰乱的必然产物,是文化艺术发展的必然变化,是学者作家从社会现实生活实践中激发出来的盛世反思和乱世忧患,是他们对西汉辞赋创作的总体批评与冲击。因此,这是同一思潮的历史运动,表现着西汉文学观念的一种深刻变化。它直接表现为对

第三章 楚歌、骚体的兴衰和定型

屈原及其创作的认识、评价及继承发展,反映楚文化艺术与华夏文化艺术的进一步融合,触及华夏文化艺术正统的评价与传承。众所周知,汉初刘安、司马迁是把《离骚》作为楚文化来与华夏文化比较评价的,认为"《国风》好色而不淫,《小雅》怨诽而不乱,若《离骚》者可谓兼之矣"(《史记·屈原列传》);贾谊用骚体写作哀悼屈原以寄怀的辞赋,有以楚辞悼楚贤的用意;枚乘、司马相如等则继承宋玉创作了铺张形容的歌颂咏物辞赋,从内容到形式都不承传《离骚》。而到这时,刘向显然把屈原及其作品视为华夏文化艺术正统的一个组成部分,一个本源,一个典范,并且汇集悼念、传承性的汉代作家楚辞作品,表示振兴、倡导的意向;扬雄及班彪从自身体验来评价屈原思想,充满同情和敬重,显然视为同种同类,不以为他族文化,表现出视同认同的态度,而扬雄批评汉赋,则更认为枚乘、司马相如乖离了屈原精神,也不合华夏正统要求,是错误的倾向;扬雄、刘向、刘歆、班彪等的骚体辞赋则从实践上继承发展了辞赋创作,把《离骚》作为正统辞赋创作的一个典范和规范。总之,这时期重视楚辞,振兴骚体,实质是在观念和实践上要求承认和接受屈原及其创作是华夏正统文化艺术《诗经》传统的继承发展,是一种雅正的文章体裁,是一种高尚的抒情文体,而枚乘、司马相如所代表的汉赋则是不符合正统的变种和错误。这就提出了一个严重的问题,究竟是屈原楚辞创作,还是枚、马汉赋创作继承发展《诗经》传统,代表正宗?所以在东汉王朝巩固,进入盛世之时,以班固为代表掀起了一股批评屈原及其创作的思潮。

东汉明帝、章帝时期是东汉太平盛世,崇尚儒学,兴复雅乐,需要歌功颂德,点缀升平。班固以著史见用,贾逵以经学得宠,两人都有《离骚》注解,被王逸斥为曲解。在辞赋创作上,班固更是这一时期的主要代表作家,富于创作,更有理论。他的理论的倾向和特点是自觉迎合封建盛世的统治需要,固执儒学传统,排斥非经异端,歌颂盛世功德,讽喻抒情雍容。在《〈典引〉序》中,他引用明帝在永平十七年(74)针对司马迁著《史记》的诏令:

> 司马迁著书成一家之言,扬名后世;至以身陷刑之故,反微文刺讥,贬损当世,非谊士也。司马相如洿行无节,但有浮华之辞,不周于

用；至于疾病而遗忠，主上求取其书，竟得颂述功德，言封禅事，忠臣效也。至是贤迁远矣。

明帝明确要求学者作家应歌功颂德，厌恶讽刺批评。表面上批评司马相如辞赋浮华无用，但对司马相如建议封禅的歌颂和忠心，却极为称赞。也就是说，司马相如比司马迁忠义，就在于歌颂而不批评。以此推论，劝百讽一的汉赋是无过的，或者是本意忠义的。这就可以理解，班固《两都赋序》所提出的理论观点："或曰，赋者，古《诗》之流也。昔成、康没而颂声寝，王泽竭而《诗》不作。"认为赋是继承《诗经》的歌颂之作。又说，司马相如等人的辞赋创作是"或以抒下情而通讽喻，或以宣上德而尽忠孝，雍容揄扬，著于后嗣，抑亦《雅》《颂》之亚也"。肯定以司马相如为代表的汉赋主流是继承了《诗经》传统，赞扬"大汉之文章炳焉与三代同风"。这显然是出于对圣旨的领会而有意迎合。同样，班固在《离骚赞序》中比较客观地介绍屈原事略，评曰："其辞为众贤所悼悲，故传于后。"而在《离骚序》中却针对刘安高度评价屈原提出批驳，指责屈原"露才扬己，竞乎危国群小之间，以离谗贼，然责数怀王，怨恶椒、兰，愁神苦思，强非其人，忿怼不容，沉江而死，亦贬洁狂狷景行之士"；批评《离骚》"多称昆仑冥婚宓妃虚无之语，皆非法度之政，经义所载"。这显然与明帝批评司马迁"微文刺讥，贬损当世"的论调是投合一致的。因此他注解《离骚》（今佚），可以想见，必定会针对刘安的解释而多所批驳。同时，也就可以理解，为什么他整理刘歆《七略》而为《汉书·艺文志》，不收刘向《楚辞》，也不单列"楚辞"，而把屈原赋列入《诗赋略》的赋类之首，视为与乐府歌词同类的语言艺术创作，其原因即在于此。顺便可以提到，《诗赋略》中歌诗总为一类，而赋分四类，大致每类首位赋家代表该类特点，计屈原、陆贾、孙卿（荀子）、无名氏《客主赋》四人居首。仔细分析比较这四类所录作家作品的特点，或能对刘歆《七略》本来意图有所发现。总之，这一时期以班固为代表的辞赋理论批评以及学术注解，全面肯定汉赋主流，否定屈原及其创作的思想意义，是适应东汉盛世统治的需要，也是对前一时期的辞赋理论批评及创作倾向的批评，其实质是在思想文化上崇儒正统，排斥异端，消除不

第三章　楚歌、骚体的兴衰和定型

满。不难看到,这一思潮不合历史现实的发展,也阻挡不了文学艺术的合理发展。因而在东汉后期出现了以张衡为代表的文学创作和以王逸为代表的反批评。

如前所述,王逸《楚辞章句》明确针对班固、贾逵批评屈原的思潮。正由于班、贾在思想上把屈原排斥于正统文化之外,视为儒家的异端,因此王逸一定要把屈原思想说成符合儒家五经,并且要立《离骚》为"经",而把其他楚辞作品及汉代作家的骚体赋说成解释"经"的"传"。这种做法固执得可爱,牵强得可笑。然而这在东汉崇儒的时代,是有效而且可以理解的,正如《诗》变为经典而获得崇高地位一样,假使为《离骚》争得经典的正统地位,屈原及其创作自然可以永放光辉。王逸严肃恭敬地把《楚辞章句》进献朝廷,其目的就是要使《楚辞》经典化,争取正统地位。虽然他的努力没有成功,但是毕竟做了一件大有益的事情,并且在后世文学创作中产生了相当深广的影响。第一,保存了屈原作品及宋玉等的一部分作品,具有文献价值;第二,解释了楚辞,使楚辞较为易读而利于传播;第三,用《诗》六义赋比兴解释屈原作品,所谓"《离骚》之文,依《诗》取兴,引类譬谕。故善鸟香草,以配忠贞;恶禽臭物,以比谗佞;灵修美人,以媲于君;宓妃佚女,以譬贤臣;虬龙鸾凤,以托君子;飘风云霓,以为小人"(《离骚》小序),使香草美人的讽喻比兴成为后来士大夫创作习用的表现手法。而在古代文化、文学史上,《楚辞章句》的出现和流传,足以成为一个标志:楚文化的文学优良传统——屈原及其创作,被汉文化接受为优良文学传统组成部分,并且成为后世文学的一个艺术流派的源头,与《诗经》并比。从文化意义上说,王逸意图使《楚辞》经典化的努力,取得一定的成功。但从文学发展看,《离骚》在南朝被认为是诗歌艺术的一个源头,却并非由于它的经典化,而是由于它自身具有的抒情诗歌实质,由于学者作家在创作实践和艺术理论上的认识的不断深入提高。

东汉后期,骚体赋的创作沿着前期的轨迹继续前进,题材多样而趋于广泛,抒情寄慨则突出个性。从扬雄、刘歆、班彪起,骚体赋创作已不拘于个人浪漫的抒情述志,突破了《离骚》的规范模式,而且在题材上用骚体咏物,在手法上多用比兴寄托,例如刘歆有《甘泉宫赋》,班彪有《览海赋》,此后杜笃有《首阳山赋》,傅毅有《洛都赋》《雅琴赋》等,都是骚体赋。它们的共同特点是作者个人抒情寄慨成分和色彩愈益增强,个性显得突出。这是与枚乘、司马相如的主客对话结构的铺陈形容的咏物大赋的主要区别。到东汉后期,张衡以后,骚体赋这一发展趋势和特点更为明显。东汉末,著名学者作家蔡邕的许多赋都用骚体,主题来自生活现实,表现大多不求神奇,题材广泛,有自己经历,天降露雨,盲人乐师,天生矮子,渡口、树木及行为等,咏物记人,即目忆旧,无所不写,但都抒发愁绪,寄托悲思,实质是抒情艺术创作,大多可谓抒情诗。但是,终东汉之世,在作者的观念里,这类骚体创作仍然是辞斌,不属诗,也不是歌。也就是说,骚体赋创作虽然经过曲折反复的道路,回复到屈原《离骚》的抒情诗实质方向发展,但是作家的主观认识还没有突破传统诗赋艺术观念的束缚。正因如此,三百年后,刘勰《文心雕龙》中专门写了一篇《辨骚》,为屈原及其创作辨别在古代文化传统中的历史地位、作用和价值,但却不专门把骚体列为这部论文专著的文体之一。认识骚体的抒情诗实质,经过了一个相当长的历史时期,是魏、晋以后的成果。

王逸《楚辞章句》使刘向《楚辞》成为经典的努力虽然没有成功,但是使之成为了一种专门学术,一个专体文章总集,在后世存在发展。两晋之际学者郭璞有《楚辞注》,东晋徐邈有《楚辞音》,南朝梁代刘杳有《离骚草木疏》,都是继王逸之后的楚辞学术专著。因此,在目录学上,南朝梁代阮孝绪《七录》在"文集录"首列"楚辞部",收入《楚辞章句》等"五种五帙二十七卷"。此后《隋书·经籍志》在"集部"便首列"楚辞"类,收入《楚辞章句》等"十部二十九卷"。由于"集部"在"楚辞"类之后另起"别集"类,因此"楚辞"又被视为总集的第一部,而楚辞便占有专体文章总集的地位和性质,确定了它的文化学术地位和价值。至于认识楚辞的抒情艺术创作性质,确定骚体的抒情诗的实质,并以为与《诗经》同为古代诗歌的艺术源头,则大体起于两晋,形成于南朝齐、梁时代。

西晋学者对楚辞汉赋的评论,倾向于折中扬雄、班固的观点,致力于

第三章 楚歌、骚体的兴衰和定型

把《诗经》、楚辞、汉赋解释为一个文化艺术传统的不同时代的发展变化。皇甫谧《三都赋序》说：

> 周监二代，文质之体，百世可知。故孔子采万国之风，正《雅》《颂》之名，集而谓之《诗》。诗人之作，杂有赋体。子夏序《诗》曰："一曰风，二曰赋。"故知赋者，古《诗》之流也。至于战国，王道陵迟，风雅寝顿。于是贤人失志，辞赋作焉。是以孙卿（荀子）、屈原之属，遗文炳然，辞义可观，存其所感，咸有古《诗》之意，皆因文以寄其心，托理以全其制，赋之首也。

班固《两都赋序》提出"赋者，古《诗》之流"，但是不提屈原楚辞，用"昔成、康没而颂声寝，王泽竭而《诗》不作"二句概括过去，显然有抹杀之意。皇甫谧在解释班固见解之后，特地对荀子、屈原的辞赋创作进行评价，明确指出，"贤人失志，辞赋作焉"，认为荀、屈辞赋"咸有古《诗》之意"，其特点和成就是"因文以寄其心，托理以全其制"，用语言艺术寄托他们失志的思想情意，以思想道理使其创作完美，所以"遗文炳然，辞义可观"，是辞赋创作的首位和开端。这一补充显然有纠正班固偏见的用意，尤其强调屈原创作的思想内容的成就和意义，认为"贤人失志"是继承风雅传统的一个时代特征，"辞赋作焉"是《诗》的艺术形式的一个流变，并非只有歌功颂德才符合风雅传统。这一见解的重要意义在于，不但完成了把《诗经》、楚辞归结为同一文化艺术传统的理论阐述，而且指出了楚辞具有抒写"失志"的抒情艺术特点。实际上，皇甫谧的观点来自扬雄"诗人之赋丽以则，辞人之赋丽以淫"，予以具体阐述。所以《三都赋》作者左思在自己的《三都赋序》开头便说："盖《诗》有六义焉，其二曰赋。扬雄曰：'诗人之赋丽以则。'班固曰：'赋者，古《诗》之流也。'"实际是概括了皇甫谧的观点，表现出折中的倾向。其后，挚虞《文章流别论》说，"赋者，敷陈之称，古《诗》之流也"，"前世为赋者，有孙卿、屈原，尚颇有古《诗》之义。至宋玉，则多淫浮之病矣。楚辞之赋，赋之善者也"。也是承传发挥皇甫谧的见解。由此可见，西晋学者已经注意到了屈原的楚辞创作具有抒情艺术性质，是继

了《诗经》风雅艺术传统的。与此同时,陆机《文赋》在文体分类中提出,"诗缘情而绮靡,赋体物而浏亮"。注意到了诗歌与辞赋在艺术功能上的特征区别,强调了诗歌作为一类文体具有抒情为主的特性。这一观点对后来认识屈原辞赋及骚体的抒情诗实质是有明显影响的。

南朝齐、梁时期,古代文学理论批评开始进入一个艺术创作的自觉阶段。四声的发明,近体的创立,是诗歌艺术达到自觉用语言文字进行形象艺术创作的一个标志,诗歌创作构成艺术形象在观念和功效上摆脱对音乐歌舞的具体形象的依附,诗歌与歌词在艺术实质上区别开来。与此同时,对文学特征与文体的辨别,逐渐深入到内容的思维特点与形式的艺术特点。"文学"的观念不仅从文化艺术的广泛概念中独立出来,区别于"文章"的观念;而且在"文""笔"的辨析中,提出了内容与形式两方面的区别:"文"有韵,"笔"无韵;"文"是"吟咏风谣,流连哀思","惟须绮縠纷披,宫徵靡曼,唇吻遒会,情灵摇荡",而"笔"则"不便为诗","善为章奏","率多不便属辞,守其章句,迟于通变,质于心用","神其巧惠,笔端而已"(梁元帝《金楼子·立言》)。大体上说,"笔"指应用文章,"文"指文学创作。对"文"的要求,不但明确提出辞藻、声律、朗诵的语言技巧要求,而且突出抒情的感性形象的要求。在文体分类上更深入具体,越分越细。正是在这样的文化文学思潮的背景上,齐、梁时期认识到楚辞的抒情性,认识到《离骚》的抒情诗性质,提出了"骚体"的文体观念。

综合《文心雕龙》《诗品》和《文选》的观点,齐、梁时期对屈原创作的认识和评价,主要有三。一是确认以屈原《离骚》为代表的楚辞创作在古代文学传统中占有艺术源头的地位作用。刘勰把《辨骚》列入文的本源部分,与《正纬》一样作为一个必须辨正的文的本源问题,实际上是视之为正统本源"道""圣""经"之外的另一个重要源头,实质上是承认它是被正统接受、融合而为正统本源中的重要成分,因而具有文的本源地位作用。钟嵘则明确把楚辞视为五言诗的一个源头,其评李陵诗曰"其源出于楚辞",与《古诗》"其体源出于《国风》"一样。《文选序》中则把屈原创作作为"骚人之文"的源头来论述。二是确认楚辞兼有诗的抒情、赋的咏物的艺

第三章 楚歌、骚体的兴衰和定型

术性能。《文心雕龙》在《诠赋》中说,"然赋也者,受命于诗人,拓宇于楚辞也"。肯定赋从楚辞来。《明诗》中说,"逮楚国讽怨,则《离骚》为刺"。则视《离骚》为诗,有讽喻作用,继承《诗经》传统。因而在《乐府》中批评"朱、马(朱买臣、司马相如)以骚体制歌"不合经典要求。《诗品序》说:"夫四言文约意广,取效《风》《骚》,便可多得。"明确把《离骚》与《国风》并列为诗歌艺术的传统典范。《文选序》在叙述赋体与诗体之间,特列一段说:"又楚人屈原,含忠履洁。君匪从流,臣进逆耳。深思远虑,遂放湘南。耿介之意既伤,抑郁之怀靡愬。临渊有怀沙之志,吟泽有憔悴之容。骚人之文,自兹而作。"也突出屈原创作的言志讽喻、感伤抒情的艺术特色。三是确立"骚体"。刘勰并未把《离骚》或楚辞专列为一种文体,但在《乐府》中提到"骚体"一词,其原因便是《辨骚》所述,"若能凭轼以倚《雅》《颂》,悬辔以驭楚篇,酌奇而不失其真,玩华而不坠其实,则顾盼可以驱辞力,欬唾可以穷文致,亦不复乞灵于长卿(司马相如),假宠于子渊(王褒)矣"。刘勰认为《离骚》是足以与《诗经》并列的艺术典范,不能视为一种文体。因而就其语言形式或称"骚体",但论实质则不属文体。明确提出"骚"为一类特殊文体的是《文选》,在赋类、诗类之后,特列"骚"类,并且沿袭王逸说法,标明《离骚经》。而在"骚"之后,另列"七"类,以枚乘《七发》为首。此后是"诏""册""令""教"等文章各类。可见萧统也是把"骚体"视为诗、赋之间的一种特殊文体。这就是说,齐、梁时期,骚体是确立了,但观念上仍留有传统影响的痕迹,尚未如近代学者一般视为浪漫主义抒情诗的典范。

综上所述,现代学者评论为伟大浪漫主义诗人屈原的抒情诗歌,在汉代的传承发展,其实是经历了曲折的独特的道路。其重要原因在于汉代学者作家主观上并未视之为浪漫主义抒情诗,而是受着传统文化艺术观念的束缚,拘于华夏正统观念,在相当长的时间内,把它看作非正统的楚文化艺术,非诗的韵文创作。而且楚辞在引入吴楚王府到长安宫廷的过程中,又更多导向铺陈形容、歌功颂德,成为汉代盛世需要的一种新的文学品种——辞赋,成为娱乐宫廷、入仕求荣的一种士大夫交际手段。而继承屈原精神的楚辞优良传统的抒情赋创作,在西汉盛世则比较冷落。因

此,随着政治历史的变化,西汉从盛变衰,在历史的反思中,出现了对铺陈歌颂的汉赋的批评和对屈原精神及楚辞传统的再认识,出现了抒情言志的骚体赋的活跃和发展。但是,当东汉中兴,盛世再临,适应政治的需要,又对西汉后期的反思进行再反思,于是再次从儒家传统的正统观点出发,对屈原及其创作采取二元论批评,思想上视为异端,艺术上充分肯定,以便使铺陈形容的汉赋获得继承《诗经》正统的地位,排斥屈原及其创作。作为这一思潮的极端反应,便出现了从儒家正统的立场观点出发,把屈原及其创作推向儒家文化经典地位,使之成为思想文化典范,变为经典学术。而由于东汉政治经济日益趋向封建大地主占有发展,中下层及广大人民被剥削、被压迫的意识日趋自觉,因而在辞赋创作中,失志不遇的体验成为士大夫突出的主题,对屈原《离骚》的思想精神愈益体会,于是骚体赋成为学者作家抒发失志不遇的愁绪悲慨的一种常用体裁,其抒情艺术的特性也就更加突出。在东汉辞赋从咏物向抒情发展演变的过程中,骚体赋显得更加活跃多样化,这是主要原因。所以,总的来看,屈原及其楚辞创作在两汉的发展,实质是楚文化融合为华夏文化的过程。在艺术形式与表现方法上,实际并未遇有很多障碍,但由于《诗经》传统的艺术观念是以"乐"为整体,而楚辞传入伊始便是文辞,与"乐"脱离,因而在汉代始终视为文章,不以为诗。楚辞被接受、融合为正统的实质障碍是它的思想精神以及表现思想精神的神话素材,其中存在不合儒家君臣纲纪的反抗因素,不合封建盛世所需歌颂太平的暴露作用,因而在汉代经历了冷落、歧视乃至排斥的遭遇,又戏剧性地被抬高到正统经典的极端。但是,根本决定屈原辞赋的影响发展的是汉代社会现实生活和人民情绪愿望,因此尽管终两汉之世,人们并未认识到屈原辞赋的浪漫主义抒情诗的实质,但是在曲折独特的道路上,显然不自觉地朝着这一方向前进。在两汉,骚体诗是无人创作的,只有实质为抒情诗的骚体赋。汉代其实连"骚体"这一概念也不曾出现,只有"楚辞"和"辞赋"的文体观念,因为汉代的文学艺术观念尚未达到现代文艺理论的高度。

第四章　汉武帝的挑战
——"乐府"机构的立废

第四章 汉武帝的挑战——"乐府"机构的立废

两汉诗歌最优秀部分是乐府歌辞与五言古诗,为诗歌史发展的主流。历史的辩证法有趣无情。今天看来,两汉乐府与古诗的价值地位是清楚明白,毋庸置疑的。但在汉代,它们始终是不登大雅之堂的新俗诗歌,为传统高雅诗歌观念所鄙薄,甚至不齿,视为邪恶。如果具体考察这些冒犯高雅的新俗诗歌怎样会在汉代流行,并且成为不可遏制的汹涌潮流,说来简单,却很有趣,就像刘邦把楚歌带入宫廷一样,竟是至尊皇帝的爱好使然。也就是说,理当成为传统雅正的最高权威和维护者的皇帝陛下,居然是粗俗诗歌的爱好者与支持者,而坚定维护皇帝权威并且捍卫雅正传统的学者士大夫却俨然站在皇帝陛下的对面。辩证法在历史舞台上导演了一场不大不小的谐剧,热闹而严肃,荒唐而正经。揭开历史的帷幕,透过神圣的迷雾,认真切实地考察汉武帝创置乐府机构,掀起新俗诗歌的潮流,激起雅正传统捍卫者的抗议,直至汉哀帝撤销乐府机构,这一幕幕光怪陆离的隆重乃至不无壮烈的活剧,其实是传统的更新,雅俗的较量。而向雅正传统提出挑战的前台主角,便是独尊儒家的一代雄主汉武帝。

一 汉武帝的文化艺术方针

在秦末群雄逐鹿中捷足先得的汉高祖刘邦是豁达大度,很讲实际的。他虽然文化不高,但却善于把握文化政策的尺度,很懂得"礼乐之用为急"(《汉书·礼乐志》)的道理。天下草创,民生艰难,百废待兴,一切从简,他是知道的。初登皇帝宝座,他"悉去秦仪法,为简易",结果"群臣饮争功,醉

或妄呼,拔剑击柱"(《汉书·叔孙通传》),一群草莽好汉。他觉得不行,于是接受叔孙通建议,排练了一套朝会礼仪。仪仗陈设,一应具备;功臣列侯,文武百官,依次上朝,各就各位;皇帝出来,群臣下跪,一切如仪,犯者斥退;"自诸侯王以下,莫不震恐","竟朝置酒,无敢欢哗失礼者"。于是他深为感叹:"吾乃今日知为皇帝之贵也。"因而也让叔孙通"因秦乐人制宗庙乐"隆重祭祖祀神。同时,他重视乡俗,祭祀随俗,以合民情,以利安定。楚俗祭祀蚩尤,他回家乡便祭祀蚩尤"衅鼓旗",后来在长安也为蚩尤立祠。他问知秦代祭祀上帝为白、青、黄、赤四祠,便说:"天有五帝",秦仅四,"乃待我而具五也",立黑帝祠,名北畤。但祭黑帝时,他自己不去,而命秦朝旧官行祭礼,同时恢复太祝、太宰职官,按照旧礼仪行祭,并下令各县设官社诏曰:"吾甚重祠而敬祭。今上帝之祭及山川诸神当祠者,各以其时礼祠之如故。"(《汉书·郊祀志》)刘邦并没有一整套文化思想及文化政策,但从实际出发,形成一个实用的方针:顺从民心,尊重传统,同时正视现实,因简就便,以利于帝国创业与巩固。所以他赞赏叔孙通变通传统的观点方针,"五帝异乐,三王不同礼。礼者,因时世人情为之节文者也"。其特点是"杂就","颇采古礼与秦仪,杂就之",杂取传统中有利有用的,扬弃其无益无用的,有所存,有所变,在"杂就"中体现出变通更新的实际需要。这方针同样表现于刑法方面。他初入关中,约法三章。"其后四夷未附,兵革未息,三章之法不足以御奸。于是相国萧何捃摭秦法,取其宜于时者,作律九章"(《汉书·刑法志》)。应当说,刘邦这个因时便宜、变通更新的方针是合乎实际,行之有效的。其后,惠帝、吕后及文、景之治,基本上维持这个方针。"当孝惠、高后时,百姓新免毒蠚,人欲长幼养老,萧、曹为相,填以无为,从民之欲而不扰乱,是以衣食滋殖,刑罚用稀。及孝文即位,躬修玄默,劝趣农桑,减省租赋。而将相皆旧功臣,少文多质,惩恶亡秦之政,论议务在宽厚,耻言人之过失,化行天下"(《汉书·刑法志》)。出于政治巩固、经济发展的需要,高祖以后,武帝之前,思想文化基本采取省俭无为方针,保持既有制度规模。因此,汉初七十年间,在黄、老无为思想指导下,革去秦代苛法酷刑,减省先秦繁礼缛仪,争取人心,力求安定。实际

第四章　汉武帝的挑战——"乐府"机构的立废

上,文化艺术在无为中保持而发展了传统,并且是沿袭战国形成的多元的传统,表现为自在发展、自然竞争的状态,呈现出地域文化的不同程度的发展。如前所述,楚文化在吴、楚活跃,河间有雅乐古文化整理,长安则为经典学术中心,宫廷其实比较冷清。也就是说,文、景之治在政治、经济上取得很大的成就,但是在思想文化上却没有形成相适应的占有统治地位的正统,显得软弱乏力,不利于汉帝国一统的强国持久。思想上确定正统,文化上更新传统,这一任务历史地落在汉武帝肩上。

汉武帝在建元元年(前140)即位,前五年基本上维持既定方针,因为有位窦太后好黄老而非薄五经,凌驾武帝之上。大臣赵绾主张崇儒,未经窦太后许可,结果送了性命。然而尽管武帝一再减省宽免,仍然天灾不断,边事屡起,甚至庙堂宫殿起火,可谓灾异频仍。因而建元六年窦太后去世,次年武帝便一再下诏举贤求策,决心奋起作为,"于是董仲舒、公孙弘等出焉"(《汉书·武帝纪》)。武帝连下三道策制,董仲舒连奏三封对策,大体明确了文化思想与方针。武帝第一道制说:

> 盖闻五帝三王之道,改制作乐而天下洽和,百王同之。当虞氏之乐莫盛于《韶》,于周莫盛于《勺》。圣王已没,钟鼓管弦之声未衰,而大道微缺,陵夷至乎桀、纣之行,王道大坏矣。夫五百年之间,守文之君,当途之士,欲则先王之法以戴翼其世者甚众,然犹不能反,日以仆灭,至后王而后止,岂其所持操或悖谬而失其统与?固天降命不可复反,必推之于大衰而后息与?呜呼!凡所为屑屑,夙兴夜寐,务法上古者,又将无补与?三代受命,其符安在?灾异之变,何缘而起?性命之情,或夭或寿,或仁或鄙,习闻其号,未烛厥理。伊欲风流而令行,刑轻而奸改,百姓和乐,政事宣昭,何修何饬?

针对五帝三王的圣王治理的根本传统,大胆而尖锐地提出了一系列寻根究底的责问:为什么圣王之道随圣王去世而衰坏,不能长治久安?为什么后世遵循王道的君臣都不能恢复达到三代盛世?反而导致自身灭亡?是他们自己行为错误,丧失传统,还是天命注定盛衰不可逆转?如果天命注定,那么规矩遵奉上古传统又有什么用?三代受命于天的证明在哪里?天降灾异的原因究竟是什么?是天意还是人事?人的短命长寿,本性好坏,究竟是什么道理?当今要使政令执行,风气变好,人民安乐,政事清平,究竟要干些什么?这些问题显示武帝谋求改革的大作为,心中酝酿已久,不可抑止,喷薄而出,无可阻拦。显然,他的意图是清楚的,要求说明上古三代王道盛世的传统实际,探究天命人事之间矛盾现象的原因,实行合乎传统而有效的改革,实质是谋求文化更新与思想统一。第二道制指出,虞舜"垂拱无为而天下太平,周文王至于日昃不暇食,而宇内亦治";提出"夫帝王之道岂不同条共贯与?何逸劳之殊也?"要求具体回答当世有效的方针策略。第三道制提出,"文采未极,岂惑当世之务哉?条贯靡竟,统纪未终,意朕之不明与?听若眩与?夫三王之教,所祖不同,而皆有失。或谓久而不易者,道也,意岂异哉?"要求回答文化传统与根本之道的关系问题。总之,武帝要求说明在思想文化上治理国家的实践与理论。对此,董仲舒主要提出三方面回答:

一是立即实行"更化"。他认为三代文化传统本质是完美的,但在后世遭到损害。尤其在秦代被残暴毁坏,"其遗毒余烈至今未灭,使习俗薄恶,人民嚚顽,抵冒殊扞"。这种思想失控,如同"琴瑟不调甚者,必解而更张之,乃可鼓也"。提出"为政而不行甚者,必变而更化之,乃可理也","当更化而不更化,虽有大贤,不能善治也"。认为汉立七十多年,有善治的愿望,但是第一,"失之于当更化而不更化也",第二拖延已久,必须立即实行更化,"更化则可善治,善治则灾害日去,福禄日来"。实际上,他把不治的罪过归于秦始皇,批评了汉初诸帝奉行黄老无为思想,提出了用儒家传统文化对人民进行全面的重新教化,乃是当务之急。

二是兴学养士,举贤授能。首先指出,国家文采风貌,取决于国家教育。"夫不素养士,而欲求贤,譬犹不琢玉而求文采也"。提出养士的关键是立太学,"太学者,贤士之所关也,教化之本原也"。如果"兴太学,置明师,以养天下之士,数考问以尽其材,则英俊宜可得矣"。实质上是建议培养大批素质优秀的官吏。其次提出举贤授能,量材录德。指出"古所谓功

第四章 汉武帝的挑战——"乐府"机构的立废

者,以任官称职为差,非所谓积日累久也。故小材虽累日,不离于小官;贤材虽未久,不害为辅佐","毋以日月为功,实试贤能为上,量材而授官,录德而定位,则廉耻殊路,贤不肖异处矣"。实际是批评了论资排辈,无功受禄,主张不拘资历,破格录用。

三是主张坚持传统,独尊儒家,统一思想,罢斥百家。首先指出,"道之大原出于天,天不变,道亦不变,是以禹继舜,舜继尧,三圣相受而守一道,亡救弊之政也,故不言其所损益也"。"道"自身是"万世无弊"的,"弊者,道之失也"。商、周以后有所损益,是由于政治发生偏颇,必须"举其偏者以补其弊"。其次指出当时政治弊端的根源在于"身宠而载高位,家温而食厚禄,因乘富贵之资力,以与民争利于下,民安能如之哉!""富者奢侈羡溢,贫者穷急愁苦。穷急愁苦而上不救,则民不乐生。民不乐生,尚不避死,安能避罪?此刑罚之所以蕃,而奸邪不可胜者也"。最后说:"《春秋》大一统者,天地之常经,古今之通谊也。今师异道,人异论,百家殊方,指意不同。是以上亡以持一统,法制数变,下不知所守。臣愚以为诸不在六艺之科、孔子之术者,皆绝其道,勿使并进。邪辟之说灭息,然后统纪可一,而法度可明,民知所从矣!"建议以六经与孔子学说统一思想和法制,使人民自觉遵守执行,因而必须杜绝百家异端邪说。

董仲舒主张《春秋》大一统,独尊儒家,罢斥百家,不仅明确以儒家思想为统治思想的正统,而且明确以《春秋》大一统的儒家思想来重新建立正统,教育人民,培养人才,选拔官吏,制订法度,全面进行更化。表面上,他似乎坚持三代传统,全面恢复传统,实质上,他是借天道制人事,申天命屈人君,用《春秋》行一统,征灾异以化民,是从现实政治文化的实际出发,重新统一思想,更新文化传统。他明白地说:"孔子作《春秋》,上揆之天道,下质诸人情,参之于古,考之于今。故《春秋》之所讥,灾害之所加也,《春秋》之所恶,怪异之所施也。"对于皇帝来说,只要自居于天授王命的至尊地位,自觉地运用《春秋》大一统的法则,那么就取得了自主自如的主动,解决了祖宗法规与传统制约的障碍。因此,董仲舒的理论,客观上适应封建制度与大汉帝国的进一步强固发达的需要,主观上迎合了武帝欲

大作为的心意,便被接受为文化政策的思想理论基础。

董仲舒是思想家、理论家,并非政治家、实干家。武帝并未委以重任,而是尊为武库,咨询顾问。武帝倚重的政治家是著名布衣宰相公孙弘。公孙弘际遇较晚。他"少时为狱吏,有罪免。家贫,牧豕海上,年四十余,乃学《春秋》杂说。武帝初即位,招贤良文学士,是时弘年六十,以贤良征为博士。使匈奴,还报不合意,上怒,以为不能。弘乃移病免归"(《汉书·公孙弘传》)。十年后,元光五年再征贤良文学,又被推举。武帝诏制,对策百余人,太常卿列公孙弘为下策,但武帝"擢弘对为第一",召见并拜为博士,待诏金马门。一年中擢升为左内史,三年后为御史大夫,然后任为丞相,封平津侯,成为汉代第一个布衣出身而为丞相,再封爵者。"凡为丞相、御史六岁,年八十,终丞相位"。他受武帝赏识,就在于提出了一套治理方法。主要是"治民之本"有八:"因能任官则分职治;去无用之言则事情得;不作无用之器则赋敛省;不夺民时,不妨民力,则百姓富;有德者进,无德者退,则朝廷尊;有功者上,无功者下,则群臣逡;罚当罪则奸邪止;赏当贤则臣下劝"。"道之用"有四:"致利除害,兼爱无私,谓之仁;明是非,立可否,谓之义;进退有度,尊卑有分,谓之礼;擅杀生之柄,通壅塞之途,权轻重之数,论得失之道,使远近情伪必见于上,谓之术"。认为这些"皆当设施,不可废也;得其要则天下安乐。法设而不用,不得其术,则主蔽于上,官乱于下,此事之情,属统垂业之本也"。显然,公孙弘不是纯儒,而是儒外法内的政治家。他受武帝欣赏,正由于"行慎厚,辩论有余,习文法吏事,缘饰以儒术";而被直臣汲黯斥为"多诈而无情",也由于此。表面看,董仲舒似为纯儒,公孙弘实为法家,两者对立而矛盾。其实如宣帝一语道破,"汉家自有制度,本以霸王道杂之",并不纯"任德教,用周政",也不用不达时宜的俗儒,一味"是古非今,使人眩于名实"(《汉书·元帝纪》)。董仲舒、公孙弘都是识时务的儒者。一个为武帝提出了适应帝国统治强固需要的正统思想,同时解决了更新传统所必需的理论方针,一个为武帝实现确定正统、更新传统、统一思想、统一行为所必需的法制吏治,使之落实贯彻,得以实行。两者相互为用,恩威并施,宽猛兼济,双管齐下,名实相得,

第四章 汉武帝的挑战——"乐府"机构的立废

从而使武帝雄图施展,帝国长治久安。

分析武帝任用董仲舒,公孙弘的实际,通观武帝文化方面作为的总体,可以看到他的文化方针政策的基本精神和主要特点是,用儒家思想调整封建文化艺术,从强固集权统一的帝国需要来更新文化传统,使传统文化为统一思想、统一行为的现实政治服务,从现实政治需要来改造传统文化,从而维护传统,确立正统,又更新传统,强固正统。因此,他独尊儒家,是将改造了的、古为今用的儒家思想体系,确立为封建帝国统治思想,而不是俗儒简单搬用硬套三代文武周公以及孔子的王道德教思想文化制度,没有泥古食古;他罢黜百家,是禁止百家政治思想占有统治地位,成为国家社会政治的指导思想,但是有选择地、讲实际地采用了百家的学说方术,使之为确立儒家正统、为强固帝国统治服务,没有禁锢弃绝。实际上,武帝时期,文化科学、学术艺术等各个领域都取得了很大成就,不但没有压制百家独有的具体专业,而且大多予以鼓励。例如接受司马迁等的建议造汉历,由唐都、落下闳等完成新历法,即太初历;容许司马迁完成伟大史学巨著《史记》;保存淮南王刘安编纂的道家要籍《淮南子》等,都不是以儒家思想为主导的。而在文化艺术方面,武帝的方针更显出更新传统的精神和恢宏通达的气魄。众所周知,以《史记》为代表的史传散文,以《淮南子》为代表的诸子散文,以董仲舒为代表的学术政论散文,以司马相如、东方朔为代表的汉代大赋,以乐府歌辞为代表的五言诗歌等,都是武帝时期的文学成就,也都是两汉文学的代表性成就。如果汉武帝独尊儒家,罢黜百家,就是禁绝一切非儒的文化艺术,那么这些文学成就是难以想象的。倘使切实考察武帝创立乐府的背景与过程,那么不难看到,武帝的文化艺术方针其实是更新传统以统一思想,融百家于儒家,使多元归一元,推陈出新,古为今用,以俗为雅,使俗成雅。因此引起了一场历时五朝的雅俗之争。

二 郊祀的发展与乐府的设置

儒家正统的文化艺术传统是礼乐教化以及诗歌。《礼记·乐记》说:

"礼节民心,乐和民声,政以行之,刑以防之。礼、乐、刑、政,四达而不悖,则王道备矣。"礼是制约人们思想行为的等级规范,乐是陶冶人们思想情操的教育手段,所以乐内礼外,是从内心到外形结合起来的完整的思想文化艺术教育。但是,春秋战国时代,周代礼乐教化传统已经崩溃,郑、卫之音流行。据载,战国时的魏文侯最为好古,但是他对孔子嫡传弟子子夏说:"寡人听古乐则欲寐,及闻郑、卫,余不知倦焉!"可见被吴公子季札叹为观止的传统雅颂乐舞,其实已经远离时代生活,显得古奥难懂,并不为一般人所欣赏。然而传统雅颂乐舞并未消亡,即使在秦代,也仍旧保存在朝廷,演奏于庙堂。《汉书·礼乐志》载:

> 汉兴,乐家有制氏,以雅乐声律,世世在太乐官,但能纪其铿锵鼓舞,而不能言其义。高祖时,叔孙通因秦乐人,制宗庙乐。

演奏传统雅乐是世代传授的乐工世家职业,属于国家畜养的内臣奴仆。到汉初,姓制的这个世家仍隶属太乐官署,但他们只记得乐谱,照谱演奏,不懂乐舞高雅的含义,不能理会其重要的教化价值。叔孙通为高祖刘邦排练宗庙乐舞礼仪,便是利用秦代宫廷乐工,大概就是制氏之类乐工世家内臣。可见秦代虽然焚书坑儒,其实庙堂礼乐并未取消。

汉因秦制。朝廷本来就有主管音乐歌舞的官署,即太乐,置太乐令,是掌管宗庙礼仪的太常丞的属官(见《汉书·百官公卿表》)。这个官署在东汉改称太予乐,一直保存着。汉武帝设置乐府,并未撤销太乐。那么,他为什么要另设一个管理音乐歌舞的官呢?乐府与太乐的职掌有何不同呢?表面看来,这似乎是分工不同,管理需要。因为太乐掌管历代保存下来的祭祀祖宗及宫廷祭祀的音乐歌舞。此外祭祀天地山川鬼神及其他需要的音乐歌舞,并无专官管理,所以武帝另设乐府来负责管理。乐府不属太常,而是"掌山海池泽之税以给共养"的少府的下属官署,属于皇帝宫廷生活后勤服务性质的。与乐府同属少府的官有递交文书的尚书,保管印信的符节,专门医疗的太医,负责饮食的太官,以及管洗沐、开路、保卫、纺织制造等等的内官。也就是说,实际上,乐府是供皇帝宫廷生活享受需要

第四章 汉武帝的挑战——"乐府"机构的立废

的一个后勤机构,并非供天地鬼神享用的,名不副实。这就需要进一步考察。

首先应看到,太乐的音乐歌舞是传统祭祀祖宗的雅乐及宫廷祭祀的雅乐。从高祖到武帝以前,主要有两个大型乐舞。一是《房中乐》,是后宫嫔妃祭祀生育的乐舞,"乐其所生,礼不忘本"。据说,此乐周代已有,秦代改称《寿人》。汉高祖爱姬唐山夫人因为刘邦喜好楚声歌曲,所以改用楚歌创编了新的《房中祠乐》。惠帝时,又命太乐令(原作"乐府令",从何焯说改)夏侯宽配箫管乐,成为宫廷习常雅乐。另一是祭祀高祖、文帝庙堂的大型乐舞,由《武德》《文始》《四时》《五行》四个主题乐舞组合而成。其中《武德舞》创编于高祖四年(前203),"以象天下乐已行武以除乱也",歌颂刘邦平定群雄、统一天下的功业。《文始舞》据说是三代虞舜《韶》舞,《五行舞》原是周代乐舞,秦始皇取名《五行》。高祖六年改《韶》舞为《文始舞》,"以示不相袭也",加上《武德舞》《五行舞》,配以新创的乐曲《昭容乐》《礼容乐》,编成大型歌舞,先奏《昭容乐》,演《武德舞》,继奏《礼容乐》,演《文始》《五行舞》,名为"武德文始五行之舞",后来便成为祭祀高祖庙的专用乐舞。文帝时创编了《四时舞》,"以明示天下之安和也"。景帝采取《武德舞》为《昭德舞》,把《武德文始五行之舞》与《四时舞》合编为《昭德文始四时五行之舞》,作为祭祀文帝庙的专用乐舞。可见太乐所管的乐舞主要是根据皇帝的旨意,汲取前代留存的雅乐,编创歌功颂德、严肃恭敬、主题重大、一本正经的大型乐舞,并且主要是高祖时的创作。也许正因为刘邦生前欣赏这些乐舞,所以身后便被子孙拿来作为祭祀他的庙堂乐舞,就像他的《大风歌》后来成为他家乡祖庙的祭祀乐舞一样。这就是说,这些乐舞已属祭祀祖宗专用乐舞,只供礼仪需要,平时也就不大适用。由此可见,太乐的职能就是掌管礼仪乐舞,属于太常是当然的。进一层看,太乐是周、秦以来的旧官设置,职务职能一贯如故,那么它不但掌管编演当代礼仪乐舞,而且也保存熟悉历代礼仪乐舞。所以太乐创编的乐舞,尽管在思想内容上要求翻新,但艺术上不免囿于古雅传统,所以"大抵皆因秦旧事焉"(《汉书·礼乐志》),这就可以理解,当河间献王刘德把自己整理的传

115

统雅乐贡献朝廷,武帝却把它"下太乐官,常存肆之,岁时以备数,然不常御。常御及郊庙,皆非雅声"。应当说,武帝处理并无不当,太乐原是保存雅乐的机构。再进一层看,太乐所保存的雅乐,反映着一个传统文化观念,便是尊崇宗法的礼乐,符合正统儒家思想文化准则,所谓"祀者所以昭孝事祖,通神明也"(《汉书·郊祀志》)。

从儒家思想看,太乐保管及刘德所献的雅乐都是进行传统礼乐教化的十分重要的艺术手段,"以为治道非礼乐不成"。但是实际上,这些传统雅乐,不但乐工世家制氏不懂它们的思想意义,即使是饱学之士也往往不能通晓。《史记·乐书》说,汉武"作《十九章》,令侍中李延年次序其声,拜为协律都尉。通一经之士不能独知其辞,皆集会《五经》家,相与共讲习读之,乃能通知其意,多《尔雅》之文"。这《十九章》当指传统雅乐流传下来的乐章,并非李延年造为新声的创作。其调亦当为旧传古辞,用大篆文字抄传,因此连专门研究《五经》的学者都不能独自全部读懂,必须集会研讨,方能理解大意,可知一般人更无从领会,难以欣赏。又据《汉书·礼乐志》载成帝时大夫平当说,武帝时,刘德献雅乐,当时"大儒公孙弘、董仲舒等皆以为音中正雅,立之太乐,春秋乡射,作于学官。希阔不讲。故自公卿大夫观听者,但闻铿锵,不晓其意,而欲以风谕众庶,其道无由。是以行之百有余年,德化至今未成"。可知刘德所献雅乐,曾经试图推广,使地方学校演奏,起教育作用。然而由于连公卿大夫都只能听听音响,根本不懂,因此毫无成效。这就是说,传统雅乐虽然在理论上应予高度重视,而实际上从音乐到歌词都十分古奥,无从流行,不起教化作用。也就可以理解,为什么武帝把它存于太乐,实际束之高阁了。

其次,汉代祭祀礼仪,除宗庙祭祀祖宗外,还有在郊野祭祀山川神鬼,称为"郊祀"。华夏文化传统的祭祀,对郊祀有一定制度。《礼记·曲礼》说:"天子祭天地,祭四方,祭山川,祭五祀,岁遍。诸侯方祀,祭山川,祭五祀,岁遍。大夫祭五祀,岁遍。士祭其先。"又说:"非其所祭而祭之,名曰淫祀。淫祀无福。"《汉书·郊祀志》概述说,"郊祀后稷以配天,宗祀文王于明堂以配上帝。四海之内,各以其职来助祭。天子祭天下名山大川,怀

第四章　汉武帝的挑战——"乐府"机构的立废

柔百神,咸秩无文。五岳视三公,四渎视诸侯。而诸侯祭其疆内名山大川,大夫祭门、户、井、灶、中霤五祀,士庶人祖考而已。各有典礼,而淫祀有禁"。可见汉代祭礼继承周制,庙堂祭礼主要祭祀祖宗,郊野祭祀在京城郊区主要祭祀土地神后稷。其他四方名山大川的祭祀是为了告慰众多神灵,依山川名望大小分等如爵,祭礼依天子与诸侯以下分等级,各有范围,但都没有文采,没有乐舞,只是祭供祝祷而已,所以属太祝所管。但是这一郊祀制度大概在西周是实际施行的,东周以后,春秋战国时代,礼崩乐坏,六国郊祀各有发展。楚国历来崇巫,祭祀多神。秦国原从西戎,崇祀神鬼;东周以后内移关中,迷信祥瑞,多设天帝神畤祭坛,逐渐形成了一些祭祀天帝的固定郊祀地点。即使是近傍鲁国的齐国,也是自古即有祭祀天、地、兵、阴、阳、月、日、四时等八位神主的郊祀礼俗,各有一定山川祭坛,并且还有入海求蓬莱、方丈、瀛洲三神山的传统。这种八方各异的祭祀天地山川诸神的礼俗,事实上形成了与战国时代百家争鸣相一致的多元文化状态。到秦始皇统一天下,虽然以邹衍终始五德之说为指导思想,实行法治,但是对于祭祀却相当宽容,既保持周代庙堂祭祀祖宗礼仪,又保存秦代郊祀天帝的神畤祭坛,还尊重各地祭神礼俗。例如他到泰山行封禅大典,取儒家礼俗,东游海上,礼祠名山川及八神,祈求神仙来临,存齐国礼俗,而划定天地名山大川的等级次序,更是综合了周、秦礼俗传统。因此,汉初到武帝之前,与黄、老无为之治相适应,从刘邦下令崇祀开始,基本上保持着庙堂祭祀祖宗与郊野祭祀天地山川诸神的两个体系与多元文化混合并存的状态,但是庙堂祭祀礼乐隆重,而郊祀典礼则无乐舞。这使传统雅乐处于一种难堪的局面,自拘于高高的庙堂之上,应时具礼,肃穆隆重,深奥难懂,不起作用。至于其他名山川鬼神祭祀,大体沿袭秦俗,"上过则祠,去则已。郡县远方神祠者,民各自奉祠,不领于天子之祝官"(《史记·封禅书》)。这种情形下,官祀往往徒具形式,而民间祭祀却日益热闹起来。于是到武帝时,改变这种局面的历史时机来临了。

《史记·封禅书》说,武帝初即位,"尤敬鬼神之祀"。一卷《封禅书》,小半述秦国至秦始皇郊祀神鬼,小半详载汉武帝多巡狩,广郊祀,好神仙,求长生。由于司马谈、司马迁父子两代为史官,都曾从武帝巡狩祭祀,司马迁还随武帝参加封禅,"入寿宫侍祠神语,究观方士祠官之言",并且明显表示不信神鬼、讥刺其事的倾向,加上《史记》的良史声望,因而武帝便形成历史上一位迷信求仙的皇帝典型,两晋之际的郭璞嘲笑"汉武非仙才"(《游仙诗》),晚唐李商隐讥刺"君王长在集灵台"(《汉宫词》)。应当说,武帝祀神求仙现象确实存在,甚多荒唐。然而历史地看,一位古代有为的封建皇帝,在可以有所作为的年代,亟于延年益寿,失于迷信鬼神,于科学实属荒谬,在往古似可理解,因为他毕竟不能超越历史的局限及阶级的束缚。崇拜神鬼的宗教迷信,实质是人类对大自然及社会客观世界的一种蒙昧认识,一种扭曲反映;是人类认识客观世界历程的难以超越的一个阶段,一个误区。当人类尚未彻底迈到科学地认识客观世界全部奥秘之前,宗教迷信仍有存在的根源与发展的条件,直至今日依然如此。必须看到,春秋战国以来蓬勃发展的探索天人之际的各种学说,围绕着一个主导趋势,即日益自觉地利用人们对天人之际的蒙昧,假神道以设教治政,以称王称霸,成为一种政治思想学说,一种政治文化教养。汉初亦然。《淮南子·氾论训》说,"夫见不可布于海内,闻不可明于百姓,是故因鬼神礻几祥而为之立禁,总形推类而为之变象","为愚者之不知其害,乃借鬼神之威,以声其教。所由来者,远矣。而愚者以为礻几祥,而很者以为非,唯有道者能通其志"。对于思想家、政治家来说,这几乎已成通识常理,不言而喻的了。《史记·封禅书》记载了文帝杀死制造符瑞的欺诈犯新垣平,武帝先后处决少翁、栾大等弄神作伪的方士,并认为武帝"益怠厌方士之怪迂语矣,然羁縻不绝,冀遇其真",表明武帝也并不真正完全陷入迷信。而从他元光元年制诏看,显然他同样有神道设教的一面。如果对他好神仙、求长生的个人意愿暂置勿论,而从政治文化方面看,则他的封禅与福应,郊祀与巡狩,以及设置乐府等行事,并不纯属个人需要。

事实上,武帝即位后就曾准备巡狩封禅之举。《史记·封禅书》说,"元年,汉兴已六十余岁矣,天下乂安,缙绅之属皆望天子封禅改正度也。而上乡儒术,招贤良,赵绾、王臧等以文学为公卿,欲议古立明堂城南,以

第四章 汉武帝的挑战——"乐府"机构的立废

朝诸侯。草巡狩封禅,改历服色事未就。会窦太后治黄老言,不好儒术,使人微伺得赵绾等奸利事,召案绾、臧。绾、臧自杀,诸所兴为皆废"。窦太后是文帝的皇后,武帝的祖母。表面看来,武帝不能举行巡狩封禅,是由于窦太后不好儒术,信仰黄、老,是思想文化方针的矛盾。其实可怪。因为封禅大典是历代帝王在改朝换代之后,天下太平,完成了上天授予使命,向上天报告功成的重大典礼。据云,上古以来有七十二位圣君都举行过封禅。当年,窦太后的夫君汉文帝也曾"使博士诸生刺《六经》中作《王制》,谋议巡狩封禅事"。只因发现受了新垣平的欺诈,厌恶懈怠了,不再举行。可见举行封禅,在传统上,理论上,都是应该的。从当时舆论看,汉王朝也应当举行封禅了。如今孙子要完成祖父未行的大典,祖母却极力阻止,总该有个正当理由。而武帝对此也不敢违抗,显然受到某种不得违抗的约束。从窦太后去世后,武帝立即发出制诏看,他确实困于祖宗与传统的束缚,所以提出了一连串问题。但从封禅一事看,究竟是什么具体理由呢?这一点,司马相如临终前留下的《封禅文》似乎提供了一点消息。司马相如把汉初诸帝不行封禅说成一种谦让的美德;又极力形容汉代建立以来的功德与符瑞,表明上天显示了满意的迹象;同时举出周武王时的符瑞不多,却举行了封禅,认为封禅不必谦让,而是应当完成的使命的一部分。他说:"夫修德以锡符,奉命以行事,不为进越也。故圣王不替,而修礼地祇,谒款天神,勒功中岳,以章至尊,舒盛德,发号荣,受厚福,以浸黎元。皇皇哉!此天下之壮观,王者之卒业,不可贬也。愿陛下全之。"认为上天因为人君修德而赐予符瑞,人君奉承上天使命而治理天下,这是功成封禅的根本依据。做到了这两条,举行封禅不冒犯越礼,不为不谦让。所以圣明帝王不废封禅,自可举行,祭告天地,刻石纪事,显扬功德,造福人民,是王者必须最终完成的大事。司马相如不会没来由地提出一个谦让与否的问题来做文章,而且在武帝即位二十多年,窦太后去世十八年之后,仍然作为一个郑重其事的大问题来论证。可见制约武帝巡狩封禅,实际是个老问题,即祖宗法规与传统约束。当年窦太后提出的表面理由是说赵绾等儒者"欲复为新垣平也"(《汉书·申公传》),认为儒术也是欺诈。

这等于说,爷爷早已揭穿了的骗术,孙子胆敢举行,置祖宗于何地！而从武帝在这二十多年间的作为看,确实外举武事,内兴文化,热衷于巡狩符瑞,致力于平服四境。在举行封禅的元封元年(前110)冬十月,他说:"古者先振兵释旅,然后封禅。"并且亲自带兵十余万,北巡朔方。还兵以后,便着手筹备举行封禅。此举或者可见武帝的胸怀,他似乎决心要在国家强大、四境稳定、天下太平之时,隆重举行祝告成功的封禅大典。从这一点来看,巡狩与郊祀,符瑞与福应,如同他的武功一样,是通往成功的文化作为与舆论准备。

《白虎通·巡狩》说:"王者所以巡狩者何？巡者,循也；狩,牧也；为天下循行守牧民也。"按照汉儒的说法,巡狩是从唐尧传下来的圣王制度和传统,五年一巡狩,二月东巡泰山,五月南巡南岳,八月西巡西岳,十一月北巡北岳。同时举行望祀即郊祀与听取诸侯述职。武帝在公元前122年改年号为"元狩",表明他决心巡视天下。大致从此后,他离开长安,由近及远的巡狩郊祀渐渐增多扩大,而同时不断出现符瑞福应。符瑞与灾异都是无言的上天表示意向态度的征兆。吉祥的征兆多了,表明上天赞许与赐福,所以是符瑞福应。不祥的征兆多了,显出上天批评与谴责,所以是灾变异象。这种神道设教的把戏,武帝未必糊涂,但是他需要。因为这既可表明他的作为符合天意,获得赞赏；又可借天声威,博取拥戴；还可用来对抗祖宗法规,改变传统约束。这也就是董仲舒主张"更化"的妙用。所以巡狩、郊祀与符瑞,并不纯属武帝个人求神延福,亦非简单的宣扬迷信的蠢事,而是实行"更化"的重要思想、舆论准备,统一思想与更新传统的重要措施与途径。正是在这样的政治文化背景下,武帝创置并扩展了乐府机构。

乐府机构究竟始置于何年,史无明文记载。《资治通鉴》列入武帝元狩三年(前120),是根据下列两条记载推断的。一是《史记·乐书》:

> 至今上(指武帝)即位,作十九章,令侍中李延年次序其声,拜为协律都尉。通一经之士不能独知其辞,皆集会《五经》家,相与共讲习读之,乃能通知其意,多《尔雅》之文。汉家常以正月上辛祠太一甘

第四章　汉武帝的挑战——"乐府"机构的立废

泉,以昏时夜祠,到明而终。常有流星经于祠坛上。使僮男僮女七十人俱歌。春歌《青阳》,夏歌《朱明》,秋歌《西皞》,冬歌《玄冥》。世多有,故不论。又尝得神马渥洼水中,复次以为《太一之歌》。……后伐大宛得千里马,马名蒲梢,次作以为歌。……中尉汲黯进曰:"凡王者作乐,上以承祖宗,下以化兆民。今陛下得马,诗以为歌,协于宗庙,先帝百姓岂能知其音邪?"上默然不说。丞相公孙弘曰:"黯诽谤圣制,当族。"

其中提到武帝时"作十九章",旧说以为此指《安世房中乐》十九章,但《汉书·礼乐志》载《房中乐》为唐山夫人作。其次,任命李延年为协律都尉,但并未注明年时。第三,认为正月上辛祠太一神于甘泉是汉王朝郊庙常祠,其中所说春夏秋冬四歌,《汉书·礼乐志》载其词,属《郊祀歌》,注明"邹子乐",乐曲作者为邹某。第四,武帝作《天马歌》二首,《汉书·武帝纪》与《礼乐志》载其事其歌,前词在元狩三年,后词在太初四年(前101)。第五,其中提到中尉汲黯,但汲黯并未任过中尉官职,他在元狩三年免右内史,元狩五年调离长安,出为淮阳太守。第六,其中提到的公孙弘,在元狩二年已去世,其事显然有误。总之,《史记·乐书》并未提到乐府机构的设立,更未说明年时。其中可据以推测的记载是元狩三年武帝作《天马歌》,汲黯批评武帝事亦当在元狩三年,而《天马歌》即《汉郊祀歌十九章》之一。因此,司马光或据以推断乐府在这年"方立"。

二是《汉书·礼乐志》载:

> 至武帝定郊祀之礼,祠太一于甘泉,就乾位也;祭后土于汾阴,泽中方丘也。乃立乐府,采诗夜诵,有赵、代、秦、楚之讴。以李延年为协律都尉,多举司马相如等数十人造为诗赋,略论律吕,以合八音之调,作十九章之歌。以正月上辛用事甘泉圜丘……

据《汉书·武帝纪》,定郊祀之礼在建元元年(前140),即位之初,便下诏"其令祠官修山川之祠为岁事,曲加礼"。而在汾阴祭祀后土,在甘泉祭祀太一,则在元鼎四年(前113)、五年(前112),六年便举行封禅大典,改年

121

号元封。这则记载提到了"乃立乐府",唐代颜师古注认为,"始置之也。乐府之名,盖起于此,哀帝时罢之"。据此,则乐府应始置于元鼎五年前后,不在元狩三年。但下文又说李延年多举司马相如等人造为诗赋,而司马相如在元狩五年去世,则乐府似又当在元狩三年。

总之,以上两则记载,其实并无明文记载创置乐府年时,其中记载又多矛盾抵牾之处。有鉴于此,《资治通鉴考异》认为元狩三年虽然尚未确立祭祀太一神畤,但《天马歌》"或以歌之于郊庙,其十九章之歌当时未能尽备也"。也就是说,元狩三年已经开始创作郊祀歌词,在京城近郊传统祭祀天神的典礼中演唱,取代了旧存传统歌词,但是《郊祀歌》十九章的整体尚未完成。这一见解是有根据的。据《汉书·礼乐志》所载,其明确为新创歌词的写作年时为第十七章《朝陇首》,在"元狩元年行幸雍,获白麟作",比创作《天马》还早两年。看来,乐府建置似非一次下诏完成,而是逐渐扩展,有个过程。这个过程大致随着符瑞、巡狩至封禅而进展,时期约从元狩起,至元鼎六年(前 111)。任用李延年为协律都尉,设置乐府机构,总管音乐歌舞创作与演出,当在元封年间。

考察乐府设置,有几个关键应当明确。一是《郊祀歌》十九章的整理与创作,二是李延年的任用时间,三是乐府机构的任务和规模。首先应了解,《郊祀歌》与郊祀仪礼有个演变过程,同时反映了乐府设置的发展轨迹。《史记·乐书》与《汉书·礼乐志》都说到"十九章",唐代司马贞《史记索隐》说是《安世房中乐》显然错误。但他之所以这样理解,因为他觉得今存《郊祀歌》十九章并不如《史记》所说那样难懂,因而怀疑"十九章"当指《安世房中乐》,或是周、秦旧词。他忽略了另一种可能,即秦代旧乐是否也会有郊祀歌呢?事实上,秦代崇祠,其中最重祭祀上帝的雍畤。《史记·封禅书》说:"唯雍四畤上帝为尊。其光景动人民唯陈宝。故雍四畤,春以为岁祷,因泮冻,秋涸冻,冬赛祠,……春夏用骍,秋冬用騮。畤驹四匹,木禺龙栾车一驷,木禺车马一驷,各如其帝色。……三年一郊。秦以冬十月为岁首,故常以十月上宿郊见,通权火,拜于咸阳之旁,而衣上白,其用如经祠云。"可见秦在雍畤郊祭青、黄、赤、白四帝,礼仪隆重,四季进

第四章　汉武帝的挑战——"乐府"机构的立废

行。汉高祖增设黑帝祭坛,雍为五畤,但他并未亲自参加。文帝时,一度因符瑞而亲往雍畤祭祀,其礼如秦制。雍畤祭礼平常由太祝主持。但当皇帝亲祭时,或者有歌。今存《郊祀歌》中有春、夏、秋、冬四歌,注明"邹子乐",又《乐书》说"世多有",可见秦、汉郊庙礼仪似原有一套祭神歌曲,其歌词多用古文纪录,因而整理其词时连学者专家也不大懂。这就是说:武帝起初曾召集专家学者整理《郊祀歌》旧歌,然后发现旧歌词古奥难懂,才逐渐根据符瑞创作新词,对整个《郊祀歌》进行整理更新。正因如此,今存《郊祀歌》十九章歌词中,除注明邹子作曲的四季歌词外,其中有几首歌词是武帝时据符瑞创作的,计有:

《朝陇首》十七　　元狩元年行幸雍,获白麟作。

《天马》十之一　　元狩三年马生渥洼水中作。

《景星》十二　　　元鼎五年,得鼎汾阴作。

《齐房》十三　　　元封二年,芝生甘泉齐房作。

《天马》十之二　　太初四年诛宛王,获宛马作。

《象载瑜》十八　　太始三年,行幸东海,获赤雁作。

可见《汉书·礼乐志》所载《郊祀歌》十九章可能是在原有歌词基础上不断更换其词。全部完成,至早在武帝晚年太始三年(前94)。而这样的更新创作,其明显特点是依据符瑞,表明天意对武帝的肯定,表现武帝的雄心与功绩。从《郊祀歌》的创作情况看,不能断定乐府机构在元狩三年建成,也不能断定它何时建成。但都可以看到,当时适应符瑞创作新词,配以新歌,提出了音乐创作的新的需要,不能停留在整理考证周代雅乐的传统业务上。

武帝擢用乐工李延年为协律都尉,是标志乐府机构设置的关键。因为官署必须有长官,任命长官也就表明官署正式建立。那么李延年究竟在哪年为协律都尉呢?大约在元封年间。《汉书·李延年传》载,李延年出身倡家,父母兄弟姊妹都是乐工。李延年因犯法受腐刑,进宫养狗,得便推荐妹妹给武帝。其妹受宠为李夫人,他也成为近臣。本传写道:

> 延年善歌，为新变声。是时上方兴天地诸祠，欲造乐，令司马相如等作诗颂。延年辄承意弦歌所造诗，为之新声曲。而李夫人产昌邑王，延年由是贵为协律都尉，佩二千石印绶，而与上卧起，其爱幸埒韩嫣。

据此，则李延年为武帝谱写新曲，或在元狩年间，因此他能有机会推荐其妹（事见《汉书·李夫人传》）。但任为协律都尉，当在李夫人产子以后。《汉书·昌邑哀王传》载，昌邑哀王刘髆，在天汉四年（前97）立。假设刘髆封王在少年十三四岁时，则其生年或当元封间。又据《汉书·李夫人传》载，李夫人"少而蚤卒"，病危之际曾托武帝照顾她的兄弟。死后，武帝"以夫人兄李广利为贰师将军，封海西侯，延年为协律都尉"。则李延年的任命与李广利为贰师将军都在李夫人死后，大体同一时期。《汉书·李广利传》载，"女弟李夫人有宠于上，产昌邑哀王。太初元年以广利为贰师将军"。据此，则李延年为协律都尉似亦当在元封太初之际，不当在元狩年间。此外，《史记·封禅书》载：

> 其春（元鼎六年），既灭南越，上有嬖臣李延年以好音见。上善之，下公卿议，曰："民间祠尚有鼓舞乐，今郊祀而无乐，岂称乎？"公卿曰："古者祠天地皆有乐，而神祇可得而礼。"或曰："太帝使素女鼓五十弦瑟，悲，帝禁不止，故破其瑟为二十五弦。"于是塞南越，祷祠太一、后土，始用乐舞，益召歌儿，作二十五弦及空侯琴瑟自此起。

空侯即箜篌，应劭《风俗通义》说，"武帝令乐人侯调始造此器"（见《史记集解》注引）。可见郊祀仪礼中增加音乐歌舞从该年开始，并且创制、改制乐器，扩大演员，这就需要专官与编制，创置乐府与任命长官就提到日程上来。据此，则任命李延年为协律都尉，当在元鼎六年以后。综合上述记载看，创置乐府与任李延年，当在元封间，太初元年前，约在公元前108—前104年之间。（按，《汉书·郊祀志》及《李夫人传》均载武帝请方士齐人少翁招致李夫人亡灵一事，但《史记·封禅书》载其事为招王夫人亡灵。少翁在元狩四年处死，招亡灵事在元狩三年。清代沈钦韩《汉书疏证》已辨

第四章　汉武帝的挑战——"乐府"机构的立废

《汉书》误以王夫人为李夫人,所以不足证明李延年在元狩三年任协律都尉。说详其书,此不赘。)

由于《汉书·礼乐志》说乐府"采诗夜诵,有赵、代、秦、楚之讴",又《艺文志》说武帝"立乐府而采歌谣,于是有代、赵之讴,秦、楚之风"等等,因而一般以为乐府是继承周代采诗观风制度而设置的,其业务为采集、整理、创编音乐歌舞。其实,乐府机构的业务与编制不止如此。《汉书·礼乐志》载汉哀帝撤销乐府机构,调整人员编制,提供了下列数字:

郊祭乐人	62人
大乐鼓	6人
嘉至鼓	10人
邯郸鼓	2人
骑吹鼓	3人
江南鼓	2人
淮南鼓	4人
巴俞鼓	36人
歌鼓	24人
楚严鼓	1人
梁皇鼓	4人
临淮鼓	35人
兹邡鼓	3人

共计:鼓12,员128人(实际130人)

朝贺置酒陈殿下,应古兵法:

外郊祭	13人
诸族乐人兼云招给祠南郊用	67人
兼给事雅乐用	4人
夜诵	5人
刚别柎员	2人
主调簴	2人

听工（以律知日冬夏至）	1人
钟工	1人
磬工	1人
箫工	1人
仆射（主领诸乐人）	2人
竽工	3人
琴工	5人
柱工	2人
绳弦工	6人
郑四会	62人
张瑟	8人
安世乐鼓	20人
沛吹鼓	12人
族歌鼓	27人
陈吹鼓	13人
商乐鼓	14人
东海鼓	16人
长乐鼓	13人
缦乐鼓	13人

共计：鼓8，员128人

朝贺置酒陈前殿房中：

治竽员	5人
楚鼓	6人
常从倡	30人
常从象人	4人
诏随常从倡	16人
秦倡	29人
秦倡象人	3人

第四章 汉武帝的挑战——"乐府"机构的立废

诏随秦倡	1人
雅大人	9人
朝贺置酒为乐:	
楚四会	17人
巴四会	12人
铫四会	12人
齐四会	19人
蔡讴	3人
齐讴	6人
竽瑟钟磬	5人
师学	142人

以上各部合计:829人(实际824人)

这一数字应包括昭帝、宣帝及元帝、成帝朝的扩展,但大体上应可反映武帝时乐府的业务范围与规模。第一,其业务主要为音乐歌舞,但还包括杂耍技艺;第二,其演奏除郊祀仪礼所需外,还包括朝会庆宴的娱乐;第三,其歌舞显然包罗各地祭祀娱神歌舞;第四,采诗夜诵及歌谣清唱人员甚少,并非主要业务;第五,创作人员不在其内。这就可以理解,第一,乐府业务具有十分明显的娱神娱人的娱乐性质;第二,乐府业务性质理当属于宫廷后勤总务的少府所辖;第三,据《汉书·礼乐志》说,"内有掖庭材人,外有上林乐府",可以想见,如此庞大的一支艺人队伍的组成及活动的地点似乎并不集中,曾经分布宫内宫外;第四,这支主要由演出艺人组成的庞大队伍,必须有一个统一的管理机构,同时必须有相应的音乐与文学的创作人员;第五,上述各类文艺活动的性质与风格,较之太乐所辖的雅乐业务迥然不同。总之,掌管这样一支文艺队伍,只能在太乐之外另立一个专门机构,表面上是分工需要,实质上是宫廷娱乐生活的需要,帝王精神意志的满足。

应当看到,上述乐府业务范围与编制规模,同样反映在《汉书·艺文志》的乐府歌词存目上。其所载歌诗28家316篇目录如下(按《汉书·艺文

志》统计为314篇）

高祖歌诗	2篇
泰一杂甘泉寿宫歌诗	14篇
宗庙歌诗	5篇
汉兴以来兵所诛灭歌诗	14篇
出行巡狩及游歌诗	10篇
临江王及愁思节士歌诗	4篇
李夫人及幸贵人歌诗	3篇
诏赐中山靖王子哙及孺子	
妾冰未央材人歌诗	4篇
吴楚汝南歌诗	15篇
燕代讴、雁门云中陇西歌诗	9篇
邯郸河间歌诗	4篇
齐郑歌诗	4篇
淮南歌诗	4篇
左冯翊秦歌诗	3篇
京兆尹秦歌诗	5篇
河东蒲反歌诗	1篇
黄门倡车忠等歌诗	15篇
杂各有主名歌诗	10篇
杂歌诗	9篇
洛阳歌诗	4篇
河南周歌诗	7篇
河南周歌声曲折	7篇
周谣歌诗	75篇
周谣歌诗声曲折	75篇
诸神歌诗	3篇
送迎灵颂歌诗	3篇

第四章 汉武帝的挑战——"乐府"机构的立废

周歌诗	2篇
南郡歌诗	5篇

古今学者对上述歌诗的具体篇名及所指为今存乐府歌词的是哪些作品,有种种推测,但都无确证。不过,用来考察乐府的业务范围与特点,恰与上述编制特点相应。这些歌词大致有四类:(一)是来自各地的歌诗,(二)是汉代郊庙歌诗,(三)是朝会庆宴歌诗,(四)是周代旧传歌谣。这四类歌诗,除第四类如《河南周歌诗》《周谣歌诗》及其曲谱等可能是东周乐官所存,或者是那些古奥难懂的作品外,其他三类显然属于乐府习常演唱节目,用于巡狩郊祀,朝会庆宴以及宫廷娱乐。从它们的作者来看,除《高祖歌诗》外,其余如临江王、李夫人、黄门倡车忠等都属皇宫王府中人。此外,都是无主作品。这种情况与乐府机构编制无专职创作人员是相一致的,也是与所谓李延年多依司马相如等人诗赋为歌的记载是相一致的。也就是说,乐府歌诗的来源相当广泛,但主要采取作品,并不看重作者。班固把这种特点与周代采诗相比美,以为可以观风俗,知人情,其实是一种溢美,与上述情况不相一致,也与今存汉代乐府歌辞基本情况不相一致。

综上所述,可见汉武帝设置乐府机构的主要目的并非采诗观风,而是他统一思想、更新传统的文化艺术方针的一种体现,主要是与郊祀巡狩、符瑞封禅相联系的天授王命思想与活动的必然结果,表现出他建立巩固强大的帝国的雄心壮志,显示着他利用天地神鬼以表达自己意志的革新意图,实质便是以天意神志来解除祖宗法规的约束,来更新束缚思想的传统,进行"更化",以求实效。因此,从现象看,他是好大喜功,而且尤敬鬼神,蒙上豪奢与迷信的雾纱;但从历史进程看,他与秦始皇一样,为伟大中华民族的融合统一,作出了伟大贡献。事实上,从谱写郊祀新曲到设置乐府机构,从李延年变创新声到任命协律都尉,从广兴巡狩郊祀到郊祀采用乐舞,从郊祀天地神鬼到朝会宴乐,都有个发展过程,并非一朝一夕之功。所以,乐府的兴起与机构的设置,大约在元狩年间到元封年间,并且始终成为思想文化上一个争论焦点,表现为历时五朝的雅俗的较量。

三　武帝的功过与雅俗的较量

汉武帝在位 54 年,雄心宏图,业绩辉煌,内兴文化,外举武功,王朝鼎盛,帝国恢弘,但也使人民群众为之付出了极其沉重的代价。他自己在晚年也"悔征伐之事",认识到"方今之务,在于力农"(《汉书·食货志》)。以致对他的历史功过评定,在他死后不久,便引起激烈争议。昭帝八岁即位,在位 13 年,朝政由托孤大臣霍光、上官桀等执掌,经过尖锐斗争,霍光专权,对武帝功绩似无异议。宣帝即位之初,下诏褒扬武帝功德,为他编创庙乐,隆重祭祀。其中评述说:

> 孝武皇帝躬仁谊,厉威武。北征匈奴,单于远遁,南平氐羌、昆明、瓯骆两越。东定薉、貉、朝鲜。廓地斥境,立郡县,百蛮率服,款塞自至,珍贡陈于宗庙;协音律,造乐歌,荐上帝,封太山,立明堂,改正朔,易服色;明开圣绪,尊贤显功,兴灭继绝,褒周之后;备天地之礼,广道术之路。上天报况,符瑞并应,宝鼎出,白麟获,海效钜鱼,神人并见,山称万岁。功德茂盛,不能尽宣。而庙乐未称,朕甚悼焉。

所列武帝功绩,包括符瑞迷信在内,基本属实。宣帝让大臣廷议,众臣全都赞同,独有一位儒家学者,当时充任长信少府的夏侯胜提出异议,他说:

> 武帝虽有攘四夷广土斥境之功,然多杀士众,竭民财力,奢泰亡度,天下虚耗,百姓流离,物故者半。蝗虫大起,赤地数千里,或人民相食,畜积至今未复。亡德泽于民,不宜为立庙乐。

竟然认为武帝对人民有罪过而无德泽,没有资格享受宗庙乐舞祭礼待遇。众臣指出他在反对皇帝的诏书。他居然回答:"诏书不可用也。人臣之谊,宜直言正论,非苟阿意顺指。议已出口,虽死不悔。"(《汉书·夏侯胜传》)结果,武帝尊为世宗,享受《盛德文始五行之舞》的宗庙乐舞的隆重礼遇,而夏侯胜则被弹劾,关押三年,直到关东地震,天示灾异,才蒙赦出狱,复任官职。这幕生动的历史正剧,皇帝与儒臣两位主角,都是壮怀激越,

第四章　汉武帝的挑战——"乐府"机构的立废

大义凛然,只是思想立场不尽相同而已。宣帝认为武帝有功于国家,而夏侯胜指责武帝无德于人民。一个是帝国的有为明君,一个是仁政的自觉诤臣,各极其端,而形象鲜明地反映出武帝一生的功过,不解的矛盾。其实,武帝身后的是非,也是他生前所直面的。无论武功与文化,当他意图使帝国事业前进一步,都遭遇到有形或无形、自觉不自觉的各种阻力。只是武功更直接表现出人民财力的沉重负担,而文化似乎仅流于奢侈与荒诞,并且有独尊儒家之功,所以批评仿佛缓和折中些,不如论其武功那样是非分明,功过判然。对武帝在倡导乐舞歌诗创作及乐府机构创置方面的评述,同样存在着片面的矛盾的现象。例如班固在《汉书·郊祀志》《礼乐志》涉及武帝有关活动的评述,批评的倾向显然,但在《艺文志》又明确肯定武帝似乎继承了周代采诗观风的优良传统。而南朝齐、梁间的学者沈约在《宋书·乐志》中说:

> 古者天子听政,使公卿大夫献诗,耆艾修之,而后王斟酌焉。秦、汉阙采诗之官,歌咏多因前代,与时事既不相应,且无以垂示后昆。汉武帝虽颇造新歌,然不以光扬祖考、崇述政德为先,但多咏祭祀见事及其祥瑞而已。商、周《雅》《颂》之体阙焉。

断定汉代并无采诗制度,汉武帝歌诗创作从内容到形式都不合《诗经》传统,几乎无所可取。诸如此类,说法不一,同时造成了事实记载的含混。主要原因并非说者不了解历史事实现象,而是由于他们对事实的态度与观念似都有所忌讳,未能正视武帝这位至尊的皇帝在对待乐舞歌诗的文化艺术上,其实是一位十足的世俗教主,代表着现实的新俗潮流向传统的典雅艺术提出挑战,大胆革新,不过披上祭天的神圣法衣,以对抗祖宗尊严,并且用采诗观风来掩饰世俗歌舞享乐的实际。而在武帝当时,在西汉后期,是并不讳言这场严肃而且严重的雅俗之争的,相反,采取不同方式进行公开的较量。

武帝对典雅的传统文艺是恭敬而不欣赏,视为常例,束之太乐。如前已述,他即位后,一方面急不可耐地征召著名辞赋作家枚乘,表现出他对

新体文学的爱好;另一方面,他对异母兄弟河间献王刘德贡献的传统雅乐,则采取例行公事的应付态度,存放太乐,让大臣们去处理,自己并不关心。显然,作为个人的文艺爱好,这位至尊皇帝从一开始就不大掩饰自己同于常人的趣味,敬古习今,存雅取俗。但是他既然居于至尊的地位,自然要求舒展自己的习性爱好;而由于胸怀宏图,便更要表现自己的壮志雄心,抒发帝王的意志。元狩三年发生汲黯批评武帝创作《天马歌》为郊祀歌的事件(已见上节),相当生动地反映出武帝在乐舞歌诗上充当了向传统雅乐挑战的主角。从武帝方面看,"马生渥洼水中"是天示符瑞,可以借天意来抒发自己的意志,可以用祭告上天来使新诗俗歌取代古奥难懂的传统雅乐,这是借助上天来对抗祖宗,更新传统;其次,《天马歌》的主题实质是赞天马以抒自己胸中慷慨之情(参看第三章第一节),采取楚歌体裁,语言通俗流畅,不拘传统体制,所以虽然思想上属于帝王志气,而艺术上则属于新俗之流,不古不雅,不涩不艰,大胆歌唱自己,并未颂扬祖宗,不无挑战姿态。从汲黯方面看,他批评武帝让赞马歌进入庙堂音乐,既不能"上以承祖宗",又不能"下以化兆民",祖宗及百姓都不"知其音"。他忠心耿耿,正直无畏,坚持雅乐传统的基本原则,一须歌颂祖宗,二要教化百姓,合起来说,必须坚持以祖宗传统教化百姓。所以他的态度恰与武帝对立,坚定捍卫雅乐传统,只许歌颂祖宗功德,不准歌唱其他,何况是歌唱一匹马!汲黯耿直而不蠢,完全能够理解武帝咏马托志,赞符瑞以扬己德,但是皇帝言志与赞天,合理无过,不可讽谏,所以他攻其一点,不及其余,只批评武帝不该把赞马歌弄到宗庙乐歌里去演唱。可见武帝在改革传统音乐歌舞的这场较量中,虽然一开始就以祭天祀地为无可责难的依据,但却由于皇帝的身份地位而使自己陷于违离祖宗的尴尬境地,而真正原因则在于他要歌唱自己的雄心壮志,使音乐歌舞为自己的帝王理想服务。

武帝抒发自己的帝王理想抱负,在他的诗歌创作中有真实鲜明的表现,除了上文第三章第一节中已有述及外,还可以从《郊祀歌》之九《日出入》看出。其词曰:

　　日出入安穷?时世不与人同。故春非我春,夏非我夏,秋非我

第四章 汉武帝的挑战——"乐府"机构的立废

秋,冬非我冬。泊如四海之池,遍观是邪谓何?吾知所乐,独乐六龙。六龙之调,使我心若,訾黄其何不徕下!

这是歌颂日神的赞美诗。相传羲和驾着六龙拉的乘车,天天运载太阳升起落下。诗的大意是说,太阳每天升起落下,没有尽头,因为日神的时节世界与人类并不相同,他们生活在神仙世界。所以他们的春夏秋冬四季并非人类世界的四季。太阳运行自在自如,就像流水从四海到池塘一样自由流泊。看遍太阳的运行,是否如此?又为何如此?我知道太阳乐意什么?最乐六龙拉着车走。我也乐意自由自在地调动拉车的六龙,但是那匹接黄帝成仙上天的訾黄神兽为什么老不来,什么时候来接我呢?显然,它的主题是咏叹时光无穷,人寿有限,抒发追求成仙长生的愿望,流露着淡淡的不满的嗟喟感伤。但是诗的抒情形象具有人神之间的性格特征,高居于凡人之上,自叹于神仙之下,既向往那美妙的神仙世界,又洞察这有限的人间社会。他追求成仙长生,实质在于超越人生的绝对自由地掌握自己,可谓"超人"。他不满不得成仙,实质是感到这追求难以如愿,不离凡俗。应当说,这是一种盛世帝王的情怀,并非一般的道家的信徒,也不是平常的世俗的祈求。思想感情上的突破束缚的要求,必然在诗歌艺术上要求真实自然的表现,不拘于声律语言上的人为束缚,因而这首诗的艺术形式的明显特点便是散文化,议论化,不拘一格,但求畅快。也就可以想见,演唱这样的歌词,呆板地塞进古雅的旧曲是不相适宜的,因而要求变创新声,谱新曲。于是武帝大胆任用低贱的乐工出身的音乐家李延年,公开成为新声俗曲的倡导者与庇护人,向古雅传统提出挑战,不一味用古声雅乐歌颂祖宗功德,而借天命,用新声,抒发自己的真实抱负,所以尽管他是至尊的皇帝,仍不可避免地受到捍卫传统的正人直士的批评责难。

不言而喻,武帝倡新声,写新诗,奏新歌,演新舞,确有声色娱乐的生活享乐目的和作用。他不仅爱好歌舞,而且欣赏杂技角斗,在宫廷举行朝会宴乐,并且举行盛大角斗。对于封建统治阶级来说,现实生活享乐的追求是与功名荣禄相联系的。本来就听不懂、欣赏不了雅诗古乐,实际上只

是礼仪与官场的需要,但由于法制的约束与求禄的必备,因此封建阶级王公贵族、百官吏士都不得不遵守。如今有皇帝带头,世俗享乐成为法制允许的待遇,不难想象,便成了不可遏制的洪水猛兽,迅疾汹涌,广泛流行。因此,武帝创置乐府的社会作用显得错综复杂,批评责难也从文化艺术传统的雅俗之争逐渐转移到政治经济及思想教化后果上去,从属于封建国家政治、社会经济的争论。事实上,昭帝之后,宣帝、元帝、成帝都是爱好音乐歌舞的,虽然史载宣帝追慕武帝事业,而元帝儒雅风流,似有不同,但实质上并无根本区别。只是元帝、成帝的执政大臣出于维护帝国的利益,从政治、经济上考虑,提出并执行省减乐府编制与祭祀范围的政策。从宣帝编创《盛德文始五行之舞》以祭祀武帝的宗庙乐舞之后,西汉年间并无人再批评武帝违离祖宗,而是从政治、经济上批评为主。元帝时,谏大夫贡禹上疏奏请元帝"正己以先下,选贤以自辅,开进忠正,致诛奸臣,远放谄佞,放出园陵之女,罢倡乐,绝郑声,去甲乙之帐,退伪薄之物,修节俭之化,驱天下之民皆归于农"(《汉书·贡禹传》),同时博士匡衡也上疏建议"减宫室之度,省靡丽之饰,考制度,修外内,近忠正,远巧佞,放郑、卫,进《雅》《颂》"(《汉书·匡衡传》),都是把乐府音乐视为郑、卫之音,与奢侈浮华相联系,要求戒止与节省。也就是说,元帝以后逐渐掀起的批评乐府的思潮,不再拘于祖宗功德与法规,而着眼于思想教化与要求节俭。甚至由于国家经济衰退,匡衡建议废除各地所设帝王后妃的庙祀,合并省减京城的宗庙及礼仪,因而引起一场敬祖崇礼的争议(事见《汉书·韦玄成传》),对祖宗功德的崇敬已经严重动摇了。因此,成帝时河间雅乐学派弟子宋晔等上书请求发扬刘德以来河间雅乐成果,经过博士平当考试鉴定,以为"修起旧文,放郑近雅","诚非小功小美也",然而"事下公卿,以为久远难分明,当议复寝"(《汉书·礼乐志》),压了下来,不了了之。对河间雅乐的评价与处理,甚至不如武帝重视。其重要原因之一便是在成帝时,宫廷乐府及上层统治者的音乐歌舞已经成为声色娱乐的淫奢追求,不再具有强固帝国统治的政治作用。

元帝好儒厌法,尊重儒家学者,放松法制吏治,政治上大权旁落,经济

第四章 汉武帝的挑战——"乐府"机构的立废

上放任兼并,而自己又喜欢音乐娱乐。中年患疾,不理政治,更爱好音乐技艺。有时把大鼓放在殿下,自己在廊轩上用小铜丸掷鼓,鼓声掷出节奏。别人都没有这本事,只有他的小儿子定陶王刘康也能达到。刘康多才多艺,深得元帝宠爱,几乎被改立为太子。但是太子刘骜是皇后嫡子,有外戚王凤撑腰。因此侍中史丹进谏说:"凡所谓材者,敏而好学,温故知新,皇太子是也。若乃器人于丝竹鼓鼙之间,则是陈惠、李微(当时的音乐家)高于匡衡(当时宰相),可相国也。"(《汉书·史丹传》)批评元帝选材标准不当,阻止他改立刘康为太子的意图。而其实是倚仗王皇后、王凤的外戚势力,利用了元帝的弱点。这件事同时可见元帝既非英明强主,又好音乐娱乐,这就助长了宫廷及上层文艺风气的不良发展。至于成帝,则在为太子时已"幸酒乐燕乐"(《汉书·元后传》),本来就是依赖外戚集团的。因而《汉书·礼乐志》说,成帝时,"郑声尤甚。黄门名倡丙强、景武之属富显于世;贵戚五侯定陵、富平外戚之家淫侈过度,至与人主争女乐"。在这种情况下,不好音乐的哀帝即位后,就下了撤销乐府的诏令:

> 惟世俗奢泰文巧,而郑、卫之声兴。夫奢泰则下不逊而国贫,文巧则趋末背本者众,郑、卫之声兴则淫辟之化流,而欲黎庶敦朴家给,犹浊其源而求其清流,岂不难哉!孔子不云乎?"放郑声,郑声淫。"其罢乐府官。郊祭乐及古兵法武乐,在经非郑、卫之乐者,条奏,别属他官。

明确提出撤销乐府官署的理由:一是"奢泰",奢侈过度,破坏礼教名分,导致国家贫困;二是"文巧",浮华欺诈,人们经商发财,农民背离农业;三是"郑、卫之声兴",流行靡靡之音,社会风气放荡,邪门歪道丛生。因而风俗浇薄,经济不给,根源在于思想教化混浊,必须撤销乐府机构,对音乐歌舞进行调整。合乎经典的,并入太乐或其他机构,其余废除。这是一道进行社会文化整顿的方针政策诏令,措施是断然撤销乐府机构,调整音乐歌舞,以引导社会风气改善。它完全遵循儒家礼乐教化思想,并且把当时乐府所辖829人,废除441人,调归太乐388人。虽然哀帝诏令以为这是正

汉代诗歌新论

本清源的方针措施，但实际上却并无实效。诚如班固所说："然百姓渐渍日久，又不制雅乐有以相变，豪富吏民湛沔自若，陵夷坏于王莽。"百姓习惯于民歌俗曲，传统雅乐又不更新，富贵人家更追求声色娱乐，因而撤销乐府机构只是形式上整顿了宫廷音乐歌舞及文化娱乐活动，也许节省一点开支，但并不能解决政治、经济方面日益尖锐的社会矛盾。所以乐府机构是撤销了，但是武帝创置乐府所引起的深广复杂的社会效果，不仅无法消除，反而发展起来，新声俗曲逐渐取代古奥雅乐而成为新的风雅形式。

东汉没有恢复乐府机构，但实际上并未取消西汉乐府原有的一应业务，包括杂技魔术，只是把它们分散在其他官署辖下而已。由于东汉立国，自觉利用谶纬迷信，编造符瑞谣言，假借天命预兆，因而将祖宗与天帝合流，对宗庙与郊祀并重，既隆重祭祀列祖列宗，更大力恢复天地神鬼祭礼，明帝、章帝巡狩郊祀频繁，章帝元和二年（85）下诏令说："今山川鬼神应典礼者，尚未咸秩。其议增修群祀，以祈丰年。"把天命观念与神鬼迷信以等次典礼形式广泛渗透入社会生活及思想意识，从而使娱神娱人的音乐歌舞更加活跃繁荣。这种文化艺术方针同样体现于宫廷管理音乐歌舞与实际文化娱乐生活。《后汉书·百官志》载，太常属官"太子（予）乐令一人，六百石。本注曰：掌伎乐。凡国祭祀，掌请奏乐，及大飨用乐，掌其陈序。丞一人"。注引《汉官》说："员吏二十五人。……乐人八佾舞三百八十人。"太予乐即西汉太乐官署。《后汉书·曹褒传》载，明帝时，曹褒请制礼乐，引纬书《尚书璇玑钤》说，"有帝汉出，德洽作乐，名予"。因此明帝下令改太乐官为"太予乐"。这一改名也是假托天意，以崇帝德。明帝初，主持制礼乐的东平宪王刘苍说："宗庙宜各奏乐，不应相袭，所以明功德也。承《文始》《五行》《武德》为《大武》之舞。"他又亲自创作舞歌一章，"荐之光武之庙"（《宋书·乐志》）。可见东汉太予乐主要掌管宗庙祭祀的大型歌舞。但是，东汉除隆重的宗庙祭礼外，其他祭祀礼仪甚多，从正月初一的元旦朝会大礼，到腊月大傩之礼，几乎季季月月都有活动。这类祭礼规模盛大，节目甚多。例如元旦大朝受贺，百官祝贺，"二千石以上上殿称万岁。举觞御坐前。司空奉羹，大司农奉饭，奏食举之乐。百官受赐宴飨，大作

第四章　汉武帝的挑战——"乐府"机构的立废

乐"(《后汉书·礼仪中》)。据《宋书·乐志》载:

> 后汉正月旦,天子临德阳殿受朝贺,舍利从西方来,戏于殿前,激水化成比目鱼,跳跃嗽水,作雾翳日;毕,又化成黄龙,长八九丈,出水游戏,炫耀日光。以两大丝绳系两柱头,相去数丈,两倡女对舞,行于绳上,相逢切肩而不倾。

这一大型歌舞魔术杂技,称《九宾乐》(见《后汉书·安帝纪》注引蔡质《汉官典职》),即所谓"鱼龙曼延百戏"。其演出人员当属宫廷官属所辖。可见西汉乐府所辖这类歌舞杂技演员在东汉依旧存在,只是不属于太予乐,而分属其他官署。例如《汉官仪》说,东汉少府黄门令下辖"黄门鼓吹百四十五人"(《后汉书·安帝纪》注引),这就是一支宫廷宴乐用的乐队,但不属于太予乐。东汉宫廷音乐歌舞的情况,恰可说明,乐府机构的废除,不过是体制形式的变动,实际内容不但存在,而且有发展。

总起来看,从武帝创置乐府到哀帝撤销乐府,形式上是一个掌管音乐歌舞机构的立废,实质上是文化艺术传统的坚持与更新的斗争,雅俗观念的较量。这场斗争与较量的双方,主观认识与要求并不全同于文化艺术发展的客观进程,其结局的现象与实质也不相一致。武帝变创新声,制作新诗及设置乐府,主观上是要求音乐歌舞为自己恢宏的帝国事业服务,摆脱歌颂祖宗的传统束缚,假托报命天帝以抒发自己的帝王壮志,实际上是他建立王权天授的儒家思想统治的一个组成部分,并不想根本上改变封建文化传统。所以他接受董仲舒的"春秋大一统"思想和"更化"方针政策,只是借天命以实现自己的雄图。通过巡狩郊祀、符瑞封禅等一系列活动,扩大了祭祀礼仪的内容与范围,吸取了各地流行的民间祭祀歌舞,使自己扮演了承天受命的圣王明君的角色,担负起更化歌颂祖宗功德的传统制的任务,同时在客观上充当了以新声俗曲向古乐雅歌挑战的倡导人,成为这场历史较量的前台主角。而文化艺术的历史发展也到了创造新的艺术形式来反映新的时代的阶段,因此从历史进程的方向来看,武帝的文化艺术方针与活动,与历史前进的方向是一致的。尽管帝王意志与封建国家利益并不根本反映人民群众的意志、利益与愿望,但是在一定历史条件下是可以在总体方向上一致的。武帝的更化方针与文艺作为,使得现实生活的思想愿望能够运用新的语言、新的艺术表现出来,并且逐渐成为社会接受而流行的抒情达意及文化娱乐的形式手段,无疑是传统更新的实际效果和文化艺术前进的显著贡献。正因如此,武帝生前身后都受到违离祖宗传统的批评,受到奢侈浮华的谴责,甚至传为敬神求仙、迷信荒诞的人君典型。然而整个社会上下都获得相应的实际利益。在更新传统过程中,封建统治阶级沦于声色荒淫,而人民百姓也得到一定的思想解放,表现自己的思想愿望,因而实际形成不可遏制的前进思潮。汉代文学的优秀创作乐府古诗,便是在这一发展中产生、涌现、积累的。

从宣帝到哀帝,对武帝文化艺术上的功过经历了赞扬到批评,但批评的重点有明显转移,从批评不歌颂祖宗为主,变为谴责其社会后果,并且提到《雅》《颂》正声与郑、卫之音的传统政治教化是非高度,似乎对这场雅俗较量的认识更为深刻了。但其实是封建统治集团掩饰政治、经济危机的一种策略。因为元帝、成帝至哀帝时期,政权渐为外戚集团控制,政治斗争、经济危机都趋向剧烈,而外戚擅权更是公然违抗高祖刘邦遗训,完全不符祖宗法规。较之武帝,以王太后为首的王家外戚集团更加需要天命神授的思想统治,同时声色荒淫以至"与人主争女乐",也恰是他们一伙。这就是说,祖宗与上天,先王与后王,必须在王权神授的儒家思想中统一起来,成为改朝换代的理论法宝,因此不再需要批评武帝违反祖宗传统。但是,为了使人民百姓驯顺地接受统治,安分守己地回复男耕女织的务农为本的社会经济秩序,就必须重新提出文化艺术传统的雅正是非,使人民百姓遵循传统的礼乐教化。所以从王莽篡汉到刘秀建立东汉,都假托天意,制造谶言,以证明自己是天授王命的真龙天子。尤其是东汉,更需要天命与祖传合一,极为尊敬武帝,宗庙祭祀以高帝为太祖,文帝为太宗,武帝为世宗,一仍宣帝旧礼。因此,东汉不但不贬薄乐府,而且要给以积极评价,甚至虚饰美化。班固不但在《汉书》中含糊其辞地把乐府描绘成似乎继承周代采诗传统,而且在《两都赋序》中明确肯定"武、宣之世,乃

第四章　汉武帝的挑战 ——"乐府"机构的立废

崇礼官,考文章,内设金马,石渠之署,外兴乐府协律之事,以兴废继绝,润色鸿业",招来符瑞福应。显然,在他看来,武帝是继承周代文化的盛世明君。创置乐府不但无过,而且有功。因此乐府的废除也就成了毫无意义的措施,更显示出维持古雅传统的虚弱无力。

　　说到底,顺应历史发展前进方向的运动,终究要被历史证明是正确的,进步的,不可阻挡的。过去时代的历史运动现象并不经常直接表现为一目了然的进步与落后,不一定直接表现为人民群众的自觉行动。在一定历史条件下,帝王的振兴国家的意志,甚至近乎荒诞的行为,同样可以与历史前进的方向一致。把武帝在音乐歌舞上促进文化艺术发展的历史功绩,简单地归结为创立乐府,搜集民歌,采诗观风等等,其实并不完全属实;或者简单批评他好大喜功,敬神求仙,奢侈挥霍等等,其实并不完全反映实质。摒弃历史赋予的荒诞成分与虚饰之词,应当承认武帝在文化艺术方面的历史功绩首先由于符合历史前进的方向,抓住这场雅俗较量的实质,应当看到其中雅俗的取代更新是不可逆转,是历史辩证法的伟大胜利,虽然体现这一伟大胜利的代表人物竟是一位盛世至尊的皇帝。

第五章　都邑人民的歌
——两汉乐府古辞

第五章　都邑人民的歌——两汉乐府古辞

"乐府"从一个宫廷音乐歌舞机构的名称变为一种诗歌体裁的专门名称,这一事实本身就足以说明汉武帝创立乐府机构的历史作用是深远的。如果撇开武帝个人的特殊身份,如果从他被批评的内容来看,那么被概括为"乐府"的这类歌辞具有这样的特点:思想内容上抒发个人真实情怀感受,不拘于歌颂祖宗功德;音乐艺术上是新声俗曲,创作的新歌或民间的俗曲;随之而来的语言艺术是通俗易懂,不拘四言雅体,也不讲究古奥典雅。它们应当区别于太乐的传统雅乐的庙堂歌辞。由于乐府机构只存在于西汉五朝的一段历史时期,因而今存两汉乐府歌辞并不都出于乐府,或者可以认为主要不来自乐府的搜集与保存,而是整个两汉时期产生、流行、保存下来的各种各类歌词,情况比较复杂。如果以宋代郭茂倩编《乐府诗集》为准,那么其中保存的两汉乐府歌辞有庙堂颂歌、文人创作与民间创作,并不摒弃古奥典雅的作品。因此,近代以来学者对"乐府"作为一种诗歌体裁的范围,实际有广、狭两种理解:一是以《诗经》传统的风、雅、颂观念来理解,认为两汉乐府同样有风、雅、颂三类,大体以庙堂颂歌、郊祀歌曲及《汉铙歌十八首》等为"颂",以文人创作为"雅",以民歌歌词为"风",例如黄节《汉魏乐府风笺》便是持此见解而专取"风"即民歌为笺;二是现代通行的文学史论的观念,一般将"乐府"等同于"风"即民歌,不包括庙堂、郊祀之类歌词。这里试图从诗歌艺术的历史发展角度,考察两汉今存的歌词的整体特点,着重在其中各种歌曲的"古辞",即通称"乐府古辞"的这一部分作品,基本上属于"风"的范围,大体可视为民歌,但也涉及旧以为"颂""雅"的作品,并不绝对。

一　乐府歌曲的分类与乐府古辞的由来

"乐府"脱离其音乐歌舞机构名称的本义之后,实际含义就是歌词,因此传统的乐府分类是按照歌曲的曲调类型进行分类的,并不依据歌词的诗歌艺术特点分类。魏、晋以后,对两汉音乐歌舞的整理与研究,有官有私。大体看来,官方整理主要属于承传而来的庙堂音乐,包括相承保存的各类歌舞;私家学者研究则广涉乐理、乐律、乐器、乐谱歌谱、曲题汇录与歌辞总集等等。据《隋书·经籍志》与《新唐书·艺文志》所载关于乐府曲题、歌辞的文献颇多,略举《新唐书·艺文志》所载如下:

桓谭《琴操》二卷

孔衍《琴操》二卷(隋志作三卷)

荀勖《太乐杂歌辞》三卷

　　又《太乐歌辞》二卷

《乐府歌诗》十卷

谢灵运《新录乐府集》十一卷

释智匠《古今乐录》十三卷

郑译《乐府歌辞》八卷

　　又《乐府声调》六卷(隋志作六卷,又三卷)

苏夔《乐府志》十卷

翟子《乐府歌诗》十卷

　　又《三调相和歌辞》五卷

佚名《汉魏吴晋鼓吹曲》四卷

《外国伎曲》三卷

　　又一卷

《历代曲名》一卷(隋志作《历代乐名》)

《鼓吹乐章》一卷

吴兢《乐府古题要解》一卷

第五章 都邑人民的歌——两汉乐府古辞

郗昂《乐府古今题解》三卷一作王昌龄

段安节《乐府杂录》一卷

又《隋书·经籍志》载有:

《乐簿》十卷

《齐朝曲簿》一卷

《大隋总曲簿》一卷

《正声伎杂等曲簿》一卷

《太常寺曲名》一卷

《太常寺曲簿》十一卷

《歌曲名》五卷

这些撰著大多散佚,但可看到魏晋南北朝及唐代整理研究乐府歌曲与歌辞已成专门学术,其对象与范围包括汉魏以来历代歌曲及歌辞创作,不限于汉代乐府机构所存。因而其音乐分类也并不完全依据汉代太乐与乐府所创。现代通行的关于乐府歌曲的分类,依据郭茂倩《乐府诗集》。而郭茂倩的分类大致承袭南朝陈释智匠《古今乐录》与唐吴兢《乐府古题要解》,基本上是据文献记载的考证归纳,并非依据歌曲实际调查研究。其中有关汉代乐府歌曲分类也是依据有关汉代歌曲的文献记载与今存歌辞作品归纳而来,并不反映汉代乐府与太乐所存与汉代歌辞创作的全部实际情况。《乐府诗集》共分十二类,其中第十类《近代曲辞》、第十二类《新乐府辞》收隋唐歌辞,其余十类收录汉代歌辞情况如下:

一、郊庙歌辞

《汉郊祀歌十九首》《汉郊祀歌》《汉安世房中歌十七首》

二、燕射歌辞

无

三、鼓吹曲辞

《汉铙歌十八首》(古辞)

四、横吹曲辞

《出塞》"侍骑出甘泉"（无名氏，《晋书·乐志》曰《出塞》《入塞》曲，李延年造。《西京杂记》谓高帝时戚夫人"善歌《出塞》、《入塞》、《望归》之曲"。）

五、相和歌辞

《箜篌引》"公无渡河"、《江南》（古辞）、《东光》（古辞）、《薤露》（古辞）、《蒿里》（古辞）、《鸡鸣》（古辞）、《乌生》（古辞）、《平陵东》（古辞）、《陌上桑》（古辞）、《王子乔》（古辞）、《长歌行》"青青园中葵""仙人骑白鹿""岩岩山上亭"（均古辞）、《君子行》（古辞）、《豫章行》（古辞）、《董逃行》（古辞）、《相逢行》（古辞）、《长安有狭斜行》（古辞）、《善哉行》（古辞）、《陇西行》（古辞）、《步出夏门行》（古辞）、《折杨柳行》（古辞）、《西门行》（古辞）、《东门行》（古辞二首）、《饮马长城窟行》（古辞）、《妇病行》（古辞）、《孤儿行》（古辞）、《雁门太守行》（古辞）、《艳歌何尝行》（古辞）、《艳歌行》"翩翩堂前燕""南山石嵬嵬"（均古辞）、《白头吟》（古辞，或说卓文君作）、《怨诗行》（古辞）、《怨歌行》（班婕妤）、《满歌行》（古辞二首）

六、清商曲辞

无。

七、舞曲歌辞

《后汉武德舞歌诗》（东平王刘苍）、《圣人制礼乐篇》（古辞）、《巾舞歌》（古辞）、《俳歌辞》（古辞）

八、琴曲歌辞

《神人畅》（唐尧，此及下录汉以前作者，或云汉人伪作，疑莫能辨，录以备考）、《思亲操》（虞舜）、《南风歌》（虞舜）、《襄陵操》（夏禹）、《箕子操》（殷箕子）、《拘幽操》（周文王）、《文王操》（周文王）、《克商操》（周武王）、《伤殷操》（宋微子）、《越裳操》（周公旦）、《神凤操》（周成王）、《采薇操》（伯夷）、《履霜操》（尹伯奇）、《士失志操》（晋介子推）、《雉朝飞操》（齐犊沐子）、《猗兰操》（孔子）、《将归操》（孔子）、《处女吟》（鲁处女）、《别鹤操》（商陵牧子）、《渡易水》（燕荆轲）、《力拔山

第五章 都邑人民的歌——两汉乐府古辞

操》（项羽）、《大风起》（刘邦）、《采芝操》（四皓）、《八公操》（淮南王刘安）、《昭君怨》（王嫱）、《琴歌三首》（秦百里奚妻）、《琴歌二首》（司马相如）、《琴歌》（霍去病）

九、杂曲歌辞

《蛱蝶行》（古辞）、《驱车上东门行》（古辞）、《伤歌行》（古辞）、《悲歌行》（古辞）、《羽林郎》（辛延年）、《前缓声歌》（古辞）、《东飞伯劳歌》（古辞）、《董娇娆》（东汉宋子侯）、《焦仲卿妻》（"孔雀东南飞"）、《长干曲》（古辞）、《枯鱼过河泣》（古辞）、《武溪深》（马援）、《同声歌》（张衡）、《乐府》"行胡从何方"（古辞）、《冉冉孤生竹》（古辞）。

十一、杂歌谣辞

《击壤歌》《卿云歌》《涂山歌》《夏人歌》、《商歌》（宁戚）、《师乙歌》、《获麟歌》（孔子）、《河激歌》（赵简子夫人）、《越人歌》、《徐人歌》、《渔父歌》（古辞）、《采葛妇歌》《紫玉歌》《邺民歌》《秦始皇歌》《郑白渠歌》《鸡鸣歌》、《楚歌》"鸿鹄高飞"（刘邦）、《戚夫人歌》、《画一歌》、《赵幽王歌》（刘友）、《淮南王歌》、《秋风辞》（汉武帝）、《卫皇后歌》《李延年歌》、《李夫人歌》（汉武帝）、《乌孙公主歌》（刘细君）、《匈奴歌》《骊驹歌》（古辞）、《瓠子歌二首》（汉武帝）、《李陵歌》（李陵）、《广川王歌》（刘去）、《牢石歌》、《黄鹄歌》（汉昭帝）、《五侯歌》、《上郡歌》、《燕王歌》（刘旦）、《华容夫人歌》（华容夫人）、《广陵王歌》（刘胥）、《鲍司隶歌》、《五噫歌》（梁鸿）、《董少平歌》、《张君歌》、《廉叔度歌》、《范史云歌》、《岑君歌》、《皇甫嵩歌》、《郭乔卿歌》、《贾父歌》、《朱晖歌》、《刘君歌》《洛阳令歌》。（下"谣辞"略）

上列情况表明：一是凡郭茂倩所见文献载录的汉代歌辞，一概收入，因此其"乐府"含义等于"歌辞"；二是凡歌曲题目原有类属者，概仍其旧，否则统入"杂曲歌""杂歌谣"，前者原有曲题而不知类属，后者仅知为歌谣，可见郭茂倩实据文献考证归类，未必了解汉代实际；三是其中收录汉代歌辞，除郊庙歌辞与鼓吹曲辞外，以相和歌辞、琴曲歌辞、杂曲歌辞、杂歌谣辞为大宗，可见今存汉代歌辞主要为非庙堂歌辞；四是除少量作品可知作者外，大多为不知作者的"古辞"。也就是说，今存汉代乐府的整体是以文人及民间创作的歌词为主的。

从歌曲看，汉代乐府整体以表演性的俗曲为主。《宋书·乐志》说：

> 《但歌》四曲，出自汉世。无弦节，作伎，最先一人倡，三人和。魏武帝尤好之。时有宋容华者，清彻好声，善倡此曲，当时特妙。自晋以来，不复传，遂绝。
>
> 《相和》，汉旧歌也。丝竹更相和，执节者歌。本一部，魏明帝分为二，更递夜宿。

《相和歌》当与《但歌》同属演唱性歌曲，除独唱演员外，有弦管乐伴奏与合唱队和声。《古今乐录》说："凡《相和》，其器有笙、笛、节歌、琴、瑟、琵琶、筝七种。"郭茂倩说，《相和歌》的平调、清调、瑟调及楚调、侧调"诸调曲皆有辞有声，而大曲又有艳，有趋，有乱"。可见较长的歌曲，其结构有序曲和终曲，相当完整，是一种适宜于叙事演唱的音乐结构形式。大体看来，《相和歌》各类曲调的歌曲都是以独唱或领唱演员为主，叙事抒情，以供观赏，因而必须动听易懂，通俗的趋势是自然的。其次是《琴曲歌》。汉代琴曲歌类似今日弹唱艺术(参看三章一节)，具有演唱性质，不过较为高雅。《乐府诗集》引谢希逸《琴论》说：

> 和乐而作，命之曰"畅"，言达则兼济天下而美畅其道也。忧愁而作，命之曰"操"，言穷则独善其身而不失其操也。"引"者，进德修业，申达之名也。"弄"者，情性和畅，宽泰之名也。其后，西汉时有庆安世者，为成帝侍郎，善为《双凤离鸾》之曲，齐人刘道强能作《单凫寡鹤》之弄，赵飞燕亦善为《归风送远》之操，皆妙绝当时，见称后世。

唐吴兢《乐府古题要解》指出：

> 《琴操》纪事，好与本传相违。存之者，以广见闻也。

琴曲是器乐，用音乐形象叙事抒情。琴曲歌辞本来是说明音乐形象的。所以"畅""操""引""弄"等各类主题的琴曲，其音乐形象便成为琴曲歌辞

第五章　都邑人民的歌——两汉乐府古辞

的抒情叙事主人公,而歌辞往往用第一人称叙事抒情。在汉代,琴曲既有传统古曲,也有新创近曲。古曲多传为先秦圣贤人物故事,近曲则似较多男女爱情之作。但是从今存古曲歌辞作品看,其内容明显具有汉人虚构想象的创作性质,并不完全符合历史文献的传记事迹,颇有后来演义小说的意味。这显然是一种趋俗的迹象与倾向。至于《杂曲歌》,则自晋平公好新声以后,"虽沿情之作,或出一时,而声辞浅迫,少复近古"(《乐府诗集·杂曲歌辞序》),以及《杂歌谣》原属里闾歌谣,都是明显以新声俗曲为主的。

两汉乐府歌辞的精华部分属于"古辞"。《宋书·乐志》说:

> 凡乐章古词,今之存者,并汉世街陌谣讴。《江南可采莲》《乌生》《十五》《白头吟》之属是也。

"古辞"的意思是古代的歌词,从前的歌词。就一支歌曲来说,指这一歌谱最早的主题歌词,有本辞、旧辞的含义。在沈约看来,南朝当时保存的这些古辞都是歌曲本辞,而且都是汉代城乡的民间歌谣。他所举的四例,都属于相和歌辞。如果相和歌的古辞都属民间歌谣,那么较相和歌更为新俗的杂曲歌的古辞虽然未必都属民间创作,但大抵是新声俗曲的新创之辞。从思想内容与艺术形式来看,相和歌和杂曲歌中的古辞在整体风格上比较相近,确可代表汉代乐府歌辞的特色与成就。但是,具体地看,它们的创作年代和来由似不一致,相当复杂,而且大部分较难确考。假使能够考订这些古辞的创作年代和主题由来,自可恰当地对它们的思想、艺术的发展进行分析,作出评价。因此,古今学者对它们的各篇背景曾作过许多辨析考证。大体地看,唐、宋以前学者侧重于曲题本事的辨析,批评历代文士的拟古乐府创作"或不睹于本章,便断题取义",因而要考证本事主题,使后来作者有所"取正"(《乐府古题要解序》)。清代以来学者日益偏重于征史证诗,引用有关史实材料以论证其主题思想,考证其写作年代。但是,实际上,不论唐、宋及近代学者,除部分乐府古题依据汉、魏记载的本事传说外,大多主要是依据对歌辞作品内容的理解,然后再引证史料以证实各自的理解。所以看来似乎有史料依据,细察则往往并无确证,属于比较推测性的见解,未可以为必定。正由于两汉乐府歌辞创作时间的不定性,因而对于这类诗歌艺术的纵向发展轨迹几乎难以确切辨析,只能一般进行横向的平面的描述。

两汉乐府歌辞中,最难确考者莫过于《汉鼓吹铙歌十八曲》:《朱鹭》《思悲翁》《艾如张》《上之回》《翁离》《战城南》《巫山高》《上陵》《将进酒》《君马黄》《芳树》《有所思》《雉子班》《圣人出》《上邪》《临高台》《远如期》《石留》。由于魏、晋以后,《鼓吹曲》列为庙堂雅乐,另造新曲,创作新词,因而南朝相沿把《鼓吹曲》视为雅乐。这组《汉铙歌》十八曲始见于《宋书·乐志》,列于魏、晋舞曲歌辞之后,未作任何说明。如果依照相和歌、杂曲歌署名之例,应视为古辞。但由于它被视为雅乐,因而依雅乐之例不署作者,亦不标明古辞。这种含糊,加上歌辞的声辞混杂,更引起了一系列的疑问和莫定的分歧。如果全面考察这组歌曲与歌辞情况,则其实际情况可能在汉代是歌曲与歌辞并非同一依存的,而是曲调编为器乐,歌辞另存或别用,如同《汉书·艺文志》所载《河南周歌诗七篇》,同时又载《河南周歌诗声曲折七篇》,显然前者是歌辞文本,后者是曲谱文本或曲谱与歌辞并录的文本,两者别录同存。《汉铙歌》中声、辞混杂情况颇多,有的根本无法辨读。例如《石留》:

> 石留凉阳凉石水流为沙锡以微河为香向始𪁦冷将风阳北逝肯无敢与于扬心邪怀兰志金安薄北方开留离兰

有的除去明显声辞,便较易懂,例如《朱鹭》:

> 朱鹭鱼以乌路訾邪鹭何食食茄下不之食不以吐将以问诛(一作谏)者

辨别出其中声辞"路訾邪",归纳出它的韵脚,疏通诗的大意,则大体可以读通:

> 朱鹭,鱼以乌。[路訾邪]鹭何食?食茄(古"荷"字)下。不之食,不以吐,将以问诛("诛"一作"谏")者。

第五章　都邑人民的歌——两汉乐府古辞

这是一幅生动有趣的朱鹭荷下叼鱼图,但究竟有什么寓意,则不甚了解,于是便有不同说法。而从内容、语言与风格看,应当说,它大致属于民歌,而非雅章。至于它的写作年代,就这一曲来说,是无从考证的。这就引出许多问题。诸如此类,概括起来,要略如下。

一是来源。刘瓛《定军礼》说:

> 鼓吹,未知其始也。汉班壹雄朔野而有之矣。鸣笳以和箫声,非八音也。

《汉书·叙传》说:

> 始皇之末,班壹避地于楼烦,致马牛羊数千群。值汉初定,与民无禁,当孝惠、高后时,以财雄边,出入弋猎,旌旗鼓吹。

这是刘瓛考证的依据。据此,则鼓吹乐是从西域传来的,自汉初即已传入,其乐器以胡笳与箫为主,属于吹打乐。但是这个说法是说明鼓吹乐的来源,并不专门说明"短箫铙歌";其次它没有说明怎样传入宫廷成为军乐凯歌;第三它只说明音乐,不涉歌辞,不能说明歌辞来历与性质。因而其价值只是可备一说。

二是音乐品类与用途。《后汉书·礼仪志中》梁昭补注引东汉蔡邕《礼乐志》说:

> 汉乐四品。……三曰黄门鼓吹,天子所以宴乐群臣,《诗》所谓"坎坎鼓我,蹲蹲舞我"者也。其短箫、铙歌,军乐也。其传曰:"黄帝、岐伯所作,以建威扬德、风敌劝士"也("敌"据《乐府诗集》引文补)。盖《周官》所谓"王师大捷献则令凯乐,军大献则令凯歌"也。

这是关于短箫铙歌的最早文献说明。其后《乐府古题要解》及《乐府诗集》都引为依据。前文已述,东汉少府有黄门鼓吹官署,掌管西汉乐府的部分编制与业务。据此,则黄门鼓吹所掌音乐中,包括朝廷庆功的凯乐、凯歌,因而亦属"天子所以宴乐群臣"之列。也就是说,鼓吹乐中有宴乐,也有凯乐,用途不同。鼓吹乐中的短箫铙歌,是从古军乐而来的庆功凯乐、凯歌。

崔豹《古今注》认为，"短箫铙歌，鼓吹之一章，亦以赐有功诸侯"，其见与蔡邕所述相同。因此，郑樵《通志》、马端临《文献通考》把鼓吹与铙歌区别为两种乐曲，并不恰当。此外，认为短箫铙歌的用途广泛(参看萧涤非《汉魏六朝乐府文学史》二编二章三节《鼓吹铙歌》)，以至用于一般进食饮宴，似亦未确。但是，照蔡邕所说，这类军乐由来已久，似非汉代所作，则或为古乐。而据今存十八曲歌辞内容看，则其中不纯属战歌，还有谏歌、游子歌、情歌及怨歌等等。则其歌辞与乐曲是否同属初作，或者在流传中曾经混杂他类歌辞，都未可知。

三是出处。"短箫铙歌"始见于蔡邕《礼乐志》，但未及歌辞。《鼓吹铙歌》曲题共二十二个(除上引 18 曲外，另有《务成》《玄云》《黄爵》《钓竿》四曲)，并非汉代文献所载，而是据魏、晋《鼓吹铙歌》的曲题推断出来的。由于三国曹魏时，缪袭作《魏鼓吹曲十二篇》，注明每曲用汉曲何题，如其第一曲《初之平》用汉《朱鹭》，第二曲《战荥阳》用汉《思悲翁》等；晋傅休创作《晋鼓吹歌曲二十二篇》，也注明各曲依次用汉《鼓吹铙歌》22 曲；因此汉有《鼓吹铙歌》22 曲，大体可信。然而魏曲歌辞、晋曲歌辞都与魏、晋时事相应，明显属于朝廷庙堂所用乐歌，但《宋书·乐志》所载 18 曲都有明显非军乐与不适朝廷庙堂所用的歌词，因此清代陈本礼认为"《铙歌》不尽军中乐。其诗有讽，有颂，有祭祀乐章；其名不见于《史记》《汉书》，惟《宋书》有之。似汉杂曲，历魏、晋传讹，《宋书》搜罗遗佚，遂统归之于《铙歌》耳"(《汉诗统笺》)，以为当属杂曲。王先谦认为，"十八曲不皆铙歌，盖乐府存其篇名，在汉时已屡增新曲，实为后代拟古乐府之祖。《朱鹭》《上陵》诸篇，其确证也。《宋书》既已沿讹，仍统名《铙歌》以存其旧"。(《汉铙歌释文笺正》)则以为汉人新创之辞。正由于沈约没有交代这 18 曲歌辞的出处，因而这类肯定曲题、怀疑歌词的见解，虽然出自推测，但不为无故。

总起来看，《汉鼓吹铙歌十八曲》虽然据文献记载应视为西汉乐府三大雅章之一，但是实际上除了"短箫铙歌"属于汉代黄门鼓吹乐中的军功凯乐，和汉代《铙歌》共有 22 曲确定无疑之外，今存《宋书·乐志》所载 18 曲歌辞究竟是否《汉鼓吹铙歌》原曲的古辞，确实有不少疑问。其中最大

第五章 都邑人民的歌——两汉乐府古辞

的疑问是其歌词内容与文献所载《汉鼓吹铙歌》的功用不符。因此，考订这18曲歌辞的来由便十分困难。近代以来，论者实际上多不把它作为庙堂雅乐来评论，而视同"乐府古辞"，主要就是依据每首歌辞的具体内容。

考订《汉鼓吹铙歌十八曲》的疑问与困难，可以代表两汉乐府古辞的一般疑难，其主要原因就是缺乏记载，不知作者，所以辨析考证它们的由来，大多依据歌词内容。大体地看，今存70来首汉乐府古辞的由来可分三类：一是有文献记载本事或背景，二是无文献记载本事或背景，三是后人考证其本事或背景。第一类如《薤露歌》《蒿里行》，崔豹《古今注》说：

> 《薤露》《蒿里》，并哀歌也。出田横门人，横自杀，门人伤之，为作悲歌，言人命薤上露易晞灭也，亦谓人死魂魄归于蒿里。故有二章，其一曰"薤上朝露何易晞，露晞明朝更复落，人死一去何时归"，其二曰"蒿里谁家地，聚敛精魄无贤愚，鬼伯一何相催促，人命不得少踟蹰"。至孝武时，李延年乃分二章为二曲，《薤露》送王公贵人，《蒿里》送士大夫、庶人，使挽柩者歌之，世亦呼为挽歌。

田横是齐国贵族后裔，秦末起义，自立为齐王，为汉军攻破，后率五百党徒逃亡海岛。刘邦命他赴洛阳，他被迫前往，中途因不愿称臣自杀。留岛五百人闻讯，也都自尽。但歌辞大意是悲哀人命短促，与田横死事无涉。或者田横门人当时所唱的丧歌乃是这两首，因而这则所传本事可以说明这两首歌辞当是汉初之前的产物。又如《平陵东》，《古今注》说是汉"翟义门人所作也，王莽杀义，义门人作歌以怨之"。《乐府古题要解》说："义，丞相方进之少子，字文中，为东郡太守，以王莽篡汉，起兵诛之，不克而见害，门人作歌以怨之。"按翟义讨王莽事，见《汉书·翟方进传》。歌辞歌咏"平陵东"有人"劫义公"之事，"义公"当称翟义，"劫义公"或指当时义军救翟义之事，考之传记，大略相符。则这首歌辞当作于王莽时期。再如《雁门太守行》，《古今乐录》引王僧虔《伎录》说："《雁门太守行》歌古洛阳令一篇。"《乐府古题要解》说，词中歌颂东汉孝和帝时洛阳令王涣，"按其歌词历述涣本末，与本传合，而题云《雁门太守行》，所未详也"。《后汉书·王涣

传》载王涣事,与歌词合,其任洛阳令在和帝永元十五年(103),卒于元兴元年(105)。歌词首云"孝和帝在时,洛阳令王君",而和帝在元兴元年十二月去世,则可知这首歌辞当作于王涣及和帝去世之后,可以确定为东汉中期产物。再如《陌上桑》,《古今注》说:

> 《陌上桑》,出秦氏女子。秦氏,邯郸人,有女名罗敷,为邑人千乘王仁妻。王仁后为赵王家令。罗敷出,采桑于陌上,赵王登台见而悦之,因饮酒欲夺之。罗敷乃弹筝,作《陌上桑》之歌以自明焉。

《乐府古题要解》指出:

> 案其歌词称罗敷采桑陌上,为使君所邀,罗敷盛夸其夫为侍中郎以拒之,与旧说不同。

然而相和歌清调曲有《秋胡行》,古辞不存,但有本事传说,《乐府诗集》引《西京杂记》载:

> 鲁人秋胡,娶妻三月而游宦三年。休还家,其妇采桑于郊,胡至郊而不识其妻也,见而悦之,乃遗黄金一镒。妻曰:"妾有夫游宦不返,幽闺独处,三年于兹,未有被辱于今日也!"采桑不顾,胡惭而退。至家,问妻何在?曰:"行采桑于郊未返。"既归还,乃向所挑之妇也。夫妻并惭,妻赴沂水而死。

其事又载《列女传》。《乐府古题要解》说"后人哀而赋焉"。显然,从《陌上桑》古辞内容看,其事与《秋胡行》更合。这种情况复杂而有趣,或者《秋胡行》别有歌辞,或者《秋胡行》与《陌上桑》原为一个歌曲的两个曲名,或者《秋胡行》古辞错置于《陌上桑》曲下,或者是流传中把两首民歌合而为一,等等可能性都有,也都不能确定,因而后来学者便从歌词中的语言习惯如称太守为"使君"当属东汉称谓,从而推断其为东汉乐府。诸如此类,虽有文献记载本事或背景,但信实可断的证据不多,大体可以供推断创作年代的参考。

第二类古辞其实并无本事或背景材料。例如《江南曲》,《乐府古题要

第五章 都邑人民的歌——两汉乐府古辞

解》说:"盖美其芳晨丽景,嬉游得时。若梁简文'桂楫晚应旋',唯歌游戏也。又有《采菱曲》等,疑皆出于此。"分析了诗的主题思想,比较了梁简文帝的同题拟作,指出了可能同出江南乐府的《采菱曲》等,这三点都是据古辞内容提出的一种看法,并非本事或背景材料,不能成为考辨其写作年代或由来的依据。又如《长歌行》,《乐府诗集》引《古今注》说,"《长歌》《短歌》,言人寿命长短各有定分,不可妄求也"。这是分析曲题本义。《乐府古题要解》认为《长歌行》"青青园中葵"一首,"言荣华不久,当努力为乐,无至老大乃伤悲也。曹魏改奏文帝所赋'西山一何高',言仙道洪濛不可识,如王乔、赤松,皆空言虚辞,迂怪难信,当观圣道而已。若晋陆士衡'逝矣经天日',复言人运短促,当乘间长歌,与古文合(一作不与古文合)"。则比较《长歌行》古辞与曹丕、陆机拟作的主题思想异同,同时也可证明《长歌行》在曹丕以前已存,确为两汉产物。再如《善哉行》《陇西行》,《乐府古题要解》都说明"此篇出诸集,不入《乐志》",指出它们来自民间编撰曲集,不属官家乐府,可见汉代乐府古辞来源不一。凡属这类乐府古辞,经六朝至唐,流传不衰,拟作不绝,恰可表明这些古辞经受了历史考验,足以代表两汉乐府的精华,反映两汉特色与成就。此外略无可考。

第三类古辞,其实不外前二类,但由于后来学者的考证颇有见地,因而渐趋共识,似属通论。例如《东光》,《古今乐录》引张永《元嘉伎录》:"旧但弦无音,宋识造其歌声。"宋识是魏、晋时"善击节倡和"的乐工(《宋书·乐志》),则《东光》在汉代为弦乐曲,到魏、晋时,宋识才创编歌曲。但是乐府载籍称"古辞",一般都指汉代及以前的歌词。如果是魏、晋时奏,一般都注明。因此,《东光》曲题与古辞当属汉乐府歌词,但难以确定它确切的年代。清代朱乾《乐府正义》说:"一曰:汉武帝征南越久未下而作。"这是据歌词"东光平,苍梧何不平"的本事考证而来的推断。"东光"是汉高祖设置的县,今属河北。"苍梧"是汉武帝平定南越时开辟的郡,今属广西。《汉书·南越传》载,元鼎五年(前112)南越丞相吕嘉叛乱,汉武帝派兵讨伐,明年平定,灭南越,置九郡。由于这一背景考证较合歌词内容,因而一般以为可信。据此,则《东光》古辞或在西汉武帝时作。又如《鸡鸣》,《乐

155

府古题要解》说:"初言天下方太平,荡子何所之;次言黄金为门,白玉为堂,置酒作倡乐为乐,兄弟三人近侍,荣耀道路,其文与《相逢狭路间行》同;终言桃伤而李仆,喻兄弟当相为表里。"概述歌词的内容与结构,指出歌词前二段与另一曲题古辞相同。这两点不能提供写作背景与年时的依据。清代学者根据歌辞内容的特点,指出这是一首"刺时"诗,但所刺何事,则从诗叙太平时代的权贵显要的忧患出发,有的说"熟读卫(青)、霍(去病、光)诸传,方知此诗寓意"(李因笃《汉诗音注》);有的说"初平中,五侯僭侈,太后委政于莽(王莽),专威福,奏遣红阳侯立、平阿侯仁,迫令自杀,民用作歌"(《乐府正义》);有的说"当时必有为而作,其事不传,无缘可知"(陈祚明《采菽堂古诗选》),等等。这就是说,这首古辞是讽刺外戚权贵之家的,可能是西汉盛世武帝至宣帝年间的创作,也可能是王莽篡汉前夕的作品,但都不能确定。再如《白头吟》,晋葛宏《西京杂记》说,"(司马)相如将聘茂陵人女为妾,卓文君作《白头吟》以自绝,相如乃止"。《乐府古题要解》说,"始言良人有两意,故来与之相决绝;次言别于沟水之上,叙其本情;终言男儿当重意气,何用于钱刀也",分析了内容与结构。同时将卓文君决绝司马相如之事作为"一说",并指出南朝宋鲍照、南朝陈张正见及唐虞世南的同题作品,"皆自伤清直芬馥,而遭铄金点玉之谤,君恩似薄,与古文近焉",则认为古辞也有君臣男女的比喻寄托。而清代及近代学者对于卓文君所作之说,疑信不一。总之,这类古辞的本事与背景的考证,其实是据歌辞内容的分析理解,引证与歌辞内容相近的汉代史事,并非有确凿证据足以断定其背景与时代。因此这类论证的价值在于可供参考,有助理解,但未必是事实。

　　大概地看,今存两汉乐府古辞的各篇具体背景及写作年代,可以确考的为少数,大体可以推论的居少数,多数其实无可考证,仅可断为汉代产物。因此,研究评论两汉乐府古辞的思想特点与艺术成就,较难具体探讨其发展轨迹,但可以从整体评论其特点与成就。也就是说,大体可以依据一些可以确定年代的作品推论西汉与东汉的乐府古辞的特点,而主要对两汉乐府古辞作出整体的分析与评价。

第五章 都邑人民的歌——两汉乐府古辞

二 都邑人民的歌

两汉乐府古辞的思想内容丰富而复杂,具有社会生活的现实性,政治生活的尖锐性,反映面相当广泛,思想意识错综复杂。清代及近代学者大多从传统风雅观念进行评论,较重于比兴寄托的分析探索,突出了政治与伦理道德的评价。现代学者则多用现实主义诗歌理论进行评论,较多从思想性、现实性、政治性与人民性的角度归纳其主要特点。但是自古以来,学者的共同认识基本上立足于采诗观风俗、察人情、知治乱的传统说法,认为两汉乐府古辞主要属于《诗经·国风》一类的风诗,用现代观念来说,便是民间创作、民歌一类。应当说,如果不计汉代是否有采诗制度,从今存两汉乐府古辞的整体看,这一说法可以成立。然而具体考察今存古辞的思想内容,不难发现这一说法失之空泛,并未切实。一般地说,"民间创作"或"民歌"的概念是指人民群众的创作与歌唱,外延十分广泛,包括非统治阶级的全体人民群众。在封建社会里,与封建地主阶级相对立的人民群众是以农民阶级为主的。但是,如果客观地考察今存古辞的实际内容,则不难发现,其中讴歌农民生活与意愿的作品甚少,而主要反映着封建都邑生活的人民的体验、情绪与愿望。也就是说,今存两汉乐府古辞的思想特点是主要反映封建都邑人民的生活与思想感情,而且更多是都邑男女生活的讴歌。下面从各类作品主题的思想立场、视角与倾向进行考察。

首先考察政治性主题的作品。今存古辞中甚少明确针对时事政治斗争或事件的作品,主要是从醒世鉴时意义上针对上层统治集团的政治生活提出某种政治、伦理或处世上的训诫,而这类训诫的思想原则相当复杂,并不都反映封建统治阶级意愿,往往表现出一种常人生活的倾向。例如其中明显具有针对性的两首古辞,一是《东光》:

东光平,苍梧何不平!苍梧多腐粟,无益诸军粮。诸军游荡子,蚤行多悲伤!

它显然针对武帝平定南越相吕嘉之乱的征战而发(参看上节叙述)。然而对于这场征战的态度鲜明而矛盾。首二句有力提出感叹:东北的东光平定了,南方的苍梧怎么不平定,为什么不平定?明确显示应该平定,这是从封建统一的爱国立场出发的。但是,三四句却一转,又明确表示不必通过战争方式,认为苍梧十分富庶,当地储粮都腐烂了,但是这并不能供给远征军的粮饷。言外是说,征途太远,供给太费,即使平定苍梧,也未必值得。有味的是末二句又一转,不直接引出非战的结论,而感叹远征士兵厌战情绪。他们大多是离家远游惯了的荡子,连他们都对清早便起程行军感觉悲伤。"蚤"即"早"字,早起行军是由于行军紧急,也因为南方炎热,清晨气温稍低。实际上末二句是进一步表现征途太远。总之,此诗的主题思想是婉转批评远征南越的不必,而不是批评此举不义,简括地说,在作者看来,平定苍梧是应该的,然而实在太远了,劳民伤财,大可不必。史载,汉武帝征调了大量罪犯充当远征士兵,因而作者称之"游荡子",有史笔纪实之意,也更增添了讽谏的委婉。如果从儒家仁政思想看,它恰符合恤卒爱民的要求。但实质上,作者是从平常人的平常生活价值观念出发,希望太平度日,不必兴师动众,太劳民了。

二是《平陵东》:

> 平陵东,松柏桐,不知何人劫义公。劫义公在高堂下,交钱百万两走马。两走马,亦诚难,顾见追吏心中恻。心中恻,血出漉,归告我家卖黄犊。

"平陵"是西汉昭帝陵墓所在,置平陵县,在今陕西咸阳北。"义公"指翟义,以东郡太守起兵讨伐王莽(参看上节叙述)。这诗抒写翟义失败被捕后人民的情绪与愿望。这是一首整齐的七言诗歌。先说翟义被俘获囚禁;次言希望能用钱财赎救翟义;再说即使赎出翟义,仍旧肯定要被追捕;末言准备营救翟义不成,回家卖牛买剑,投身起义战斗。显然,作者满怀义愤与焦急心情,以第一人称叙述翟义被捕的不幸消息,揭露控诉王莽军欺诈叵测的罪恶,倾诉痛心漉血的急愤与奋起战斗的决心。它明显具有

第五章　都邑人民的歌——两汉乐府古辞

鼓动起义的用意。由于王莽篡汉是封建正统历史所否定的短命的改朝换代，因而这首歌颂与同情翟义起义失败的诗歌流传至今，而且博得高度评价。然而评价的标准并不相同，对诗歌内容的理解也有差异。例如吴兢认为这是翟义门人之作，同志共鸣，当然可以疏通全诗。而清朱乾则认为它"不以成败论人，哀其志也"，是作者对翟义的志哀之作；陈祚明认为"人怀救赎之心，伤力不及，其情甚哀"，其实与朱乾见解略同。他们的明显特点是着重在作者对翟义的同情与悲思，回避诗末回家卖犊的行动，减弱其反抗意义，使之显得稍为温柔敦厚。今天看来，此诗的思想特点并不在于悲情哀思的意味无穷，它其实并无高深的思想和精妙的结构，而是质直地道出自己对翟义被捕的看法和态度，说了最关紧要的几点：翟义被劫了，听说可以赎，赎了仍会抓，只有一条路，与官府斗。它的思想特点是一目了然的，表现里闾情绪，反映民间舆论，朴实，然而明确。

今存两汉乐府古辞中的政治性主题的作品，较多的是本事或背景未可确考的，但是它们的醒世诫时的特点相当明显。例如《鸡鸣》：

> 鸡鸣高树颠，狗吠深宫中。荡子何所之？天下方太平。刑法非有贷，柔协正乱名。黄金为君门，璧玉为轩堂。上有双樽酒，作使邯郸倡。刘王碧青甓，后出郭门王。舍后有方池，池中双鸳鸯。鸳鸯七十二，罗列自成行。鸣声何啾啾，闻我殿东厢。兄弟四五人，皆为侍中郎。五日一时来，观者满路旁。黄金络马头，颎颎何煌煌！桃生露井上，李树生桃旁，虫来啮桃根，李树代桃僵。树木身相代，兄弟还相忘！

上节已述，清代学者多以为此诗讽刺汉武帝以后的外戚豪奢生活。从全诗看，这一见解虽无确证，但不为无见。首六句为一节，形容盛世太平光景。鸡犬相闻，原谓小国寡民的太平景象，借来形容高树、深宫之间，正透出都城太平清静。正因天下如此太平，所以离乡背井的游子绝迹，都在家乡安居乐业。国家很少罪犯，并非刑法松懈，而是礼教文化的治理有效，端正了不正的名分，所以秩序安定。中十八句为一段，描绘了王侯贵族的豪华富贵生活。"刘王"当指刘家皇室的同姓王侯,"郭门王"或指非皇室的异姓王侯(用黄节说,见《汉魏乐府风笺》)。这段大意是说,王侯生活都很豪奢,但后出的异姓王侯不仅生活更为奢华,而且权贵更为显赫,兄弟都做宫廷近贵官职。末六句一节,用李代桃僵来告诫这些王侯显贵家的弟兄应当互相依靠,彼此保护,以防灭亡。如果不求深解,不抱偏见,那么可以看到此诗的思想内容只在于告诫盛世贵族之家应当注意子弟的教育,以防后代遭受侵蚀而因兄弟不能相互护卫,导致富贵消逝,家族没落。实际上,它是太平盛世的下层人民对上层王侯豪贵之家所唱的一曲讽劝歌,本意在于讽劝警诫,思想明确,态度和善,并无揭露抨击的倾向和锋芒。换句话说,在当时下层人民看来,上层豪贵之家过分奢泰,容易只图眼前,不忧未来,不知居安思危,忘却子弟教育。如果说它的主题具有政治意义,也仅仅在于反映了下层对上层统治集团生活及前景的一种看法,并不反映社会阶级矛盾及统治集团的政治斗争。假使把《鸡鸣》与《相逢行》《长安有狭斜行》相比较,那么这种社会生活性的政治意义表现得更为明显。《相逢行》如下:

> 相逢狭路间,道隘不容车。不知何年少,夹毂问君家。君家诚易知,易知复难忘。黄金为君门,白玉为君堂。堂上置樽酒,作使邯郸倡。中庭生桂树,华灯何煌煌。兄弟两三人,中子为侍郎。五日一来归,道上自生光。黄金络马头,观者盈道旁。入门时左顾,但见双鸳鸯。鸳鸯七十二,罗列自成行。音声何噰噰,鹤鸣东西厢。大妇织绮罗,中妇织流黄。小妇无所为,挟瑟上高堂。丈人且安坐,调丝方未央。

较之《鸡鸣》,本诗诗句颇多雷同,题材亦有承传,其主要变化就在主题与构思。《鸡鸣》的主题是针对王侯贵族之家提出讽劝告诫,而《相逢行》主题是针对上层的一般官宦富贵之家进行讽劝。因此具体构思有了变化,冲淡了政治的具体针对性,加强了社会生活的一般性。起六句一节,从歌颂太平变为不甚太平,出现了游侠少年,胆敢在小巷里拦车讯问,然后引

第五章　都邑人民的歌——两汉乐府古辞

出被讯问的这一家。接着的二十四句便是描绘这一家的富贵奢泰光景。这个富贵之家没有点明是王侯贵族之家；子弟中有人做贵官，但不是全做贵官；生活虽然豪华，但家庭成员之间伦理有序，和睦有礼，甚有教养，儿媳们各行其是，侍候家长。整体看来，主题不突出防患未然的劝诫，更不点出子弟教育的重要，而是极力表现这一家不乏礼教，富贵而融洽，似乎足以心安理得，奢泰自在，甚至令人羡慕。但是，"君家诚易知，易知复难忘"，正因为太富贵得自在了，所以便容易产生不得自在的忧患。在作者看来，社会并不太平，都邑里有大街也有小胡同，倘使狭路相逢，高车大马堵住了通道，就不可避免发生冲突，会有抱不平的游侠少年拦路。正因如此，作者采取了因果倒叙的表现手法，开头突如其来地写狭路相逢，少年拦车，实际是指出不平的存在，然后指出原因在于富贵的太富贵了，太集中也太突出了。朱乾认为此诗的意义是"刺俗"，"有《五噫歌》'辽辽未央'意，雅斯变矣"，是中肯的。但他认为诗中描叙"曲中游侠相过，侈富僭制"，把少年与"君家"解释为同属一个阶层，表现整个社会风气"侈富"，则似为未妥。事实上，西汉后期至东汉，土地兼并，财富集中，大地主、大商人阶级统治社会的现象日益明显突出，像这首诗所描绘的富贵之家的境况具有相当的典型意义，因而作为封建都邑生活中的一种特征的现象，游侠的出现是必然的。如果说《相逢行》主题的政治针对性趋于社会生活的一般化，那么《长安有狭斜行》则更明显地表现为针对世家大族的世袭仕宦的特权：

> 长安有狭斜，狭斜不容车。适逢两少年，挟毂问君家。君家新市旁，易知复难忘。大子二千石，中子孝廉郎。小子无官职，衣冠仕洛阳。三子俱入室，室中自生光。大妇织绮纻，中妇织流黄。小妇无所为，挟琴上高堂。丈人且徐徐，调弦讵未央。

它的主题明显承传于《相逢行》，但有明显变化。艺术表现上的精练由于主题思想的集中。较之《相逢行》，本诗的主题集中于一个官宦世家，不渲染富贵，而突出仕宦显要与子弟入仕。首六句较《相逢行》有两点明显不同：一是肯定"长安有狭斜，狭斜不容车"，不容置疑，不可避免，意味着迟早必然会发生冲突；二是指出"君家新市旁"，家靠近新辟的集市，意味着与都邑商贾有密切联系，也让人联想到这一家或者是新起的暴发户，总之较《相逢行》那一家更易知难忘。然后六句便写易知难忘的原因，三个儿子走上仕途，而且前程通达。大儿子已经做了大官；二儿子被推举为孝廉，做了郎官；小儿子还没有官职，但是已经衣冠楚楚地到东都洛阳游学，学习做官本事，准备做官了（用徐仁甫说，见《古诗别解》）。对这一家来说，儿子们稳当地走上仕贵道路；对当时社会来说，官宦世家子弟从学仕、荐举到显宦，是一条保证世代富贵的通达大路，是一种世袭的特权。因而这是主题所在，与上节相应，通达与"不容车"的狭斜是不无对比意味的；与下文相连，末节是这一家雍容华贵的生活的依据和保证，没有儿子们仕宦通达，则老丈人与夫人们的奢泰生活是无从保障的。整体地看，这首诗较之前二首更有封建社会里富贵生活的一般特征，更明确，更集中，更突出，因而表现也更简洁有力。同时，主题的具体针对性则更加消失。

如果从这三首主题相类而有承传联系的诗歌的思想特点上加以比较，它们的异同是明显的，主要相同点是从都邑人民立场看封建上层家庭的富贵奢泰，不同处是对当时国家、社会的太平程度及这类富贵奢泰家庭的具体阶层各有认识与针对性。从相同点看，作者都很熟悉京都生活，不同程度地冷眼观察盛世转折之际的上层富贵家庭的境况与情态，明确而含蓄地发出不同的讽劝告诫，总之是这些王侯富贵之家太富贵了，过分了，也就孕育着祸根和危机了。思想实质是常人常情常理的适度均衡观念，并不高深，也不尖锐。从不同处看，从具体针对王侯或外戚之家到一般显宦世家，从认为太平年代到断定并不太平，显示出这三首诗的作者的生活感受与思想认识，随着当时社会财富的超经济的兼并集中，逐渐从特定的阶层转向封建官僚世袭特权，从而对社会不安不平的弊端的体会和认识深入了，明确了。但是思想实质并未超越当时的一般高度，停留在财富集中、仕途垄断的委婉批评上，甚至不涉贤良不肖的区分。因此，总体地看，这类主题的政治性主要表现为财富不均、仕路不通的不安、不满、不

第五章　都邑人民的歌——两汉乐府古辞

平的思想情绪上,富有社会性、现实性,因而具有较高的历史价值,给读者以形象的历史认识。换句话说,它们的客观价值往往高于作者主观认识。

古辞中另一类政治性主题的作品是概括封建社会政治生活体会与经验的哲理性、议论性诗歌。例如《折杨柳行》:

> 默默施行违,厥罚随事来。末喜杀龙逄,桀放于鸣条。祖伊言不用,纣头悬白旄。指鹿用为马,胡亥以丧躯。夫差临命绝,乃云负子胥。戎王纳女乐,以亡其由余。璧马祸及虢,二国俱为墟。三夫成市虎,慈母投杼趋。卞和之刖足,接舆归草庐。

这是一首告诫帝王的政治诗,历举夏、商、秦、吴、戎及虞、虢的亡国教训,归结为不用贤良忠臣,听信奸佞逸言,贪色好才,丧失人才。它开门见山,直截了当,首二句明确指出,如果违反了无言的天道,上天便会根据不道行为施以惩罚。接着便列举史事为证:夏桀宠信妹喜而杀害忠臣关龙逄,结果在鸣条溃败,国家灭亡,自己被流放;商纣荒淫,不接受忠臣祖伊(尹)的劝告,结果被周武王战败,斩首悬于军旗示众;秦二世胡亥用奸臣赵高为相,赵高擅权,指鹿为马,威胁群臣,结果胡亥被迫自杀;吴王夫差不接受忠臣伍子胥的忠告,结果被越王勾践战败亡国,临死前后悔不听忠告;西戎王接纳秦穆公赠送的美女,中了离间计,结果贤臣奔秦;晋献公要伐虢国,用璧玉良马向虢国的邻国虞国借路,虞国纳贿借路,晋献公灭了虢国之后,又灭了虞国。然后,用"三夫成虎,曾母投杼"的故事,表明逸言不断,诬告成奸。传说,连续三次报告街上有虎,人们就会相信街上真有虎;曾参的母亲在纺织,连续三次有人告诉她,曾参杀人,她丢下梭子就出门去了,相信曾参真的杀了人。如果帝王周围都是奸佞,尽听逸言,结果就是不辨忠奸贤不肖。所以就发生了卞和献璞玉,反而被楚王断足,使得贤才像楚狂接舆一样归家隐居。从该诗的一系列典故看,作者熟悉历史,是位文士。从思想内容看,用著名历史故事提出一般性的忠告,帝王应远奸佞,近忠良,辨逸言,察贤能,否则亡国遗才。作者也许是针对当时政治弊端祸根,但是并无明显特征,也不作暗示,流于一般。又如相传为诸葛亮

163

欣赏的《梁甫吟》:

> 步出齐城门,遥望荡阴里。里中有三墓,累累正相似。问是谁家墓?田疆古冶子。力能排南山,文能绝地纪。一朝被谗言,二桃杀三士。谁能为此谋?国相齐晏子。

这是一首咏怀古迹的感讽诗。史载,齐景公有三位勇士,公孙接、田开疆和古冶子。有一回,齐国宰相晏子在齐宫遇见他们。他们居然坐着不站立行礼。晏子认为他们无礼,建议齐景公惩处他们。齐景公顾忌他们勇力无比,晏子便让齐景公送两只桃子给这三位勇士,请他们各自论功食桃,公孙接、田开疆先后夸功取了桃子,最后古冶子讲了自己的大功,超过了公孙接、田开疆,要他们交出桃子。这两位勇士惭愧于勇力和功劳都不如古冶子,却先拿了桃子,是贪污行为;犯了贪污而不死,是无勇表现;于是两人刎颈自杀。古冶子见自己争功逼死两位勇士,同样不仁不义。如果不死,亦属无勇,因此也自杀了。齐景公以士礼墓葬了三位勇士,便是诗中所咏齐国荡阴里的三墓。这首诗哀悼三位勇士,但是发自己感慨,讽意在末四句,旨在惜士辨谗,慎权明智。三勇士被害,由于谗言,作者把他们无礼改为被谗害;二桃杀三士,出于智谋,作者并不贬损智谋的价值。晏子智谋虽高,却中谗而误用智谋,错杀勇士,这是丞相的失误。《折杨柳行》告诫帝王,这首警诫丞相,它们的共同点都在提醒君王大臣注意忠良贤能被谗的严重所在,显然出于失志失意的有为之士手笔,道出他们的胸襟与忧患。大概正因如此,所以这首诗特别被躬耕南阳、胸怀大志的诸葛亮所欣赏,甚至后人以为是他的创作。

总的看来,这类政治性主题的作品大抵出于文士之手,具有对帝王大臣提供政治镜鉴的性质,意向明确,思想往往表现为政治原则的阐发。较之一般都邑人民来说,这些诗歌显然具有较高的思想文化素养,并且有明确的政治目的,似不平常。然而从上层统治的角度看,它们显然又反映着中下层文士的思想情绪,提出了一般的原则的政治见地,则又并不特别深刻,显得平常,归结起来就是一句话:要警惕奸佞谗害忠良。即使在两汉

第五章 都邑人民的歌——两汉乐府古辞

当时,这样的思想认识也是一般都邑人民所能达到的,所以仍表现为常人常情常理的思想特点。

社会现实生活性主题在两汉乐府古辞中占有主要的突出的地位。但是它们大都不直接讴歌男耕女织的封建社会底层的农民及百工生活,而是通过封建都邑人民的现实生活处境遭遇来反映两汉社会现实的。在封建帝国金字塔结构的两汉社会里,皇室贵族、官僚军阀、大地主及工商主集中聚居的京城、都会及城镇,成为中央及地方的政治、经济、文化中心。京城长安、洛阳和都会邯郸、临淄、宛、南阳,以及蜀中的成都、荆楚的江陵、江淮的合肥、东吴的吴郡、岭南的番禺等各方城市,都是当时的繁华都邑。在这些封建都邑中生活的居民,除上层统治集团、家族外,还有为他们服务的各级官吏及商贾百工、歌伎乐工等下层依附统治集团的人民,其中有相当多的成员是想要改善地位、谋求出路的各地下层文人学子以及游侠勇士等等。由于乐府歌舞主要是供上层享用而采编留存下来的,因而今存乐府歌辞主要讴歌都邑人民的现实生活,反映他们的思想意愿。其中最为广泛而突出的主人公形象是游子、荡子,其次是闺妇、宫女,最为普遍而共同的思想主题是抒发不平、不安与不幸,歌唱合理的对美好生活的追求、憧憬与向往。具体地看,下述几类主题的社会现实生活性的特征最为鲜明。

一是都邑底层人民直接讴歌生活的痛苦与不平。例如《东门行》(古辞):

> 出东门,不顾归,来入门,怅欲悲。盎中无斗储,还视桁上无悬衣。拔剑出门去,儿女牵衣啼。"他家但愿富贵,贱妾与君共餔糜。共餔糜,上用仓浪天故,下为黄口小儿。今时清廉,难犯教言,君复自爱莫为非。今时清廉,难犯教言,君复自受莫为非!""行!吾去为迟。""平慎行,望君归。"

这是一位都邑贫夫的不平之词。由于生活贫困,衣食不济,他愤愤不平,意欲铤而走险,非法谋生。他的妻子情愿过苦日子,请求丈夫不要犯法。

但是他仍然不顾妻子要求而去,留下妻子不安地盼望他平安回家。诗歌生动而深刻地反映了封建都邑下层人民的现实贫困生活处境和家庭离散以至破坏的社会根源。在作者看来,即使吏治清廉,法制严厉,但如果不能使人民丰衣足食,只要存在贫困家庭,就不可避免产生不平与非法。作者满怀同情地叙述贫夫铤而走险的非法而合理的心情,深为悲悯地抒写妻子宁愿贫苦全家的明理而无奈的痛楚,如实揭示了封建社会的细胞破裂,含蓄讽喻清平政治的基石销蚀。这个出东门而去的贫夫便是一个游子、荡子,这个在家望君归的妻子就是一个思妇、怨妇。这个夫妻儿女因贫困而挣扎分离的家庭即为封建都邑的一个下层平民之家。"荡子何所之,天下方太平?"这首歌便从正面回答了《鸡鸣》的问题。即使在太平年代,贫困的下层人民中仍存在不平的根源,人民铤而走险是为了争取生存发展,为了生活和生活得好些。作者敏锐地觉察这种社会不平,无意鼓动造反,但却同情贫民,因而他更强调妻子的哀求和告诫,极力表现这对贫苦夫妻的善良本性和合理要求,希望统治者能从他们的处境与行为中得出应有的教益:廉政与法治的根本在于人民安居乐业,丰衣足食,并非用以压迫贫困的人民。又如《妇病行》:

> 妇病连年累岁,传呼丈人前一言,当言未及得言,不知泪下一何翩翩:"属累君两三孤子,莫我儿饥且寒,有过慎莫笪笞。行当折摇,思复念之!"乱曰:抱时无衣,襦复无里,闭门塞牖舍孤儿,到市道逢亲交,泣坐不能起。从乞求与孤买饵,对交啼泣,泪不可止。我欲不伤悲,不能已。探怀中钱,持授交。入门见孤儿啼,索其母抱,徘徊空舍中,行复尔耳,弃置勿复道!

这首歌所叙述的一家都邑贫民遭遇,惨不忍睹。妻子长年卧病,临死前悲告丈夫好生养育没娘的孤儿们。这位贫穷的鳏夫缺衣无食,只得把孩子们关在家,自己上街向亲戚朋友求乞。朋友也为他悲伤,给钱救助。他回到家,只见孩子哭着叫娘。他在这个空空的房屋里来回走动,一筹莫展。即使弃家谋生,想来也是这般光景,只能得过且过,不说它也罢。像《东门

第五章　都邑人民的歌——两汉乐府古辞

行》一样,作者似乎只是客观如实地叙述了这个都邑贫民的悲惨生活遭遇情景,甚至没有一字一句的评论示意。但是它以鲜明的形象集中描绘了都邑下层人民孤鳏贫病的悲惨生活,揭示了不平,反映了绝望,透露着下层贫苦人民之间的情谊,而将上层不恤民生的冷漠置于言外,令人悲伤,发人深省。显然,《东门行》与这首诗歌的同情是在都邑贫苦人民方面,其讽刺矛头指向上层统治的富贵腐朽的生活。恰如《东门行》中的妻子所说"他家但愿富贵",正暗示其对面为富贵的上层;也像《鸡鸣》《相逢行》《长安有狭斜行》所讽喻的那样,"长安有狭斜,狭斜不容车",贫富两极发展的结果是不平不容,矛盾冲突。这就可以理解两汉乐府中的游子、思妇形象的现实,是封建社会不合理的剥削压迫的必然产物和典型现象。正因为这类作品主题直接触及封建制度的不合理,所以封建时代说诗家往往尽量曲解,例如认为《东门行》是"贤者不得志于时之作也"(朱乾说),《妇病行》是"刺为父者不恤无母孤儿之诗"(张玉毂《古诗赏析》),都是一目了然的曲解。再如《孤儿行》:

> 孤儿生,孤子遇生,命独当苦。父母在时,乘坚车,驾驷马。父母已去,兄嫂令我行贾。南到九江,东到齐与鲁。腊月来归,不敢自言苦。头多虮虱,面目多尘。大兄言办饭,大嫂言视马。上高堂,行取殿下堂,孤儿泪下如雨。使我朝行汲,暮得水来归。手为错,足下无菲,怆怆履霜,中多蒺藜。拔断蒺藜肠肉中,怆欲悲,泪下渫渫,清涕累累。冬无复襦,夏无单衣,居生不乐,不如早去下从地下黄泉。春气动,草萌芽,三月蚕桑,六月收瓜。将是瓜车,来到还家,瓜车反覆,助我者少,啖瓜者多。愿还我蒂,兄与嫂严,独且急归,当兴校计。乱曰:里中一何譊譊,愿欲寄尺书,将与地下父母,兄嫂难与久居!

这是一篇孤儿苦难遭遇的血泪控诉。这个孤儿控诉自己大哥大嫂的残酷奴役。这是一个下层的富裕地主之家,孤儿少时曾受父母的娇养,享有优裕生活。父母去世,长兄继承家业,成为一家之主,这位小弟失去父母倚仗,只得接受兄长的差遣奴役,远出经商,在家务农,还得做饭喂马,担水种瓜,缺衣少穿,受尽折磨。这天收瓜回家,不慎翻车,路人有捡瓜便吃的,使孤儿无法对兄长交代,怕受惩罚。他这番诉苦,引起邻里不平,反而使他更难生活,于是想自寻短见,到地下与父母一起过。作者的意图是明显的,同情孤儿的不幸,揭露兄嫂的不仁,晓谕世人,倡导孝悌,所以起结归恩父母,主要控诉兄嫂。由于艺术地反映了历史现实的真实,因而它的价值更在于生动而深刻地揭露了封建家庭的家长统治的冷酷与礼教的虚伪,长子成为家长,手足变为主奴,弟辈遵从封建礼教,听任兄长驱使,便备受奴役。

二是离乡背井的游子抒发出外谋生的辛酸苦难。例如《艳歌行》:

> 翩翩堂前燕,冬藏夏来见。兄弟两三人,流宕在他县。故衣谁当补?新衣谁当绽?赖得贤主人,览取为吾组。夫婿从门来,斜柯西北眄。语卿且勿眄,水清石自见。石见何累累,远行不如归。

这首诗抒写离乡谋食的游荡子苦涩的体验。兄弟两三人长年流浪他乡,在农忙时节打工谋生,因而像燕子一样,在一定时节,到一定人家受雇。正因为贫穷,他们离开家乡,没有室家的温暖,缺少生活照料。有幸遇见了一位善良的女东家,帮他们缝缝补补,使他们感到在家似的温暖。但是却受到男主人的猜疑监视,使他们深感屈辱,难以忍受。他们自信胸襟磊落,行为清白,必将使这无端的猜疑消失。然而作客他乡终究不比在自己家乡,有一种无言的辛酸苦涩。作者同情游子的苦涩不平,赞美女主人的善良贤惠,因而为游子申述是明快有力的,对男主人讥刺是辛辣俏皮的。但是作者无以消除游子被猜疑的社会根源,缺少信心来说服男主人摒弃偏见,因而对男主人们说:早晚可以证明游子们的清白;对游子们说:即使证明了你们光明磊落,又能获得怎样的待遇呢?还是回家乡吧!作者清醒懂得,对游子的猜疑与偏见,根源于贫富的差别。贫穷使游子离乡流宕,富裕使主人无端猜疑,正直善良的人际交往都被扭曲为某种病态与畸形。这首诗的历史意义并非如前人所谓讽喻男女有别的瓜田李下之嫌,而在于歌颂游子的磊落以批驳社会的偏见,揭示了富者的病态心理,触及

第五章 都邑人民的歌——两汉乐府古辞

封建社会人际关系畸形、行为观念混淆的一个根源。这样为游子抒发异乡困难处境与苦涩心态的主题,在两汉乐府中相当突出。例如《猛虎行》:

> 饥不从猛虎食,暮不从野雀栖。野雀安无巢,游子为谁骄!

强烈呼唤社会对游子的理解与同情。游子绝不为虎作伥地谋生,也不愿在他乡为流民,但是他们正为谋生而离乡,失去家室的安乐,成为无巢的野雀,寄人篱下,委屈忍辱,难道是他们自找的吗?是正常、合理的吗?再如《枯鱼过河泣》:

> 枯鱼过河泣,何时悔复及。作书与鲂鱮,相教慎出入!

道尽游子在外的辛酸苦难。离乡背井的游子就像离水枯竭的鱼干,过河见水便流泪,再要到流水中自在生活已无可能,后悔莫及。因而告诫那些生活在溪流活水里的小鱼,千万小心,不要被罗网捕得而落到自己的下场。这首寓言式的短歌的讽诫是明确的,也是辛酸的,人们离开家乡,就像鱼儿离开了水,前景危殆,几无生机。这正是封建社会农民及下层人民的痛苦生活经验的一个结论:离乡为了谋生,而结果却陷入罗网,成为鱼肉,遭受盘剥,饱尝苦难,因此还是"远行不如归",还是家乡好,即使它穷它苦。

三是都邑妇女抒发各自不幸、不平的遭遇与反抗。与西汉古诗中的思妇主题相比较,乐府古辞中的妇女形象更多都邑特色,更富反抗精神,较有独立性格,地位不同,性情各异。例如《白头吟》:

> 皑如山上雪,皎若云间月。闻君有两意,故来相决绝。今日斗酒会,明旦沟水头。躞蹀御沟上,沟水东西流。凄凄复凄凄,嫁娶不须啼。愿得一心人,白头不相离。竹竿何嫋嫋,鱼尾何簁簁,男儿重意气,何用钱刀为!

这是一位妇女与变心情人决裂的告别宣言,光明坦诚,慷慨激烈,不作缠绵语,一篇豪情词。起二句以山上雪、云间月自比高尚纯洁,无愧于负情男子。她坚决斩断情丝,但是事情得说清楚,决裂由男子造成。今天喝了

这杯酒,明日各奔东西。不必悲伤流泪,结婚就要一心一意,白头偕老。这就像钓鱼一样,鱼儿上钩并不由于钓鱼的竹竿,是因为钓鱼人的专心一意。妇女看重男子汉的意志气概,不在乎有钱没钱。这是一位刚强自立有主见的妇女,在婚姻爱情上要求忠贞不移,坚持选择情人丈夫的权利,不在经济上依靠、人格上依附男子,这就必须有文化、有见识,而且有钱有地位。显然,这不是束缚于土地、家庭的农家妇女的形象,而是都邑中有一定自立能力的妇女的思想性格。相传这首歌是卓文君听说司马相如另有新欢后作的诀别辞。其事未必,但卓文君敢于背叛家庭,选择司马相如,私奔到成都开酒店度日,恰与这歌的抒情主人公思想性格一致。可见其说不为无因,而在汉乐府古辞中这样性格鲜明的妇女形象不是仅此一家的。例如辛延年《羽林郎》:

> 昔有霍家奴,姓冯名子都。依倚将军势,调笑酒家胡。胡姬年十五,春日独当垆。长裾连理带,广袖合欢襦。头上蓝田玉,耳后大秦珠。两鬟何窈窕,一世良所无。一鬟五百万,两鬟千万余。不意金吾子,娉婷过我庐。银鞍何煜爚,翠盖空踟蹰。就我求清酒,丝绳提玉壶。就我求珍肴,金盘鲙鲤鱼。贻我青铜镜,结我红罗裾。不惜红罗裂,何论轻贱躯。男儿爱后妇,女子重前夫。人生有新故,贵贱不相逾。多谢金吾子,私爱徒区区!

辛延年是东汉时人。这首诗叙述西汉京城发生的权贵家奴仗势调戏兄弟民族的酒家女子,遭到严正拒绝的故事。冯子都是西汉霍光家奴,实有其人(见《汉书·霍光传》)。汉代长安十分繁华,各族商人经营贸易,也不乏记载。一般地说,经商已属末业,卖酒亦非良家所为,而一个胡族女子在大汉帝国京城操持贱业,更易遭受歧视欺凌。作者选择这一题材,不仅可以进一层揭露权贵家豪奴之类的丑恶,更有力地歌颂了都邑下层人民,尤其是妇女的独立反抗精神。诗中主要描述酒家胡姬高贵华美,落落大方和操守严正,在赞美她的高尚独立的人格的同时,对权贵豪奴施以极度蔑视,使调戏贱者的贵奴成为被嘲弄声斥的丑类,精神上人格上极为卑鄙丑

第五章 都邑人民的歌——两汉乐府古辞

恶。如果说《白头吟》歌唱了汉家妇女追求忠贞爱情,鄙视负情男子,那么《羽林郎》赞扬了都邑各族妇女的纯洁勇敢,反映了都邑人民反抗权贵的欺压。

汉乐府古辞对妇女的歌唱,不仅表现在具有商女特征的妇女形象上,而且正面赞美有地位、有身份的良家主妇形象。例如《陌上桑》:

日出东南隅,照我秦氏楼。秦氏有好女,自名为罗敷。罗敷喜蚕桑,采桑城南隅。青丝为笼系,桂枝为笼钩。头上倭堕髻,耳中明月珠。湘绮为下裙,紫绮为上襦。行者见罗敷,下担捋髭须;少年见罗敷,脱帽着帩头。耕者忘其犁,锄者忘其锄,来归相怨怒,但坐观罗敷。

使君从南来,五马立踟蹰。使君遣吏往,问是谁家姝?秦氏有好女,自名为罗敷。罗敷年几何?二十尚不足,十五颇有余。使君谢罗敷:"宁可共载不?"罗敷前置词:"使君一何愚!使君自有妇,罗敷自有夫。

"东方千余骑,夫婿居上头。何用识夫婿?白马从骊驹。青丝系马尾,黄金络马头。腰中鹿卢剑,可直千万余。十五府小史,二十朝大夫,三十侍中郎,四十专城居。为人洁白皙,鬑鬑颇有须。盈盈公府步,冉冉府中趋。坐中数千人,皆言夫婿殊。"

这首诗的主题思想其实与《羽林郎》相同,也是表明"男儿爱后妇,女子重前夫。人生有新故,贵贱不相逾",要求婚姻爱情忠贞纯洁,批判富贵显达婚姻不忠,好色轻佻,调戏妇女。作者着力创作艺术典型形象的意图是显然无疑的。诗中主人公秦罗敷具有都邑人民心目中理想妇女的美好品德气质。她生性勤劳,美丽无比,端庄大方,纯正开朗,聪明机智,操守执着,不惧富贵,不畏权势。较之酒家胡姬,这位秦罗敷的身份地位高些,独立性格也突出些。胡姬必须接待顾客,承认贵贱有别。她的可贵在于坚持品节与人格,抗拒富贵者的非礼不义。宦家少妇秦罗敷无须自卑于太守,可以待之以礼,晓之以理,不卑不亢,针锋相对。作者不仅夸张渲染她的貌美,更着力表现她的识高。对那位下流的太守,作者置之于几乎不值一提的渺小地位,并不多写他的丑态。而通过罗敷夸夫婿,显出她整个神情姿态,不但十分熟悉这类官老爷,她丈夫就是太守,而且告诉眼前这个老爷,太守该像她丈夫那样,富贵威严,稳重自尊,因而为人敬羡。言外等于说,他这等轻薄行径,不像太守,不配做官。这就在精神气质上压倒对方,形象美丽而高尚。作者在思想上并不揭露讽刺封建官吏,而是鞭挞其中的丑类。同样,作者也不把罗敷写作贵妇人、官太太,而是歌唱妇女优美的品德,塑造都邑妇女理想的形象。如果说《陌上桑》的罗敷在主妇这个身份上并未明显突出,那么《陇西行》则完全是一首主妇的赞歌:

> 天上何所有?历历种白榆。桂树夹道生,青龙对道隅。凤凰鸣啾啾,一母将九雏。顾视世间人,为乐甚独殊。好妇出迎客,颜色正敷愉。伸腰再拜跪,问客平安不?请客北堂上,坐客氍毹氍。清白各异樽,酒上正华疏。酌酒持与客,客言主人持。却略再拜跪,然后持一杯。谈笑未及竟,左顾敕中厨。促令办粗饭,慎莫使稽留。废礼送客出,盈盈府中趋。送客亦不远,足不过门枢。取妇得如此,齐姜亦不如。健妇持门户,亦胜一丈夫。

诗开头将天堂比人间。在清平天堂里,雌凤凰的乐趣是养儿育女。但人间妇女生活就没有这样单纯了。接着就描述诗中这位主妇接待客人的过程,表现她当家的才干,礼节讲究,款待得体,人情周到,世故熟悉,精打细算,不厚不薄,无可挑剔,不由佩服。结尾称赞她持家有方,胜过男子。作者细致如实的描绘中,令人觉得似乎多少有着讽刺主妇以礼节掩饰虚情假意,而其实充满感佩的赞美:主妇能把这家的门户维持到这般体面,太难为她了。不难看到,这个主妇的家其实并不富裕,无以阔绰,甚至连一顿饭也招待不起。然而这却是有身份地位的人家,庭堂陈设依旧,后院厨杂亦备,在客人面前必须维持体面。巧妇难为无米之炊。而这位主妇却以一杯清酒,周到礼节,谈笑风生,故作姿态,让客人知趣而谅解地离开主人家,不吃这顿饭,顾全主人体面。作者并不否定封建礼仪,也不挖苦小

第五章 都邑人民的歌——两汉乐府古辞

户人家为维持体面而往往可见的窘态,捉襟见肘,东掩西盖。他欣赏这位主妇熟悉礼数,并善于利用礼数来应付客人。所以说这样一位小户人家妇女的才干是齐国姜姓那样大国贵族家小姐也比不上的,完全胜过一个善于持家的男子。然而作者也懂得她的难处,深为感慨,因此在构思上先以高贵自在的凤凰作比,末以齐姜与男子作比,而用两个"亦"字突出了作者的感佩之情。

在"唯女子与小人为难养也"(《论语·阳货》)的封建礼教观念统治的社会里,两汉乐府中如此鲜明大胆地歌唱妇女的善良智慧、敢于反抗的独立性格,无疑是突出的思想成就,是精华所在。应当看到,上述几类妇女形象的共同特点:一是属于封建阶级的中层以下的家庭身份;二是属于封建都邑中具备一定生活保障的妇女;三是接受了封建伦理道德观念准则的妇女;四是归根结蒂属于依附家庭、丈夫的封建束缚下的妇女。她们只是在封建伦理道德与社会秩序的正常前提下,要求合理的生活权利,在不同方面表现出相对独立的性格与精神。因而作者的讴歌中,都自觉不自觉地集中于赞美她们的聪明才智、品貌气质,肯定她们合于封建伦理及社会生活正常要求的行为表现,主观上并不具有反封建的意义。由于她们直面的具体对手属于封建正常中的异常与丑类,以及封建制度固有的沉重负荷,由于作者如实地真实地描述了这些现象,因此今天读来,这些作品所表现的妇女品质行为富有暴露封建社会制度与意识的不合理和丑恶的作用,具有深刻的认识价值与教育意义。

两汉乐府对于妇女生活与命运的抒写,还有重要的更为深刻的成就,涉及封建制度下妇女的根本地位与必然遭遇的悲剧主题。简括地说,就是思妇、宫怨、妇女命运的主题。值得注意的是,这类妇女主题思想更为深刻的作品有两个流传上的突出现象:一是与无名氏《古诗》作品重出;二是有的存在作者归属问题。前者如《古诗十九首》之八"冉冉孤生竹",《乐府诗集》引作"古辞"。后者如《饮马长城窟行》"青青河畔草",《乐府诗集》解题说"或云蔡邕之辞";《怨歌行》"新裂齐纨素"传为班婕妤所作。此外,《董娇娆》则为东汉宋子侯所作,大致与辛延年同属乐工、乐师。与此相

关,这类乐府诗歌在艺术表现上的共同特点便是抒情化倾向明显,有助于了解从乐府到古诗的发展轨迹(可与下章参看)。

思妇是与游子相随而出现的社会现象。丈夫出门谋生,妻子在家思念。比较起来,乐府中的思妇诗较古诗少得多,但思想特点略同,不多表现现实生活艰难,而突出表现夫妻离别的相思之情。然而在《艳歌何尝行》的古辞中,却生动形象地表现了思妇闺怨的社会根源,显示出乐府叙事的特点,质朴而别具一格:

> 飞来双白鹄,乃从西北来。十十五五,罗列成行。妻卒被病,行不能相随。五里一反顾,六里一徘徊。"吾欲衔汝去,口噤不能开。吾欲负汝去,毛羽何摧颓。"乐哉新相知,忧来生别离。躇踌顾群侣,泪下不自知。念与君离别,气结不能言:"各各重自爱,远道归还难。妾当守空房,闭门下重关。若生当相见,亡者会黄泉。"今日乐相乐,延年万岁期。

《玉台新咏》题为《双白鹄》。它生动形象地抒写一双白鹄的离别悲剧,可称古代较早的禽言诗之一。双白鹄比喻一对恩爱夫妻,双双流离,谋求生计,就像候鸟在追逐温暖,随群不散。但是雌鹄患病,不能飞行,而气候转变,群鹄迁移,于是雄鹄不得不留下病妻,独自随群飞去谋生。它的构思保持着歌辞演唱的结构,全歌是叙事方式,有叙述,有对话,而集中于表现生离死别的悲哀与原因,十分明确点出其悲哀在于恩爱夫妻的生死离别,其原因在于谋求生存。从妻方来说,它突出了思妇的节操与悲哀,空房独守,生死相期。这触及了古代思妇矛盾痛苦的实质,也是古代思妇诗传统主题的核心:为忠贞爱情付出了青春年华,乃至毕生幸福,而其根源却在男子与丈夫的生活不得保障,女子与妻室对于家庭与丈夫的依托。正因如此,思妇主题的发展逐渐走向对夫妻离别的深情思念,为丈夫异乡生活的百般思虑。例如《饮马长城窟行》:

> 青青河畔草,绵绵思远道。远道不可思,宿昔梦见之。梦见在我旁,忽觉在他乡。他乡各异县,展转不相见。枯桑知天风,海水知天

第五章　都邑人民的歌——两汉乐府古辞

寒。入门各自媚,谁肯相为言?客从远方来,遗我双鲤鱼。呼儿烹鲤鱼,中有尺素书。长跪读素书,书中竟何如?上言加餐食,下言长相忆。

这首古辞传为东汉蔡邕所作,虽然未必是,却可作为年代参考。它以思妇自述口吻,表现对出门在外的丈夫的深切思念,河畔青草比兴缠绵不尽的思念。然后,便像唠叨家常,东拉西扯,想哪说哪,仿佛毫无构思。但是,实际上却围绕最为深情系处来写。一是写梦,二是写信。梦中相见,醒来不见;既见情深,梦魂萦绕;亦见情怨,空房独宿。中间二句比兴,正是点出闺情旷怨。怨而盼望,望而不来,其怨弥深,其望愈切,一旦有信,激动万分,因而哪怕只是两句平常问候话语,也觉情深义重,无限解慰。在思想上,这首诗的特点便是同情、赞许思妇的忠贞情意,显示思妇对丈夫的感情依托,几乎全身心地系于游子丈夫,百无聊赖。在艺术上,它的特点便是抒情化,逐渐脱离叙事诗歌的乐府特色,而与文人抒情的《古诗》相近。如果从创作思维的特点看,较之直感的事实题材,它显然经过了主题的挖掘与典型的加工,高于事实而深于情思。也就是说,在这诗中,思妇是作为一类社会主题、典型形象出现的,而不是像《妇病行》《孤儿行》那样几乎是实录的记述。这一现象,看来是艺术发展,实质取决于作者的认识。

乐府作品中妇女主题的深化,明显而突出地表现在下列三首诗。一是传为班婕妤的《怨歌行》:

新裂齐纨素,鲜洁如霜雪。裁为合欢扇,团团似明月。出入君怀袖,动摇微风发。常恐秋节至,凉飙夺炎热。弃捐箧笥中,恩情中道绝。

班婕妤是班固的姑祖母。汉成帝时,她入选进宫,曾受宠幸而为婕妤。但遭赵飞燕妒忌,她为避害,自请到长信宫侍奉皇太后。据说,这首诗便是在长信宫时所作怨诗。此说属实与否,暂置勿论。但这传说背景富有重要的思想意义,说明这诗出于上层妇女地位、命运的深切体验。不难看

到,这诗的精美艺术主要是用团扇比喻妇女的地位命运,形象鲜明贴切,寓意深入浅出。美好女子如同纯洁素纨,被教养成知礼守节的妇女就像素纨制成的精美团扇。她的地位职能便是"女为悦己者容",成为依附丈夫的贴近的用具。可悲的是,妇女青春红颜有时光局限,人老珠黄便如同秋天的团扇,最后被抛弃。诗的怨恨并不空泛针对一般男子,而是斥责那些好色薄德、喜新厌旧的富贵男子。它的深刻意义在于揭示了封建制度下的妇女地位命运类同用具,实如玩物。这一思想认识来自切身体验,更须自觉思考,因而它的思想特点具有理性的内涵,不停留于直观的感性体验。与这诗相类的,便是东汉宋子侯的《董娇娆》:

> 洛阳城东路,桃李生路旁。花花自相对,叶叶自相当。春风东北起,花叶正低昂。不知谁家子,提笼行采桑。纤手折其枝,花落何飘飏。请谢彼姝子:"何为见损伤?""高秋八九月,白露变为霜。终年会飘堕,安得久馨香。""秋时自零落,春月复芬芳。何时盛年去,欢爱永相忘!"吾欲竟此曲,此曲愁人肠。归来酌美酒,挟瑟上高堂。

这是一首发议论的寓言诗,采用人花问难的形象手法,主题是感伤妇女命薄于花,讽喻女子自觉珍惜青春年华。"董娇娆"可能是一位歌姬或乐伎的姓名。诗中所感伤的女子属于都邑妇女,所以起兴于名都洛阳路旁盛开的桃花李花,构思于一位折花女子被桃花李花责问反讥。在作者看来,妇女命薄于花是一种普遍的人生现象,其原因就在妇女的社会地位命运取决于青春容颜,是男子玩赏的花。作者同情她们,但是无力也无望根本改变她们的命运,因此感伤的结果是及时行乐,自我麻醉。较之《怨歌行》,这首诗的思想特点是旁观的,清醒的,然而是软弱的,伤感的,不如班婕妤深切,并不怨望。作者虽然注意这社会现象,也作了比较探索,但终于不欲深究,流于感伤。

值得注意的是张衡的《同声歌》:

> 邂逅承际会,得充君后房。情好新交接,恐慄若探汤。不才勉自竭,贱妾职所当。绸缪主中馈,奉礼助蒸尝。思为莞蒻席,在下蔽匡

第五章 都邑人民的歌——两汉乐府古辞

床。愿为罗衾帱,在上卫风霜。洒扫清枕席,鞞芬以狄香。重户结金扃,高下华灯光。衣解巾粉御,列图陈枕帐。素女为我师,仪态盈万方。众夫所希见,天老教轩皇。乐莫斯夜乐,没齿焉可忘。

它模拟王侯豪贵家的爱妃宠姬之类妇女口吻,自叙得宠承幸的地位、待遇及生活,淋漓尽致,诡谲讽刺,揭露了贵妇人甘为玩物的心态。前四句写幸遇承恩;次四句写充当内助;再四句写志愿侍奉;后十二句写实际为玩物,供淫乐。表面看来,作者似乎不无欣赏,仿佛在写诗中主人公自觉自愿,自幸自乐。由于披露大胆,叙写无拘,因而引起了清代说诗家的两种对立评论。有的斥责它"言不雅驯,荐绅勿道"(清王士禛《古诗选》);有的称道它"写私亵事极温丽,男女欢态皆如画出。古人笔力必写到真处"(清沈用济、费锡璜《汉诗说》)。其实张衡是以通俗歌词的形式,戏弄揶揄的态度,讽喻富贵家妇女可怜可悲,只是她们主君好色的玩物,因而确为"言不雅驯",但却也不是赞赏。首先,作者是采取诗中主人公自述方式,表明这是作者所理解的这类妇女的心态,并非作者的思想;其次,作者是拟诗中主人公的口吻与语言,表明这是作者所理解的这类妇女的语言,虽然是提炼的书面语言,但并非作者的叙述评论,也不要求雅言;第三,作者力求让诗中主人公披露内心真实思想感情,而且是倾诉幸遇感恩、承欢取悦的私房话,因此不但不拘不泥,而且要说好色主君所爱听的猥亵事情。也就是说,张衡这诗本来就是要写不雅驯的荐绅勿道的事情,公之于众,但并不等于他赞赏此类事情。对于这类色情之事,张衡在《七辩》中写到女色之诱时说,如果西施一样的美女伴宿,"假明兰灯,指图观列",那么清静无为就坚持不了。其写作与态度也是铺陈形容"女色之丽",但却予以否定。在张衡看来,女性美貌并非不德,甚至值得赞赏,但是男性好色,女性以此为幸为乐,则都是不德的。正是这样的认识,他讽喻这类妇女的玩物地位的实质,可怜可悲的命运,从而深刻地触及封建社会妇女的悲剧根源。

总体看来,各类讴歌妇女主题的作品占有汉代乐府最为突出的重要地位。从思想上看,明显的特点是,主要以都邑中下层妇女的生活遭际、地位命运和理想追求为主,以正面讴歌她们的美丽品貌、聪明才智、独立

性格和反抗精神为主,以封建社会、家庭的正常秩序中男子忠贞、丈夫诚笃、夫妻恩爱、家庭团聚的合理要求为主,因此它们的作者主观思想并未超越历史而达到反封建的高度,但作品的客观内容却反映出封建社会对待妇女的不合理性,从而具有高度的现实性和深刻的思想性。顺便指出,封建时代学者说诗家往往以夫妇比喻君主的传统思维方式论述阐释这些妇女主题作品的政治寓意,从而认为它们具有政治意义,并对后世诗歌创作产生广泛的影响,其实质如同将《诗经》、楚辞政治化、经典化一样,是出于政治思想统治需要的一种曲解文艺创作的结果。如果说文人作者确有这样的创作思想,或者后世诗人确以男女君臣作为一种寄托讽喻方式,那么在汉代乐府古辞创作中,作者并不抱有这样自觉的寓意和意识,作品也不具有这样的政治生活内容和意义。

最后,必须指出,两汉乐府中还有相当篇幅抒写了人生无常、及时行乐的人生体验。今天看来,这类主题思想无疑是消极颓唐的。但在汉代,这类主题却是险恶人生的一种体验和觉悟。首先应当看到,汉代人民对于人生并非只持消极颓唐态度,而是有着积极完整的体验的。例如著名的《长歌行》:

> 青青园中葵,朝露待日晞。阳春布德泽,万物生光辉。常恐秋节至,焜黄华叶衰。百川东到海,何时复西归?少壮不努力,老大徒伤悲!

《乐府诗集》解题引崔豹《古今注》说:"《长歌》《短歌》,言人寿命长短各有定分,不可妄求。"可见歌曲原是谱写人的生命的。这首歌词的精美语言艺术显然历经加工,略非古辞本来面貌。然而这也是汉代人民珍惜人生、喜爱此歌的一种痕迹与验证。作者把人的一生寿命视同大地万物,需要阳光雨露的滋养,感戴春光和煦的恩惠,担心秋凉来临,生命趋向衰微。作者清醒认识到人生短暂,但是热爱阳春勃发中的生命。因此,作者进一步断然指出,人生到死是不可改变的自然法则,如同百川东流不复回一般;希望世人对此彻底觉悟,必须珍惜这短暂的人生,积极努力地度过一

第五章　都邑人民的歌——两汉乐府古辞

生,尤其在青春年华和有为壮年,铸成了千古格言:"少壮不努力,老大徒伤悲。"对人的生命的深刻认识和对人生处世的积极态度,是汉代人民承传先民累积的人生体验的精华所在和主流部分,也是中华民族传统文化的精粹和支柱,其不灭的生命力光大于今。

其次是人们在现实生活中体验到人际关系的险恶,往往有不测横祸,生命难以保障善终。例如《乌生》:

> 乌生八九子,端坐秦氏桂树间。唶!我秦氏家有游遨荡子,工用睢阳强、苏合弹,左手持强弹,两丸出入乌东西。唶!我一丸即发中乌身,乌死魂魄飞扬上天。阿母生乌子时,乃在南山岩石间。唶!我人民安知乌子处,蹊径窈窕安从通?白鹿乃在上林西苑中,射工尚复得白鹿脯。唶!我黄鹄摩天极高飞,后宫尚复得烹煮之。鲤鱼乃在洛水深渊中,钓钩尚得鲤鱼口。唶!我人民生各各有寿命,死生何须复道前后!

这是一首醒世歌,讽喻世人达观处世,死生有命,长寿短命都不必怨天尤人,较之禽兽任人宰割、横祸丛生、危机四伏的处境,毕竟幸运多了。但是,从作者取喻用语看,则显然寓有进一层的讽意,觉得人生寿命虽有长短,而死生其实如同禽兽一样不测,听天由命,任其自然,还是及时行乐为好。诗的前半写小乌鸦无端遭遇儿童弹弓袭击,横祸夭折。因而小乌鸦悔恨不该从"南山岩石"的人迹罕到处飞来这富贵人家的桂树上,仿佛这横祸是自寻死亡而来,意味着隐逸高蹈是全身避祸的上策。后半针对隐逸山林的安全与否,指出皇家苑林里的驯鹿、高空远飞的黄鹄和深水潜伏的鲤鱼,应当十分安全,却都不免遭到屠杀,满足富贵者的口腹之欲。其寓意表面是说,即使是珍禽奇兽,不论豢养、高飞及深藏,都是富贵者的美味,躲不了被杀戮的厄运。实际是说,无论出仕为官还是高蹈隐逸的贤良,尽管比乌鸦之类高贵,但都是统治者所有,生杀予夺,任其处置。也就是说,普天下贵贱贤不肖的命运都掌握于帝王统治之中,不能自主,难以逃避。因此,唯一的态度是乐天知命,听之任之,不管寿命长短,先死后

终,反正一样。正是由于这种深切的体验,深刻的无望,产生一种得过且过、及时行乐的颓放情绪。例如《西门行》:

> 出西门,步念之,今日不作乐,当待何时?夫为乐,为乐当及时。何能作愁怫郁,当复待来兹。饮醇酒,炙肥牛,请呼心所欢,可用解愁忧。人生不满百,常怀千岁忧。昼短而夜长,何不秉烛游?自非仙人王子乔,计会寿命难与期。自非仙人王子乔,计会寿命难与期。人寿非金石,年命安可期。贪财爱惜费,但为后世嗤。

这也是一首醒世歌,看来是针对小有者的惜财心理,讽劝他们在有限的人生中应恣意肆情地吃喝玩乐,抛弃忧愁,看破人生,及时行乐,得过且过,不必贪财惜费。作者生动地刻画诗中这位小有者的心态,一步步走着,念叨着,盘算着,到底该不该花费行乐?结论是乘活着的有钱时光,痛快作乐。理由是忧愁不能等来快乐,而作乐可以解除忧愁;人生短促,人非神仙,既无法长生,又不知死期,所以应当及时行乐,乐一天是一天,夜游还嫌一天。实质上这种心态是小有者没落无望的反映,并非真正无忧,而是愁到尽头的逆反;也不是不愿多寿,而是身不由己的激变。在封建土地兼并中,中下层地主及工商业主等小有者根本无法抵御大地主、大工商主的超经济的残酷侵占并吞。与其等待破产,不如自己享乐。所以这种颓伤的短视,并不由于他们不愿勤劳致富,不肯奋发向上,而是出自封建统治下的生活经验,是不合理的社会所产生的一种病态。从这角度看,这类主题在当时有现实性,在今天则有认识意义。

从上述政治性与社会性主题,游子与妇女主题,以及人生体验的醒世主题等各类乐府古辞作品来看,它们在思想上的总体特点是,从都邑人民生活的实际体验出发,叙述他们心目中封建都邑从上层到底层的社会生活、政治生活的若干侧面,揭露其病态与不合理,讴歌合理的追求与反抗的精神,抒发无奈的感伤和无望的悲哀。因此,它们的正面理想并未超越封建制度的约束,从未提出反对封建制度的要求,恰恰是在君臣夫妇的伦理之中提出正常生存发展的愿望,君明臣贤,夫妻同心,遵循道德,坚持节

第五章 都邑人民的歌——两汉乐府古辞

操,光明磊落,忠贞不渝。它们的批判与不满,往往针对君主昏庸,丈夫好色,不忠不贞,不义不德,以及由此而来的社会不公,生活不平,夫妻离散,家庭不完。其中最激烈的行动是以武犯禁的游侠,敢于决裂的私情,最颓放的思想是慨叹人生短促,宣扬及时行乐,无聊无望,得过且过。可以明显看到,出自民间的诗歌以生活遭遇为多,社会性、现实性浓厚;出于文人的歌词以政治遭际为多,政治性、哲理性突出,数量前者多于后者。所以两汉乐府古辞的思想特点是现实生活观点和讲求实际精神。从思想文化的雅俗观念看,它们确乎更多俗气,不大高雅。然而正由于它们的世俗的本色,保存了社会生活的朴素形态,暴露了封建社会固有的不合理、病态与丑恶,具有高度的认识价值。由此决定的艺术特色,更增强了它们的社会效能和艺术魅力。

三 朴实而夸张的叙事诗歌艺术

两汉乐府基本上属于叙事诗歌艺术范畴,这是历来认同的。它继承发展了《诗经》国风中的叙事诗歌艺术传统,"劳者歌其事,饥者歌其食"。这也是大体成立的论断。至于它为五七言叙事诗歌开创了新的典范,以及风格朴实刚强,粗放泼辣,质而不文,夸张多变,具有主题鲜明,形象生动,手法夸张,语言通俗等艺术特点,都是明显的现象,公认的事实。应当指出,考察两汉乐府的叙事诗歌艺术必须从一个基本事实出发,便是上文一再论及的,它的基本艺术样式是供演唱的歌词。不论是一人独唱,或一人领唱,众人和声,或载歌载舞,或无伴奏的徒歌清唱,总之是一种表演性的歌唱艺术。既然是表演性的歌唱艺术,则歌词只是其中的一个组成部分,用语言叙述事情,使听众观众了解整个表演的内容。两汉乐府作为一个完整的艺术样式,原与今日曲艺相类,其本质是通俗文艺,不属传统典雅创作。只因在流传过程中,它们逐渐脱离歌曲,仅存歌词文本,所以看来仿佛诗歌。其中,一部分依然与演唱结合,流传到晋代南朝,便是所谓"古辞"与"晋、宋所奏"。前者是汉代流传下来的本辞,后者是经晋,宋加工的歌词。另一部分在建安以后已脱离歌舞演唱,单传歌词,便是晋人所称"古诗"。因此,考察乐府古辞的艺术,必须从歌舞表演的歌词的事实出发。

两汉乐府古辞的基本艺术特点叙事性,即因其演唱性质而来。它们都是演员以叙述事情的角色体现于歌词,出现于舞台。换句话说,每首歌词都有一个叙述事情的主角。这个主角随歌词表达方式不同而充当不同角色。凡第一人称自述其事的歌词,主角便是演员以诗中主人公身份性格出现,或者说,演员便表演诗中主人公自述其事。《妇病行》《孤儿行》《白头吟》等,便属其例。凡第三人称叙述事情的歌词,主角便是叙述者,而非被叙述事情中的主人公。《鸡鸣》《相逢行》《羽林郎》《陌上桑》等,便属其例。这类作品的叙述主角,可称为"诗人自我形象",而其实是演员体会作者创作意图而表演的一个叙述事情的主角。由于对被叙述事情的表达方式各不相同,作者通过事情以宣传的主题思想各有侧重,因而被叙述的事情有叙事为主,有评论为主,有夹叙夹议,有叙事述情,等等,因此便形成不同结构、不同风格的各种类型,表现为不同特点的创作方法,采用了各有其妙的表现手法,塑造了各有性格的艺术典型。由于今存两汉乐府歌辞是作为一种语言艺术创作来看待的,摒除了演员表演、音乐歌唱以及舞蹈等直观形象的艺术构成因素,因此上述一些艺术特点都转化成语言艺术的某些技巧手法,成为激发读者想象的若干语言暗示、空白、含蓄等言外的艺术空间,成为读者以自身生活经验进行理解的艺术共鸣或思想启迪。简单地说,本来是由演员通过音乐舞蹈歌唱等艺术表演使听众观众获得的直观形象感受,如今都由读者通过阅读歌辞来理解想象,从而取得形象的感受。对于今日读者,歌词只是一首首语言艺术作品,而且是以叙述事情为主的语言艺术作品。

乐府古辞自述即第一人称类型的作品,按照主人公叙述事情的内容和态度,可分为控诉型、倾诉型、讽劝型和思理型。控诉型作品类似报告文学,近乎社会新闻,以事实的叙述为特点,仿佛事事俱实,毫不虚构,诉之社会,争取同情、理解和支持。例如《妇病行》《孤儿行》,就像主人公向

第五章　都邑人民的歌——两汉乐府古辞

亲友邻里哭诉,把桩桩件件痛苦难忍的事情,急不择言地用口语说来,不加修饰,无须思索,感情强烈,倾向鲜明。它们的创作方法是写实的,具有生活细节的真实;艺术风格是朴实的,如同生活素材的本色;表现手法是直截的,诗歌语言是通俗的;一切都似乎不加工的原貌。但是,作者对于叙述什么具体事情是有选择的,叙述事情的侧重点是有考虑的。《妇病行》主要叙述两个情节,一是病妇临危时的嘱咐,二是抚养孤儿时的窘困。前一情节是叙述嘱咐,实录病妇的话;后一情节是叙述窘况,描写上街求乞和还家儿啼的情景。实际上这是诗中贫夫的贫困生活中两个情结所在,并非全部生活情况。但通过这两个情节却可以概括表现出全部贫困生活的矛盾痛苦。作者显然是选择了最足以反映贫夫痛苦的情节,也最能动人心弦的情节。同样,《孤儿行》选择了最能表现孤儿受兄嫂奴役的情节,远遣贩卖,喂马做饭担水,衣着单薄,都是奴仆的待遇。种瓜卖瓜情节的重点在卖瓜翻车,不仅表现世俗浇薄,欺侮少年,更表现孤儿在世俗眼里完全是个低贱的奴仆,任人欺凌,从而进一步控诉了兄嫂奴役的可恶,孤儿完全沦为奴仆。显然,这样的素材选择,实质是主题的挖掘和提炼,属于典型化的方法,因而像孤儿与贫夫这两种主人公形象具有社会典型的意义,虽然他们的个性还不鲜明突出。

　　控诉型叙事诗歌都有被控对象与诉说对象。《孤儿行》被控对象是兄嫂,诉说对象是亲友邻里,其实是社会群众。《妇病行》被控对象是造成贫夫贫困的社会与命运,诉说对象直接为社会听众。但是像《白头吟》的被控对象与诉说对象其实同为负情男子,社会群众好像听戏观剧的观众,又像陪审旁听的人们,并非直接诉说对象。因此,它的艺术创作特点不同于《孤儿行》《妇病行》。首先,孤儿与贫夫是弱者的控诉,争取社会同情与支持;而《白头吟》的主人公却是强者的控诉,面斥负情男子不忠,坚信社会正义在自己一边,不须悲伤哭泣,无所软弱受欺,因而作者着力表现她的坚强、胸怀高尚、心志纯洁、情意慷慨、气势激越。其次,宣告诀别,当面兑现,直接用第二人称"君"指责对方。诗中主人公心中有数,胸有成竹,态度坚决,思想明确,一层一层,有板有眼,表明自己志节,不容对方辩白。

所以它的结构和手法是作者精心安排和选择的。它每四句一节,一层意思,既表明志节,又交代事情。首节表明来意,用比兴寄托自己胸襟情怀,以直白点出决绝。次节显出大度,设酒决绝,大方有礼。先用叙述语点明"斗酒会",随即取喻沟水分流,形象地宣告酒后各奔东西,不复相见。三节重申自己志节,愿望同心白头,但不容变心,不畏负情,所以没有悲伤,不流眼泪。先以不悲显出刚强,再申明心愿以示胸怀。末节用钓鱼比兴,嘲弄对方软弱无能,显示自己自主自在。用蔑视钱财富贵、奚落对方作结,直截了当说明,没有意志气节,凭几个臭钱有什么用。连上二句是说,钱财是钓不到鱼的。可见作者不仅精心选择素材,而且对主人公这篇决绝宣言作了精心剪裁安排,艺术加工痕迹是明显的。第三,它不但是整齐的五言句,而且讲究修辞技巧,骈散相间,比喻鲜明,语气通畅,句法活泼,读来抑扬顿挫,情韵飞扬。总之,较之《孤儿行》《病妇行》的注重事实,则《白头吟》更用力表现人物情志气势,使人物个性更为鲜明突出。因而这三首诗虽然同属写实的控诉型作品,而且都似乎以自述方式编排主人公的叙述词,但是有重事与重情的明显区别。重事则艺术上通俗,形象较少个性;重情则表现上求雅,人物更具个性。所以因为写实,但从重事到重情,浅俗趋于精雅,诗歌艺术的典型化在人物形象的个性上显出深入与提高。这种发展趋势在倾诉型叙事作品上表现最为明显。

倾诉型作品的实质是重情的叙事诗歌。它们与《白头吟》之类重情的控诉型作品的区别是,诗中主人公与诉述对象不持对立态度,而是站在同一立场,要求理想的完全一致,抒发实现理想的愿望与不能实现理想的哀怨。对于控诉型作品主人公来说,孤儿、贫夫要求的是合理的生存,属于起码的生活要求,不涉进一步的理想愿望;《白头吟》主人公则是反对不合理的道德行为,坚持自己的合理要求,摒弃不合理想的男子,属于理想的追求,但是以抗争姿态出现。倾诉型作品主人公同样从一种合理要求出发,追求一种理想生活,但不是对立与抗争,而是祈求的热望,失望的哀怨,以及不满的惆怅。因此,这类作品的艺术特点是叙述由事而生的情,或者说是叙述事情中的情,从而使诗中主人公的形象更为深入细微而丰

第五章 都邑人民的歌——两汉乐府古辞

满完整。

例如《饮马长城窟行》"青青河畔草"的主人公是思妇,主题是思念远离家乡的丈夫。作者着力表现的是思妇的相思和爱情。由于采取思妇自叙方式,又不明确诉说对象是第二人称的丈夫,仿佛自言自语,又像怨天尤人,极力表现出思念之剧与思情之深,从而显示出思妇如诉似怨之中的痴情神态,生动感人。它其实只写两件事,一是丈夫远出,不得相见,只能梦见;二是盼望音信,难得来信,一旦来信,丈夫却不谈自己情况,更不及归期,只是要妻子保重和等待。作者不是直叙这两件事,而是用比兴寄托、铺叙形容的表现手法,让主人公以如痴似迷的神情姿态来喃喃诉说,心里是对远出不归的丈夫倾诉衷情,神情似对无言的苍天倾诉委屈。它是写实的,但依据写情的需要进行选材剪裁、情节安排和语言修饰,并不依照生活事实的形态作如实的叙述。因此它是写情的,集中在写主人公的内心活动,从而使读者不是看到摄影般的逼真,而是感觉气象般的深切。诗中叙述的都是主人公在经历中的内心感情,是梦想,是体会,是读者直觉不到的心理活动。这就像春暖夏热,秋凉冬寒,人们可以看到万物生长繁荣、凋落枯萎的现象,而天气的炎凉只有自己切身的感觉才可获得,既看不见,也摸不着。正是这样的艺术方法,给读者留下了丰富宽阔的想象空间,激发出广泛而深切的生活联想,从而构成个性突出而共性普遍的典型形象。正因为作者是自觉写情,所以是自觉进行艺术加工,有意选择手法,提炼素材,修饰语言,这就必然从传统的艺术规范中汲取滋养,表现为精雅的发展趋势。如前所述,这诗传为蔡邕所作,并非事出无因,而是由于它的思想挖掘和艺术加工,都明显具有作者某种文化素养和自觉意识的迹象。这类作品大都具有这样的艺术方法特点。

例如传为班婕妤的《怨歌行》。诗中主人公抒发失意失望的哀怨,艺术方法是类似寓言的比喻,通首将自己比为精美团扇,素质纯美,制作精美,曾经恩宠,唯恐炎凉变化而恩绝宠失。它通过团扇比喻美好女子的命运忧患,是内心忧虑,是将来必然,并非如实的细节,不是生活的叙述。读者通过这一形象贴切的比喻来理解她的现实处境和未来命运,以各自的

生活积累来想象和联想,从而感觉到这位贵妾宠姬之类妇女的形象。再如《古诗十九首》中的"冉冉孤生竹":

> 冉冉孤生竹,结根泰山阿。与君为新婚,兔丝附女萝。兔丝生有时,夫妇会有宜。千里远结婚,悠悠隔山陂。思君令人老,轩车来何迟。伤彼蕙兰花,含英扬光辉。过时而不采,将随秋草萎。君亮执高节,贱妾亦何为?

《文心雕龙·明诗》说,它是"傅毅之辞"。《乐府诗集》《古乐府》都以为"古辞",《文选》列入《古诗十九首》,署无名氏。据此,它可能原是乐府歌辞,后来传为《古诗》。也就是说,它的归属不定,类似上二首的情况。它的主题历来有二说:一是女子新婚后,丈夫外出不归;二是女子订婚后,夫家迟迟不娶。细绎诗意,后一说为当,诗中"新婚"当是新近订立婚约之意,似非新结婚的意思。全诗三节,一节一层意思。首节四句,先以比兴发篇,说明女子出嫁为寻求坚固依靠。但未婚夫家其实并不富贵,未为牢靠。言外之意是,诗中主人公愿意嫁给这位郎君,不因家道,而取人品。次节六句,表示自己希望及时完婚,夫家距离很远,应及早来娶亲,而迎亲车马迟迟不来。三节六句,担忧青春延误,婉讽郎君矜持不当,微露自己不满惆怅。就事而言,它叙述夫家迟娶。就情而言,它倾诉一片深情,满腔委屈。无情无由委屈,有情方有怨望。不重门户,不计远近,重视人品,珍惜年华,正表现出诗中主人公求偶的要求超俗,显示着她卓然的情怀与独有的个性。从艺术上看,它与前二首的明显区别是,情中有理,述中寓评,深情出于理想,委屈要求评理。所以作者在构思与表现上,不偶然地采用形象的比喻来表达评理的意向,如孤竹生于泰山阿比喻女子出嫁要求可靠,"兔丝""女萝"比喻男女双方门户微弱,兰花荣枯比喻女子宝贵青春年华等,都是显豁地表明一种人情常理,容易理解,也不难做到,但却似乎未被理解,好像难于做到。这就寓有进一层的诘问:难道我不是这样?难道你这样待我是合乎情理的吗?换句话说,她希望她的意中人、未婚夫通情达理,不要如此矜持。倘使矜持下去,你的高节诚然可贵,但我的理想又何

第五章　都邑人民的歌——两汉乐府古辞

必再追求下去呢？言外是说，迟婚不近情理。怨而有情，讽亦有理，形成了从事趋情归理的构思，采取了写实侧重情理的表现，塑造了一位多情而理智的女性形象。总起来看，倾诉型作品在思想与艺术上着重表现主人公的内心活动，因而在脱离歌曲而以歌词单独传抄过程中，语言艺术在集体加工中不断精练巧妙，愈益具有抒情诗的风格特征。

讽劝型、思理型的乐府古辞都是叙事说理的作品。由于借以说理的事情趋于一般化、抽象化，因而事情所蕴寓的道理逐渐居于作品中主要地位，便形成了歌唱人生经验体会的人生感慨与哲理的咏叹讽劝。而从对待人生的态度上看，有入世与避世两种。虽然入世与避世都识破人生，看透现实。但是，入世则不抛弃人生，不厌恶社会，而主张在短促的人生中，在险恶的社会里，要及时行乐，尽情享受物质生活；避世则厌恶社会的污浊险恶，主张在短促人生中逃避现实社会，超脱污浊，守性养真，保持精神生活的宁静自然，不求物质生活享受。这两种人生态度构成了乐府说理诗歌的两类，前者表现为宣扬及时行乐的讽劝型，后者表现为要求清高超脱的思理型。在艺术上，它们的共同特点是以通俗明晓的语言叙述抽象的道理，而以叙述者即自我形象表现出不同的说理者的形象、情调与风格。

比较起来，讽劝型作品的叙述者往往是说教的形象，语言更为通俗，态度格外放肆。例如《西门行》开头便说："出西门，步念之"。要人们一步步走着，盘算着，好好想想。然后直截了当地叙述明白无误的道理："人生不满百，常怀千岁忧。昼短而夜长，何不秉烛游？"人生有限，不必忧虑死亡，不须追求长生，而应当在短促人生中尽情及时行乐。夜以继日地行乐，等于延长寿命。"人寿非金石，年命安可期，贪财爱惜费，但为后世嗤"，简直是鼓吹挥霍浪费，讽刺爱惜钱财，肆意放荡，颓废之至。它没有精心的艺术构思，只有极端的透彻言辞。它说的都似乎是实情，但几乎没有社会道德观念与责任心，也看不到丝毫个人奋斗的意愿，只是一味宣扬享乐物欲，活着就当享乐，享乐便是生活。它在思想上的无度，导致艺术上的极端，或者可视为说理的虚浮，言辞的夸张。而思理型作品的叙述者

则更多表现出人生哲理的思索,语言较为雅致,态度较为严肃。例如《驱车上东门行》:

> 驱车上东门,遥望郭北墓。白杨何萧萧,松柏夹广路。下有冻死人,杳杳即长暮。潜寐黄泉下,千载永不寤。浩浩阴阳移,年命如朝露。人生忽如寄,寿无金石固。万岁更相送,贤圣莫能度。服食求神仙,多为药所误。不如饮美酒,被服纨与素。

《文选》列此诗为《古诗十九首》之一,可以说明乐府古辞在魏晋时期脱离歌曲的流传中,由歌词而变为诗歌。它的主题与《西门行》类同,感慨人生短促,寿命有限,如同旅客,死不复生,因此不必慕神仙,不须求长生,应当及时享受物质生活的欢乐,吃美食,穿美服。但它的艺术表现显然不同《西门行》的直白,而是以叙事方式,从遥望东城门外墓地风光引出生死的感慨与思索,显出一种沉吟深思的神态,一位哲人学者的形象。它结构完整,修辞精饰,而以事实与推理来打动读者,说服听众,令人感觉到一种对人生的理解和对人们的关切,引起感情上的共鸣和思想上的启迪,因而使这首实质为哲理的诗歌,却具有抒情诗的特征和效能,从情入理,感动思索,使人玩味,发人深省。它的节奏旋律是舒缓顿挫的,不似讽劝型般的急促频繁。它思路清楚,推理明确,而语言精练,修辞讲究,力求温文而雅致,也不像《西门行》那样张口便说,言辞极端,频击惊木,声嘶力竭,只要痛快和透彻。这类思理型作品与讽劝型作品之间的明显差别,表现为通俗与求雅的艺术情趣,实则是对人生经验的升华,对人生哲理的深入,首先是思理认识发展的结果,认识到生死是客观规律的现象,"万岁更相送,贤圣莫能度",一万年如此,一切人皆然,概莫能外。这如同控诉型之与倾诉型,讽劝型与思理型之间也存在区别与联系,在内容上是对现实人生现象逐渐深入的认识,在形式上是对艺术方法、表现手法及诗歌语言逐渐精练的创造。因而总体地考察,虽然看来是雅俗之间的一种新的变化现象,从通俗向雅致发展,而其实是在形成一种新的典雅规范,按照辩证法在不断前进。

第五章　都邑人民的歌——两汉乐府古辞

乐府古辞的艺术以他述即第三人称叙述的创作最有创新的成就。第一人称写法好比舞台上的独白或咏叹调,完全通过自己的语言和动作来表现自己经历的事情和内心的活动,较难通过人物之间的活动来表现事情的发生发展过程和人们之间的矛盾冲突,在完整塑造人物形象上拘束较多。而第三人称写法可以摆脱这种束缚,使人物置于生动的事态之中,在矛盾冲突中获得充分的具体表现,从而使叙事诗歌具有故事与戏剧的效能与趋势。如果从作者即叙述者的主观意图来看,两汉乐府的他叙类作品同样可分为控诉型、倾诉型、讽劝型、思理型等类型。例如《东门行》《羽林郎》可属控诉型,《艳歌何尝行》可属倾诉型,《鸡鸣》《陌上桑》可属讽劝型,《董娇娆》则属思理型。但是由于这些作品的主题思想都是通过作品主人公的独立活动表现出来的,都是在作品所确定的特定事情中的人物言行,都是具有具体的环境和背景,因而人物形象的性格特征更为鲜明,典型意义更为明确。从诗歌艺术看,它们更为突出的特点不在表达方式和态度上,而在创作方法和构思上。从这个角度说,他述类作品可分为实录型、故事型、戏剧型、寓言型。

实录型的特点是严谨记录客观事实,犹如历史记载。但实际上,作者在选材上和修辞上都显出倾向,有所侧重。有的作品夹叙夹议,作者直接出现,倾向鲜明,重点突出,其实是押韵歌唱的某种记录。例如《雁门太守行》歌颂东汉清官王涣,等于一篇按照歌曲裁剪的押韵文字,其内容与《后汉书》本传类同。全诗八解,其一解说:

孝和帝在时,洛阳令王君,本自益州广汉蜀民,少行宦,学通五经论。

其八解说:

天年不遂,早就奄昏。为君作祠,安阳亭西。欲令后世,莫不称传。

从介绍姓氏籍贯开始,以死后立祠纪念结束,中间六解主要用四言概述其廉政事迹,就像一篇押韵传记文。实录型中较有艺术特色的是《东门行》

这样的近乎精短报告文学的作品。它用纪实笔法叙述了诗中贫夫决心离家出外非法谋生之际的一个片段。先形容贫夫回家环顾四壁,无衣无食的悲愤心情,便拔剑要出门而去,显出决心非法谋生;然后写妻子苦心规劝挽留;结尾是贫夫拒绝规劝与妻子临行叮咛。它主要用行为描写和夫妻对话来写出悲剧事实,作者不置一字表态议论,而在用词遣语上显出倾向和态度。按照我国传统文论观念来说,这便是实录其事,笔法《春秋》。用近代文学理论来说,可谓现实主义创作方法。其明显特点是如实的描写,明确的对话,突出的个性,鲜明的倾向,在具体环境中表现具体人物,从而写出事件,完成主题,反映时代现实的真实。较之《雁门太守行》,它显然并不拘于情节的真实性,而具有艺术的真实性,只是按照生活事实的形态来表现,看来如同实录,其实经过典型的概括。

故事型的特点是假托古人古事来针对现实,反映现实,所谓借古讽今。但是它们不是概括成一个譬喻,而是叙述整个过去时代的事情,构成一个故事。例如《羽林郎》是东汉辛延年的作品,但叙述西汉宣帝时的权臣霍光家奴冯子都的劣迹,而故事情节却是酒家胡姬反抗冯子都调戏,热情歌颂胡姬的优美高贵,以胡姬为诗中主角。这显然是一种有意识地编故事来演唱。作者本意在揭露斥责豪贵家奴才仗势欺侮善良,调戏妇女,为非作歹。但是作者深知这些丑类无恶不作,倘使直面现实,径为实录,不免惹祸。因而注意避免正面写实,明确交代所写为西汉历史故事,故意煞有介事地指明所叙事情是霍光家奴冯子都调戏酒家胡姬的恶行,并非东汉当代事情。同时,在铺叙形容胡姬优美高贵之后,改用胡姬自述方式写冯子都对她的调戏和她的拒绝,而不对冯的丑行作正面描写,仿佛此事是当年胡姬自述而流传下来的。这样构思的意图是表明所叙为历史实有的故事,此歌是实唱其事;而其实际的艺术效果却使之成为正面歌唱胡姬反抗欺凌的一首颂歌。也正是这样构思,决定了它的剪裁、安排和修辞。前半是第三人称叙述,点出主题后,便用精美流畅的排句,歌唱胡姬服饰体态,显示着这个地位低贱的酒家胡姬在外形上使权贵豪奴折服。后半是叙述胡姬拒绝调戏的言辞,是故事主人公直面冯子都的对话,并非第一

第五章 都邑人民的歌——两汉乐府古辞

人称的自述。她的谢绝辞分两层,先是敬谢的委婉情辞,用华丽的排句表达承蒙光临惠顾之意;接着点出冯子都调戏行为,严正指斥其卑鄙丑行。作者着力表现她有礼有节,有理有义,显示着她在精神品质上远远高贵于这个权家豪奴。这样,作者从服饰体态到精神品质上充分表现胡姬的优美高贵,使冯子都这类权贵家奴才的丑恶卑贱面目行为尽在不言中暴露无遗。显然,实质上,这是虚构的创作,并非实录的记载。因而在主观思想上是属于控诉型的作品,但在艺术表现上具有鲜明的形象塑造,运用多样的表现手法,熔铸了富有气势的诗歌语言,形成新编故事的叙事诗歌艺术特色。

戏剧型作品的特点类似故事型,有故事情节,通过人物活动展开情节,表现主题,塑造形象。但这类型的故事情节更具有戏剧性,并且不采取托古讽今的手法。例如《陌上桑》与《羽林郎》构思、手法及修辞有明显相似的特点:一个主角,一节铺叙,一节对话,都是为了表现主角的优美高贵的体貌品质,歌唱她的反抗欺辱的精神性格,甚至在排句修辞上有雷同现象。然而《陌上桑》不托为古人古事,仿佛泛述现实遭遇;不用作者语言铺叙形容秦罗敷的美好品性,而是使她在采桑劳动中焕发光彩,令人倾倒,成为遭遇太守的铺垫,是故事情节的有机部分,让反面人物太守直接登场,使矛盾冲突正面发生,而不置于背景之中。这些不同使《陌上桑》故事情节更为完整,更有戏剧性,更适宜于演唱。这就是说,戏剧型作品的创作虚构的艺术特色更为鲜明突出,以人物遭遇为故事情节,突出主要人物形象,使正反面人物直接形成戏剧冲突,实质便是使典型人物在具体环境中展现典型性格,是现实主义创作精神与方法的一种不自觉的体现。《陌上桑》的构思即如此,但是作者运用的表现手法与诗歌语言则是古代传统的,也是最富民族特色的。

诗歌开始用东方日出以兴起日出而作的时空背景,同时寓有比衬秦罗敷的光辉明艳的寓意,而诗歌语言却是朴实无华的。然后描写罗敷在城南采桑,用乐府常见的铺叙形容,显出她华贵优美的姿容;再用夸张描写遇见她的各种行人的惊艳反映,衬托、渲染她的绝世美丽,甚至极其俏皮地说人们因为见了罗敷而回家对家人生气。这些叙述都是为太守惊艳

而产生邪念所作的铺垫,既是具体背景,又是气氛渲染,增强了戏剧冲突的必然性。然后,这位太守登场了。不言而喻,他也像人们一样被罗敷的美丽吸引了,震惊了。但他跟其他人不同,有权有势,而且有了邪恶念头,于是派官吏探问,提出非礼的要求:"宁可共载不?"暴露出这位地方父母官好色淫徒的丑恶嘴脸。于是美德与邪恶正面交锋,罗敷首先明确予以驳斥,接着夸张地夸耀了自己同样为太守的丈夫。这节夸夫具有三层意义,一是丈夫在外为官,二是丈夫同样为太守,三是丈夫为太守,富贵雍容,有才有德,备受尊敬;从而含蓄讽刺面前的这位太守不当有淫欲,不必仗权势,不是个好官。诗歌到此戛然而止,洋溢着美丽与道德情操的胜利,与开头的朝阳光辉相应,使这位太守在言外自惭形秽,狼狈溜走,留给读者无尽的欣然喜悦和畅然快意,完成了喜剧的主题。也许正因为这个有味的结局,引出了另一首悲剧《秋胡行》的出现,使后来学者不禁怀疑已佚的《秋胡行》本来就是《陌上桑》的别本。不难看到,《陌上桑》在艺术上表现出汉代乐府演唱艺术的完整和成熟。它的歌词汲取了传统的赋比兴表现手法,乐府古辞中屡见的铺陈排比的描写,传神见情的明快对话,前后照应比托的整体结构,都运用得恰到好处,干净利落,有头有尾,不枝不蔓。同时,歌词的构思显然充分考虑到演唱者的表演发挥。铺排形容罗敷的服饰佩带,使演唱者得以用动作配合唱词;群体反映的词句,几乎都是各逞其妙、令人绝倒的神态;而使君、官吏与罗敷的对话则不多形容,用人物语言来体现,留给演唱者来表演。总之,像《陌上桑》这类叙事乐府的特点是戏剧性的表演艺术的综合创作,较其他类型更富有创作虚构的表现艺术,更完整,更典型。正是这类典型作品的发展积累,在建安时代出现了长篇叙事乐府《孔雀东南飞》。

寓言型作品是汉代乐府中常见的一种实质为讽劝型、思理型的作品,其特点便是用非事实的、拟人的、甚至是神仙的题材,编成寓意讽喻劝世的诗歌,歌咏人生经验与哲理,与散文寓言创作相似。例如《乌生》是借富家子弹击栖居富家树上的小乌鸦为比喻,引发出人民生存无保、危机丛生的感慨;《枯鱼过河泣》是以干鱼过河给河里小鱼写信为比喻,用自身惨痛

第五章 都邑人民的歌——两汉乐府古辞

教训告诫世人离家出门慎重。又如《蜨蝶行》：

> 蜨蝶之遨游东园，奈何卒逢三月养子燕，接我首蒨间。持之我入紫深宫中，行缠之，傅樽栌间。雀来燕，燕子见衔哺来，摇头鼓翼，何轩奴轩！

它叙述了一只蝴蝶在苜蓿地上飞游，被一只雌燕啄得，抓到宫中梁上燕窝里，喂小燕子，小燕子张嘴争着要吃。这显然是一首寓言诗，但它的寓意颇耐寻味。前三句是第三人称口吻，指出这只自在遨游的蝴蝶猝然遭遇横祸，不幸被一只觅食养子的雌燕抓住。这是事情的实质，蝴蝶忽遭不测。然后笔调一转，改用第一人称的蝴蝶自述口吻，叙述它被抓入宫中，绕着梁柱飞来飞去，忽然雀跃似激动起来，看见小燕子摇头展翅，吵吵闹闹，争着喂食。这是蝴蝶眼睁睁看见的亲身经历，颇有意味。它仿佛不知自己大祸临头，死在眼前，反而觉得自己经历一场寻常有趣的遭遇，好像在欣赏别的蝴蝶被燕子抓了似的，竟然写得如此生动，有人情味。清朱乾说："达人不婴世机也。物出于机，复入于机，诗以悲之。"说得玄乎，其实中肯。诗的寓意就在教诫世人看透祸福，置生死于度外，彻底游戏人生，把世人眼里的一切生死横祸，写作达人经历的一场逍遥遨游。正因为蝴蝶不觉得生死的威胁，所以只是有趣地看到了雌燕为子捕食，小燕等着喂食，生儿育女，鸟为食亡，天经地义，合情合理；为此，蝴蝶成了燕子捕捉的食物，也就理所当然，不足为怪。在蝴蝶眼里，达人心里，作者的见识中，这就是残酷的人生，无情的尘网。不难看到，这首寓言诗实际是把庄子的蝴蝶梦化为现实生活中的寻常遭遇，在宣扬道家的人生哲学。而以入世的道教思想鼓吹服食养生、及时行乐，直接以神仙世界来寄寓讴歌的作品，更不乏其辞，如《善哉行》"来日大难"、《王子乔》以及自叙类型的《长歌行》"仙人骑白鹿"、《董逃行》"吾欲上谒从高山"等等，都是其例。

从艺术上看，这一类型作品，包括寓言型以及神仙故事型，都是以从人生经验中概括出来的人生哲理为作品的具体主题思想，采取非现实的、非人类的以及虚幻的神仙生涯作为表现主题，实质是类比和想象，因而具

有夸张、神奇而浪漫的色彩。但是两汉古辞中这类浪漫作品的特点,如同其他类型作品一样,往往是社会生活经验的质直比喻,某种人生哲理的形象表达,因而它们的浪漫的艺术形式往往被明显的思想寓意突破,或者说,显豁的寓意胜于浪漫的表现,从而形成一种特殊的夸张,并不产生浪漫幻想的魅力,反而更突出地反映着现实生活,令人只觉得是直写人生,一眼就看出花卉禽鸟都是人的化身。正因如此,这类寓言型作品的叙事特点胜于寓言情味,思理多于艺术,有的仿佛幼稚的天真,有的近乎迷信的荒诞,朴实得简单,夸张得可爱。

总起来看,两汉乐府的叙事诗歌艺术的特色,不论"自述"或"他述"类型,都明显体现着都邑生活的情趣风貌,表现出演唱艺术的直观要求。它们有的生活气息浓厚,但不是田园牧歌或桑间恋歌,而是都邑人民生活遭遇的讴歌,从痛苦控诉、离别思念到人生咏叹,都反映都邑人民的挣扎、追逐、期望与抗争。有的哲理意蕴显豁,但不是深奥说教或言理清谈,而是封建都邑生活实践经验的简括总结,从政治镜鉴、人生处世到及时行乐,都反映都邑各阶层、群体的思索、探讨、认识与信念。它们的思想意识与感情色彩并不一律,或直率切实,或委婉真实,但都出自社会生活的实际体验。因而它们创作伊始,本来具有不同的歌曲形式与各地的流行风格,多姿多彩,生动活泼。在传播过程中,汇集都邑,进入豪贵之家,登上宫廷殿堂,经历可以想见的润色加工,虽然仍保持演唱艺术的明显特征,但在语言艺术上增添了传统赋比兴的手法和精整的修辞技巧。因而在总体上的基本的艺术特征是叙事诗歌体制,以人物自述或他叙方式叙述事情,发表议论,编撰故事,创作寓言,诉之人间,讽劝世俗。它们的艺术构思大体以事为主,但经历着重情而趋抒情、重事而归思理的两种历程,朝着虚构创作方向发展,呈现出丰富多彩的形象塑造,体现着以写实为主、浪漫为辅的创作思潮,表现出两个突出的手法技巧,一为朴实,一为夸张。以事为主,出于生活体验,所以写实;由于传统影响,因而实录;于是形成素材求实、主题质实的艺术特色。趋于抒情,归于思理,因为生活遭遇的情结所在,出之人生体验的思索所至,集中一点,突出起来,所以或用极端言

第五章 都邑人民的歌——两汉乐府古辞

辞,或用异类形象,或用铺张形容,或用典型塑造,总之是直接间接地力求夸张地表现出作者心目中的至情至理,社会生活中的人情常理。写实的基本特色,使乐府古辞继承了《诗经》风雅的传统,同时又以汉代社会生活实际内容更新发展了传统,表现了新的现实,呈现出新的风貌。夸张的基本特色,使乐府古辞继承了赋比兴的传统,同时又以汉代风俗习惯爱好更新发展了传统,出现了新的形象比托,增添了新的手法技巧,以及不言而喻的诗歌语言和诗歌形式五、七杂言等等。正因为两汉乐府处于更新传统叙事诗歌的初始阶段,所以在总体上又可以看到各种类型作品的艺术成熟完整程度并不相同,明显呈现出一种新生艺术样式的产生、成长、发展的形态。尽管如此,两汉乐府继《诗经》之后,开创了古代叙事诗歌艺术的新阶段,也奠定了古代叙事诗歌写实为主的朴实而夸张的艺术传统基础。在古代诗歌史上,两汉乐府的无可替代的贡献与作用之一,即在于此。

第六章　下层文人的诗
——汉代五言古诗

第六章　下层文人的诗——汉代五言古诗

　　乐府歌辞是从属于歌曲的。当它们脱离歌曲而传播,便形成语言艺术产品的诗。两汉乐府古辞原来形式多样,长短不一,是随歌曲而定其歌辞句式的。在流传过程中经各种不同的加工润色,包括乐府机构或非乐府机构的文人整理,逐渐在歌辞上趋于修辞整饰和句式整齐,朝着五言句式发展,形成以五言为主、兼有七言及杂言的歌辞文本,再在抄传过程中以诗的体制留存,于是"古辞"变为"古诗",通称为古代的诗,从前的诗。这便是两汉五言古诗的来历过程,大致与先秦乐的歌词流传整理编定为歌词文本《诗经》一样,四言为主的《诗经》作品,看来是语言艺术产品,而其实是脱离乐曲而传存下来的歌词。与此同时,正像先秦佚诗中已经有了不依附歌曲的语言艺术创作的四言诗歌作品一样,汉代确实已经产生了五言诗的创作。这就是说,从诗歌的语言艺术形式来看,汉代既存在五言的乐府歌辞,也存在五言的诗歌创作,都是五言诗的形式,但有歌唱的,有吟咏的。经过魏晋南北朝到今天,本来歌唱的乐府也只存吟咏的歌辞,于是往往视为语言艺术创作的五言诗歌,汉代诗与歌的历史发展的本来面貌看来不大清楚,甚至混淆。于是产生了本书引言所说的那些争执分歧,出现了一些悬而未决的悬案。这些悬案在两晋时代便已产生,主要关键有两个:一是集中在那些被魏晋以后文人作者认为的最佳作品;二是集中在探讨这些最佳作品的归属,作者是谁的问题。因而便产生了一个通行名称,把这些最佳作品统称为"古诗",并且视为诗歌体裁之一,于是又形成了一种诗歌形式观念,称可歌唱的歌辞为"乐府",称不歌唱的徒诗为"古诗"。这两个观念名称一直沿用至今,并且成为诗歌艺术发展中有

深远作用和影响的两类模式典范,同时也引出了不少疑难纷论。倘使不存成见与偏见,如果从可以根据的文献记载出发,进行实事求是的考察,那么汉代诗歌艺术的发展情况也许可以提供一些简明的答案。

一 五言体的由来和五言诗的成立

"古诗"的诗歌体裁是五言体。汉代用五言体写作的诗歌作品不仅是"古诗",还有乐府古辞,上章举例的名篇中有许多是五言体作品。文学史论通行的见解认为,古诗本为乐府,来自乐府。也就是说,五言体在西汉已经存在。但是五言古诗作为一种典范的诗体却迟至东汉后期才成立。其原因是五言体的成熟,代表作品的出现当在东汉以后。前一论点大体属实,与客观情况相符合。后一见解则有一些疑点,尚须考核。

五言体起自乐府歌词,乐府歌辞中有许多五言体作品,毋庸置疑。先看下列今存汉代五言乐府歌词的情况:

一、有时间可考的:

1.《尹赏歌》"安所求子死",载《汉书·尹赏传》,写作时间当在汉成帝永始至元延间(前16—前9年)。

2.《汉成帝时歌谣》"邪径败良田",载《汉书·五行志》,写作时间当在汉成帝时(前32—前7年)。

3.《汉郊祀歌·上陵》"上陵何美美"(前八句为五言,中十句为杂言,末四句为五言),载《宋书·乐志》"汉鼓吹铙歌十八曲",写作时间或在汉宣帝时。

二、有时间可考的、有主的:

1. 虞姬《和项王歌》"汉兵已略地",载《史记·项羽本纪》正义引陆贾《楚汉春秋》,时当汉初。

2. 李延年《李夫人歌》"北方有佳人"(中有七言"不知倾国与倾城"一句),载《汉书·外戚传》,时当武帝时。

三、无确切时间可考,一般推测为西汉者:

第六章　下层文人的诗——汉代五言古诗

1.《铙歌·江南曲》"江南可采莲",载《宋书·乐志》。

2.《鸡鸣》"鸡鸣高树颠",载《宋书·乐志》。

3.《长歌行》"青青园中葵",载《文选》。《事文类聚》载为颜延年作。

4.《长歌行》"仙人骑白鹿",载《乐府诗集》。

5.《君子行》"君子防未然",载《文选》。或署曹植,《古今合璧事类备要》载为颜延年作。

6.《相逢行》"相逢狭路间",载《玉台新咏》。

7.《长安有狭斜行》"长安有狭斜",载《乐府诗集》。

8.《豫章行》"白杨初生时",载《乐府诗集》。

9.《陇西行》"天上何所有",载《玉台新咏》。

10.《折杨柳行》"默默施行违",载《宋书·乐志》。

四、疑有主名的:

1.《白头吟》"皑如山上雪",载《宋书·乐志》。《西京杂志》云为卓文君作。

2.《怨歌行》"新裂齐纨素",载《文选》。又载《玉台新咏》,有序云班婕妤作。

上述情况表明,汉初可能已有五言体短歌歌辞,虞姬歌与《江南曲》可以为证;汉武帝时五言体已被采用作整理歌词的一种整齐句法,在一定程度上流行,《上陵》《李夫人歌》及《白头吟》可为佐词;汉成帝时已有完整的五言歌词,四句一首的短歌已较常用。也就是说,汉初随着民间俗曲新声而产生的五七杂言歌词,逐渐向整齐的五言歌词发展,不但在民间自发活跃,而且已经为乐府机构的艺人乐工及宫闱姬妾所吸取,趋于流行。从李延年作《李夫人歌》看,则班婕妤、卓文君等传为创作并非没有可能的。但是应当看到,由于传统诗歌观念与雅俗准则,即使确为班、卓等所作,仍有两点迹象,一是他们都属艺人乐工及妃姬之流,不属文人士大夫,所传为颜延年作的记载都出自宋、元粪书,不足为证;二是这些五言作品实为乐府歌词,并非脱离歌曲的徒诗,不属"古诗"。同时,从艺术熟练完整上看,《尹赏歌》《成帝时谣》及《李夫人歌》都明显接近原貌,而《白头吟》《怨歌行》则集体加工痕迹显然,并非创作伊始的原貌。因此,西汉五言体歌词的流行,其实未必进入上层文人士大夫作者注意,尚未为雅正传统所承认接受,而仍属不登大雅之堂的新声俗曲,等于当时通俗的流行歌曲。正是这种又流行在上层娱乐圈中,又不被承认为雅曲正声,于是造成了今存文献记载中的复杂不定的情况,有的歌词有时代可考,有的歌词有作者可归,有的传有作者,有的推测为西汉作品。如果这种发展状态保持下去,总是在民间及下层自在活跃,那么所有这类歌辞都可能传为"古辞",传为"无名氏"作品的"古诗",并且会像《铙歌》十八曲一样无从考证,到东汉初也不会产生班固《咏史》的五言诗,不会有文人偶一为之的兴致。而正因为西汉五言体歌辞从艺人乐工及嫔妃姬妾创作,通向上层文艺娱乐途径,而引起文人士大夫作者的注意和兴趣,东汉才出现了文士创作五言歌辞与五言诗的趋势。

值得注意的是,上层文士大夫作者虽然不承认这类五言歌辞为雅正创作,但是都邑下层文士却并非不予关心,不加利用。上章已述,乐府古辞创作以叙事为主而趋向抒情和思理,从伦理到政治,有讽喻,有议论,主题具体,思想明确,大都为都邑人民的创作。从作者来看,一些明显具有政治讽喻的五言歌词,大抵出自下层文士之手。如《折杨柳行》总结君臣际遇的历史镜鉴,旨在讽喻人君。《鸡鸣》《相逢行》《长安有狭斜行》这三首主题类同而诗旨有发展变化,反映着盛世逐渐衰乱不稳的迹象,抒发作者的忧患意识情怀,当属忠于汉室的下层士大夫的作品,可谓汉代变雅之列。更为明显的是《尹赏歌》和《汉成帝时歌谣》。前者如下:

  安所求子死,桓东少年场。生时谅不谨,枯骨后何葬。

《汉书·尹赏传》载,汉成帝永始、元延年间,长安城里皇室外戚勾结游侠,为非作歹,组成集团,杀害文武执法官吏,气焰猖狂,百姓惊恐不安。尹赏为长安令,授权便宜行事。他挖了方数丈的大地窟,作为监狱,大石堵口,称为"虎穴"。下令里闾检举歹徒,确定名单,突击搜捕,关入"虎穴",堵住穴口,全部窒死。然后开穴陈尸,"百日后乃令死者家各自发取其尸"。

第六章 下层文人的诗——汉代五言古诗

"桓东"是陈尸场,由于被勾引堕落,因而死者多为少年。这首歌即咏其事,告诫家长及少年应从中吸取教训。《汉成帝时歌谣》说:

> 邪径败良田,谗口乱善人。桂树华不实,黄雀巢其颠。故为人所羡,今为人所怜。

《汉书·五行志》载诗意谓:"赤色,汉家象。华不实,无继嗣也。王莽自谓黄,象黄爵巢其颠也。"则是当时人民讽刺成帝宠幸外戚王氏,以至王莽擅权,预言汉家将为王氏篡位,乃是一种政治歌谣。这两首歌谣作者显然不是艺伎之类,而属于下层文士,就事议论,讽劝世人,警诫当朝,是有意识的宣传舆论之作。可见西汉五言歌辞兴盛于武帝至成帝之间,流行活跃于都邑下层人民之中,反映都邑人民生活与意愿,歌哭哀乐,讽喻劝诫,从情到理,从伦理到政治,从娱乐到舆论,已经相当广泛而重要。因而在东汉随着阴阳五行、谶纬图书的流行,五言体为上层士大夫所注意,逐渐成为用来进行道德教育、政治舆论的一种重要手段。东汉歌谣中有许多五言作品,东汉文人士大夫出现五言创作,这是众所周知、历来认同的。

如果把五言乐府歌辞视为五言诗歌创作,那么五言诗当在西汉已经成立,也就不会产生"古诗"悬案的纷争了,问题就出在魏晋以后的文人作者的诗歌艺术观念。如前屡述,西晋以后,歌与诗的创作观念截然分开,"乐府"是披弦入乐的歌词创作,"古诗"是朗诵吟咏的语言艺术,两者各有典范,各有职能和特点。在两晋南朝人心目里,"古诗"本来就是一种不入乐的徒诗创作,原为语言艺术产品,并且从西汉开始便拥有一批优秀的典范,即有李陵、班婕妤、苏武及枚乘等人所作在内的一批"古诗"。但是由于缺乏确凿证据,不能断定真伪归属,因此传说纷纭,争论不休。所谓五言诗成立年代问题,实质就是"古诗"的创作年代问题。如果能断定《古诗十九首》中确有枚乘之作,李陵、苏武诗及班婕妤《怨歌行》确为真作,则五言诗的典范在汉初至武帝时已经出现,自当成立于西汉。否则当在东汉。可见"古诗"真伪归属的争执,实质关键在于五言诗典范代表作家和代表作品的出现究竟在哪个年代。必须看到这里有两点值得注意:一是这些作品的作者传说在什么年代出现？二是这些作品与乐府歌辞的联系怎样？前一问题在本书引言中已作交代，主要在南朝出现传为枚乘、苏武、李陵以及班婕妤所作的疑论。这里主要考察文献记载中这些作品与乐府歌辞的联系。以《文选》所载《古诗十九首》为例，情况如下：

1. 《古诗十九首》其二"青青河畔草"，宋人类书《事文类聚》《古今合璧事类备要》载作"古乐府"。

2. 其三"青青陵上柏"，唐人类书《北堂书钞》作"古乐府"。

3. 其七"明月皎夜光"，《文选》谢灵运《道路忆山中》李善注云"古乐府"。

4. 其八"冉冉孤生竹"，《事文类聚》《古今合璧事类备要》作"古乐府"，《乐府诗集》作乐府"古辞"。

5. 其十"迢迢牵牛星"，宋人类书《玉烛宝典》《古今合璧事类备要》引作"古乐府"。

6. 其十二"东城高且长"，宋人诗话《草堂诗笺》作"古乐府"。

7. 其十三"驱车上东门"，唐人类书《艺文类聚》作《古驱车上东门行》，《乐府诗集》作《驱车上东门行》，《古今合璧事类备要》作"古乐府"。

8. 其十四"去者日以疏"，《古今合璧事类备要》作"古乐府"。

9. 其十七"孟冬寒气至"，《古今合璧事类备要》作"古乐府"。

10. 其十八"客从远方来"，《古今合璧事类备要》作"古乐府"。

总计在唐、宋类书及诗话中，《古诗十九首》中有十首被引作"古乐府"歌辞。此外，清朱彝尊指出，《十九首》其十五"生年不满百"是从乐府《西门行》古辞整理加工而来的，"裁剪长短句作五言，移易其前后，杂糅置十九首中，没枚乘等姓名，概题曰古诗。要之，皆出于文选楼中诸学士之手也"（《书玉台新咏后》）。据此，则十九首中有十一首都与乐府有密切联系，或者原自乐府歌辞而来，只是在流传过程中脱离了乐府歌曲，又经过后人的不断加工，虽然未必文选楼学士手笔。如果唐、宋记载可信，朱氏分析有据，那么大体可以肯定，"古诗"或者原来都是乐府歌辞，应属汉代创作。但是根据历史集体加工而成为完美典范的"古诗十九首"以及其他古诗作

第六章　下层文人的诗——汉代五言古诗

品,可以想见它们经过多年流传加工,已非当初创作的本来面貌,而有许多后人的思想、艺术的创作成分在内。如果根据《文选》所选《十九首》文本来辨析它们的创作年代,实际并不可靠。同样可以设想,即使枚乘当年确曾写过五言《杂诗》,经过流传加工,也必定不是原来面貌了。简捷地说,今存《文选》《玉台新咏》等南朝以来总集及类书所载的《古诗十九首》,枚乘《杂诗九首》,李陵、苏武及班婕妤诗,其实是在汉代流传加工完成的一批乐府歌辞,其完整文本在西晋已不载作者,虽然传说为大家高手如枚乘、傅毅、曹植等所作,但众说纷纭,难以确定。诚如钟嵘《诗品序》所说,"古诗眇邈,人世难详,推其文体,固是炎汉之制,非衰周之倡也"。

五言体在西汉乐府歌辞中已经存在,并且相当活跃,是大体可以断定的。但是,确考五言诗在西汉已经成立,则几乎是不可能的。迄今为止,所有文献记载材料,没有记载可以证明西汉的五言诗歌作品中确凿有非歌词创作,没有文献可以说明西汉诗歌艺术观念已经产生并形成了非歌的"徒诗"观念,没有任何汉人撰述的文献明确记述枚乘、李陵、苏武及班婕妤等写作了五言古诗及《怨歌行》。从陆机《拟古诗》开始,到《文选》《文心雕龙》《诗品》及《玉台新咏》,提出了"古诗"的概念以及一批《古诗》的作者问题,虽然从不定趋向论定,但是存在不同论断,而且都没有提出确凿的汉代文献根据。也就是说,今存有关古诗观念与作者论述的文献依据,其实都是西晋至南朝梁、陈的学者见解,并非确凿史料依据,不能作为论断根据。如果进一步考察,则实际情况是两晋南朝学者作家对一批他们认为典范的汉代五言体诗歌作品提出了各种议论,是用他们的诗歌艺术观念来评论的,并未对这批作品的来历、作者进行翔实的考证,甚至没有考虑这批作品的集体加工成分,而只是把他们所看到的某种传本作为评论对象,进行推测。换句话说,假使不考虑这批五言体诗歌作品的来由和集体加工成分,那么今天来研究它们,实质是研究评论陆机所见的"古诗"十四首,《文选》所载的《古诗十九首》,苏、李诗及班婕妤《怨歌行》,《玉台新咏》所载枚乘《杂诗九首》等,并非研究汉代产生发展的五言诗的实际过程和成就。因此,有必要从汉代实际情况来考察五言诗的成立时代。

从汉初已出现五言体的情况来看,西汉文人写作五言歌辞的可能性是存在的,枚乘等人写了五言歌辞并非不可能。在西汉作家中,枚乘其实是位文名很高,而政治地位不高的词臣,并且是一位追求创新的作家,《七发》在艺术上是汉初的一种新的辞赋体,是不合传统辞赋艺术观念的,所以《文心雕龙》不列入赋类,而另立"杂文"。从他的地位身份来说,他曾经写过通俗的新体歌辞,并不令人意外,是可以想见的。这就如同班固写了五言《咏史》,张衡写了七言《四愁诗》和五言《同声歌》一样,不过在东汉已属较为寻常的通俗之作或游戏之作,但在汉初则未免有失大方,因而作者不以为贵重,不留作者姓氏,流传出去,也不要著作权,久而久之便形成无名氏作品。这当然是想象推测。但当初枚乘也许写过歌辞,原来词句大概也不会如同所传《杂诗九首》那样。同样,李陵在汉武帝时的身份地位也不高,加上他后来成了叛汉的降将,为士大夫所不齿,因而在汉代不传其歌辞也是可以理解的。但到南朝,南北对峙,士族事胡已属司空见惯,又较看重艺术,因而就所见所传的李陵诗而评论,予以推崇,同样可以理解。李陵是名将李广的孙子,所以钟嵘称他"名家子"。但李广三个儿子都先李广去世,李陵又是李广儿子的遗腹子,实际地位不及"名家子",而是属于兵籍的兵家子。如同司马迁是史官之子,文史占卜是世家职业;李陵是兵家之子,当兵打仗是世家行当,地位其实不高。李陵多才多艺,能文能武,但是兵家子弟本职武行,改善地位待遇只能靠打仗,因此他作战勇敢,不避危险。他为贰师将军李广利分担重任,汉武帝只给他五千步兵,不给骑兵,他仍敢承担,不怕失败的风险。为国为家,他必须建立武功殊勋以求前途。他生当武帝盛世,乐府歌曲流行,年轻的李陵写过通俗歌辞并非不可想象。《汉书·苏武传》载李陵所作楚歌体《别苏武歌》,可以说明他会歌能词。因此,所传李陵别苏武诗,不无可能是他歌唱的即兴歌辞,或者其中有一两首原是他写的歌辞。然而流传已久,历经加工,已非原貌,未必《文选》所载词句。也就是说,即使李陵诗是真作,或其中有真作,也只能说明李陵写过五言体歌辞,而不能证明五言诗成熟于西汉,就像五言体歌谣一样,等于下层文人创作。

第六章 下层文人的诗——汉代五言古诗

此外,还有一个情况应予注意。今存汉代民间歌谣中,实际上七言、杂言的形式比五言多些,兴起的时间可能更早些。但是在汉代诗歌艺术发展中,作为一种新的规范形式出现的却是五言,而不是七言。七言体作为一种诗歌规范形式的大量创作,不在汉代,而在南朝到唐代,在近体诗兴起之后。一般以为,七言晚于五言的兴起成熟,其原因是汉语的发展,从单音节词发展到双音节词,语言容量要求多一个字,而诗歌形式从四言发展到五言,已可以容纳双音节词,已多了一个字,不必立即发展到七言。所以尽管汉代民歌谣辞已多七言杂言,但诗歌规范形式仍先发展五言,然后再发展七言。这当然是足以成立的一个理由,但似乎并非全部充足的理由。因为在诗歌形式发展中,除了语言原因外,应当注意到民族文化艺术传统因素的作用。本书前文已经述及,从文化传统看,七言形式与楚文化艺术传统相联系,从楚歌节奏发展而来,距离华夏文化艺术传统形式较远,与《诗经》四言节奏差别较大。从荀子所作《成相歌》开始,楚歌被引进华夏文艺传统,主要用作通俗的七言歌诀,成为一种普及文化的通俗形式,以及乐府娱乐歌舞中的俳歌舞辞,在经过加工修饰的乐府古辞中并不常见。从艺术传统看,从"乐"的传统观念出发,诗与歌相结合,崇尚中和雅正,歌颂为主,节奏舒缓,语言典雅。歌辞语句短,歌唱节奏缓,反之则容易繁促。因此,文人整理民间歌辞时,往往趋于五言节奏,采用五言形式。乐府古辞中多五言,正由于掌握曲律与修辞技巧的整理者是文人。这类乐府古辞在流传中逐渐脱离歌曲而成为徒诗,便是五言"古诗"。这样的迹象在班婕妤《怨歌行》有明显表露,在《古诗十九首》中也往往可见。

考察文化艺术的历史发展,往往遇见一种似乎不定性的规律现象:某种艺术形式在产生时具有具体确定的原始状态,在生产发展过程中渐渐变为仿佛模糊不定的现象,因而从已经发展成熟的完备的规范形式,回溯其发展过程中某一阶段的生长形态,几乎不能把握住其固有的特征,或者说呈现着不定的发展状态。其原因又复杂又简单。说复杂,因为社会和民族的各方面都对文化艺术的内容和形式产生作用和影响,说简单,因为古代历史文化形态的文献记载和文物遗存都不完备,年代久远者更甚欠缺。从根本上说,客观事物的发展变化是绝对的,稳定规范是相对的。在发展过程中,既有的规范与新生的不规范的矛盾冲突始终存在,但在新的规范完成之前,新规范必然处于不定状态,也必然将其原始形态消融在发展中。五言古诗的真伪归属纷论,便是这类现象。五言体来自乐府歌辞,五言体的典范作品既有五言歌辞如《怨歌行》,也有五言徒诗如《古诗十九首》等。在西晋时,五言徒诗包括脱离歌曲流传的五言歌辞,获得典范的地位和效能,称为"古诗",成为一种诗歌体裁。到南朝,这批五言古诗的典范地位、价值和效能进一步被确认。这是诗歌艺术观念的新旧雅俗斗争使然,并非五言徒诗的规范在南朝完成。南朝学者为了肯定这批五言诗的典范价值,"惊心动魄,一字千金","五言之冠冕",提出甚至断定从前传说猜测的作者,引起了真伪归属的无休纷争。而其实,这场争论在理论上是难以寻根究底的,而且关键找错了;在事实上是几乎毫无确凿的文献根据的,而且论点都属推测。因此,应当在可以确认的历史事实的基础上,从其他方面了解五言诗成立的大体年代。

"古诗"是一个总体概念,包括南朝人所见全部五言古诗作品。《古诗十九首》是历来认同的汉代古诗典范,但实质上代表着萧统为代表的《文选》编选者的艺术标准,并非全部古诗的客观评价。如果以《古诗十九首》为汉代五言典范,不可避免地存在片面性。事实上,今存古诗,即使不包括所传李陵、班婕妤诗,还有16首与《古诗十九首》颇不相类的古诗作品。题材与主题不同的,例如:

> 上山采蘼芜,下山逢故夫。长跪问故夫,新人复何如?新人虽言好,未若故人姝。颜色类相似,手爪不相如。新人从门入,故人从阁去。新人工织缣,故人工织素。织缣日一匹,织素五丈余。将缣来比素,新人不如故。

它载于《玉台新咏》,《合璧事类》载作"古乐府",可见它同样由乐府歌辞而传为五言徒诗,统称"古诗"。这是一首新颖别致的弃妇诗,不仅对于了解汉代婚姻观念习俗有文献价值,而且在思想、艺术上颇异于《古诗十九

第六章 下层文人的诗——汉代五言古诗

首》。《十九首》收游子诗与思妇诗,不收弃妇诗;思想上主要写离别相思、青春短暂,富贵无常,欢乐难永,歌唱家室团聚、夫妻忠贞的愿望,赞美爱情与友谊,追求一种小康的安居乐业,平平安安,自知自足,得过且过。这首诗则写喜新厌旧的悔恨,宣扬一种朴实的生活道德和夫妻情操,明显反映着小农经济基础上的生活与思想特色。这样以实际生活利害为主的道德情操,显然不合士族的高雅口味,而且语言通俗如话,所以《文选》不收。但是它写弃妇,又新颖别致,合于《玉台新咏》的要求,幸而得以保存,可以看到《十九首》之外的别样的题材、主题和艺术特色。又如:

十五从军征,八十始得归。道逢乡里人,家中有阿谁?遥看是君家,松柏冢累累。兔从狗窦入,雉从梁上飞。中庭生旅谷,井上生旅葵。舂谷持作饭,采葵持作羹。羹饭一时熟,不知贻阿谁?出门东向望,泪落沾我衣。

它载于《乐府诗集》,题为《紫骝马歌辞》,共24句,每四句作一曲。前二曲八句为:"烧火烧野田,野鸭飞上天。童男娶寡妇,壮女笑杀人。高高山头树,风吹叶落去。一去数千里,何当还故处。"《乐府诗集》引南朝梁智匠《古今乐录》说:"'十五从军征'以下是古诗。"可见"古诗"不但在汉代歌唱,而且在北朝传唱,成为北朝乐府民歌。它明确抒写应征服役、远离家乡的老兵归来的悲伤心情,家人无存,田庐荒废,禽兽出没,杂草丛生,野菜充饥,寂寞凄凉。这显然是战乱年代的现实写照,人民苦难的真实反映,具有更多乐府歌辞的特点,也不合乎士族文人的艺术情趣,质而下文,野而不典,因而虽然传为古诗,但却不被称道,不成规范。然而它恰可说明古诗原属乐府歌辞,主题亦不限于游子思妇;证明《十九首》的代表性、典范性并不涵盖全面,主要反映南朝梁、陈学者作者的一种诗歌艺术观念。

《十九首》以外的古诗中,也有几首主题类同的作品;但显示着流传过程中的加工痕迹,其精致不如《十九首》。例如:

兰若生春阳,涉冬犹盛滋。愿言追昔爱,情款感四时。美人在云

端,天路隔无期。夜光照玄阴,长叹念所思。谁谓我无忧?积念发狂痴!

它载于《玉台新咏》,题为枚乘《杂诗九首》中的一首,也是陆机《拟古诗十四首》中模拟的一首古诗,但不选入《十九首》。它写男子痴情,怀念昔日的情恋,而由于遥隔不通,痴情如狂。它的感情真挚直率,保持刚健朴实的民歌风格,近似《诗经·国风》中的情歌及《铙歌》中《有所思》之类的情歌。但是它的诗句显然经过加工润色,力求典雅整饰,而末二句却似乎猛然爆发似地大叫大喊,简直想得发狂发痴,也暴露了它刚健朴实的感情与修饰典雅的诗句之间不甚协调,整理者不够高明。因而以文为标准的《文选》不收此诗,而收艳歌的《玉台新咏》则不弃此诗,并不为枚乘忌讳。又如:

新树兰蕙葩,杂用杜蘅草。终朝采其华,日暮不盈抱。采之欲遗谁?所思在远道。馨香易销歇,繁华会枯槁。怅望何所言,临风送怀抱。

可与《十九首》其九、其六相比较。其九:

庭中有奇树,绿叶发华滋。攀条折其荣,将以遗所思。馨香盈怀袖,路远莫致之。此物何足贵?但感别经时。

其六:

涉江采芙蓉,兰泽多芳草。采之欲遗谁?所思在远道。还顾望旧乡,长路漫浩浩。同心而离居,忧伤以终老。

"新树兰蕙葩"一首载《古诗类苑》,其前六句又载唐类书《艺文类聚》与宋类书《太平御览》。它与其九题材相同,都写思妇怀念游子。其六题材不同,写游子思念妻室。但这三首的主题思想类同,都写夫妻离别思念的伤感;构思与手法略同,都用采花遗远以寄思念忧伤;此外还有一些词句相同。不难看到,在艺术上,《十九首》两首更为精致含蓄,而"新树蕙兰葩"则情畅辞繁,含蓄不足。尤其与其九相比,题材、主题、构思、结构、手法以

第六章　下层文人的诗——汉代五言古诗

及语言,十分相似。看来似乎"新树"诗表露思情更为细腻感伤,但是袭用套语较多,比喻形象并不新鲜,比较直露。而其六只用叙述语句,取喻简括明确,不多形容,且发议论,但却多思致,耐人寻味。而其九只是以同样的构思、手法,用于游子主题,将庭院变为江边,思远改成望乡,点出离别,亦发议论。这些艺术上的异同,既可以看到它们之间的某种承传联系,又可以发现它们之间的变化痕迹,可能是同一母题作品的流传嬗变、加工创作的现象,显示着发展中从不定形态趋向规范稳定的迹象。诸如此类,在其他古诗中还可看到。

从上述情况看,《十九首》作为汉代古诗的一组成熟的规范作品,并不概括汉代古诗的全面成就,也未必反映它们的原始面貌,而应当正确地看成一批汉代乐府歌辞经过集体加工而传为五言徒诗的作品,是按照南朝人的一种诗歌艺术观念筛选出来的优秀的五言汉诗。因此,《十九首》作为五言诗的一种艺术规范作品是可以的,作为全面衡量汉代古诗特点和成就的标准则是不全面的,或者是片面的。在没有确凿史料证据的情况下,断定它们作于汉顺帝、桓帝年间是难以成立的,据以断定五言诗成熟于这一时期也是不足信服的。然而,《十九首》及其他古诗可以作为一种发展的旁证,或者作为其他史料依据的旁证。因为事实上,要证明五言诗成立于东汉后期,完全可以采取其他确凿材料为证据。

南朝人论述五言诗成立的方法是先确定典范,再追溯论证其写作年代,结果陷入存疑或武断的死胡同,并且带来一系列无法确证的悬案。与其这样,不如换一条路走。从常理看,衡量五言诗的成熟应当具备下列四点:一是五言诗,是脱离歌曲而独立创作的五言诗,不是依附于歌曲的五言歌辞;二是文人创作,包括有名无名的文人创作的五言诗;三是抒情为主,个性突出,乐府歌辞的基本艺术特点是叙事为主,作为文人独立创作的五言诗应当较乐府歌辞更具有个人抒情述志色彩,更见个性特点;四是熟练技巧,不仅是五言韵句,而且有诗歌结构、表现和语言的技巧。依照这样的要求,今存东汉文人创作的五言诗虽然不多,但大体可以看到五言诗在建安以前一段时期中逐渐发展完成。在班固《咏史》之后,东汉文人

五言诗今存情况如下：

石勋《费凤别碑诗》，顺帝汉安二年(143)。

张衡《同声歌》(拟乐府)。

郦炎诗二首，郦炎在灵帝熹平六年(177)去世。

秦嘉《赠妇诗》三首，桓帝时。

赵壹《秦客诗》《鲁生歌》，《后汉书》本传载作灵帝光和初(178)举郡上计。

蔡邕《饮马长城窟行》(乐府古辞)、《翠鸟》。

孔融《临终诗》，《北堂书钞》作《折杨柳行》)。

辛延年《羽林郎》(乐府)。

宋子侯《董娇娆》(乐府)。

可见东汉顺帝、桓帝、灵帝朝，文人写作五言诗歌已经相当活跃，不乏著名文人学者，更多下层文人如郦炎、秦嘉、赵壹等，以及乐工艺人辛延年、宋子侯。这些五言创作，有的是乐府歌辞，有的是文人戏作歌辞，有的或是五言徒诗而用为歌辞，有的则是五言徒诗。这种歌辞、徒诗并作俱存的情况，正表明五言诗从乐府歌辞而来，逐渐脱离歌辞。如果说以前是将歌辞整理加工为五言，那么东汉后期的情况表明已是先作五言歌词或五言诗，然后在流传中或入乐，或抄传。从创作诗歌来说，他们都是写五言诗歌的。到灵帝朝，五言诗显然在下层文人已属习常诗歌形式。所以，到建安时代出现蔡琰《悲愤诗》这样的出色作品，从五言诗歌艺术发展来说，是必然的结果，阶段的标志。

综上所述，五言体从西汉兴起，随武帝设置乐府，掀起新声俗曲热潮而发展起来，主要是文人、艺人加工整理或创作五言歌辞，尚未达到五言徒诗的创作阶段。东汉文人写作五言歌辞渐多，士大夫也渐作五言歌辞。五言歌辞与五言徒诗渐趋分离，约在东汉顺帝朝以后，到灵帝朝比较普遍，出现了成熟的五言诗歌，出现了五言徒诗的创作。在建安时代之前，五言歌辞仍视为俗曲，并未完全居于雅体地位，因而一些流行不衰的五言歌辞在流传中经过集体加工提高，艺术上更为精致完整，成为魏晋以后备

第六章　下层文人的诗——汉代五言古诗

受推崇的佳作,称为"古诗"。由于不明作者,传为高手大家所作,存在时代不定、真伪不辨的疑问,因而随着五言体的雅正地位的承认和确定,于是包括传为枚乘、李陵、班婕妤及无名氏的一批"古诗"被奉为典范,并为后世认同。所以大体看来,五言诗在汉代经历了这样一个过程:从乐府歌辞到五言徒诗,从叙事为主到抒情为主,从民间下层到文人士大夫创作,从四言、杂言到五言。说五言诗成立于东汉后期顺帝、桓帝时期,大体近是,并不错误。但是对于汉代五言诗发展的历史过程及有关史料的辨析,有失简单片面,因而陷入先验的论断和推测的争论,似乎使本来并不复杂的现象变成一个个悬案,一个个谜团。

二　下层文人的诗

今存汉代五言诗,不论署名作者与无名氏作品,除传为枚乘、李陵、苏武及班婕妤作品外,主要是东汉作品,大多是下层文人的诗。如上所述,即使苏、李诗是真作,但今存作品已经集体加工,未必本来面貌,而有后来整理加工者的思想成分和艺术观念。为了便于考察五言诗思想内容的总体特点,这里把署名作品与无名氏作品分别叙述,再作归纳。

如果说乐府古辞由于通过乐工艺人演唱而流传保存下来,因而其思想内容主要反映都邑人民的生活、遭遇、体验及意愿,那么汉代五言诗则由于出身文人士大夫之手,其思想内容主要反映中下层文人的生活、遭际、体验及意愿。但是,在考察它们的思想、艺术特点与成就时,有一种情况不应忽视,就是今存汉代作品的文献出处,亦即它们依赖什么文献得以留存下来。如上节所述,《古诗十九首》及李陵、苏武诗是由于《文选》选载而流传下来,反映着萧统等一派学者作家的艺术观念和选择标准,因而在分析评价它们的代表性时必须考虑到这种事实,以免以偏概全。同样,在考察东汉文人五言诗时,也必须充分注意这一点。不难想象,东汉文人所作五言诗歌绝非今存若干首,必定更多更广。有幸留存下来的作品,虽然在当时有所影响,但是并非足以代表汉代五言诗的特点与成就,甚至完全不能代表。对于署名作品来说,这是尤须重视的,因为存在着因人而传、因事而存以及因鉴而择的种种情况,并不完全由于客观的历史淘汰,并非所有今存作品都是由于思想、艺术成就而经受历史考验的。例如被钟嵘评为"质木无文"的班固《咏史诗》就保存于《史记·仓公传》的唐人注释引文,作为一种文献资料,而不是由于其成就,即所谓因事而存。郦炎、赵壹的确被认为汉末文人作家,《后汉书》立传而其作品也得以留存,可谓因人而传。张衡《同声歌》、秦嘉《赠妇诗》都出于《玉台新咏》,如同《文选》选《十九首》一样,是按照徐陵的艺术观念和选择标准而选列入集的,所谓因鉴而择。它们各有特点,但不都反映东汉五言诗在整体上的全面成就。较之无名氏古诗,这些署名作品更显出作者所属阶层、地位的思想特色。班固《咏史诗》明显有属于上层士大夫的因事讽政的特点,张衡《同声歌》则有中层学者的诡谲讽刺的色彩,孔融《临终诗》表现了忠于汉室的臣节和激愤。较为突出的是三位下层文人的作品,更富于东汉后期五言诗的时代特点。

秦嘉是汉桓帝时陇西郡吏,充任上计吏到洛阳,得了个黄门郎的小官,病死在旅途他乡。《玉台新咏》选载了他与妻子徐淑的赠答诗,抒发夫妻恩爱和离别感伤。今存其五言《赠妇诗》三首,是他出差洛阳之际写的。当时徐淑因病还娘家,秦嘉不能在出差离家时与她面别,思念忧愁,情深感人。例如其一:

> 人生譬朝露,居世多屯蹇。忧艰常早至,欢会常苦晚。念当奉时役,去尔日遥远。遣车迎子还,空往复空返。省书情凄怆,临食不能饭。独坐空房中,谁与相劝勉。长夜不能眠,伏枕独展转。忧来如循环,匪席不可卷。

它只是实在地诉说了当时的愁思怅惘的感伤心情,并无深刻的思想,却充满真实的感情,具体生动地披露了深挚爱情和艰难遭遇,反映了一个下层文吏的命运处境与无望追求,富于现实的真实性。他的追求不过是夫妻恩爱,幸福团聚。然而命运安排却是如此艰难不幸,爱妻病归,自己又要

第六章 下层文人的诗——汉代五言古诗

出远差,希望临别见一面,妻子病重不能来,空车往返捎来一封信,使他更思恋爱妻,更关戚病妻,情煎愁熬,辗转反复,彻夜不眠,无以抑止。因而他写了这三首诗给爱妻,悲伤人生短促,埋怨老天不公;告诫妻子服药治疗,保重身体;抒写深情思恋,忠贞不渝,"贞士笃终始,恩义不可促"(其二)。这首离别哀伤的爱情诗,真实反映了东汉下层人民家庭悲欢离合的命运处境,表露了当时社会生活的一个普遍主题和共同情绪。"人生譬朝露,居世多屯蹇。忧艰常早至,欢会常苦晚",是这个时代生活的一种深切体验,一种不平哀鸣。实际上,秦嘉诗的主题是与《古诗十九首》相类共鸣的。

郦炎是灵帝时知名文士,曾被州郡辟命,但不受命。后因妻难产而死,被妻家诉讼入狱,冤死狱中,年仅 28 岁。他有两首述志诗。其一曰:

> 大道夷且长,窘路狭且促。修翼无卑栖,远趾不步局。舒吾陵霄羽,奋此千里足。超迈绝尘驱,倏忽谁能逐。贤愚岂常类,禀性在清浊。富贵有人籍,贫贱无天录。通塞苟由己,志士不相卜。陈平敖里社,韩信钓河曲。终居天下宰,食此万钟禄。德音流千载,功名重山岳。

它以朴实清雅的语言,凌厉激扬的气势,抒发自信的情怀和乐观的展望,个性突出,形象鲜明,生动而真实地反映了东汉后期青年士人反对黑暗污浊政治的思想情绪,充分表现了"匹夫抗愤"的"婞直之风"(《后汉书·党锢传序》)。显然,这首诗的思想特色是单纯天真,富于理想和想象,浅于体验和认识。在作者看来,自己就是天赋高飞奔驰的大鹏和骏马,生来便是贤良清流。虽然他看到了富贵贫贱的不公,人生命运的不平,但他确信天命公道,贤才志士虽有一时困顿,终将建立功名,流芳百世,就像陈平、韩信那样。在其二中,他说:

> 灵芝生河洲,动摇因洪波。兰荣一何晚,严霜瘁其柯。哀哉二芳草,不植太山阿。文质道所贵,遭时用有嘉。绛灌临衡宰,谓谊崇浮华。贤才抑不用,远投荆南沙。抱玉乘龙骥,不逢乐与和。安得孔仲

尼,为世陈四科。

仿佛对宦官、外戚擅权的污浊政治有了较为深切的认识,并且有了鲜明形象的生不逢时、失意不遇的感叹。然而他仍然相信"文质彬彬"的人才必将为世所用,压抑是一时的;认为病症在于缺少伯乐、和氏那样相马识玉的执政,因而希望像孔子那样进行教育,向社会宣传人才培养的重要。这种儒家教育救国的理想抱负,正是东汉"桓、灵之间,主荒政谬"的形势下,青年太学生们普遍的情怀,所谓"国命委于阉寺,士子羞与为伍,故匹夫抗愤,处士横议"(同上引)。像郦炎这样可贵的爱国热情,单纯的理想追求,天真的赤子之心,分明的清浊是非,是东汉后期的时代的强烈情绪和激动脉搏,是现实政治的真实反映。虽然他不幸遭逸冤死,青年夭折,而且诗歌艺术也明显存在不够成熟的缺陷,但这两首五言却确为东汉"古诗",具有鲜明的时代特征,是评论汉代五言诗的现实内容与思想意义所不可忽视的一个部分。

赵壹是东汉灵帝时一位婞直特出的大名士。他"恃才倨傲,为乡党所摈","后屡抵罪,几至死,友人救得免"(《后汉书·赵壹传》)。灵帝光和元年(178),"举郡上计到京师",晋见司徒袁逢时,"计吏数百人皆拜伏庭中",他只是长揖,并不叩头。他激将河南长官、大名士羊陟亲自拜访他。因而"名动京师,士大夫想望其风采",似致"州郡争致礼命,十辟公府",几乎所有上下官府都要请他,但他一概拒绝,终于在家去世。他文才出众,诗赋都佳,兼擅众体。其《刺世疾邪赋》抨击黑暗政治和污浊风气,尖锐激烈,淋漓尽致。深刻指出,秦、汉以来,政治荼毒,"宁计生民之命,唯利己而自足";坚定相信,"乘理虽死而非亡,违义虽生而匪存"。今存其两首五言诗便是该赋中两个虚构人物的诗歌。其一是"有秦客者,乃为诗曰":

河清不可俟,人命不可延。顺风激靡草,富贵者称贤。文籍虽满腹,不如一囊钱。伊优北堂上,抗脏倚门边。

其二是鲁生听了秦客诗后,"系而作歌曰":

势家多所宜,咳唾自成珠。被褐怀金玉,兰蕙化为刍。贤者虽独

第六章　下层文人的诗——汉代五言古诗

悟,所困在群愚。且各守尔分,勿复空驰驱。哀哉复哀哉,此是命矣夫!

赋是朗诵的。赋里的"诗"与"歌",当然都是朗诵的。但从艺术观念看,这篇赋里的"诗"是朗诵的,"歌"是歌唱的,因而可见后来所谓"古诗",在东汉既有诗也有歌,五言徒诗创作已经习常。这两首五言诗歌虽是假托虚构人物的创作,略同于后世小说中的人物歌咏,但其实表达了赵壹和同时代下层文士的共同心声和普遍情绪。它们明确针对宦官外戚的权贵势要,尖锐揭露浑浊的社会风气,透彻批判迷信天命的愚昧,怒骂嬉笑,言辞锋利,论断极端,不留余地。这看来似乎绝望的呼喊,实质却是醒世的鞭策,痛心疾首地呼吁那些碌碌奔波仕途、纷扰迷茫人生的游子荡子,睁眼看清冷酷的现实,清醒觉悟自然的法则,不受权势欺压,勿为天命蒙蔽。虽然赵壹对前景不抱乐观,并未正面歌唱理想,但他要求与这黑暗污浊的政治社会决裂,消极抗拒,则是倾向鲜明,态度坚决的。较之郦炎诗,赵壹诗有深切体验和深刻认识,社会内容更为真实,现实意义更为深广。较之《古诗十九首》等南朝人奉为冠冕的五言古诗,则更有反抗精神和思想价值。

从思想上看,东汉后期几位诗人作家的五言诗,虽然数量不多,但是明显表现出下层文人的社会生活和政治态度的几个重要方面,不同程度地反映着东汉后期的社会现实和时代面貌,既有秦嘉诗那样与《十九首》起共鸣的主题,也有超出《十九首》所感伤的主题。比较起来,以《十九首》为代表的五言古诗的思想内容便显得比较软弱与狭隘,不时闪烁着两晋南朝文人的影子和趣味。

《古诗十九首》是南朝梁代萧统从相传汉代五言诗歌作品中选择出来的一组,署为无名氏作,称之"古诗"。其中有八首在南朝陈代徐陵编《玉台新咏》中,列入署为西汉枚乘所作《杂诗九首》。其中有十一首在南朝及唐、宋文献中或作乐府,或明显来自乐府。因此,它们不是一人、一时一地的有机组诗创作,而是历经岁月,流传到南朝,被萧统按照自己的标准和眼光编成的一组五言古诗,亦即汉代五言诗歌。它们在思想上的类同一致,出于选家的标准,并非汉代仅此一类,更非本来一致。它们的题材主要有三类:思妇怀远,游子怀乡,人生仕途的感慨。从社会生活内容和主题思想意义看,它们相当广泛地反映了主要是东汉下层士人及其家庭的生活、运遇和思想情绪,几乎没有正面歌唱社会政治思想和道德情操,大多从不满、不平的抒发,触及社会政治及道德风气的污浊腐败,透过人生仕途的种种折光反射出这个时代的侧影,流露着下层人们安于本分的合理愿望和软弱追求。它们不是时代的镜子,没有时代的强音,而是曲折的透镜,感伤的喟叹。精神的束缚,生活的重压,造成了下层士人的委屈和软弱,也迫使他们发出深情的不满和乏力的悲鸣。深切体验、真实感情,适与低微要求、平常思想,形成矛盾的一致,情理的协调,唱就了一曲曲动人而无力的辛酸悲歌,博得了当时与后世下层士人的共鸣。

《文选》把"行行重行行"列在十九首的首位,不无编者以为序曲的意味。它是一首思妇诗:

> 行行重行行,与君生别离。相去万余里,各在天一涯。道路阻且长,会面安可知?胡马依北风,越鸟巢南枝。相去日已远,衣带日已缓。浮云蔽白日,游子不顾返。思君令人老,岁月忽已晚。弃捐勿复道,努力加餐饭。

思妇的愁思怨伤,由于丈夫出门远游不归,由于"生别离"。离别使她思念忧伤,使她担心意外,使她蹉跎青春,使她失落一切。然而她仍然盼望期待,依旧祝愿丈夫保重安康。在她反反复复、絮絮叨叨的倾诉衷情中,归根结底是埋怨离别,但都不提丈夫为什么要离别。这是不言而喻,人所共知的。封建社会里,农民依附土地,视土地为生命,安土重迁,乡土情深。然而遇上天灾人祸,农民为了求生,也不得不离乡谋生。对于封建阶级下层的文人士子来说,谋求发展,改变地位,提高待遇,光宗耀祖,必须离乡背井,奔波仕途,追求功名,获取富贵。否则便得躬耕自给,安贫乐道。对于封建下层家庭来说,人生幸福要求团聚,而追求富贵必须分离,因此从"结发为夫妻"开始,恩爱夫妻的"生别离"似乎也就同时发生,丈夫离家,

第六章 下层文人的诗——汉代五言古诗

妻子等待,于是不尽的离愁别绪,难言的痛苦悲伤,都在这仿佛望不到头的离别道路上遭遇了。从思妇角度看,这是无奈的离别,痛苦的隔绝,真挚的思恋,难言的惆怅,几乎无望的期待。而对游子来说,他乡作客的辛酸,旅途奔波的艰难,乡愁的煎熬,世态炎凉的折磨,种种痛苦却在思妇这挚情中获得慰藉,感到温暖。尤其是"浮云蔽白日,游子不顾返"二句,以体贴和理解,将爱情和知己,送到天下游子的心底,因而成为名句和典故。在古代封建社会,这样的人生体验,会引起更为广泛的生活联想和感情共鸣,尤其在下层文人士大夫,在人生与仕途中,总是期待知遇,怨望隔绝,所谓"女为悦己者容,士为知己者用",其间有着似无似有、若即若离的相通相似的感受体验。所以这诗虽写思妇自述离愁别绪,却融汇了封建下层人民的一种普遍的生活体验和思想情绪。从这一意义看,这首诗虽然是思妇主题,却蕴含着封建社会下层乃至中层文人士大夫所熟悉、体验、理解和共鸣的一种相当普遍的生活遭遇,一条情理相通的人生旅途,一个心态类似的人生痛苦,因而在思想内容上有着总起十九首的序曲作用和意义。实际上,其余十八首虽然具体主题和思想各有不同,但都与这个离别引起的人生旅途遭遇和体验相通。

首先是思妇诗。除其一"行行重行行"外,计有其二"青青河畔草"写一位倡女出身的思妇春怨;其八"冉冉孤生竹"写一位订婚而迟迟不娶的女子对未婚夫的怨望;其九"庭中有奇树"写一位思妇怀念远出的游子;其十六"凛凛岁云暮"写思妇在岁暮寒冬思念游子;其十七"孟冬寒气至"也是写思妇在寒冬思念游子以及接获游子书信的心情;其十八"客从远方来"写思妇接获丈夫捎来绸缎的心情。连同其一,《十九首》中共有七首具体抒写思妇主题的诗歌。从身份看,共三类:成婚主妇,订婚闺女,倡女出身的主妇,形象鲜明,性格不同。那位"倡家女"出身的"荡子妇"是在大好春光中盛妆倚窗,不耐独守,春情难抑,怨望外露。那位新订婚约的闺女,一心盼望中意的未婚夫及时迎娶,不禁埋怨未婚夫迟迟不娶,辜负了情义,蹉跎了青春,"君亮执高节,贱妾亦何为",简直要斥责那不通情理的未婚夫拿什么架子。那些位成家主妇们则稳重含蓄多了,有的说看见庭中花开了,"但感别经时",离别又一年了;有的说天冷了,又一年了,梦见丈夫在外不得意,也在想念自己,梦醒了,更加想念丈夫;有的说冬天岁末,盼望丈夫归来,却依然空怀着三年前丈夫的来信,挚情不渝,但不知丈夫怎样了;有的说,接到丈夫捎来的绸缎,知道"故人心尚尔",便把全部爱情缝制入这绸缎"合欢被"中去。这些不同身份性格、不同情节表述的思妇诗的共同特点是,作者同情思妇,埋怨丈夫久出不归,但却都忠于夫妻爱情。即使是那位"荡子妇"和那位未婚妻,一个不耐,一个气恼,但都仍在盼望期待,既不变心,也不出轨。她们的愿望和期待只是及时成婚,夫妻恩爱,家庭团聚,在人生青春年华,生活幸福美满。这是合理的、适度的、本分的生活理想,不过人之常情。她们遵守妇道,忠于爱情,顺从丈夫,甘于束缚,并不触犯封建道德规范,绝无反对封建制度意识,不求自由平等,不涉政治追求。而恰是这合乎常情的家庭生活理想,恪守本分的夫妻爱情满足,在封建社会往往不得如愿,丈夫出门离家,妻子空房独守,日久天长,年复一年,相隔两地,相会无期。正是这样的思妇生活运遇和苦涩心态,暴露着封建社会的不合理,束缚人性,摧残身心,冷酷无情,破坏家庭。从思想上说,这类思妇诗实质是从平常人的平常生活追求出发,抒发平常生活的不满与不平,所谓属于芸芸众生的中间人物,不属胸怀远大的英雄气概。作为抒情诗,它们让人倾听到汉代下层妇女的悲伤痛苦,感受到古代封建社会束缚、折磨妇女的罪恶实际。

其次是游子诗。单纯从故乡室家出发的游子诗,《十九首》中并不多,其实只有三首。一是其六"涉江采芙蓉",写游子在外怀乡恋妻之情,是赠妇诗,从江边采花赠远,写到夫妻之情,"同心而离居,忧伤以终老",表露着忠于夫妻情谊,抒发分别难舍的感伤,寄托不遇难归的惆怅。这是一种恪守臣节夫德的君子情怀,显出封建正统文雅的诗教风格,端正而有难言之痛,规矩而无生活欢乐。二是其十九:

  明月何皎皎,照我罗床帏。忧愁不能寐,揽衣起徘徊。客行虽云乐,不如早旋归。出户独彷徨,愁思当告谁?引领还入房,泪下沾裳衣。

第六章 下层文人的诗——汉代五言古诗

它并非赠妇诗,而写游子不遇思归,主题的基调是愁,愁思和忧愁。《十九首》的编排以思妇诗起,以游子诗结,不无前后呼应的用意。这诗所写,其实便是其一"浮云蔽白日,游子不顾返"的情境。诗中的游子抒发自己彻夜忧愁不眠,但十分孤独,缺少知音,无可谈心,无以遣愁,因而想回家,言外之意是总不如家里温暖。显然,游子客行在外,并非没有乐趣,甚至比在家生活得快乐,但是每到夜阑人静,各归其家,此时此刻,游子感到精神上的缺憾,发现自己是无家可归的旅客,经历的甘苦和前途的未卜,多么需要有个知心伴侣叙谈倾诉,尤其需要体贴温暖,充实鼓励,去迎接明日的奔波角逐。诗中并未点破愁什么,为什么愁,但是"客行"二句点明了客愁,仿佛包含一切作客他乡的忧愁,也就是离开家乡所遭遇的各种各样的烦难不如意的事情。归根到底,在家是主,他乡为客,客随主意,身不由己。然而"客行"二句又暗示思归而不得归的为难处境。如果能够自己作主,那么体验了"不如早旋归",索性回家就是了。这"客愁"不就解除了!然而这游子却仍在徘徊彷徨,希望有知己谈心,甚至孤寂而伤心流泪,并未下决心回家。他不是不愁回家,而是有回不了家的难处,还顾不上回家;还有脱不了身的事情,还把握不了自己的命运。这就是"浮云蔽白日",普照人间的阳光被浮云遮住了,温暖尚未被覆这游子,主人公被蒙蔽了,恩惠未及他的身上。他遭遇冷落,处境困顿,失志不遇,进退维谷。这是封建社会下层文士的普遍境遇和共同愁思,真实、深刻而典型地表达了他们苦闷彷徨的情绪,反映了这个时代面貌的一个重要侧面。另一首是其十四:

> 去者日以疏,来者日以亲。出郭门直视,但见丘与坟。古墓犁为田,松柏摧为薪。白杨多悲风,萧萧愁杀人。思还故里闾,欲归道无因。

这诗首句"去者"一作"生者",引起不同理解。通观全诗,它写一位久客异乡的游子见墟墓而激发的乡愁归思,有一种归不得家乡的怅惘哀愁。因而当从乡愁归思来理解,作"去者"近是。它的大意是说,离去的人一天天被遗忘疏远了,招来的人却一天天被熟悉亲近了。他走出城去,望去只见坟墓,然而古墓经历沧桑,已被犁为田地,墓地的松树柏树早被打柴烧了。他朝道路望去,只觉路旁白杨在秋风中发出萧萧的声响,撩起游子不堪的乡愁。游子多么想回老家,然而离家太久,乡亲怕已记不得自己,新朋却又这样亲近,就是要回家也是道路不通,也没有回乡的由头了。这是一种乱世游子历经沧桑的深刻乡愁归思。叶落归根,狐死首丘,这辈子都没有回过家乡的游子,到老仍忘不了生长的家乡,心底深处埋着故乡亲情。然而就在这异乡他方,游子看到了,也体验了"去者日以疏,来者日以亲"的现实人情,世代土著甚至连祖坟都平为田地,没有人再记得他们,哪里还有乡土情、故里亲呢?即使他回老家,恐怕也会变成举目无亲的异乡了。因此,他充满了归不得家乡的怅惘,万千思绪,一种哀愁,失落了家乡也失落了自我。这是封建时代下层文士的又一种普通的境遇和共同的愁思,从失志不遇,孤独苦闷,到不得归乡,自我失落,飘零迷茫,前途无望,因而是更深刻的悲哀,更真实的反映。

除游子、思妇诗外,《十九首》其他主题看来较广,实质都是从游子离家而来的人生仕途的一些体验,是下层文士追求前途的种种遭遇的不满与不平。与乐府歌辞相比较,古诗中这类主题明显增加了思想内容的一个特点,除都邑生活的人生感慨外,突出了仕途即政治前途的体会。因此它们的总体思想由两方面构成,一是感慨人生短促,欢乐无常,鼓吹及时行乐,得过且过;另一是觉得人生如寄,盛衰有时,宣扬知遇难得,适意行乐。前一方面思想特征大致如同乐府歌辞的同类作品,有的大约原是加工提炼乐府歌辞而来,如其十三"驱车上东门"又传作乐府《驱车上东门行》,其十五"生年不满百"与乐府《西门行》的内容、词句基本相同(参看上章);有的则明显属于文人创作,例如其十二:

> 东城高且长,逶迤自相属。回风动地起,秋草萋已绿。四时更变化,岁暮一何速!《晨风》怀苦心,《蟋蟀》伤局促。荡涤放情志,何为自结束?燕赵多佳人,美者颜如玉。被服罗裳衣,当户理清曲。音响一何悲,弦急知柱促。驰情整中带,沉吟聊踯躅。思为双飞燕,衔泥

第六章 下层文人的诗——汉代五言古诗

巢君屋。

这诗自第十一句"燕赵多佳人"起,历来有学者以为诗意不连贯,当另为一首。但《十九首》既编自《文选》,则自当依《文选》作一首完整诗歌。又陆机《拟古》也是作整首模拟的。倘使不存成见,而具体分析此诗的思想感情,则可以看到,诗中主人公属于封建下层失意落魄文士,触景兴怀,感慨岁时易逝,年华不常,"今我不乐,日月其除"(《诗经·唐风·蟋蟀》),何必自我束缚;"未见君子,忧心钦钦"(《诗经·秦风·晨风》),不如挣脱君子拘束,尽情寻求欢乐,何况青楼美女,本来期待知遇。这是下层士子的一种心态,从遵循传统儒家礼教士节,到"荡涤放情志",摆脱束缚,放荡不羁,追逐美女,而向往双宿双飞,喜结良缘,追求爱情。其实是失志蹉跎的一种变态,是理想幻灭的一种抗议,是下层士子不满不平的一种宣泄。同时,该诗的用典与辞藻也可以看到作者的文化素养有别于艺人乐工作者,熟悉儒家经典,熟练雅词丽句,显然出自文人手笔。

从仕途体验产生的人生感慨,是古诗思想内容的另一方面,更显出封建下层文士的特征。这类作品题材不一,情态各异,但都对上层富贵施以冷嘲热讽,对下层贫贱抱着适意自在,对知遇难得、世态炎凉颇为惆怅感愤,态度不满而无奈,情绪不平而自安,有深刻的认识,消极的抗议,并无激烈的愤慨,积极的行为。它们的总的倾向是,是非分明,态度软弱,根本上并不反对封建制度,只是在政治生活中体验了现实的不合理。例如其三:

> 青青陵上柏,磊磊涧中石。人生天地间,忽如远行客。斗酒相娱乐,聊厚不为薄。驱车策驽马,游戏宛与洛。洛中何郁郁,冠带自相索。长衢罗夹巷,王侯多第宅。两宫遥相望,双阙百余尺。极宴娱心意,戚戚何所迫!

它写两种人生的追求和乐趣。作者态度鲜明,起兴便是孤高清白的形象,显然用以自喻。然后指出人生短促,仿佛远方来客,偶尔降世一游,本来只是适情尽兴的旅游,没有功利的追求。这与乐府歌辞宣扬的人生观有

很明显差别,都认为人生短促,但乐府作者们重视在世的物质享乐,而古诗作者则有时突出精神的适意自在,有时追求精神的自我满足,比较看重精神生活。所以诗中主人公接着以清贫自乐的游戏人生的姿态涉足人间繁华都邑,东汉京城洛阳和都会宛城。然后一转,写京城洛阳的上层生活,来来往往都是达官显宦。这是与主人公迥然不同的另一种生活和追求。这种追求的目标便是那大街小巷中引人瞩目的王侯住宅,还有那最高贵的皇帝宫廷。较之斗酒策马的生活,这些达官显宦、王侯皇帝的生活足以尽情吃喝玩乐了,然而他们似乎并不那么自在,反而好像有什么沉重压迫使他们整天忧虑重重。这就是说,追求富贵极乐,丧失自在安乐;人生视同游戏,获得自在生活。实质上作者宣扬庄子自然无为的思想和逍遥自在的人生观,对功名富贵无常施以冷嘲热讽,反映着下层小有者的一种思想情绪,对人生并不厌弃,对现实却不满意,而对封建政治则不抱希望,对追求富贵更为淡泊,乃至厌恶。作者本意不在揭露当时政治黑暗,而是把封建政治作为人生不平的一种社会根源,作为一种不可取的人生道路,予以贬薄。实质上,这是一首人生哲理诗,并非政治讽刺诗。又如其四:

> 今日良宴会,欢乐难具陈。弹筝奋逸响,新声妙入神。令德唱高言,识曲听其真。齐心同所愿,含意俱未申。人生寄一世,奄忽若飙尘。何不策高足,先据要路津?无为守穷贱,轗轲常苦辛!

它写一个宴会上一位有德望的人物高唱妙论,与宴者心领神会,深为赞同。其妙论的含意是,人生短促,应当做大官,据要位,掌权势,取富贵,不必死守贫贱,坎坷终生。对这种流行的庸俗思潮,作者含笑予以热讽,称之"高言",誉为真谛,而一言道破,原来如此。嬉笑而不怒骂,正显出大彻大悟,玩世不恭,深谙仕途坎坷,熟知官场黑暗,对前途不抱希望,对现实无力改变,是智者醒者,却非强者勇者。他们当中的志士仁人,或变得清高自好,或感到知音难遇,或愤世嫉俗,有时也作哲理探索,情思悲哀,或迸发激愤。例如其十一:

第六章 下层文人的诗——汉代五言古诗

> 回车驾言迈,悠悠涉长道。四顾何茫茫,东风摇百草。所遇无故物,焉得不速老?盛衰各有时,立身苦不早。人生非金石,岂能长寿考?奄忽随物化,荣名以为宝。

这是一首人生哲理诗。人生到了尽头,回顾经历的漫长道路,发现大自然四时运转依然,而人世代谢,万物消长,没有一样保持原来面貌,看来自己也不免如此。发现了这一法则,觉悟了其中必然,更深刻认识自己确实老了。进而懂得人生同大自然万物一样,盛衰有一定阶段,错过了盛时,绝无回天之力,很快从衰老而死亡。作者告诫世人:人生最宝贵的是荣誉和名声。这是悲叹一无所成的凄苦人生体验的总结。劳碌了一辈子,也糊涂了一辈子,好像竟然不知道人终归要老死似的,其实诗旨在于强调人死后,物质财富以及这躯体都不复存在,早晚会消亡,只有名声是永垂不朽的,因而真要有所建树,不但立身宜在盛时,更须追求荣名,不汲汲于富贵,不戚戚于物欲。实质上,作者要求世人崇尚清高道德,保持完美节操,加强自我修养。又如其五:

> 西北有高楼,上与浮云齐。交疏结绮窗,阿阁三重阶。上有弦歌声,音响一何悲!谁能为此曲?无乃杞梁妻。清商随风发,中曲正徘徊。一弹再三叹,慷慨有余哀。不惜歌者苦,但伤知音稀。愿为双鸣鹤,奋翅起高飞。

高楼上的悲歌,激起了作者的共鸣。然而楼上歌者是一位丧夫的节妇,就像从前齐国大夫杞梁的妻子那样,丈夫为国捐躯,妻子悲恸欲绝。他们夫妻恩爱,悲哀失去知己丈夫。楼外的作者共鸣的却是弦外之音,知音就像知己丈夫一样难得,悲哀自己不获知遇。因而作者愿与歌者一起,像鸣鹤一样展翅高飞,离开寒冷,追求温暖。作者抒发不获知遇的悲哀,反映着现实社会的冷漠严酷。这是下层士子境遇冷落的深刻悲哀,心底痛苦。再如其七:

> 明月皎夜光,促织鸣东壁。玉衡指孟冬,众星何历历。白露沾野草,时节忽复易。秋蝉鸣树间,玄鸟逝安适?昔我同门友,高举振六

翩。不念携手好,弃我如遗迹。南箕北有斗,牵牛不负轭。良无盘石固,虚名复何益。

这位作者备受冷落,尤其是被飞黄腾达的同窗友侣抛弃,不予提携,使他愤懑了。在这深秋之夜,月光皎洁而清冷,促织鸣叫而聒耳,斗柄指向寒冬,繁星历历可数,露水凝冻野草,很快就到冬天了。秋蝉在树上高唱,燕子将飞向何方?大自然一片寒冬将临物候,虫鸟在悲鸣,追求温暖与阳光。作者感到自己像这深秋的虫鸟一样,凄楚冷落,连从前的同窗朋友都是一高升就不理睬自己了。这世态的炎凉,使他不禁愤愤然指斥这虚情假意的世道,就像星空的南箕北斗和牵牛星,看来光彩照人,但却都是空有其名,箕不能簸,斗不能盛,牵牛并不负轭拉车。倘使没有磐石坚固的友谊,说来是朋友,其实是一点也靠不住的。作者冷落的体验,迸发出对这时代趋炎附势、虚情假意的风气的愤慨,是下层士子的一种抗议,一种控诉,真实,具体,然而软弱,可怜,因为他们并非不想攀缘高升,而是在连朋友也不肯拉一把的困境中,发出了仿佛悲愤而实为绝望的悲鸣。愤世嫉俗,不触要害,不免为牢骚,为发泄。

总起来看,《十九首》的思想特点是封建下层文士从自身地位、利益、处境、遭遇出发,充满感伤哀怨,抒写惆怅不满,迸发气愤不平。为了改善提高地位和待遇,他们不得不放弃家庭生活,奔走仕途,追求功名,谋取富贵,因而造成这一阶层游子思妇的普遍,离愁别绪的丛生。但是,他们在仕途,也是他们人生旅途中的遭遇却往往坎坷不平,滞留异乡,困顿他方,沉沦潦倒,发不了家,也回不了家。他们饱尝辛酸,受尽屈辱,看遍世态,识透人生,发觉自身无力,痛感现实黑暗。于是退避者有之,超脱者有之,随波者有之,愤世者亦有之,却并无挺身谋求改革者。因而有牢骚不满,有愤愤不平,有哀怨,有悲伤,有讽世警语,有醒世哲理,有冷嘲热讽,有自嘲嘲人,有真性情真悲哀,有肺腑语感人心,也有悲观失望,无望而至绝望,宣扬人生短促,富贵无常,及时行乐,恣情放荡,唯独难发豪言壮语,不见远大抱负,似无政治理想。显然,这是封建下层士子的一种真实思想情绪,一种确实存在的现实状况,因而具有现实的真实性,历史的时代性。

第六章　下层文人的诗——汉代五言古诗

但是如前所说,与郦炎、赵壹的古诗相比较,《十九首》所反映的并不能概括全面的代表下层士子的全部思想情绪。不妨再举一例:

> 四坐且莫喧,愿听歌一言。请说铜炉器,崔嵬象南山。上枝似松柏,下根据铜盘。雕文各异类,离娄自相联。谁能为此器?公输与鲁班。朱火然其中,青烟飏其间。从风入君怀,四坐莫不欢。香风难久居,空令蕙草残。

这首古诗载《玉台新咏》。虽然《古诗存目》说《玉台新咏》古本不载此诗,但唐、宋类书多载,或作"古乐府",正表明它是乐府传为古诗。这是一首咏物诗,讽托感慨,诗旨与情调不同于《十九首》。作者赞叹能工巧匠的精致手艺与美妙创作,但提醒人们不要陶醉于它燃烧散发的香烟,不要忘却大自然蕙兰香草的芬芳,以致浪费了天然资源。它的寓意深曲,但感慨明确。铜炉艺术精美,不能改变它燃香散烟的器用;薰香再香,不能经久,不能取代蕙兰天然清香。由于器具形式精美而无视它散发烟气,因而抛弃了天然清香,不分才用,混淆清浊,这是作者的感慨,诗旨的讽托,是针对汉末政治而发的。于此也可见出,《十九首》作为汉代五言古诗的代表,从思想内容方面考察,并不全面,但却反映着封建下层文士的一种不满不平的情绪。随着封建政治的历史发展,这种思想情绪愈益为两晋南朝的文人学者所理解和共鸣,甚至觉得"惊心动魄",加上它们艺术上的成就,因而其评价越来越高,甚至奉为圭皋。而其实,《十九首》是萧统《文选》的选择结果,合乎萧统所谓"时义"的思想要求,也体现他要求"事出于沉思,义归乎翰藻"(《文选序》)的标准。所以在考察、评论《十九首》的思想意义和特征时,应当而且必须考虑到这一事实:《十九首》是萧统从当时尚存的汉代古诗作品中选编而成的,代表着他的文学、诗歌观点。不言而喻,认为萧统选择的汉代五言古诗完全能代表汉代古诗,是不适当的。

二　清丽而如话的抒情诗歌艺术

一般地说,汉代五言古诗基本上属于抒情诗,与乐府古辞为叙事歌形成对照,恰可分界。应当进一步探讨,作为抒情诗,汉代五言古诗又有怎样的艺术特点?回答这一问题,必须重视汉代五言古诗与乐府歌辞的联系,它们或者原是乐府歌辞,或者是文人所写歌辞,或者是文人采取五言歌辞形式写的徒诗。总之,由于它们来自乐府歌辞,因而不可避免地保持、汲取了乐府歌辞叙事艺术的许多滋养。这一特点首先表现在诗歌整体结构上往往保持叙事方式,或者抒情之叙事之中,或者抒情如同叙事,甚少纯属表情的渲染、形容、感叹语词。因此,汉代五言古诗不但有第一人称抒情,还有第三人称抒情。例如《十九首》其二:

> 青青河畔草,郁郁园中柳。盈盈楼上女,皎皎当窗牖。娥娥红粉妆,纤纤出素手。昔为倡家女,今为荡子妇。荡子行不归,空床难独守。

这位在繁荣春天里凭楼当窗的丰盈艳妆的少妇,是作者所见所咏的对象,是第三人称叙述的主人公,并非抒情主人公。它的抒情不表现为直接的感情抒发,而是通过具体形容少妇的美艳和叹息她的身世遭遇,饱含着也抒发着惊叹的热情和惋惜的同情。其特点便是抒情于叙事之中。同样,如其十:

> 迢迢牵牛星,皎皎河汉女。纤纤擢素手,札札弄机杼。终日不成章,泣涕零如雨。河汉清且浅,相去复几许。盈盈一水间,脉脉不得语。

这仿佛是望星空的遐想,借神话以抒情。然而它的整体结构是叙事方式的,作者在叙述所见、所闻、所想象的星象与神话传说,诗的主人公是牵牛星和河汉女中的河汉女,不是作者的抒情形象,而是作者为之深深同情的对象。正像上首作者在一旁观望楼上少妇一样,这首诗的作者是在星空下仰望星象,被叙述的人物在诗中,抒情的形象在诗外。所以它的特点也是抒情于叙事之中。

汉代古诗同一般抒情诗一样,大多采用第一人称,而其特点是抒情如同叙事。正像乐府歌辞的叙事朝着抒情说理方向发展一样,不论是乐府

第六章　下层文人的诗——汉代五言古诗

歌辞经文人加工而传为古诗,或者文人创作徒诗或歌辞,它们都仿佛一脉相承,往往以具体经历事情为抒情依托,或者充满感情地叙述,或者即事叙述情怀,情由事来,情对事发。如果其事不是具体事情,而是属于人生经验之类的抽象思想,则作者的抒情便变为哲理的叙述,情由理来,情对理发。或事或理,都是抒情的依托,因而其抒情如同叙事述理,一一说来,徐徐道去,娓娓动听,醒世感人。

又正因汉代古诗从乐府来,所以其第一人称抒情有两类,一是以诗中主人公口吻自叙,是作者的创作形象,并非自我形象;一是作者自抒情怀,创作形象与自我形象合一。大抵思妇诗多属拟诗中主人公口吻,游子诗以及讽时醒世的感愤、哲理诗多为夫子自道。不论哪类,它们都以叙事述理来抒发情思。例如《十九首》其一"行行重行行"是拟思妇自叙,事情就是丈夫远出未归,她在家思念担忧。思妇从满怀怨望地诉说"丈夫走啊走个不停,夫妻活生生分离"开始,一直围绕丈夫远出不归的事情,唠唠叨叨,断断续续,没完没了,欲罢不能。先说走得那么远,简直相隔在天的两边;再说路这么长,谁知道哪天回到家来,见上一面;又说鸟兽都想着老巢本土,这人怎么不想回家;又说丈夫就想不到自己思念得人都消瘦了,又担心丈夫回不了家,恐怕遭人逸害,顾不了回家;想来想去,岁月消逝,人也老了,想也没用,愁也徒劳,还是祝愿丈夫饭要吃饱,身体保重。思妇对丈夫的深情挚爱,体贴慰藉,盼望期待,忠贞不渝,都在这埋怨担忧的难尽的絮叨中抒发出来,而其实都是从丈夫远出未归之事中引出的,是对远出未归的丈夫抒发的。对读者来说,它的艺术效果不在其事,而是感受到思妇如痴似迷的忧思怨望,感动于她纯朴笃厚的夫妻爱情。因而读来仿佛叙事,实质都在抒情。又如其十九"明月何皎皎"是游子自叙,或即作者自叙,事情就是忧愁不眠,客游不欢,欲归不能,悲伤流泪。事情说完了,诗也结束了,这好像一幕独舞的幕外独白,而不是台上的独白。游子不是抒发他内心的活动,而是告诉人们他在这不眠的月夜有什么活动;让人们理解他忧愁得如此这般,而不是在倾诉他忧愁些什么。这乡愁似乎是莫名的,又像是不言而喻的,其实是说不出来,又非说不可,于是只得像患病似

的形容症状,让医师诊断症结,而人们倾听他叙述,觉得他确实病得痛苦。所以它的抒情如同叙事。至于像其四"今日良宴会"的叙述议论,其十一"回车驾言迈"的阐发哲理,则其嘲讽与悲哀本来都从事理来,对事理发,因而简直如同叙事诗歌一样。

由于汉代古诗采用叙事方式抒情,因而它们整体形象生动具体,鲜明突出。不论是诗中创作形象或作者自我形象,古诗通常都是自叙其事,一贯到底,较少其他人物登场,甚少通过对话表现。但由于以事情为依托,因而往往有具体的形象的动作,不大静止地表白内心活动,这就令人觉得诗中抒情主人公的整体形象活灵活现,神情毕露。即使是短小的抒情诗,例如其六"涉江采芙蓉"、其九"庭中有奇树",都只有八句,内容不过抒发思乡和怀远的情意。一般说来,这是较难或不须叙述形容行为动作的。然而它们都以一个行动、一件事情作为依托,其六是游子在江边采荷花,其九是思妇在院里攀枝摘花,围绕采摘盛开的花抒发离情别绪。这位游子过江采摘荷花,采了想送给妻子,又觉得路远送不了,回头望乡,看着长远的道路,惆怅不已。呈现在读者面前的是一个怅然若失的游子形象。那位思妇看着院里树上春花盛开,不禁前去攀折,手里拿着花,想送给丈夫,也发现路远送不了,只有花香在怀中袖里散发开来,如痴似醉。读者仿佛可见她在院里发呆,想望着丈夫,失落了自己,形象生动具体。又如其十一"回车驾言迈",是一首哲理诗。虽然用诗发挥哲理,实则在于抒情,但哲理是抽象的,倘使直接用语言阐发,而取诗的形式,充其量不过是哲理韵语。这首诗的作者构思了一位游子仿佛回乡的旅行,在漫长旅途中的所见所感,触发人生哲理的议论。这就在表现上使抽象的人生反思变成人生旅途的触景生情,感物抒怀,显出一位怀乡情深、感慨悲凉的归来游子,一位历经沧桑、沉吟深思的醒世哲人。在漫长的归途中,在茫茫的天地中,领略春风吹动百草的蓬勃景气,感受万物新陈代谢的自然规律。他仿佛遗憾地觉悟到了:人生如同自然,盛衰有时,立身宜早;万物皆化,荣名永存。这就使抽象哲理,空泛议论,变成所见所感的人生体验,深入浅出的生动形象,读来亲切,耐人寻味。

第六章 下层文人的诗——汉代五言古诗

情从事来,情对理发,使汉代古诗又一抒情特点是倾向明确,议论警策。一般地说,爱憎分明是抒情诗通常的特点。但抒情诗爱憎强烈,又多议论,容易流于散文化。而汉代古诗恰由于采取叙事方式,因而往往夹叙夹议,议论性明显。有的讽刺性作品,如《十九首》其四"今日良宴会",这一特点尤为突出。但大多古诗则以提炼警策来化解这类夹叙夹议方式的不足。古诗提炼警策的手法大致有形象性提炼和修辞性提炼两类。形象性提炼是把议论通过整体形象的叙事式抒情来体现,并不以警策的抽象语句表现出来。例如其八"冉冉孤生竹"是拟订婚女子自叙未婚夫迟迟不娶的怨望,通篇都由叙述句与形容句构成,没有一个精炼警策的判断句。然而在她叙述怨望中颇有比喻贴切、寓意深长的诗句。例如开头说:"冉冉孤生竹,结根泰山阿。与君为新婚,兔丝附女萝。"便用了两个形象鲜明生动的比喻:软弱的孤竹生长在大山弯,有了坚强的靠山;蔓生的兔丝依附在柔弱的女萝上,还是软弱不可靠。又如其中怨伤青春蹉跎说:"伤彼蕙兰花,含英扬光辉。过时而不采,将随秋草萎。"用香草鲜花被冷落而将枯萎,比喻女子青春红颜因不娶而徒然衰老。这些诗句之所以成为脍炙人口的名句,主要由于它们十分形象地表达了诗中女子即封建时代少女的普遍忧愁怨望,反映着她们的地位命运的悲剧遭遇,幸运于遇到可靠的丈夫,幸福在共度青春的欢乐。如果用抽象词句发挥这些议论,也许更清楚明白,但却缺乏诗味。作者用比兴的修辞,让诗中女子表露她的怨望,这就不仅比喻贴切,形象生动,而且令人一读便联想理会所蕴含的深刻丰富的内容,所以实质上是一种形象性提炼警策的表现手法。

所谓修辞性提炼,便是用精确的词语概括精辟的见地,警世醒俗,振聋发聩,如当头棒喝,似惊木猛击。例如其五"西北有高楼",在抒写楼上歌声悲哀动人之后,作者写道:"不惜歌者苦,但伤知音稀。"含意并不深奥,但却发人深省。一般地说,听闻楼上动人悲歌的直觉反应,大概是同情歌者的悲哀,太苦了。然而作者明确无误宣称:歌者的痛苦是不值得怜惜的。这仿佛故作惊人语。然而他又明确无误地说:只是悲伤人间的知音太少了。这就令人醒悟,歌者并非要以悲歌博取人们同情怜悯她的痛

苦,而是希望人们从悲歌理解她的痛苦,帮助她解脱痛苦,追求欢乐与幸福。实际上,这两句是作者的议论,这议论针对世俗习常的反应,因而作者用精湛的修辞技巧,精确简练地表达了这些含意。"不惜歌者苦"是用修辞的省略和针对。对于"歌者苦",有怜惜的,有不怜惜的,作者说"不惜",省略了说明有人怜惜,同时针对怜惜的人们。"但伤知音稀"也是用修辞的省略,兼用转折。弦歌声引起的反应是各种各样的,不只是怜悯同情。"但伤"表明作者也引起感伤,但不是"歌者苦",而是"知音稀"。这就省略了说明反应不同,同时转过来进一步说明自己感伤什么,指出了不同。所以这两句在思想上表明见地的深刻独到,在艺术上是修辞性的提炼,言简意赅,发人深省。《十九首》及其他古诗中,这类修辞精炼的警策议论较多,例如其六的"同心而离居,忧伤以终老",说出了游子思乡的一种普遍的忧伤情绪及原因;其七"良无盘石固,虚名复何益",道尽了对世俗虚情假意的愤慨之情,以及"其四"所说"何不策高足,先据要路津。无为守贫贱,辘轳长苦辛",几乎是封建社会下层寒士的共同不平和习常牢骚。它们因内容不同而语气情调有别,但都是诗中点破主题的警策议论,修辞精炼,含意丰富,说的是实话常理。而正由于这些形象性、修辞性的警策议论,使作品的倾向明确。

正由于古诗大多从乐府来,或者汲取乐府歌词的艺术滋养,因此古诗的诗歌语言特点,实际是将乐府古辞的通俗口语提炼成为新鲜的书面语言,经历了《诗经》之后又一个诗歌语言从俗趋雅的提高过程,也是古典雅言即《诗经》以及楚辞的规范语言被新的规范语言替代的过程。显然,如果把乐府歌辞的语言风格与古诗进行比较,其间存在三种现象。一是七言、杂言的"古辞"大多是粗犷的口语,有时显得芜杂;二是五言的"古辞",加工痕迹比较明显,语言往往雅俗混合,求雅而存俗,不大完整一致;三是传为文人作者的五言歌辞,往往语言清丽文雅,风格比较统一,与古诗相近,至于文人创作,则与古诗同类,略无二致。这种差异、类同的现象恰好说明古诗的语言是经过集体的历史的加工提高,达到了一种新的雅言,新的书面的诗歌语言规范高度,从而奠定五言抒情诗歌语言的规范风格。

第六章 下层文人的诗——汉代五言古诗

《文心雕龙·明诗》说:"观其结体散文,直而不野,婉转附物,怊怅切情,实五言之冠冕也。"相当切实地总结了古诗艺术风格的特点和成就。但是刘勰是按照他的艺术观念进行评论的。大体地说,刘勰对抒情诗歌艺术要求是,抒情真实自然,艺术清丽圆通。《文心雕龙·明诗》说,诗是"持人情性",应以孔子论《诗经》的"思无邪"为思想标准。但从诗歌艺术来说,"人禀七情,应物斯感,感物吟志,莫非自然",首先要求感情真实自然。其次是"若夫四言正体,雅润为本;五言流调,清丽居宗",要求五言诗的体制清丽,省净秀丽,不枝不蔓。然而,"诗有恒裁,思无定位,随性适分,鲜能通圆",要让诗歌的一定体裁形式完全恰当合适地表现变化不定的思想感情,确实很难,但刘勰的正面要求显然是形式从属于内容,努力使形式完美表现内容,是谓"圆通"。正是按照这样的艺术要求,刘勰比较归纳了古诗的艺术特点,给以极高评价,奉为五言的典范。其具体特点总结为四个方面。一是整体结构是"结体散文",意思是使松散的艺术表现,结合成为一个整体。这是从六朝崇尚骈俪的艺术观念出发的比较归纳。五言古诗大多不是通篇对仗。从骈文观念看,有文有不文,所以谓之"散文"。而古诗作品的整体便是由这样又文又不文的"散文"构成的。其次是风格特点"直而不野",意思是古诗风格质直,但是并不粗野芜杂。孔子说:"质胜文则野。"(《论语·雍也》)古诗重视内容,把内容表达清楚,因而质直。但古诗"结体散文",整体结构是一致的,并非不讲究艺术形式,并不粗野芜杂。第三是表现特点:"婉转附物",意思是古诗讲究艺术形式,最突出的是表现手法是婉转的,多用比兴。"婉转"指表达内容的态度是婉转的,在作品中便是表现手法。"附物"指修辞的比喻,包括传统的"兴",是由一物引一物,因而其实际含义兼指比兴寄托。第四是抒情特点"怊怅切情",意思是古诗抒发不满伤感的真实情绪。不难看到,这四个特点的实质就是刘勰所要求的五言流调的艺术标准,真实自然,清丽圆通,因而誉为典范。

应当说,作为古诗艺术的客观存在的特征现象,这四点是相当切合实际的。如果换个角度来看这四个特点,也可以看到古诗艺术包含雅俗两

方面的融合发展。"结体散文,直而不野"是从新俗的乐府歌辞而来的特色,"婉转附物,怊怅切情"则是汉魏以来文人作者加工润色、选择淘汰而来的结果,汲取了《诗经》比兴手法,欣赏于古诗中人生仕途的不满感伤之作。两相结合,从俗趋雅,便形成了以《十九首》为代表的一批古诗的艺术特点与评价。因此,从诗歌艺术的发展看,把汉代诗歌分为乐府与古诗并非汉代的观念与实际,而是建安时代以后观念与实际的使然。汉代文人作者是不会把自己时代的歌辞或徒诗称为"古诗"的,他们只是按照自己所接受的诗歌艺术观念和创作积累,从事"古辞"的加工整理、新歌辞的创作以及汲取歌辞形式创作徒诗,从而使新俗的乐府逐渐发展为清丽文雅的五言诗。因而从总体看,五言古诗既有乐府素质的本色,又有文人抒情诗创作的特色。作为一种抒情诗歌艺术的独有特点,则主要是清丽如说话。清丽是文人的艺术,书面语言的要求。说话是乐府的本色,口头语言的表现。

清丽如说话是汉代古诗抒情艺术的独创特征,开辟了此后五七言古诗的一个抒情传统。这是诗歌发展的必然,历史时代的使然。从乐府发展为古诗,实质是从俗趋雅,把新俗粗放的歌辞加工提高为文雅清丽的抒情诗。而主要由下层文人完成这一历史任务,却是东汉的社会政治、思想文化发展所造成的。汉末政治腐败,风气污浊,宦官外戚擅权,官僚结党营私,仕途闭塞,贪贿泛滥。仲长统指出:"夫选用必取善士。善士富者少而贫者多,禄不足以供养,安能不少营私门乎?从而罪之,是设机置阱,以待天下之君子也。"(《昌言·损益》)徐幹更具体指出,在这种时势下,许多士子"乃离其父兄,去其邑里,不修道艺,不治德行,讲偶时之说,结比周之党,汲汲皇皇,无日以处,更相叹扬,迭为表里,桴枕生华,憔悴布衣,以欺人主、惑宰相、窃选举、盗荣宠者,不可胜数也。"然而这种交游钻营并非人人都能得逞的,对多数下层士人来说,其结果是"或身殁于他邦,或长幼而不归,父母怀茕独之思,室人抱《东山》之哀,亲戚隔绝,闺门分离,无罪无辜,而亡命是效"(《中论·谴交》)。因而在思想内容上,他们出于切身体验,在接受流行通俗歌曲时,比较容易被游子、思妇的哀愁,世态炎凉的嘲讽,

第六章　下层文人的诗——汉代五言古诗

人生体验的感慨,人生哲理的抒发等主题吸引;在传播这些歌曲时,不免掺入各自的思想感情,使主题更为集中和深入,使叙事议论发展为抒情述理。在艺术形式上,则用他们拥有的文化素养和写作技能,汲取传统的艺术经验,对通俗的乐府歌辞进行修辞、表现及格式上的加工润色,使之清丽文雅。而正因为他们地位不高,名声不大,因而诗随歌传,名由人没,形成一批无名氏佳作;并因此造成一些真伪归属的悬案,却并未涌现出自己的代表作家。也就是说,虽然南朝作家学者评定古诗为五言典范作品,但实际上它们只完成了乐府到古诗、新俗为雅的发展任务,尚未把五言诗推上诗歌的殿堂,被上层承认为雅正创作,因而五言诗高潮和代表作家涌现,都在汉代名存实亡的建安时代。

　　进一步看,作为一种特征的抒情诗风格,清丽而如话的实质是东汉后期下层文士的群体风格,并非整个时代的整体风格。浅显如语,明白如话,这一特色固然是从乐府歌辞而来,但保持这一特色却是由于适合下层文士的群体心态。如果细心品味乐府的叙事如说话的语调情调,不难发现它们与古诗颇不相同。《东门行》的坚决,《孤儿行》的控诉,《病妇行》的哀告,在古诗里甚少几无。《白头吟》的决裂,《陌上桑》的快意,《鸡鸣》的堂皇,也是古诗所罕见的。而较多相似类同的,却是咏叹人生短促、及时行乐之类主题的作品,如《驱车上东门行》也是《十九首》的古诗。比较起来,古诗抒情如说话的语调情绪大多是低调的。所谓"婉转附物,怊怅切情",便是语调委婉曲折,情绪真切感伤。说穿了,作者注意说话的身份和分寸,说的是真心话,伤心话,也是得体话,其中有牢骚不满,讽刺挖苦,但很少激烈抨击,愤怒控诉。较之耕种田野的农民大众,封建下层文士们地位待遇是高的。但在封建社会中,他们既要依附于封建上层,又须承受上层的压迫。为了改善待遇,改变地位,他们必须接受儒家礼教的束缚,"克己复礼","察言观色",进退应对,恪守礼仪。然而东汉士流,既有清浊,便可知风气污浊。王符《潜夫论·交际》指出:"凡今之人,言方行圆,口正心邪,行与言谬,心与口违。论古则知称夷、齐、原、颜,言今则必官爵职位,虚谈则知以德义为贤,贡荐则必阀阅为前。处子虽躬颜、闵之行,性劳谦之质,秉伊、吕之才,怀救民之道,其不见资于斯世也,亦已明矣!"在这种情况下,虽然有太学生奋起抨击宦官外戚统治,但更多下层士人在沉重思想枷锁束缚中,困顿于坎坷的仕途,悲叹于室家的离别,哀伤于世态的炎凉,流落于客居的异乡,感慨于人生的短促,不满于官场的腐败,消沉于眼前的行乐。他们对国家前途悲观,对政治形势冷淡,但求生活有所改善,家庭得以团聚,个人前途还有一线光明,因而吞吐踯躅,愁思悲伤,牢骚满腹,而无行动。由于这样的心态,他们用新俗的流行歌辞形式来抒发,便形成低沉苦言的语调情绪,像朋友恳谈知心话,似夫妻倾诉体贴语,讽刺往往杂以自嘲,哲理更多追求摆脱,所以风格自然,如同说话。

汉代古诗风格的另一特点是清丽文雅。形成这一风格特点的原因是艺术上的精练,主要有三个方面:艺术构思的精练、表现手法的精练和诗歌语言的精练。首先是艺术构思的精练。艺术构思取决于主题明确。不论抒情或述理,《十九首》的每首诗都有明确而具体的主题,无节外生枝,不敷衍散漫。它们的艺术构思各不相同,即由于具体主题不同,由于紧密围绕主题进行构思。同属思妇主题,但思妇类型不同,有结发夫妻离别的思妇,有订婚而未娶的闺女,有倡家出身的思妇,因而她们的具体主题思想不同。同属夫妻离别的思妇,但触发忧思的具体原因不同,有久别无消息的苦苦思念,有春花开放引起的离别惆怅,有寒冬怀书忧念久别的丈夫,有因游子送来绸罗而爱情弥坚的思妇,因而其事其情都有不同。由于紧紧扣住具体主题进行构思,因而结构单纯紧凑,安排顺理成章,大多一事一情,较少波澜曲折。例如其十六:

凛凛岁云暮,蝼蛄夕鸣悲。凉风率已厉,游子寒无衣。锦衾遗洛浦,同袍与我违。独宿累长夜,梦想见容辉。良人惟古欢,枉驾惠前绥。愿得常巧笑,携手同车归。既来不须臾,又不处重闱。亮无晨风翼,焉能凌风飞。眄睐以适意,引领遥相睎。徙倚怀感伤,垂涕沾双扉。

这首思妇诗看来波澜曲折,好像枝节横生,其实是一事、一情、一意贯之

第六章 下层文人的诗——汉代五言古诗

的。其事是丈夫远出不归,音信全无;其情是忧虑丈夫困顿他乡,担心丈夫别有新欢;其意是梦想丈夫爱情忠贞,盼望丈夫早晚归来。全诗20句,构思的中心点是梦想,结构便从梦想的由来写到梦想的幻灭,紧凑完整,共分三节。首节六句,写岁末寒冬,无从给丈夫寄送寒衣,担心丈夫遇见神女,别有新欢。次节八句,写长夜独宿,常常梦见丈夫,仍像从前新婚一样,充满欢爱情意,然而梦醒了;梦想的欢爱那么短暂,醒来的闺房不见丈夫。末节六句,写梦醒后失望的盼望,伤心徘徊流泪不已。可以看到,这样的结构是依照梦想为中心的构思来设置安排的。于情于理,都合逻辑;一字一句,都不芜累,所以是精练的。又如其四"今日良宴会",从宴会写到真谛,看来似乎拖沓,读来却颇有味,其首要原因不是词句精练警策,而是主题明确,构思巧妙。它实质是一首发挥议论的讽刺诗,主题是讽刺嘲笑政治腐败,权要营私,官僚富贵。作者并不直接写成一首嬉笑怒骂的辛辣讽刺诗,而是施以冷嘲热讽,聊以自嘲嘲人,于笑谈中挖苦,将歪理作真谛。所以构思成一个欢乐宴会上,一群似乎无聊文人的高论,一种仿佛心领神会的真谛,在平铺直叙中点出要害,将反面现象从正面来写,所以结构略无特殊,安排非常一般,但却是一份简洁扼要的汇报;把这天宴会的欢乐气氛、活动、情绪和主要思想动态,勾勒全面,重点突出。首二句破题,点出宴会欢乐。按着六句写活动、气氛、情绪,三对排句,情调活跃,语意不重,上下补充,层面结合。末六句点破主题,"全德"所说都是事实,"高言"所论全属真谛,人生短促,要做大官,有权有势,荣华富贵,不必穷困辛苦,但是为什么不去做大官,占要位呢?又为什么做不了大官,反而穷困潦倒呢?一个"何不",问住了也点破了在座的人们的实情真相,其实都是不得意的下层文士,心里正怀着一腔牢骚。所以这"难具陈"的"欢乐",实为"常苦辛"的"辘轲",将苦辛作欢乐,以歌颂发牢骚,便是作者精巧的构思,所以结构紧凑,安排快当,反话正说,看来杂沓,读来有味,顺理成章。

其次是表现手法的精练。表现手法的选择运用,要在恰当,妙在传神,虽不必多,但须精到。没有技巧,不讲手法,是无法完成艺术构思的。无弦琴的乐曲也许至善至美,但毕竟只有抚琴者心里明白。倘使音乐家要获得知音及听众,则必须弹拨五弦,发出音响。精妙的构思必须用精妙的手法技巧表现出来。总体看来,古诗的表现手法多种多样。但就每首诗来说,它们的成就在于运用恰到好处的手法,表现诗中主人公的神情姿态,完成生动具体的艺术形象,从而表达诗的主题思想。以《十九首》为例,它们都是长期经过文人集体加工提炼的。汉代文人的艺术素养和积累,来自三个方面:《诗经》、楚辞、汉代文学(包括汉赋与乐府)。《诗经》的赋比兴,楚辞的香草美人及神灵异物,汉赋的铺陈排比和状物形容,乐府的朴实与夸张,各种手法技巧都在《十九首》中得到运用发挥,往往恰到好处。例如其一"行行重行行",主要用思妇自述的口吻情调,以赋为主,但在中间转折,用了一二比兴手法。在"道路阻且长,会面安可知"二句之后,如果仍用直白叙述,则语意太露,只能说"会面没有日子",话便说到极端。作者下二句采用比兴"胡马依北风,越鸟巢南枝",这就让"会面没有日子"的回答不直接说出来,含糊过去,同时又借这两个比喻的歇后作用,委婉地表示埋怨:鸟兽还依乡土,人还不如鸟兽吗?这就使极端的叙述变得缓和有味,使一昧的埋怨略添妩媚有情。下文"浮云蔽白日"一句是比而有兴,语意模糊而含蓄,情味单纯而复杂,令人联想不尽,感慨无限,道尽游子不归的种种遭际,更显思妇的辛酸慰藉的神情姿态。这两处比兴手法,用得恰到好处。又如其二"青青河畔草",写倡女出身的思妇春怨,用第三人称叙述,通篇为赋,充分发挥铺陈形容的功能。全诗仅十句,前六句连用六句叠词排比,"青青""郁郁""盈盈""皎皎""娥娥""纤纤",不仅是修辞技巧的高超,也显然用汉赋的手法加上民间文学的重叠排沓的形容,精当简洁,而渲染气氛,突出情调,富有特点,十分恰当。又如其三"青青陵上柏",写人生仕途的感兴,看来起承转合,手法繁富,而其实主要用赋而比。全诗是赋,叙述议论;前后对比,突出主题。不过作者构思巧妙,以"人生如远行"的哲理富于远游都会京城的旅行,利用斗酒、策马的平民宴游的乐趣与京城豪华生活相比照,生动揭示了两种人生乐趣的异同优劣。所以从表现手法看,作者精当地发挥了对比衬托的功能,手法并不复杂,没有繁多头绪。再如其六、其九两首,一写游子,一写思妇,都明显采

第六章　下层文人的诗——汉代五言古诗

取楚辞香草美人的传统比兴。一个"涉江采芙蓉",一个"庭中有奇树",寓意单纯,形象鲜明,手法相同,表现精练。而如其十八"客从远方来",写思妇接获丈夫赠物,满心欢喜,把爱情贯注于裁制"双鸳鸯"的"合欢被"。这是明显汲取民间歌谣的整体比喻的手法,通过一个情节,采用双关语言,把"长相思"即丝绵絮和"结不解"即被边丝缘,一针一线地缝在锦被中,似胶投漆,难分难割。因而使这首《十九首》中少见的欢快情调表现得细致惟妙,生动有趣。总之,古诗大多属于短小的抒情诗或哲理诗,构思精简完整,往往在叙事方式的框架中,主要采用一种恰当完成构思、创作形象、表达主题的表现手法。总体上看,古诗手法技巧丰富熟练,正表明古诗作者群体属于一个历史时代,在传统艺术土壤上开放的现实创作之蓓。因而从个体看,它们的艺术表现各有特色,同时具有不同的传统风味。

　　第三是诗歌语言的精练。除了上文已述的修辞性警策的提炼外,古诗语言的精练主要表现是,五言诗歌句法结构束缚中的通畅精雅和遣词造句中注意用词的鲜明精确。五言句是一种约束;要求押韵,也是一种约束。古诗语言在双重约束中,保持通俗晓畅的口语优点,又要提高到书面语言的简洁文雅,是相当出色的特点和成就。古诗很少用典故,根本不用僻典。它们汲取比兴手法传统营养,更多运用各种比喻修辞,但很少用隐喻。一般地说,需要较多文化知识积累的精练语言的修辞方式,古诗很少运用。因此,它们精练语言的主要途径便是在构思、结构安排与表现手法的精练基础上,用简洁明了的五言韵句表达出来。例如其十九"明月何皎皎",除五言句与押韵外,几乎是一篇流畅的散文。如果译成今语,这一特点便显得很突出:

　　　　这一轮明月多么皎洁清白,月光照着我的绮罗床帐。忧愁使我不能入睡,我手揽衣裳起床徘徊。做客旅行虽然说有乐趣,但是不如早点转回家乡。我走出房门独自彷徨,心中愁思可以当面告诉谁?抬头望着明月就转身进了房,不禁眼泪流淌湿了衣裳。

正是语言的简洁流畅,显得语言风格精美雅致。在语句简洁流畅的基本特点上,运用各种修辞技巧表达较为复杂的内容,达到语句简洁而含意丰富的效能,从而形成古诗语言的风格,清丽文雅。此外,善于运用、提炼口语生动词语,显出神情姿态或哲理意蕴,也是古诗修辞精练的常见特点。这类词语本身并不特别,更非精心铸造,几乎俯拾可得,但运用得当,便见效能。例如其一的"衣带日已缓"的"缓"字,既是拖长,又见滞缓,显出人瘦了,呆了,懒散了,富于情态。又如其三"忽如远行客"的"忽"字,飞快飘忽,时间短促,空间长远,准确生动。再如其四"弹筝奋逸响,新声妙入神","奋"者奋起,不仅显出乐曲旋律节奏奔放有力,而且有一种突如其来的情韵,加强了"逸响"即不登大雅之堂的流行歌曲的振奋效应,因而下句指出这"逸响"的"新声妙入神",使"妙"字有着落,更见啧啧称羡的神情。其他如古诗屡见的叠词运用,也属常用词语,由于使用精确得当,因而生动似有奇效。明代王世贞曾说,《古诗十九首》"人谓无句法,非也。极自有法,无阶级可寻也"(《艺苑卮言》卷一)。其实由于古诗句法原无异常,只是在日常中精炼而成。

  总起来看,古诗艺术风格主要特点清丽而如话,是由于它们的作者及加工者为下层文人,抒写心里话,较乐府说得更集中,更简练,更文雅,注意身份尺寸,讲究方式方法。因此,表现在抒情方式上类似叙事,好像秀才说家常,发牢骚;表现在语言艺术上便是精练,干净简洁,不拖沓,不芜杂,而且在构思、手法、修辞方面都求精致雅,达到五言规范的高度,甚至被称为"五言之《诗经》"(明王世懋《艺圃撷余》)。钟嵘《诗品》列《古诗》为上品,认为"陆机所拟十四首,文温以丽,意悲而远",感慨"人代冥灭,而清音独远",相当中肯地概括了它的整体艺术特点和成就。《古诗十九首》为代表的无名氏文人五言诗虽然未能全面反映自己的时代,但却以真实抒发汉代下层文人的悲伤和忧愁,相当深刻地反映封建时代下层文人的遭际和运遇,博得同情共鸣,产生深远影响,而在诗歌艺术的发展上开创了五言抒情诗的一种规范,完成了《诗经》、楚辞以后的新的诗歌语言的奠基任务。从此,"古诗"成为一种诗体,五言及七言诗歌蓬勃发展。

第七章 思想政治的舆论工具
——两汉杂歌谣辞

第七章　思想政治的舆论工具——两汉杂歌谣辞

今存两汉诗歌,除乐府与古诗外,还有相当数量的杂歌谣谚。它们有的是民歌,有的是童谣,有的是政治谣言,有的是风俗谚语,有的可歌,有的可诵,内容复杂,形式多样。广义地说,它们大多可属文学;严格地看,以形象为特征的文学创作其实不多。由于今存杂歌谣谚大多出自史书政论,因而突出显示它们在思想、政治方面的舆论工具的作用。尤其在东汉,民间歌谣异常活跃,几乎涉及政治斗争的各个方面,更值得注意,应予探讨。

一　谶纬迷信与听谣行政

民歌谣谚,古来有之。合曲曰歌,徒歌称谣,语言谓谚。歌谣是人民生产生活的反映,谚语是社会经验智慧的结晶。它们本来内容广泛,效用普遍,举凡天上地下人间的层面角落,都有产生的土壤,开花的空间。以今存汉代歌谣谚语为例,其记咏农时的谚语:

> 二月昏,参星夕,杏花盛,桑叶白。

简明指出农历二月的天象与物候。其讽嘲时髦女装的民谣《城中谣》:

> 城中好高髻,四方高一尺。城中好广眉,四方且半额。城中好大袖,四方全匹帛。

夸张当时城邑风气对乡野四方的影响,赶时髦至于极端,淋漓透彻,形象绝妙。其挖苦更始时卖官鬻爵的长安民谣:

> 灶下养,中郎将;烂羊胃,骑都尉;烂羊头,关内侯。

只要有钱,烧饭的伙夫、卖羊头羊杂碎的商贩都可寻个官儿,挂个爵衔,官场污浊不堪。其讥刺东汉末年人才选举的滥污的民谣:

> 举秀才,不知书;察孝廉,父别居。寒素清白浊如泥,高第良将怯如鸡。

秀才不会写字,孝子跟父分家,清白之家像污泥,高门良将如同怯弱之鸡,真是所谓一个不是一个,没有一样真的,尖锐痛快,一针见血。其揭露地方下层官吏作风的民谣:

> 州县符,如霹雳;得诏书,但挂壁。

恰同今谚"当官不如现管",做官就怕顶头上司,皇帝诏令根本不当回事,撂在一边。至于道德习俗的谣谚,如:

> 生男如狼,犹恐其尪;生女如鼠,犹恐其虎。

形容封建家庭的少儿教育,男孩愈大胆愈好,女孩越小心越好,刻画重男轻女、易为女纲的教育心理,入木彻骨。又如:

> 贵易交,富易妻。

真所谓"人一阔,脸就变",道尽封建人情世态,显贵抛弃老朋友,有钱不要糟糠妻。诸如此类的民歌谣谚,可见在汉代也是十分广泛地应用于社会生活的各个方面,生动、深刻而有效。

一般地说,民歌童谣产自社会现实生活,本来具有社会舆论作用。尤其是一些针对具体人事而来的歌谣,更是生动明确地表示是非爱恶,褒贬分明,毫不含糊。因此,西汉虽无明文记述采诗制度,但是民间歌谣活跃,反映民意民俗,已经颇为政治所用。本书前章已引述的《画一歌》"萧何为法"、《尹赏歌》"安所求子死"等,都可以看到统治者利用歌谣形式推行治政的用意。此外,如《史记·淮南厉王传》载,淮南王刘长"废法不轨",汉文帝予以软禁,刘长绝食而死。后有民歌道:

第七章 思想政治的舆论工具——两汉杂歌谣辞

> 一尺布,尚可缝;一斗粟,尚可舂。兄弟二人不能相容。

据载,文帝听见后,"追尊谥淮南王为厉王,置园复如诸侯仪",显然接受了民歌的讽谏,宽容处置刘长后事。又如《史记·外戚世家》褚先生跋引《卫子夫歌》:

> 生男无喜,生女无怒,独不见卫子夫霸天下!

卫子夫是汉武帝的皇后,出身低贱。她的弟弟卫青因为姐姐是皇后,也贵震天下。所以百姓不无嘲弄地予以讴歌。又如《郑白渠歌》:

> 田于何所?池阳谷口。郑国在前,白渠起后。举锸如云,决渠为雨。泾水一石,其泥数斗。且溉且粪,长我禾黍。衣食京师,亿万之口。

《汉书·沟洫志》载,战国时韩国水工郑国,游说秦国开渠引泾水入洛,命名郑国渠。汉武帝时白公又开渠引泾水注入渭中二百里,灌溉田地四千五百余顷,名为白渠。这首民歌便是歌颂白公开渠功绩。又如《颍川儿歌》:

> 颍水清,灌氏宁;颍水浊,灌氏族。

"灌氏"指汉景帝时的颍川豪强灌夫。《史记·灌夫传》载,灌夫"好任侠,已然诺",结交江湖游侠豪杰,家产富有,食客数百,宗族宾客都倚仗他的权势谋利,横行颍川。这首儿歌便是指斥他横行不结,使颍川不安宁。再如《冯氏兄弟歌》:

> 大冯君,小冯君,兄弟继踵相因循。聪明贤知惠吏民,政如鲁、卫德化钧,周公、康叔犹二君。

大、小冯君指汉成帝时的冯野王和他的弟弟。《汉书·冯野王传》载,他们兄弟二人相继为上郡太守,为政清廉,恩惠人民,教化风行,因而百姓作歌谣赞扬,比美于周公与康叔。至于抨击朝廷执政的歌谣,西汉后期颇多。如元帝时,宦官石显为中书令,与仆射牢梁、少府五鹿充宗结党,"诸附倚

者皆得宠位"(《汉书·佞幸传》),民歌讽刺:

> 牢邪石邪,五鹿客邪,印何累累,绶若若邪!

以惊诧口气问道,这些官儿都是牢梁、石显、五鹿充宗的宾客吗?他们的官印绶带这样多吗?机智俏皮,既刺擅权,又讥官贱。又如讽刺王莽,《后汉书·舆服志》李贤注引蔡邕《独断》载:

> 王莽秃,帻施屋。

"帻"原是低贱办事小吏的包头布,因为他们不得加冠。古时束发加冠,必须有头发,方可加冠。王莽秃头,难以加冠,所以用方巾把帻裹起来,加冠于帻,看起来像用包头布在脑袋上盖了座小屋子。这样嘲弄挖苦,攻击人身,但却表露人民对王莽的厌恶。凡此种种,无不爱憎鲜明,褒贬分明,反映着人民的情绪意愿,可以供统治者观风察政治民所用。倘使是圣明君主、贤良长官,施行仁政德教,也许这类民歌谣谚确实可以作为一种治政依据和舆论导向,起着有利国计民生、社会进步的作用。司马迁说,天下各地土特物产,"皆中国人民所喜好,谣俗、被服饮食、奉生送死之具也"(《史记·货殖列传》),认为歌谣和习俗,如同衣食生死一样,与整个社会生产、交流活动密切联系,反映着人民的喜好。《汉书·韩延寿传》载,汉昭帝时,韩延寿出任颍川太守,该地豪强横行,上下勾结,历来难治。韩延寿到任后,立志治理,"乃历召郡中长老为乡里所信向者数十人,设酒具食,亲与相对,接以礼意,人人问以谣俗,民所疾苦",可谓听民谣,知风俗,了解民生疾苦,是贤良长官利用歌谣的正面事例,可见民歌谣谚的正常功能。但是正如汉武帝崇祭祀、好符瑞,招来层出不穷的奇瑞异兆、歌功颂德一样,反映民意的舆论工具也可以用来为思想统治、政治斗争效劳,制造民歌民谣,假托民意,愚弄舆论。这与董仲舒倡论实同祥瑞的天人感应而来的谶纬图书迷信有明显联系。

天人感应迹象的灾异祥瑞,是封建统治学说的双刃剑。天降祥瑞,表明上天赞赏皇帝的作为,证明奉天承命,皇权天授,符合天意,不得动摇。天降灾异,表明上天不赞同皇帝的作为,证明天意谴责,降灾示异,皇帝有

第七章　思想政治的舆论工具——两汉杂歌谣辞

过,甚至有罪,必须接受上天谴责,向天下作自我批评,撤掉执政大臣,甚至皇帝下台让位。这种学说的精髓便是尊天崇君和申天抑君,在至高无上的皇帝头上压个上天,用天吓唬老百姓,用天束缚住皇帝。这样一来,君权与臣责之间插了一把利剑,国家权柄成了凌驾于皇帝、大臣的东西,谁抓住了它,谁就是掌握实权的真正统治者。这把利剑,这件东西,就是天意。上天的具体化存在形式,便是人化的幻象的天帝天神。独尊儒家的汉武帝懂得其中奥妙,所以他掀起祀神的狂澜,举行封禅的大典,并且好神仙,求长生,表明自己便是上天化身,神仙胚子。而懂得其中奥妙的大臣以及方外术士、僧道之流,便大量制造祥瑞灵符,玩弄神道把戏,迎合武帝,骗取荣禄。汉武帝英明,并不糊涂,如果真要愚弄他,立即处置,毫不容情。方士们也不示弱。方士栾大在武帝识破齐少翁骗术而处以死刑后,对武帝说:"臣常往来海中,见安期、羡门(皆神仙)之属。……臣之师曰:'黄金可成,而河决可塞,不死之药可得,仙人可致也。'然臣恐效文成(即齐少翁),则方士皆掩口,恶敢言方哉!"武帝立即推托说,齐少翁是误食马肝而死的(见《汉书·郊祀志》)。可见他们君臣之间,都明白彼此的需要。实际上,真正被愚弄的是天下百姓,在这样张皇神灵、愚弄人民的氛雾中,谶纬迷信便应运而出,制造天神预言,解释儒家经典,仿佛儒家的全套思想学说,礼仪制度,道德伦理,行为规范,统统都是天神意志,先验存在,旷古恒久,万世不变,把"天不变,道亦不变"的天人感应观点,推向荒谬绝伦的妖妄神怪泥坑。当然,连历朝兴亡也都早就记载在一部《春秋》之中,汉代今文经学的《公羊传》便成为天书神典。然而,天意神志其实是人为制造的,因此,野心家们同样可以利用谶纬迷信来证明改朝换代是符合天意的。东汉张衡反对谶纬图书,指出这类妖妄迷信的兴起,其实是王莽篡位的阴谋,"成于哀、平之际"(《后汉书·张衡传》)。虽然后来学者对此持有异议,但从政治发展看,张衡的见解是切实有据的。

符瑞与符命是有区别的。符瑞是天示吉祥的征兆,表示赞赏在位皇帝的作为。符命则是天赐王命的信符,表示某人为皇帝符合天意。而这种阴谋的闹剧,据载是王莽首演的。《汉书·王莽传》说,汉平帝死后,王

莽挑选了刘氏皇室子裔中年仅两岁的子婴继承皇位,是为平帝。就在这个月,武功县官孟通疏井时掘得一块白石,"上圆下方,有丹书著石。文曰:'告安汉公莽为皇帝'"。班固接着说:"符命之起,自此始矣",明眼一见便知,这块符命白石是有人授意孟通制作的,王莽的本意是哀帝死后就篡位为帝,但是他的姑母太皇太后不同意,只让他做了摄政王。因此他又制造了更精彩的符命。三年之后,临淄县有个亭长辛当,一夜连做几个梦,梦见天公使者对他说:"摄皇帝当为真。即不信我,此亭中当有新井。"次日到亭中一看,果然有口百尺深的新井。这年冬至,巴郡的石牛突然来到未央宫前。六天后,雍畤石刻也在未央宫前出现,并且天刮大风,风停后,在石前得到铜符帛图,符文说:"'天告帝符,献者封侯,承天命,用神令。'骑都尉崔发等视说。"经过这一连串符命闹剧,王莽由摄政王改称假皇帝即代皇帝。最后,有一个梓潼人哀章,做了两个盖印签封的铜匮,一个封条上写:"天帝行玺金匮图。"另一封条写:"赤帝行玺某传予黄帝金策书。"赤帝子为刘邦,黄帝后裔即王莽,金策书中说"王莽为真天子",又附王莽大臣共十一人姓名,哀章自己的姓名也列在其中。王莽这回亲自登场,到祭祀刘邦的高庙去拜受金匮神禅,加王冠,即真天子位。符命的闹剧达到高潮,天命王莽当了皇帝。高潮过后,符命闹剧便收场。此后再有人上符命,不但无赏,而且入狱,以致扬雄急得跳楼(见《汉书·扬雄传》)。由此可见,张衡说谶纬图书的迷信起于哀帝、平帝之际,是根据王莽篡位前的阴谋勾当。上述符命,都是制造天意的图书。至于他假托经典,制作谶纬,也是千奇百怪的。例如他篡位为帝,便引《春秋》为依据,认为"自孔子作《春秋》以为后王法,至于哀之十四而一代毕,协之于今,亦哀之十四也"。鲁哀公十四年,《春秋》结束,圣人绝笔。王莽擅权从汉哀帝即位起。哀帝在位六年,平帝在位五年,他摄政三年,总计恰好十四年。因此《春秋》结束于哀公十四年,便是经典著文预言汉朝当亡于哀帝即位后十四年。这就是纬书谶言,一点不差。即此一例,可见其荒谬,亦可见谶纬图书的实质效能是愚弄百姓,制造舆论,以便政治斗争与思想统治。

王莽不但首演符命闹剧,而且是大规模伪造民意的导演。平帝元始

第七章 思想政治的舆论工具——两汉杂歌谣辞

四年(4),王莽让自己的女儿当了皇后,大赦天下,"遣太仆王恽等八人置副、假节,分行天下,览观风俗"(《汉书·平帝纪》)。这八个使者逛了一年回来"言天下风俗齐同,诈为郡国造歌谣,颂功德,凡三万言"(《汉书·王莽传》),王莽把这批歌功颂德的歌谣,保藏在宫中。显然,献符命是假天意,造歌谣是假民意,弄神作鬼,弄虚作假,热热闹闹,乌烟瘴气,一时间天意民心仿佛都拥护王莽篡汉当皇帝。假的就是假的。西洋镜拆穿,丑态毕露,天下愤怒,群起攻之,王莽新朝短命垮台。但是,假作真时真亦假,真真假假的谶纬迷信及民谣制作从此成了东汉统治集团的两个法宝,花样翻新,异常活跃。

东汉光武帝刘秀深知谶纬与民谣的妙用。他既利用谶纬为建立王朝制造天命根据,又利用民谣博取民意支持;既利用谶纬显示决策英明由于尊重天意,又利用民谣行政用人以示尊重民意。《后汉书·方术传序》说:

> 汉自武帝颇好方术,天下怀协道艺之士,莫不负策抵掌,顺风而届焉。后王莽矫用符命,及光武尤信谶言,士之赴趣时宜者,皆骋驰穿凿,争谈之也。

又《张衡传》说:

> 初,光武善谶。及显宗、肃宗,因祖述焉。自中兴之后,儒者争学图纬,兼复附以妖言。

都反映出东汉重谶的恶果是士流学风趋于穿凿附会,甚至杜撰伪造。除了著作纬书,曲解儒家经典之外,便是制造韵语谶言,传为歌谣,例如西汉末农民起义,推刘玄为更始皇帝,南阳有童谣:"谐不谐,在赤眉;得不得,在河北。"《后汉书·五行志》说,"是时更始在长安,世祖(刘秀)为大司马,平定河北。更始大臣并僭专权,故谣妖作也",便是以谣为谶的一种政治预言。而在刘秀自立为帝时,其符命即为《赤伏符》,谶文为:"刘秀发兵捕不道,四夷云集龙斗野,四七之际火为主。"又有谶记说:"刘秀发兵捕不道,卯金修德为天子。""四七"为二十八,指汉高祖至光武帝初起,共二百

二十八年。"卯金"指刘姓,纬书《春秋演孔图》说:"卯金刀,名为刘(劉),赤帝后,次代周。"这类谶纬韵语,散布流传,便是"妖言""谣妖",类同歌谣。

东汉听谣行政用人,并无明文制策。但是,从刘秀起,历代相沿执行。《后汉书·循吏传序》说:

> (汉光武帝)数引公卿郎将,列于禁坐。广求民瘼,观纳风谣。故能内外匪懈,百姓宽息。自临宰邦邑者,竞能其官。……然建武、永平之间,吏事刻深,亟以谣言单辞,转易守长。故朱浮数上谏书,箴切峻政;钟离意等亦规讽殷勤,以长者为言,而不能得也。所以中兴之美,盖未尽焉。

这是说,刘秀建国后确曾观风察谣,依据民歌民谣了解民生疾苦,并以此监督地方官员。但在光武后期,及明帝朝,对朝廷与地方执事官吏要求苛刻,往往根据歌谣传言,片言只语,便更换长官。朱浮曾上疏劝谏刘秀。《后汉书·朱浮传》载,刘秀"以二千石长吏多不胜任,时有纤微之过者,必见斥罢,交易纷扰,百姓不宁",朱浮上疏指出其后果是:

> 人不自保,各相顾望,无自安之心。有司或因睚眦以骋私怨,苟求长短,求媚上意。二千石及长吏迫于举劾,惧于刺讥,故争饰诈伪,以希虚誉。

《后汉书·钟离意传》载,明帝"性褊察,好以耳目隐发为明,故公卿大臣数被诋毁,近臣尚书以下至见提拽","朝廷莫不悚慄,争为严切,以避诛责",造成吏治苛刻。钟离意上疏指出:

> 咎在群臣不能宣化理职,而以苛刻为俗。吏杀良人,继踵不绝。百官无相亲之心,吏人无雍雍之志。至于骨肉相残,毒害弥深。

皇帝听谣的目的变为了解大臣阴私的手段,造成两方面后果,一是官吏逐级对下苛刻,以防谣言散布,危害自己,结果残害百姓,一是百官互相提防,反过来利用谣言,制造谣言,各自扩大名誉,彼此钩心斗角。因而歌谣

第七章　思想政治的舆论工具——两汉杂歌谣辞

有真有假,成为制造舆论的工具,政治斗争的手段,相沿漫衍,愈演愈烈。史书政论,屡述其事。

皇帝朝廷派遣使者听谣,下诏听谣检举。《后汉书·李郃传》载:

> 和帝即位,分遣使者,皆微服单行,各至州县,观采风谣。

这是朝廷派遣使者暗访。又《刘陶传》载:

> (灵帝)光和五年,诏公卿以谣言举刺史、二千石为民蠹害者。

李贤注:"谣言谓听百姓风谣善恶而黜陟之也。"这是下令根据民歌谣言检举揭发。东汉后期政治混乱,这类措施其实无效,但可看到,听谣行政在东汉几乎成为一种不成文的制度,例行公事,同时也对歌谣的活跃,起着推波助澜的作用。州官到任,先听风谣。《后汉书·羊续传》载,羊续在灵帝中平三年为南阳太守,正当战乱之际,因而他上任边访边进:

> 当入郡界,乃赢服间行,侍童子一人,观历县邑,采问风谣,然后乃进。其令长贪洁,吏民良猾,悉逆知其状,郡内惊竦,莫不震慑。

这是循吏察访民歌民谣,做了好事。而由于民歌民谣活跃异常,效能显著,不论真假,或贬或褒,几乎对州官都有歌谣出现。例如东汉初的清官杜诗,任南阳太守有德政,百姓比美于西汉当地好官召信臣,语曰"前有召父,后有杜母",赞美他们是好父母官,而"诗守南楚,民作谣言"(《后汉书·杜诗传赞》)。又如灵帝时"益州刺史郤俭在政烦扰,谣言远闻"(《后汉书·刘焉传》)。以致利用谣言,制造舆论,左右选举,结党争斗。《后汉书·党锢传序》说:

> 初,桓帝为蠡吾侯,受学于甘陵周福,及即帝位,擢福为尚书。时同郡河南尹房植有名当朝,乡人为之谣曰:"天下规矩房伯武(房植字),因师获印周仲进(周福字)。"二家宾客,互相讥揣,遂各树朋徒,渐成尤隙。由是甘陵有南北部,党人之议,自此始矣。后汝南太守宗资任功曹范滂,南阳太守成瑨亦委功曹岑晊,二郡又为谣曰:"汝南太守范孟博(范滂字),南阳宗资主画诺。南阳太守岑公孝(岑晊字),弘

农成瑨但坐啸。"因此流言转入太学,诸生三万余人,郭林宗、贾伟节为其冠,并与李膺、陈蕃、王畅更相褒重。学中语曰:"天下模楷李元礼(李膺字),不畏强御陈仲举(陈蕃字),天下俊秀王叔茂(王畅字)。"又渤海公族进阶、扶风魏齐卿,并危言深论,不隐豪强。自公卿以下,莫不畏其贬议,屣履到门。

这类韵语谣言都是文士结党进行政治斗争的舆论手段,目标明确,褒贬分明,吹捧中伤,各极其端。因而建安七子之一徐干《中论·谴交》指出:

> 世之衰也,上无明天子,下无贤诸侯,君不识是非,臣不辨黑白,取士不由于乡党,考行不本于阀阅。多助者为贤才,寡助者为不肖。序爵听无证之论,班禄采方国之谣。民见其如此者,知富贵可以从众为也,知名誉可以虚谶哗获也。

制造谣言,混淆黑白,是结党营私的一个必然产物和必需手段,所以东汉愈至衰乱,杂歌谣言异常活跃,也异常混乱。

综上可见,民歌民谣原是人民生活的创作,反映人民的情绪意愿,所谓"劳者歌其事,饥者歌其食",有着悠久的优良传统。但到汉代,适应封建集权专制统治的需要,在独尊以董仲舒为代表的儒家思想统治之后,从阴阳五行,天人感应,灾异祥瑞,发展到谶纬图数,假造符命,编撰妖言,利用歌谣,愚弄舆论,以天意民心的名义进行思想、政治斗争,形成东汉民歌谣言异常活跃的现象。又由于今存汉代杂歌谣辞主要搜集于史书政论,因而这一现象更显得十分突出。今天来考察它们,必须实事求是,审慎辨析,避免以偏概全,不致流于笼统。

二 封建阶级群像的写照

今存两汉杂歌谣辞,大部分是现实政治生活的产物,触及西汉政治生活的全局和侧面。即使反映社会经济及日常生活,也往往与政治关联。例如《汉书·翟方进传》载,汝南有个鸿隙大陂,"关东数水,陂溢为害",成

第七章 思想政治的舆论工具——两汉杂歌谣辞

帝丞相翟方进"以为决去陂水,其地肥美,省隄防费,而无水忧",于是挖陂放水。后来翟方进败落,当地埋怨他本意不是开垦田地,而是要占据陂下良田。王莽时,此地枯旱,便更怨恨翟方进,有童谣说:

坏陂谁?翟子威,饭我豆食羹芋魁。反乎覆,陂当复。谁云者?两黄鹄。

翟方进字子威。东汉初,汝南太守邓晨要修复鸿郄陂,请通晓水脉的术士许杨商议。许杨进一步编造说:"昔成帝用方进之言,寻而自梦上天,天帝怒曰:'何故败我濯龙渊?'是后民失其利,多致饥困,时有谣歌"云云。(《后汉书·许杨传》)这本来是农田水利的一项决策,看来翟方进失当,招致民怨,产生童谣,而在流传中,历经易代,便掺入谶纬色彩,编造神话梦呓,用来证明汉光武的中兴和邓晨的贤明,使童谣成为符合天意人心的谶言。又如饥荒缺粮,粮贵于金,原是灾害造成的不正常情况。但在东汉末年,饥荒加上战乱,便是乱世政治反映。《太平御览》卷八四○《述异记》载江、淮间童谣:

大兵如市,人死如林。持金易粟,粟贵于金。

鲜明反映出乱世饥荒的天灾加人祸的政治特征。由此也可看到,两汉尤其是东汉的杂歌谣辞,大多为现实政治生活的产物,针对现实,服务现实。由于它们大多为舆论所用,内容相当广泛复杂,看来精华与糟粕混淆,似乎无多可取,价值不大。但是正因它们多属舆论工具和政治产物,从不同方面反映了汉代上层统治集团的许多生动真实的形象,总体上构成它们的群像写照,是有可观的历史价值的。

对于封建统治下的广大人民来说,最切实感受到的政治生活体会是朝廷与官僚的政治作为。对于封建统治阶级内部各集团、群体来说,最为利害攸关的政治生活也是朝廷和官僚的政治行动。不论是歌颂或者讥讽抨击,不论是弹劾或者中伤,不论出于人民或者同党敌手,也不论采取何种形式或手法,多数杂歌谣辞的题材和主题都往往有具体背景及针对性,主要是朝廷皇帝的安危和中央、地方官僚的贤良奸恶。因此,今存杂歌谣

辞中,许多作品是针对中央及地方官僚的。首先是歌颂父母官,赞美与民兴利、为民请命的清官好官。这类作品大多歌功颂德,空洞无物,平板无文,不甚可观。其中也有少数几首可读的作品,赞扬的事情比较生动具体,表露的情绪比较真实有致,因而读来形象鲜明,印象深刻。例如《后汉书·廉范传》载廉范为蜀郡太守,在成都做了便民的好事。当时成都是繁华都会,但街道狭隘,房屋拥挤,历来禁止夜间作业,以防火灾。百姓深为不便,夜间作业必须活动隐蔽。然而甚为活跃。廉范了解这一情况后,便取消禁令,使百姓夜间公开活动,但严格要求百姓储水防火,"百姓为便,乃歌之曰":

廉叔度(范字),来何暮。不禁火,民安作,平生无襦今五袴。

市场活跃,百姓富裕,生活方便,心情舒畅,便唱唱开心歌,说说俏皮话,比较生动。但是,更为生动的是抨击、讽刺酷吏贪官以及贵族贪婪。例如《后汉书·樊晔传》载汉光武时天水太守樊晔治政严猛,厉行法治,"善恶立断"。犯法的人往往不能活着出狱。凉州各族吏民都怕他。虽然治安颇佳,"道不拾遗",但百姓却写了这样一首歌:

游子常苦贫,力子天所富。宁见乳虎穴,不入冀府寺。大笑期必死,忿怒或见置。嗟我樊府君,安可再遭值!

实际上这是凉州游子愤怒讥刺樊晔的歌谣。据载,旅行经过天水即冀城的人,夜间在路旁歇息,一概关入监狱。因而在出卖劳力的游子眼里,这冀城简直是座监狱,这樊晔完全是个酷吏。游子因为贫穷而离家,凭天赋劳力来谋生,并不犯法。但一到冀城,往往无辜入狱,而且关到老死。因此,在他们看来这樊晔比刚生育小老虎的母老虎还要凶恶可怕,接近便无生路。他执法严酷,但捉摸不定,视人命同儿戏,大笑就是犯人死刑临头,恼怒却有时把犯人搁置起来。这样的大老爷,实在不可再碰见了。朝廷的干吏,游子的酷吏,生动、真实、深刻地揭示了封建官吏的压迫统治人民的本质。又如《太平御览》卷四九二引《鲁国先贤志》载,东门夌先后任吴郡、济阴太守,"所在贪浊"。当地百姓歌谣说:

第七章 思想政治的舆论工具——两汉杂歌谣辞

> 东门奂,取吴半。吴不足,济阴续。

这个贪官到哪里都贪污,压榨了半个吴郡还不够,到济阴继续贪污。又如《后汉书·五行志》载汉桓帝时京城童谣:

> 城上乌,尾毕逋。公为吏,子为徒。一徒死,百乘车。车班班,入河间。河间姹女工数钱,以钱为室金为堂。石上慊慊舂黄粱,梁下有悬鼓,我欲击之丞卿怒。

这是一首讽刺贪婪敛财、压榨人民的歌谣。旧说歌中"姹女"指汉灵帝母亲永乐太后。其说未必确实,但它针对东汉政府贪婪压榨,"皆为政贪",大体符合诗意。它以比兴开头,把上层贵族官僚全比作城头上的乌鸦,一只只翘着尾巴,得意洋洋。而下层吏民则是另一番景象,即使父亲为小吏,儿子也得服役。死一个役夫算什么,大批车辆照样上路。车轮滚滚到了河间。河间有个妖女专会数钱,房间是钱盖的,堂屋是金子筑的。而老百姓却在石臼里舂谷劳作,心中充满忧伤。这样的不平却无处控告,因为丞相公卿们听见控告那妖女就恼怒。可见他们都是城上的乌鸦,全不顾百姓的痛苦。它显然从描写这个河间姹女贪婪剥削的罪恶,愤怒抨击整个朝廷执政全都是一丘之貉,揭露天下乌鸦一般黑的封建官僚实质。

杂歌谣辞中,还有一些嘲笑挖苦士大夫的作品,往往攻其一点,不及其余,揭示出他们种种尴尬处境及难堪窘态,反映出封建文士依附统治者的软弱本性,以及封建统治对他们的束缚。例如西汉著名作家学者扬雄,在王莽篡汉后,写了歌颂新莽的文章。但王莽当了皇帝,就不愿再有人写符命。如果再上符命,概予处置。当时扬雄在天禄阁校书,官府派人来搜捕他,把他吓得跳阁,几乎摔死。对此,京城有谣讽刺:

> 惟寂寞,自投阁。爱清静,作符命。

扬雄晚年潜心哲学研究,撰著《太玄经》等,主张寂寞清静。大概为了保持闲官,取得著作条件,他歌颂王莽,违反士林节操,而结果却几乎遭殃。所以歌谣用双关语句嘲笑他,说他追求寂寞清静,所以写符命之类的歌颂王莽的文章,反而使自己跳楼。言外是说,写符命使他跳楼,倒真是实现了

寂寞清静；死了，也最寂寞清静了。寥寥几语，一针见血，深刻挖苦，道尽窘迫，揭示封建文人士大夫的软弱依附本性，可怜可悲。又如《后汉书·五行志》载，顺帝去世，太尉李固建议清河王继承皇位，而梁冀立蠡吾侯为帝，即位为桓帝，于是李固"幽毙于狱，暴尸道路，"而趋附梁冀的胡广等人都封侯。对此，京城童谣说：

　　直如弦，死道边。曲如钩，反封侯。

尖锐讽刺朝廷曲直不分，是非颠倒，反映了封建政治不容正直。对那位趋附封侯的胡广，京城也有歌谣：

　　万事不理问伯始，天下中庸有胡公。

伯始是胡广的字。这两句歌谣似恭不恭，话里有话。一切难题在他手里都可以调和折中，不愧是八面玲珑的官场老手。又如《后汉书·周泽传》载，周泽是明帝时一位正直学者士大夫，为官清廉，自奉简朴，晚年官太常，"清洁循行，尽敬宗庙。常卧疾斋宫，其妻哀泽老病，窥问所苦。泽大怒，以妻干犯斋禁，遂收送诏狱谢罪。"《汉宫仪》载其事说，"掾吏叩头争之，不听"。这样的清廉自律，既严又迂，大失人情。所以当时有歌谣为他妻子抱不平说（辞据《初学记》卷一二）。

　　居世不谐为太常妻，一岁三百六十日，三百五十九日斋。一日不斋醉如泥，既作事，复低迷。

太常是管理皇家宗庙礼仪的大臣，位九卿。古代祭祀或大典时，主持者必须保持身心洁净，因此在行礼前要实行斋戒，洁心净身。周泽是个认真的士大夫，既然掌管宗庙礼仪，就要经常保持身心洁净，所以常住斋宫，也不回家。老妻偷偷地来看他一眼，竟然被他拘送皇宫监狱，自己检讨请罪。所以歌谣嘲笑他天天坐斋，清洁得如痴如醉。即使有一天不斋，也像坐斋一样迷迷糊糊，神志不清醒，行为不正常。这位可敬可笑的大臣，可气可恨的丈夫，实在迂得可以的正人君子，难怪是常人眼里的傻子疯子，严守了礼教，几乎丧失了人情。又如《北堂书钞》卷六一引《述异记》载，鲍宣和

第七章　思想政治的舆论工具——两汉杂歌谣辞

儿子鲍永、孙子鲍昱,三代为司隶校尉,但却骑同一匹瘦马。京城有歌谣说:

　　鲍氏骢,三人司隶再入公。马虽瘦,行步工。

"骢"是俗称菊花青的马,马毛青白色。《后汉书·鲍永传》载,鲍宣在西汉哀帝时(公元前6—前1)为司隶校尉,后被王莽杀害。鲍永在东汉光武帝建武十一年(35)为司隶校尉;《鲍昱传》载,鲍昱在光武帝中元元年(56)为司隶校尉。历经西汉、新莽、东汉三朝,子孙三代官至司隶,前、后汉两次进入公府,时逾半个世纪。显然,即使他们都骑马,不可能是同一匹骢马。但歌谣说的似乎是同一匹马,到鲍昱时,它已经又老又瘦,然而马步却依然很稳。这就令人可以意会到,这匹骢马既是鲍氏祖孙三代的乘骑,又是他们三代不同寻常经历的见证,还是他们三代经受坎坷考验的依托,最重要的就是"行步工",坚持步履稳当,行为规矩。也不难体会,它充满对鲍氏三代的赞赏,也流露不胜感慨,仕途如此艰难。然而更多的下层文士并无这样的幸运,往往埋没沉沦。《后汉书·黄琬传》载,"旧制,光禄举三署郎,以高功。久次、才德尤异者为茂才四行。时权富子弟多以人事得举,而贫约守志者以穷退见遗"。京师有歌谣说:

　　欲得不能,光禄茂才。

茂才都被无能的权富子弟窃据,真正有才有德的文士都被抛弃。《后汉书·献帝纪》更载有这样一种幸运恩遇。初平四年(193)九月,考试儒生四十余人,"上第赐位郎中,次太子舍人,下第者罢之"。但皇帝下了一道诏令说:"今耆儒年逾六十,去离本土,营求粮资,不得专业。结童入学,白首空归,长委农野,永绝荣望,朕甚愍焉。其依科罢者,听为太子舍人。"对六十以格外开恩,考不上也赐为太子舍人。对此,长安编了个歌谣(载李贤注引刘艾《献帝纪》):

　　头白皓然,食不充粮。裹衣塞裳,当还故乡。圣主愍念,悉用补郎。舍是布衣,被服玄黄。

离乡背井,进太学,求功名,在京城混了一辈子,满头白发,好不容易赶上一次考试,却名落孙山,只得忍饥挨饿卷铺盖回老家。幸亏皇帝开恩,补上个郎官,总算脱下布衣换官服,有了荣禄,自是感恩不尽。然而六十岁老人充当郎官,而且在这天下大乱的年头,其实是哭笑不得的恩遇,毫无光彩的荣耀。所以歌谣用了个双关语"玄黄",既指丝帛织制的官服,又指"我马玄黄"(《诗经·周南·卷耳》),是匹病弱的老马。末二句的双关意思是说,脱掉了这身布衣,披上了丝绸官服,其实是上了套的病弱老马。歌谣对这些老儒生深怀同情,却不无嘲弄,这满腹辛酸,不尽苦涩,可悲的地位,可怜的运遇。实际上,这次考试大约是汉代察举的一个例外,也是汉代下层文士最后一个格外的恩遇。此外可以提到,东汉流行的标榜名誉的七言单句谣语,到桓帝后完全发展为结党树纛、制造舆论的工具,诸如"天下忠诚窦游平""海内贤智王伯义"之类,都是极其夸张的自我标榜,可作史料参资,并无文学气息。

两汉都有针对国家帝皇的歌谣,往往用谜语似暗喻,谶言般预言,比喻鲜明,但所指含糊,有赖解释发挥。它们往往出现于政治衰乱之际,相当敏锐地形容了国家危亡的忧虑情绪,或者失望至于绝望的激愤。除上章已提到的成帝时歌谣"邪径败良田"外,如《汉书·五行志》载元帝时童谣:

井水溢,灭灶烟,灌玉堂,流金门。

据载,这首童谣的预言在成帝建始二年(前引)应验,"北宫中井泉稍上,溢出南流"(同上)。按照当时的解释,"井水,阴也;灶烟,阳也;玉堂、金门,至尊之居。象阴盛而灭阳,窃有宫室之应也",所以后来发生王莽篡汉。这些言之凿凿的说法,自属方士雌黄。但是,就童谣的鲜明形容而言,无疑显示一种祸水泛溢、危及王朝的象征和警告。又如同书载成帝时童谣:

燕燕尾涎涎,张公子,时相见。木门仓琅根,燕飞来,啄皇孙。皇孙死,燕啄矢。

第七章 思想政治的舆论工具——两汉杂歌谣辞

据载,汉成帝与富平侯张方微服私游阳阿公主家,遇见赵飞燕,后来接入宫中,立为皇后。赵飞燕妹妹也入宫为昭仪,并杀害后宫皇子。结果她们都被处死。在当时,这样点姓及名、标出皇孙的歌谣,其所指大概是会被人们料测到的,而其比喻形象的鲜明,也会令人理解寓意的倾向。对成帝的荒淫作乐,对飞燕姐妹的杀害皇子皇孙,以及预言她们的灭亡,都几乎无多忌讳,流露人们的激愤不满,表示强烈批评指责。这是一种谶言式的时事童谣。再如《后汉书·五行志》载汉灵帝末京都童谣:

> 侯非侯,王非王,千乘万骑上北邙。

据载,这是对中平六年(189)灵帝去世后政局动荡多变而发的。这年四月,灵帝死,皇子刘辩即位,是为少帝。八月,宦官张让、段珪等杀大将军何进,袁术、袁绍攻宦官集团。张让、段珪劫持少帝、陈留王刘协(即献帝)及文武随从官员出逃,到黄河边上,被追围,张让、段珪及随从全部投河而死,少帝与陈留王还宫。不久,少帝被董卓废为王,在位仅四个月。这首歌谣尖锐讽刺这个没落王朝的傀儡皇帝被劫逃亡的狼狈情景,一大群王侯公卿百官,都不再是王侯公卿了,一起拥向洛阳东门外北邙山,走向这王侯公卿世代为冢的墓地。这是为东汉王朝高唱一曲挽歌。事实上,刘协登上献帝宝座,东汉名存实亡,农民起义爆发,军阀割据混战,分裂的建安时代开始了。

两汉杂歌谣辞中,还为失败的乱世英雄留下侧面的剪影。《后汉书·五行志》载,王莽末,天水童谣说:

> 出吴门,望缇群,见一蹇人,言欲上天。令天可上,地上安得民?

这是嘲笑起义讨伐王莽的隗嚣。他大约得过小儿麻痹症,腿有点瘸,所以称他"蹇人"。他是天水成纪(今甘肃天水市秦安县)人,王莽时曾为国师刘歆征召。刘歆死后,他还天水。后起义反王莽自立为上将军,先后归附更始、刘秀及公孙述,图谋自立为帝。建武九年(33)败亡。谣中"缇群"是天水的山名,吴门是天水城门名。歌谣感慨嘲讽隗嚣妄图称帝,不自量力,以致灭亡。瘸子想上天,自属狂想。但作者不攻击人身,而嘲笑他

259

缺乏常识，指出上天是人人都向往的美梦，如果真的可以上天，人人都要上天了，地上就没有人民了。几句俏皮话，勾勒出隗嚣志大才疏、痴心妄想的性格形象。也有疾恶如仇的干吏节士的生动小影，《后汉书·陈蕃传》载，济阴太守单匡贪赃枉法，他的哥哥单超是朝廷宦官权臣单超，因而有恃无恐，猖狂得意。然而他手下的一个办事官吏朱震却敢于告发单匡，并且连单超一起告。此举震惊京城官场，有谣赞道：

> 车如鸡栖马如狗，疾恶如风朱伯厚。

伯厚是朱震的字。"风"通"疯"。它的赞美颇有意味，仿佛是在嘲笑朱震，如此低下的小小官吏，胆敢冲撞那样显赫的庞然大物，岂非发疯？然而"疾恶"二字断定他的正义，更显出他的胆气，同时也蕴含着无言的深深感慨。此外还有一些七言谣言赞扬学者、儒士及各色人等，如说经学家贾逵"问事不休贾长头"，赞文字学家许慎"五经无双许叔重"等等，也都不无意义。

杂歌谣辞直接写人民的主题很少，但是颇有可观的作品。如《太平御览》卷九七六引崔寔《政论》所载：

> 小民发如韭，剪复生；头如鸡，割复鸣。吏不必可畏，从来必可轻，奈何欲望致州厝平？

它批评吏治酷刑残杀，不能依靠镇压人民取得治理太平，指出人民百姓不怕官吏，而且从来予以轻视。"发如韭"指施髡刑，剃光头发，强迫劳役；"头如鸡"指斩首极刑。它生动如实地以韭菜和鸡比喻低贱小民，鲜明突出地表现他们反抗压迫的不折不挠的无畏气概。又如《后汉书·五行志》载桓帝初的童谣：

> 小麦青青大麦枯，谁当获者妇与姑，丈人何在西击胡。吏买马，君具车，请为诸君鼓咙胡。

据载，桓帝元嘉中(151—153)，凉州羌族起义，声势浩大，进展迅广。朝廷

第七章 思想政治的舆论工具——两汉杂歌谣辞

出兵败绩,大征兵役,以致农业劳力缺乏,只留妇女劳动。这歌谣便对此而发。它简洁明快地说明出征造成农业缺乏壮劳力,收获受损;吞吐委婉地透露官府战争失利,不得不征调有免役特权的官宦人家。小吏能强迫征发的壮丁已经抽完了,轮到他们本来不敢欺压的官宦人家,现在也只得登门央告,硬话软说,要抽壮丁了。"鼓咙胡"是喉咙里鼓足劲头,表示这话实在难说出口,然而也只能说了。所以它的诗意是在言外的,含蓄地流露对朝廷腐朽无能、国家动荡不安的深深不满。比较起来,这类歌谣的针对性要广泛些,而社会内容的概括程度和典型性也高些,因此它们更接近于乐府歌辞,叙事的议论性显然突出,有群体类型的写照剪影的特点。

由于多数杂歌谣辞有较明确具体的针对性,往往是自觉制造舆论的产物,因此它们总体的艺术特点是事实性强,典型性弱,短小精悍,要求速效,攻其一点,不及其余,类似速写剪影,更多类型群像的写照,大体轮廓勾勒,不重细节真实。由于它们褒贬抑扬的对象具有种种现实政治背景,直接涉及歌谣作者及有关方面的切身安危利害,因此从艺术表现手法看,主要有两类:明快锋利和隐晦曲折。进一步说,许多歌谣主要不是唱给百姓听的,而是意图通过百姓的传播,造成舆论,使朝廷及有关上层统治者能够听闻知晓,从而达到某种政治目的。正确反映事实,便起良好作用;歪曲事实真情,就是诽谤中伤。从上述各类歌谣的事例可以看到,大致对于地方官员、具体人物以及具体事件、行为,不论是褒是贬,赞扬和贬斥大多指名道姓,一针见血。其所拥戴,极端的好,不是天下无双,便是海内唯一,好官是"爱如母,训如父"(《艺文类聚》卷一九引《续汉书》载京兆为李燮谣),清官是"吏畏其威,民怀其惠"(《后汉书·朱晖传》引临淮吏人为朱晖歌)。其所反对,则绝对的坏,深恶痛绝,不留余地。对酷吏是"宁见乳虎,无值宁成之怒"(《史记·义纵传》载关东为宁成号),绝不愿再看见此人,对贪官是"无作封使君,生不治民死食民"(任昉《述异记》载汉宣城郡民为太守封邵语),指斥此人死活都是吃人的兽类。这些攻击性歌谣,由于据事而发,对人讥刺,因而其可读的作品多在形容其人其事,不乏尖锐锋利及机智俏皮,但较多流

于断语式的标签口号,依靠反复广泛的流传,加深印象,造成声势,提高声誉或使之臭名昭著。除上述事例外,又如《汉书·元后传》载长安百姓揭露王氏五侯的歌谣:

> 五侯初起,曲阳最怒。坏决高都,连竟外杜,土山渐台西白虎。

"五侯"指汉成帝王皇后的五个兄弟,他们在同一天封侯,王谭平阿侯,王商成都侯,王立红阳侯,王根曲阳侯,王逢时高平侯,世称"五侯"。他们都极其奢侈淫靡。这首歌谣揭露王根大造住宅园林的罪恶,毁了长安城两条街里的高都与外杜,修筑土山渐台,模仿皇宫里的白虎殿。它点明人与事,毫不含糊,而要害在指出王根两大罪行,一是毁京城街里害民,二是修造宫殿僭越。其目的明确,揭露王根罪行,使之得到应有处置。因而其辞短小精悍,尖锐锋利,便于传播,令人气愤,能够产生社会效应。而如《汉书·石显传》载石显集团垮台后,其党羽伊嘉贬为雁门都尉,五鹿光宗贬为玄菟太守,牢梁、陈顺罢官。长安歌谣说:

> 伊徙雁,鹿徙菟,去牢与陈实无贾。

则是表示对他们应得报应,感到大快人心,反映当时人民情绪,有时效而无艺术,可为史料,不成文学。诸如此类,其中由于人事著名而有一定典型意义的,有的传为谚语,如《史记·季布传》载"得黄金百斤,不如得季布一诺",成为信诺果行的谚语;有的便如党锢名流的七言谣语一样,只是一种标榜的名片之类产品。

表现比较隐晦曲折的歌谣,主要属于一些涉及国家命运、帝皇及皇室贵族遭际的预言性作品,可能由于避讳或免祸,往往采取近乎谶纬式的谜语,虽然影射相当明显,但仍为隐喻谐语,留有解释推托的余地。例如成帝时童谣用"燕燕尾涎涎"隐喻赵飞燕姊妹,用"黄雀巢其颠"隐喻王莽终将篡位;桓帝时童谣用"河间姹女"影射永乐太后,都是隐晦曲折、不可必然的。又如《后汉书·五行志》载桓帝末京都童谣:

> 茅田一顷中有井,四方纤纤不可整。嚼复嚼,今年尚可后年铙。

第七章　思想政治的舆论工具——两汉杂歌谣辞

据载,此谣针对桓帝时宦官管霸、苏康等结党擅权,排挤士族内阁,政治腐朽,党锢祸起。它的字面意思相当明白,一百亩井田生长茅草,虽然田地整齐,但茅草纤弱,无法整顿,不堪抢救。如果只顾吃而不管整田,那么今年还有可吃,过了年就没有吃的,将会发生吵闹喧哗。如果是比喻,那么是用经营井田者听任田地荒芜,只顾眼前享受而不顾未来无收,酿成祸端。然而《五行志》引《易经》"拔茅茹,以其汇征,吉",以为"茅"比喻"群贤","茅田一顷者,言群贤众多也。中有井者,言虽陁穷,不失其法度也。四方纤纤不可整者,言奸慝大炽,不可整理。嚼复嚼者,京都饮酒相强之辞也,言食肉者鄙,不恤王政,徒耽宴饮歌呼而已也。今年尚可者,言但禁锢也。后年铙者,陈、窦被诛,天下大坏"。其说也许合乎当时实际,但诗意乖离,牵强附会。造成这类解释不定,原因是谣辞本身类似猜谜,不可捉摸。再如《后汉书·五行志》载献帝初童谣:

千里草,何青青。十日卜,不得生。

这是当时流行的一种拆字诗歌游戏,把一个字分拆开来,分部编为歌诀,合起来便是诗意,其实是猜谜。"千里草"是"董"字,拆成"艹""千""里"。"十日卜"是"卓"字,拆成"卜""日""十"字。然而巧妙编成一支预言董卓必然灭亡的歌谣。诸如此类,大抵可见这类歌谣的制作,主要追求利于传播的效应,便于解释的灵活,采取都邑乡野流行的形式。并不要求文学的艺术创作,因而常用影射,流于猜谜。

如果从诗歌艺术发展角度看,两汉杂歌谣辞的主要作用并非直接促进五七言诗体的成立,而是由于这些歌谣采用了民间熟悉流行的歌谣形式,编制了大量广为流传的时事政治歌谣,使这些歌谣所采用的五、七、杂言同时成为人们可知便用的诗歌体裁,从而促成五七言体的发展成立。也就是说,起初是由于内容的需要而采取的形式,后来才成为一种适于表现内容的一定形式。它们无疑是新俗的,而且始终是通俗的。但是由于它们显著的舆论效应,广泛流行,而且日益出诸文人的制作,因此它们不可避免地影响文人诗歌观念,使文人乃至学者作家从偶一为之的应时实用,而成为习常惯用的一种诗歌体裁。班固《咏史》、张衡《同声歌》《四愁诗》以及传为孔融的《离合诗》,都显出这种影响的轨迹,如同乐府歌辞之为文人所用一般,只是程度、渠道自有差别。

后 记
―― 并非题外的余论

后 记

本书开头便说过,如果把建安文学归入魏晋阶段,那么汉代两篇杰出长诗《孔雀东南飞》与蔡琰《悲愤诗》便不入汉代诗歌。因此本书只在述及汉代诗歌发展前景时提到它们,并未具体论述。对于习惯于以它们为汉代诗歌的代表巨作的论者来说,这未免是一个相当明显的不足或失误。其次是本书没有正面论及《汉铙歌十八曲》,因而也没有论述历来以为脍炙人口的名篇《上邪》《有所思》《战城南》等,显然也是不应有的遗漏。第三是汉灵帝时的"鸿都门学",这是汉末当时就受到激烈抨击的一个涉及雅俗较量的突出事件,因此是本书理当述及的。然而本书却不曾提到。最后是本书虽然引述了六朝评论以及明清关于古诗真伪的争论,但总体来说,较少引用前人见解来作为依据,或者作为佐证。这不能不说是一种不足或者贫乏。总之,从通行的甚至近乎公认的见解来看,本书的不足或失误是明显的。因此,有必要弥补,小为说明,是为余论,却并非题外。

首先是文学及诗歌发展历史阶段的界分问题。虽然我国古代诗歌发展与王朝替代有密切关系,大的阶段可以用若干朝代标称,但是从诗歌艺术发展来看,严格以王朝兴亡年代来区分标界是并不合适的。从政治上看,汉献帝朝无疑是东汉王朝,尽管它名存实亡。但从文学及诗歌发展看,建安时代确为一个新的阶段,其特征现象是涌现出一批足以代表自己时代特点和成就的诗人及作品。这是众所周知、历来认同的。既然如此,创作于建安时代的《孔雀东南飞》与蔡琰《悲愤诗》只应是建安文学的代表作品,不宜提前为东汉或者汉代诗歌的代表作品。这两篇长诗创作于建安时代或者稍后,是无疑的。《玉台新咏》载《孔雀东南飞》,题为《古诗为焦仲卿妻作》,署作者"无名氏",有小序说明"汉末建安中"发生这一悲剧,"时伤之,为诗云尔"。在没有发现新的文献记载或者其他证据之前,只能据此序断其诗为建安时人所作。五言及骚体《悲愤诗》载《后汉书·董祀妻传》(即《蔡琰传》)。传中说明,蔡琰在汉献帝兴平中(194—195),"为胡骑所获,没于南匈奴左贤王。在胡中十二年,生二子。曹操素与邕(琰父蔡邕)善,痛其无嗣,乃遣使者以金璧赎之,而重嫁于祀","后感伤乱离,追怀悲愤,作诗二章"。诗题《悲愤诗》即后人据此所拟。自兴平后十二年,即建安十一年(206)。所以这两首诗作于建安时代是确定无疑的。假使认为建安文学是汉代文学之后的一个阶段,那么它们属于建安文学也是无可置疑的。否则,就像卢思道在隋朝开国时已去世,却代表隋代文学一样,把未发生的事硬拉到发生前的时代,用去世的作家代表死后的时代,都是不适宜的。这类不适宜的现象,应当予以澄清,是理所当然的。

其次是《汉铙歌十八曲》的创作年代问题。迄今为止,并没有一个可靠的文献记载可以证明《汉铙歌十八曲》的确切或者大体可靠的创作年代。相反,已有文献可以说明这组歌曲及歌辞可能是汉初采取流传久远的民歌乐曲而仓促编织的凯乐、军乐,因此,它们的歌辞大多与凯乐、军乐毫不相干,甚至荒唐可笑;其次是它们也可用作宫廷宴会助兴之用。这些本书已经叙述。为了说明这样明显的抵牾,不妨举其名篇为证。例如《战城南》:

> 战城南,死郭北,野死不葬乌可食。为我谓乌:"且为客豪,野死谅不葬,腐肉安能去子逃!"水深激激,蒲苇冥冥,枭骑战斗死,驽马徘徊鸣。梁筑室,何以南,梁何北?禾黍而获君何食?愿为忠臣安可得?思子良臣,良臣诚可思。朝行出攻,暮不夜归。

虽然辞中有声辞和异文,涉及具体词句的理解分歧,但是整体的内容和主题是大体认识一致的。这是一首哀悼阵亡将士、愤慨君主不予安葬的战争悲歌。其实它不是军歌,更非凯歌。它的大意是说,为了保卫城郭,死亡将士从城南打到北城外,结果尸陈野外,无人埋葬,听任乌鸦啄食。作

后 记

者面对这样凄惨哀伤的情景,不禁对乌鸦说:"请先为死亡将士大声嚎叫,反正没人埋葬他们,逃不了你们这些禽兽的糟践!"作者看见陈尸战场的流水激激声响,仿佛在悲哭;水边菖蒲芦苇黑压压的一大片,似乎很沉重,激战的良马死了,懦弱的劣马却还在战场上徘徊哀鸣。作者觉得这一切太不合理,十分荒谬,就像在桥梁上修筑房屋,阻塞交通,违反筑桥的目的,让人怎么通过桥梁通行南北呢?如果不是人民种庄稼收获,你君主吃什么?这样对待阵亡将士,使那些甘愿为忠臣的人们怎么成为忠臣?想想这样好的臣子,早上出征攻敌,夜晚就回不来了。显然,这样的歌辞内容,作为凯旋的军乐是不可想象的。即使作为凯乐的一种礼乐,在欢庆凯旋时不忘哀悼阵亡将士,这样激烈抨击君主不恤士卒的歌辞也是极不合适的。因此,比较合理的推测是《铙歌》采取了它的高昂悲壮的打击乐曲,并不用其歌辞。这就是说,如果这歌辞是这乐曲的古辞,那么它的产生年代一定早于汉初。又如《有所思》:

> 有所思,乃在大海南。何用问遗君?双珠玳瑁簪,用玉绍缭之。闻君有它心,拉杂摧烧之。摧烧之,当风扬其灰。从今以往,勿复相思,相思与君绝。鸡鸣狗吠,兄嫂当知之。妃呼豨!秋风肃肃晨风飔,东方须臾高知之。

这是一首刚健泼辣的情歌。诗中女子听说远出恋人变心,夜里把本来想送给恋人的纪念礼物烧毁,决心割断爱情。这是一段私情,害怕兄嫂知晓,因此在夜里烧毁礼物。但她这片纯洁的痴情,却希望老天明察。由于它真实,坚决,动人,因此历来称美,传诵不衰。但是,这样一首情歌用作军乐、凯歌,大约不合适,应当不必怀疑。再如《上邪》:

> 上邪,我欲与君相知,长命无绝衰。山无陵,江水为竭,冬雷震震夏雨雪,天地合,乃敢与君绝!

这是爱情忠贞的誓词,山平江枯,冬雷夏雪,天地融合,世界毁灭,此心才变,否则永远不变。同样可以理解,这爱情的誓词是不可能成为战士宣言的。然而那激烈急促的打击乐节奏,也许倒可以权充钢铁斗志的共鸣交响。奇妙的音乐语言可以完成神异的转换,就像同一曲调既可填入庄严的颂歌,又不妨碍它原来是曲情歌。然而表意的诗歌语言却不能把情歌理解为军歌、凯歌。也许正因如此,所以魏晋以后的铙歌,其歌辞必须随时更新,不能把歌颂汉代的歌词径直移用于曹魏及晋。这就是说,今存《汉铙歌》的歌辞其实是古辞,正由于其始便将曲与辞分别保存。因此《宋书·乐志》载其歌辞时犹属原貌,以致声辞混杂,有的根本不知所云。基于这样的认识,本书把《汉铙歌十八曲》作为一个无从确考年代的事例,而不把它作为汉乐府古辞评论。如果把上述几首名篇理解为汉初或以前的民歌歌辞杰作来欣赏,自属无可非议。但是仅仅根据题为《汉铙歌》的歌词,就肯定它们是汉代乐府,甚至视为汉乐府代表作之一,其实未必妥当。

第三是关于汉灵帝时的"鸿都学"问题。应当说,研究汉代文化发展,不能回避这一客观存在的文化现象。鸿都原是汉代皇宫藏书库之一。熹平六年(177),汉灵帝因为编写了《皇羲篇》五十章,召了些能写文章辞赋的太学生到鸿都门下待制。后来又召些能"为尺牍及工书鸟篆者",达到数十人。侍中祭酒乐松、贾护又招些趋炎附势之徒来,对皇帝说些"闾里小事",灵帝很高兴,"待以不次之位"(事见《后汉书·蔡邕传》;系年据《资治通鉴》卷五七,下同)。明年,即光和元年(178),正式设置鸿都门学。从这所太学出来的学生"皆敕州郡、三公举用辟召,或出为刺史、太守,入为尚书、侍中,有封侯赐爵者"(《资治通鉴》卷五七)。同年十一月,诏少府"为鸿都文学乐松、江览等三十二人图象立赞,以劝学者"(《后汉书·阳球传》)。这就是所谓"鸿都门学"。从灵帝召太学生待制鸿都门起,便招致正统士大夫学者的反对。蔡邕上奏指出:

> 夫书画辞赋,才之小者,匡国理政,未有其能。陛下即位之初,先涉经术,听政余日,观省篇章,聊以游意,当代博弈,非以教化取士之本。而诸生竞利,作者鼎沸。其高者颇引经训风喻之言;下则连偶俗语,有类俳优;或窃成文,虚冒名氏。臣每受诏于盛化门,差次录第。其未及者,亦复随辈,皆见拜擢。既加之恩,难复收改。但守奉禄,于义已弘,不可复使理人及仕州郡。(《后汉书·蔡邕传》)

后 记

在他看来,灵帝以书画辞赋取才授官,是不合教化选举的根本原则的。指出其后果恶劣,一是造成以书画辞赋追逐利禄的风气;二是造成文风粗俗,甚至剽窃;三是造成选举授官太滥,危害治理。杨赐上书指出:

> 又鸿都门下,招会群小,造作赋说,以虫篆小技见宠于时,如驩兜、共工更相荐说。旬月之间,并各拔擢。乐松处常伯,任芝居纳言。郄俭、梁鹄俱以便辟之性,佞辩之心,各受丰爵不次之宠,而令搢绅之徒委伏畎亩,口诵尧舜之言,身蹈绝俗之行,弃捐沟壑,不见逮及。

在强调鸿都门下风气不正、超擢群小的同时,更指出清流贤士被迫隐逸,弃置不用。在灵帝为鸿都文学乐松、江览等三十二人画像立赞时,阳球上奏要求废止画像,指出:

> 案松、览等皆出于微蔑,斗筲小人,依凭世戚,附托权豪,俯眉承睫,徼进明时。或献赋一篇,或鸟篆盈简,而位升郎中,形图丹青。亦有笔不点牍,辞不辩心,假手请字,妖伪百品,莫不被蒙殊恩,蝉蜕滓浊,是以有识掩口,天下嗟叹。

更认为乐松等人出身低下,品质不端,依靠外戚权豪入仕晋升。从上述论述看,鸿都门学的实质是灵帝依靠宦官乐松等自行建立一支文官势力。通过建立鸿都门的太学,教育培养自己的队伍;为乐松等画像立赞,树立自己的权威偶像;任命鸿都门学生员出任要职,掌握控制政府权力。他们大抵是一些出身低下的市井文士,以辞赋书画为能事。因此在清流士族看来,这是一批浊流文人,不学无术,不可为政,更不能让他们掌握政权。诚如蔡邕所说,这是一场涉及教育人才、选拔人才的根本原则的斗争。从蔡邕等的揭露情况看,他们文化低下,文风粗俗,为高雅的清流士族所不齿。但其范围为书画辞赋,属于文化艺术。这一事件作为一种思潮的反映,应是文化艺术史的现象。但从诗歌发展来说,其直接影响不能说无,也难确切肯定其有,因此本书没有论及其事。

最后是继承文化遗产,汲取前人评论乐府古诗的学术成果问题。大概地说,唐、宋诗歌创作以拟乐府及新乐府为歌行古体,以《古诗》为五言

古诗。在诗歌理论上,尤其是中唐元稹、白居易的"新乐府"创作理论,主张把汉乐府创作纳入《诗经》风雅传统。同时,吴兢《乐府古题要解》则继承南朝学者的乐府撰著,对汉乐府旧题古辞作了具体比较论述,但在评论上并无太多进展。而对两汉古诗,却由于《文选》的影响,唐代多以苏、李诗与《古诗十九首》为五言诗的创始代表诗人及代表作品,给予很高评价。到北宋,由于韩愈倡导的"古文"运动的发展,出现了怀疑、否定苏、李诗的见解。然而对《古诗》的评价却无所动摇,大致与《文心雕龙》《诗品》的评论略同。例如《吕氏童蒙训》云:"读《古诗十九首》及曹子建诗如'明月入我牖,流光正徘徊'之类,诗皆思深远而有余意,言有尽而意无穷也。学者当以此等诗常自涵养,自然下笔不同。"(《苕溪渔隐丛话前集》卷一引)。自南宋至元,苏、李诗及《古诗》评价日益提高。例如诗人陆游说:"苏武、李陵、陶潜、谢灵运、杜甫、李白,激于不能自已,故其诗为百代法。"(《澹斋居士诗序》)刘克庄说:"五言祖苏、李,首句云'结发为夫妻',若俚而媟;然下文云'行役在战场,相见未有期',深合援袍忘身之意。下云'生当复来归,死当长相思',首尾皆有意义,不涉邪僻"(《戊子答真侍郎论选诗》)。认为苏、李诗符合"思无邪"的《诗经》传统。元末明初的杨维祯说:"《风》、《雅》而降为《骚》,而降为《十九首》,《十九首》而降为陶、杜,为二李,其情性不野,神气不群,故其骨骼不俚,面目不鄙。"(《赵氏诗录序》)。到明代,《十九首》便奉为"五言之《诗经》"了。正因对《古诗十九首》的评价愈益增高,所以尽管怀疑、否定苏李诗者日多,而坚持其为真作的,仍不乏其人。总体地说,对汉乐府、古诗的评价的发展轨迹是,将它们纳入《诗经》风雅传统,奉为继承《诗经》传统的典范,在思想上符合诗教,在艺术上发扬比兴。例如宋代范晞文《对床夜语》说:

《古诗十九首》有云:"冉冉孤生竹……轩车来何迟。"言妻之于夫,犹竹根之于山阿,兔丝之于女萝也,岂容使之独处而久思乎?《诗》云:"葛生蒙楚,蔹蔓于野。予美亡此,谁与独处。"同此怨也。又"涉江采芙蓉,……所思在远道",又"庭中有奇树,……路远莫致之",亦犹诗人"籊籊竹竿,以钓于淇。岂不尔思,远莫致之"之词,第反其

后 记

义耳。前辈谓《古诗十九首》可与"三百篇"并驱者,亦此类也。

便是将《十九首》中的诗与《诗经》的作品相比较,取其题材、主题及词语类同者,以论证《十九首》可比类《诗经》,继承《诗经》传统。

随着诗歌艺术理论批评的发展,不同理论流派的出现,对汉乐府、古诗的评论必然发生不同。例如元代陈绎曾《诗谱》说:

> 凡读汉诗,先真实,后文章。
> 汉乐府,真情自然,但不能中节尔。累处乃是好景。
> 《古诗十九首》:景真,情真,事真,意真。澄至清,发至情。

并不强调《诗经》对汉代诗歌的影响,而突出它们的真实性,指出艺术特点是从真实而来的自然。又如明代陆时雍《诗镜总论》说:

> 西京崛起,别立词坛,方之于古,觉意象蒙茸,规模逼窄,望湘累之不可得,况《三百》乎?

认为汉代诗歌与《诗》、骚有别,意象、规模也不可比拟。显然与元、明推崇古诗诸论大相径庭。他明确认为四言的"风雅之道,衰自西京",着重指出:

> 五言在汉,遂为鼻祖。西京首首俱佳。苏、李固宜,文君一女耳,胸无绣虎,腕乏灵均,而《白头吟》寄兴高奇,选言简隽,乃知风会之翊人远矣。《十九首》近于赋而远于风,故其情可陈,而其事可举也。

认为传为卓文君所作之《白头吟》因时代风气不同,所以思想独特,语言简洁。而《十九首》以赋即叙事为体,以事抒情。他不强调与《诗经》传统的相同,而着眼于五言诗不同于《诗经》的独创特色。清代叶燮《原诗》说:

> 汉苏、李始创为五言,其时又有亡名氏之《十九首》,皆因乎《三百篇》者也。然不可谓即无异于《三百篇》,而实苏、李创之也。

认为汉代五言有继承,更为创新。清代费锡璜《汉诗总说》更明确说:

> 《三百篇》后,汉人创为五言,自是气运结成,非人力所能为。故

> 古人论曰：苏、李天成，曹、刘自得。天成者，如天生花草，岂人剪裁点缀所能仿佛；如铸就钟镛，一丝增减不得。解此方可看汉诗。

认为汉代创立五言，是历史发展的必然结果，有自己不可替代的独特完整的创造，更强调时代、历史的特点和成就。尤为突出的是，他对阅读欣赏汉代诗歌，提出了独到的卓见，指出：

> 世之说汉诗者，好取其诗，牵合本传，曲勘隐微。虽古人托辞写怀，固当以意逆志，然执词指事，多流穿凿。又好举一诗，以为此为君臣而作，此为朋友而作，此被谗而作，此去位而作，亦多拟度，失本诗面目。余说汉诗，先去此二病。

反对穿凿附会，主张具体分析，还其本诗面目。他进一步离开了以《诗经》的小序诗教及六义说诗的传统，从而在论述汉诗及解释作品方面，都有不少切实之见。

在诗歌艺术理论的发展中，尤其清初"神韵""格调""肌理""性灵"各派诗论的不同主张中，对汉乐府、古诗的艺术形式作了种种探讨。其中有一种值得注意的倾向是，用近体诗的声韵格律来要求并归纳古体诗歌的声韵格律。如清代王士禛认为"一韵到底，第五字须平声者，恐句弱似律句耳。大抵七古句法字法，皆须撑得住，拓得开"，又认为"古诗以音节为顿挫"，"此须神会，难以粗迹求之。如一连二句皆用韵，则文势排宕，即此可以类推"（《师友诗传续录》）。这是从音韵声调上归纳古诗的创作规律，其实与沈约发明四声入诗类同。翁方纲说：

> 古诗平仄之有论也，自渔洋先生始也。夫诗有家数焉，有体格焉，有音节焉。是三者常相因也，而不可泥也；相通也，而不可紊也。先生之论古诗，盖为失谐者言之也。

从理论说，诗歌的音韵声调应求和谐，与思想情调相谐，是一般常理，并不深奥。从古人作品中归纳古诗平仄声调，作为研究，亦无不可。但从中得出如近体诗律般的格律，显然未必可靠。冯班《钝吟杂录》说：

后 记

> 伶工所奏,乐也。诗人所造,诗也。诗乃乐之词耳,本无定体。……今人不解,往往求诗与乐府之别,钟伯敬(明钟惺字)至云某诗似乐府,某乐府似诗,不知何以判之? 只如西汉人为五言者二家:班婕妤《怨诗》,亦乐府也。吾亦不知李陵之词可歌与否? 如《文选》注引古诗,多云枚乘乐府诗,知《十九首》亦是乐府也。汉世歌谣,当骚人之后,文多遵古。……乐工采歌谣以配声,文多不可通,《铙歌》声词混填,不可复解是也。

认识到乐府与古诗实为同一来源,都是歌词。他又指出,"文人或不闲音律,所作篇什,不协于丝管,故但谓之诗,诗与乐府,从此分区"。所以他不认为古诗有音韵声调的格律。其后,赵执信撰《声调谱》,折中上述两种学说,认为:

> 古乐府须知其题意,明其比兴,使气味音节皆得古人之致,可矣。其诗有转韵、一韵、长短句、近体绝句之不同,不可选也。须细会之。

便是认为从汉乐府而来的唐、宋五七言古体诗歌,应具体分析其主题主意和比兴手法,同时注意整体风格情调与音韵声调的和谐一致,不必绝对区分转韵、一韵、长短句、近体绝句等不同古诗体裁的声律。这些对于古诗格律的不同见解与主张,如同对古诗的总体评价一样,也存在一种从既定艺术理论观念的规范标准来要求汉代诗歌的倾向。不过,在总体评价上,表现为以《诗经》传统观念来约束汉代诗歌;在艺术形式上,表现为从后来发展的艺术观念来寻找先验的格律。因此,与之对立的学说便呈现有趣的现象,在总体评价上显得违反传统,而在艺术形式上又仿佛拘于旧说,看来似乎矛盾不一致。

不难看到,本书在上述两方面的论述,事实上汲取了前人许多成果,尤其在艺术形式的实质、特点及来源方面,大致与冯班所说类同。应当说明,本书论述方式基本采取今存文献记载中较早的资料为依据,希望能从现在可知的较为可靠的历史事实出发,对汉代诗歌艺术的发展进行综合论述。为行文简明,叙述方便,在一些前人确已论证到的现象和事实上,

不多引用前人见地。其中一个原因是,前人文论观念及诗歌主张的论证,往往错综复杂。倘使断章取义,摘取所需,有时不免失于片面,如果详为引证,忠实原意,势必流于过多的文论阐述。所以本书在论述中较少引证六朝以下的有关文论的观点,至于在具体作品的理解、分析、评论上,前人及今人的选注评点更为浩瀚,涉及分歧更多,因此一般不多引用。这在撰著上无疑是一种缺失,或者有冒充铜山之嫌。因此在这里小作说明,但并非弥补,而是表明浅陋,谨望专家学者与读者批评指正。

1990.11.15.承泽园

一部常新的"新论"
——《汉代诗歌新论》再版后记

一部常新的"新论"

倪其心老师的《汉代诗歌新论》(以下简称《新论》)出版已有三十年,这部书对两汉文学研究有独特而深入的贡献,经历了岁月的淘洗,更呈现出常读常新的学术光彩。

一 突破既有的汉诗叙事

要理解书名何以谓之"新论",需要先回到三十年前此书问世时的学术语境。汉代文学研究虽然在中国文学研究中,不算最热门的领域,但20世纪90年代以前,也积累了丰富的成果。20世纪上半期的汉代文学研究,汉诗是最受关注的内容。逯钦立于20世纪60年代完成了《先秦两汉魏晋南北朝诗》一书的汉代诗歌部分,到目前为止,这仍然是资料最完备、考辨最精审的汉诗汇集,为汉诗研究奠定了扎实的文献基础。20世纪50—70年代,汉诗研究持续受到关注。可见,当倪老师在80年代开始进入汉诗研究时,他面对的是一块前人耕耘颇多的土地,写作"新论",需要突破成型已久的学术框架,需要推陈出新的勇气。

《新论》走出了围绕"汉乐府"与"东汉文人诗"两大重心所建构的传统汉诗叙事,展现了更为复杂的汉代诗坛脉络。20世纪汉诗研究最受关注的课题,自然是汉乐府,萧涤非《汉魏六朝乐府文学史》就是其中的代表性成果。此外,学界对东汉文人诗的关注,虽然其深度与广度,不能与汉乐府研究相比,但也构成了汉诗研究的另一重心;其中《古诗十九首》又是学者兴趣的焦点。60年代游国恩等主编的《中国文学史》影响极为深远,其

中对汉代诗歌的叙事,即是围绕这两个重心展开。

《新论》对汉代诗歌的观察则更为丰富,书中所讨论的"四言诗歌的僵化与异化""楚歌、骚体的兴衰和定型""思想政治的舆论工具——两汉杂歌谣辞",这些都是学界关注较少的问题。其中对"楚歌"的讨论,对于理解汉诗的复杂面貌尤有启发意义。

汉诗中的"楚歌",形式上表现为三三对称的"兮"字短句,主题思想和感情色彩大体属于悲歌类型。这类作品长期不受学界的关注。刘大杰在其所著《中国文学发展史》中,认为楚歌不过是对楚辞的简单模拟,没有什么文学价值。这一看法虽然受到个别学者的质疑,但影响一直很大。《新论》对楚歌做了浓墨重彩的讨论,梳理其演变的轨迹,指出:"楚歌在汉代的发展情况显得特殊,突出的现象是流行于宫廷上层,而流行时期似乎不长。……西汉后期到东汉时期,楚歌发展的轨迹明显可见三种现象:一是应用于琴曲歌词创作,二是辞赋化,三是诗化。""后两者又表现为三类:一是以楚歌形式为基本,有所变化;以息夫躬《绝命辞》为代表;二是全用楚歌体,但篇幅扩大;以东汉梁鸿《适吴诗》为代表;三是四言的节奏,楚歌的句式;以徐淑《秦嘉诗》为代表。"在汉代文学研究领域里,这是首次对楚歌的体制及其创作流变做系统的梳理。在《新论》问世之后,学界对楚歌投注了更多关注的目光,相关的研究也不断深入。

《新论》对汉代诗歌版图更为丰富的认识,还体现在有关杂歌谣辞的分析。这类作品有的是民歌,有的是童谣,有的是政治谣言,有的是风俗谚语。由于文学性不强,以往的文学史甚少提及,但《新论》认为这类作品在思想政治生活中发挥着重要作用,需要重视。《新论》广为搜集,详加论述,让这类作品第一次在汉代诗歌史中集体出现。《新论》还以非常通达的眼光,分析了这类作品的诗歌史意义,提出:"它们无疑是新俗的,而且始终是通俗的,但是由于它们显著的舆论效应,广泛流行,而且日益出诸文人的制作,因此它们不可避免地影响文人诗歌观念,使文人乃至学者作家从偶一为之的应时实用,而成为习常惯用的一种诗歌体裁。班固《咏史》、张衡《同声歌》《四愁诗》以及传为孔融的《离合诗》,都显出这种影响的轨迹。"

二 反思"民间"

对于学界长期关注的汉乐府与东汉文人诗,《新论》则以观念上的突破,提出新的思考;具体来讲,《新论》对五四新文化运动以来所形成的文学史"民间"叙事,做出了深入的反思。胡适在1928年出版的《白话文学史》中,将两汉文学分为对立的民间文学和士大夫贵族文学,前者新鲜生动,充满活力,后者则僵化保守。汉乐府就是表达了"真的哀怨、真的感情"的民歌。然而,何谓"民间"?胡适说"民间的小儿女、村夫农妇、痴男怨女、歌童舞妓,弹唱的,说书的,都是文学上的新形式与新风格的创造者"。用这样一个笼统的说法来理解汉诗的作者,其实是颇为不妥的。但在相当长的时间里,胡适的意见一直很有影响。随着阶级分析观点的流行,"民间"的阶级色彩更为明显。《新论》则认为:"民间创作"或"民歌"的概念是指人民群众的创作与歌唱,外延十分广泛,包括非统治阶级的全体人民群众。在封建社会里,与封建地主阶级相对立的人民群众是以农民阶级为主的。但是,如果客观地考察今存(乐府)古辞的实际内容,则不难发现,其中讴歌农民生活与意愿的作品甚少,主要是反映着封建都邑生活的人民的体验、情绪与愿望。有的作品哲理意蕴显豁,但不是深奥说教或言理清谈,而是都邑生活实践经验的简括总结。《新论》在讨论汉乐府古辞《白头吟》时,即认为,诗中的女子是一位刚强自立有主见的妇女,在婚姻爱情上要求忠贞不移,不在经济上依靠、人格上依附男子,这就必须有文化、有见识,而且有钱有地位。显然,这不是束缚于土地、家庭的农家妇女的形象,而是都邑中有一定自立能力的妇女的思想性格。《新论》细致讨论了汉乐府对政治社会主题、游子妇女主题以及醒世主题的表现,认为这些作品是"从都邑人民生活的实际体验出发,叙述他们心目中封建都邑从上层到底层的社会生活、政治生活的若干侧面,揭露其病态与不合理,讴歌合理的追求与反抗的精神,抒发无奈的感伤和无望的悲哀。因此,它们的正面理想并未超越封建制度的约束,从未提出反对封建制度的要求,恰恰是在君臣夫妇的伦理之中提出正常生存发展的愿望。"这些意见,尤其突破了带有阶级斗争色彩的"民间文学"叙事的简单框架,从都邑生活、都邑情绪的角度来观察汉乐府古辞的内涵,至今读来,仍很有启发性。

《新论》对许多汉乐府古辞,做了精彩的分析。透过书中的解读,读者会发现,这些都邑人民的歌唱,经常体现的,不是胡适所赞美的天真与泼辣,反而有一种来自市民的世俗化和日常化的愤懑、伤感、无奈和拘谨。例如《东光》:"东光平,苍梧何不平!苍梧多腐粟,无益诸军粮。诸军游荡子,蚤行多悲伤!"《新论》指出,这首诗是针对汉武帝平定南越相吕嘉之乱的征战而发,然而对于这场战争,诗作的主题是婉转批评远征南越的不必,而不是批评此举不义。苍梧太远,征战劳民伤财,大可不必。诗作表达的是平常人的平常生活价值观。又如《鸡鸣》,《新论》认为这首诗"是太平盛世的下层人民对上层王侯豪贵之家所唱的一曲讽劝歌,本意在于讽劝警诫,……并无揭露抨击的倾向和锋芒。"《西门行》则是针对一位小有者的惜财心理,讽劝他们在有限的人生中及时行乐,得过且过。

《新论》对"民间"视角的反思,还体现在对汉武帝的文学贡献,对汉代雅俗文学之关系的认识。《新论》细致地考察了汉武帝的文化艺术方针,指出其核心是"更新传统以统一思想,融百家于儒家,使多元归一元,……以俗为雅,使俗成雅"。武帝设置乐府,主要目的并非采诗观风,而是为了实现其统一思想、更新传统的文化艺术方针。从历史进程来看,这种文化艺术方针,与历史前进的方向是一致的。在民间文学与士大夫贵族文学相对立的简单化叙事中,封建皇帝往往是僵化保守的形象,然而《新论》从汉武帝的文化更新思想,揭示其以俗为雅,推动文学发展的积极作用,这在三十年前的汉代文学研究中,是极富新意的探索,也直接启发了后来的研究者。在《新论》问世之后,汉武帝对汉代文学的贡献,成为颇受关注的课题。

反思"民间",意味着走出五四以来文学史叙事的某些重要局限,例如笼统的民间文学认知,过度依赖纯文学的标准来理解古代文学的复杂形态等等。事实上,汉代文学研究在20世纪90年代的后半期日渐繁荣,与研究观念上走出这些局限有密切关系。然而,在《新论》问世的 1992 年,这种新的反思和探索还颇为罕见,这就更体现出《新论》突破成见、锐意探索的不易与可贵。

三　系统思考

要理解《新论》之"新",不仅要回到三十年前的语境,做设身处地的体察;还要站在当下与未来的立场,领略《新论》历经岁月的淘洗而依然给读者带来的新启发。在这一点上,书中对汉代诗歌的系统思考,尤其值得关注。所谓系统思考,是指对汉代诗歌史的各种现象,做综合的、系统的、动态而辩证的观察。《新论》不仅在汉乐府和东汉文人诗之外,观察到汉代诗歌更加丰富的创作现象,更重要的是,对各种现象之间的复杂联系,做了系统分析。

书中的很多讨论,体现了系统思维,例如,讨论汉人的诗歌观念,书中指出:"在汉代人的观念里,诗歌实际上存在两个传统的四类品种。一是以《诗经》为典范的雅正四言诗,与之相对的新俗诗歌便是从民歌来的五、七、杂言歌辞;二是以《离骚》为典范的优雅骚体诗赋,与之相对的俗体便是楚歌体的诗和歌辞。四言及五、七、杂言诗歌代表华夏文化传统的音乐及语言艺术,骚体及楚歌代表楚文化传统的歌唱及语言艺术。这两个传统的诗歌艺术各自具有雅、俗的层次结构。"这里从诗骚雅俗的相互关系,勾画汉人诗歌观念的整体结构,其中所体现的系统思考,在今天尤其值得文学史研究者体会和借鉴。

20 世纪 90 年代以来,中国学术的专业化、学科化日见深入,学术选题往往着眼某一局部现象做窄而深的研究,专题性的讨论十分丰富。就汉代诗歌研究而言,对汉乐府、东汉文人诗、骚体诗、汉代五、七言诗歌体式等问题的讨论,都有很多成果,对汉代政治、经学等外部因素之于文学的影响,也新见迭出。但这些研究,往往都是在专题讨论的格局中展开,而理解一代之文学,更需要以系统的视野,揭示各个专题之间的复杂联系。但是，在近三十年的学术格局中，这种系统的思考，日见式微，不能不说是一个很大的遗憾。

《新论》对汉代诗歌史的系统观察，不是简单描绘一个静态的结构，而是以动态而辩证的思考，理解汉代诗歌系统的真实状态。它认为理解汉代诗歌史的变化，不能单纯孤立地从体裁新旧来看，要将形式与内容、艺术观念综合起来观察，例如它认为"四言诗僵化的原因，主要不在四言形式本身，而首先在于思想上保守传统、遵循经典，使诗歌成为说教的手段。"而拘守于儒家诗教传统的作者，即使创作新俗的五言诗，仍然没有新意和生气。《新论》谈到这样一个疑问："汉代诗歌发展的内在原因是否如同大自然生物进化一般，是适者生存，新陈代谢呢？具体地说，是否由于四言陈旧僵化，被新鲜活泼的五、七、杂言取代了呢？"对于这个问题，《新论》认为"造成汉代诗歌自在发展、自然竞争状态的根本原因，不在诗歌艺术自身，而在政治上、思想上、文化艺术上。……汉代正处在这个改造更新的重要阶段，新旧传统双方处在对立、相持、斗争、转换的过程，……雅俗新旧，多姿多彩，彼此排斥，互相渗透。"

这种雅俗新旧的复杂交织与动态变化，《新论》认为是诗歌史演变的真实面貌："从根本上说，客观事物的发展变化是绝对的，稳定规范是相对的。在发展过程中，既有的规范与新生的不规范的矛盾冲突始终存在，但在新的规范完成之前，新规范必定处于不定状态，也必然将其原始形态消融在发展中。"对于理解五言古诗的真伪归属纷争，用动态而辩证的思路来梳理，尤有必要。《新论》认为："五言体来自乐府歌辞，五言体的典范作品既有五言歌辞如《怨歌行》，也有五言徒诗如《古诗十九首》等。在西晋时，五言徒诗包括脱离歌曲流传的五言歌辞，获得典范的地位和效能，称为'古诗'，成为一种诗歌体裁。到南朝，这批五言古诗的典范地位、价值和效能进一步被确认，这是诗歌艺术观念的新旧雅俗斗争使然，并非五言徒诗的规范在南朝完成。"

《新论》这些系统而辩证的理论思考，其动态的眼光、综合的视野，破除了对汉代文学许多孤立、静止的认识，呈现出汉代诗歌复杂而生动的面貌。这些分析,对希望跳出狭窄专题,希望对文学史获得综合思考的学者,尤其值得反复体会。

《新论》的思考建立在严谨的实证和对诗歌文本深入的解悟之上。倪老师1956年毕业于北京大学中文系,留校任教后不久,就协助吴小如先生编纂《先秦文学史参考资料》《两汉文学史参考资料》,林庚先生主编《魏晋南北朝文学史参考资料》,他也参与了部分工作。这几部"参考资料",选注精审,至今仍是文学史学习的重要参考。改革开放后,倪老师进入学术黄金期,在古典文学和古典文献学方面皆有丰富的创获。《新论》就是他在古典文学方面取得的重要成果。这部书凝聚了他多年沉潜的学力与思考。20世纪80年代,倪老师撰写了不少诗歌鉴赏批评之作,既功力深厚,又充满艺术的感悟。这些精彩的诗文赏鉴,至今仍然吸引着读者。《新论》谈到汉诗作品很多。汉诗传世者不过六百余篇,其中的重要篇章,评论者不乏其人,但《新论》的讲解点评,总是独具会心。例如从抒情和叙事的结合来观察"古诗十九首"的行文脉理;从控诉型、倾诉型、讽劝型和思理型来观察汉乐府古辞内容的不同特点。正是以这样的文本解悟为基础,《新论》的理论思考才真正抓住了汉代诗歌史跳动的脉搏。

我在北京大学中文系古典文献专业跟随倪老师攻读硕士学位时,参加了《全宋诗》整理,每天都会去专业资料室看书。倪老师就在旁边的教师办公室工作,遇到问题可以随时去请教。倪老师经常会从我提的一个问题,海阔天空地谈开去,讲到读书治学的种种。有一天他谈得兴奋,说这个问题我在书里谈到。第二天他就把《新论》带来送给我。许多年过去,我从这本书里,得到的远不止那个问题的解答,更体会到如何理解文学、理解文学史、理解学问。岁月荏苒,书页已经发黄,但书名中"新论"二字,依然那样醒目。许多新鲜的思考与感触,依然在重温中涌现。如今,这部书得以再版,相信许多读者还会有读到"新论"的惊喜。每个人都不能脱离自己的时代,但在和时代对话的过程中,能不能留下一些可以超越时代的思考?对这个问题,阅读《新论》会获得许多启示。

  非常感谢北京大学中文系、北京大学出版社对这部书再版的大力支持,感谢马辛民老师、王应老师为再版付出的许多心血。

刘宁谨记
2022年5月于中国社会科学院文学研究所

图书在版编目(CIP)数据

汉代诗歌新论 / 倪其心著 . —北京:北京大学出版社,2022.6
ISBN 978-7-301-32621-3

Ⅰ.①汉… Ⅱ.①倪… Ⅲ.①古典诗歌–诗歌研究–中国–汉代 Ⅳ.① I207.22

中国版本图书馆 CIP 数据核字(2021)第 206471 号

书　　　名	汉代诗歌新论 HANDAI SHIGE XINLUN
著作责任者	倪其心　著
责任编辑	王　应
标准书号	ISBN 978-7-301-32621-3
出版发行	北京大学出版社
地　　　址	北京市海淀区成府路 205 号　100871
网　　　址	http://www.pup.cn　　新浪微博:@北京大学出版社
电子信箱	zpup@ pup.cn
电　　　话	邮购部 010-62752015　发行部 010-62750672 编辑部 010-62756449
印　刷　者	北京中科印刷有限公司
经　销　者	新华书店 650 毫米 ×980 毫米　16 开本　19 印张　260 千字 2022 年 6 月第 1 版　2022 年 6 月第 1 次印刷
定　　　价	65.00 元

未经许可,不得以任何方式复制或抄袭本书之部分或全部内容。
版权所有,侵权必究
举报电话: 010-62752024　电子信箱: fd@pup.pku.edu.cn
图书如有印装质量问题,请与出版部联系,电话: 010-62756370